Jürgen Ehlers
Das Stinktier von Hamburg

Jürgen Ehlers

Eiszeitforscher und Krimiautor, geboren 1948 in Hamburg. Seit 1992 schreibt er Kurzkrimis und Kriminalromane. Er ist Mitglied im »Syndikat« und in der »Crime Writers' Association«. Er lebt mit seiner Familie in Schleswig-Holstein. Wer mehr über ihn und seine Bücher erfahren möchte, findet viele Informationen auf seiner Webseite

https://www.juergen-ehlers-krimi.de

Jürgen Ehlers

Das Stinktier von Hamburg

1. Auflage Mai 2025

Originalausgabe
© 2025 Jürgen Ehlers
E-Mail: jehlersqua@outlook.de
Umschlaggestaltung: Laura Neumann
- design.lauranewman.de -
Verlag: BoD · Books on Demand GmbH,
Überseering 33, 22297 Hamburg, bod@bod.de
Druck: Libri Plureos GmbH, Friedensallee 273,
22763 Hamburg
ISBN: 978-3-8192-9680-2

Friedhof

Tiere haben feste Gewohnheiten, die es dem Jäger erleichtern, sein Wild aufzuspüren. Menschen auch. Sylvia zum Beispiel, die so oft wie möglich zum Friedhof ging. Sie war 23 Jahre alt. Sie besuchte das Grab ihrer Schwester, oder vielmehr den Platz, den sie für das Grab ihrer Schwester hielt. Ihre Mutter hatte gesagt, sie solle dort nicht mehr hingehen, das sei zu gefährlich. Aber sie hatte lange aufgehört, das zu tun, was ihre Mutter wünschte. Also ging sie auch heute zum Friedhof, so wie immer.

Es war ein schwül-heißer Tag im Juli, und es war mit Gewitter zu rechnen. Die meisten Menschen hatten an einem solchen Tag besseres zu tun, als Gräber aufzusuchen. Aber Sylvia war nicht allein auf dem Friedhof. Als sie sich umdrehte, hatte sie einen Moment lang das Gefühl, dass jemand ihr folgte. Es war nur ein Schatten, und sie hatte ihn mehr geahnt, als gesehen, bevor er vom Weg abgebogen und verschwunden war. Wahrscheinlich harmlos.

Oder auch nicht. Nicht alles, was harmlos aussah, war auch wirklich harmlos. Sylvia beschloss, einen Kreis zu schlagen. Der Schatten war nach rechts verschwunden. Sylvia wandte sich nach links. Dann an der nächsten Kreuzung wieder nach links. Nichts Verdächtiges zu sehen. Wenn sie jetzt geradeaus ginge, käme sie auf kürzestem Weg zurück zum Ausgang. Der sichere Weg. Aber sie wollte nicht zum Ausgang. Sie wollte zu Leonies Grab.

Wieder nach links. Nun stand sie an der Stelle, an der sie glaubte, den Schatten gesehen zu haben. Nichts. Sie zögerte einen Moment. Sie wollte nicht feige sein. Sie war nicht feige. Also los. Sylvia wandte sich nach links.

Und da war er wieder. Kein Schatten mehr, sondern eindeutig ein Mann. Er hatte irgendwo zwischen den Grabsteinen gewartet, und nun war er hinter ihr. Sie ging schneller. Er ging ebenfalls schneller. Da vorn war Leonies Grab. Dort war keine Hilfe zu erwarten. Aber weiter rechts eine Ansammlung von Menschen vor der Kapelle. Eine Beerdigung. Kurz entschlossen lief sie und schloss sich den Trauernden an.

Und der Mann? Er folgte ihr.

* * *

Dr. Patrick Pauli sah die junge Frau nicht, die sich zu der Trauergemeinde gesellt hatte, und er konnte nicht ahnen, dass sich sein Leben gleich radikal ändern würde. Er würde heute Nachmittag nicht den Rasen mähen, und er würde den morgigen Tag nicht damit zubringen, Literaturzitate für den geplanten Fachaufsatz herauszusuchen.

Patrick war überrascht, wie viele Kollegen zur Trauerfeier und Beisetzung von Professor Horst Zindler gekommen waren. Selbst Oliver Trettel war erschienen, den man im Institut für Geowissenschaften nur selten sah.

»Sie sind praktisch alle da«, bemerkte Annabell, die Sekretärin. Patrick ging davon aus, dass ihr unermüdlicher Einsatz dazu beigetragen hatte. Selbst einige der Studenten waren erschienen. Zindlers Gattin war eine alte Frau, etwas unbeholfen, und so hatte Annabell für sie die Aufgabe übernommen, die Trauerfeier zu organisieren.

Der alte Universitätspräsident hielt eine mutige Rede. »Wir dürfen uns bei der Forschung nicht allein auf die Themen konzentrieren, bei denen es Geld von der Politik und von der Wirtschaft gibt. Das Geld ist immer dort, wo die entscheidenden Ergebnisse schon vorliegen. Wir müssen dort aktiv sein, wo wir noch nichts wissen.« Hätte er das auch gesagt, wenn er nicht inzwischen im Ruhestand wäre? Patrick fühlte sich jedenfalls direkt angesprochen. Einen Augenblick lang hatte er den Eindruck, der Professor habe ihn dabei angesehen, aber das war sicher ein Irrtum. Der Mann kannte ihn ja kaum.

»Die anderen Punkte, auf die wir uns konzentrieren müssen, das sind Zweifel und Widerspruch. Wir dürfen nichts als gesichert hinnehmen, nur weil es gedruckt ist und weil die Mehrheit es so sieht. Es sind nicht die Jasager, welche die Forschung voranbringen, sondern die Neinsager. Oft sind es gerade kritische Außenseiter, die den etablierten Fachleuten am Ende gegen viele Widerstände den richtigen Weg weisen. So war es kein Geowissenschaftler, der die Eiszeiten entdeckt hat, sondern der Zoologe Louis Agassiz. Und es war kein Geologe, der die Verschiebung der Kontinente entdeckt hat, sondern der Meteorologe Alfred Wegener. Sie haben etwas riskiert. Sie haben alles riskiert. Und sie haben gewonnen.«

Trettel schüttelte den Kopf. Er war ein Jasager. Aber es hatte ihm nichts gebracht. Patrick wusste, dass er noch immer auf eine feste Anstellung wartete.

»Unser lieber Kollege Zindler war Neuem gegenüber stets aufgeschlossen. Er hat die Plattentektonik vertreten, als sie von den Koryphäen anderswo in Deutschland noch verlacht wurde. Und er hat bis zuletzt mit Kollegen und Studenten über das Setzen neuer Schwerpunkte und auch über die erforderliche Neugliederung der jüngsten Erdgeschichte diskutiert.«

Patrick nickte. Das Anthropozän. Der Professor war einer der wenigen gewesen, die seinen Einsatz für das Zeitalter des Menschen als eigenständige geologische Einheit von ganzem Herzen bejaht hatte. Er würde ihm fehlen.

Die Sargträger betraten die Kapelle. Die Trauergemeinde erhob sich, und alle Blicke richteten sich auf die acht Männer, die jetzt hereingekommen waren. Patrick Pauli zog die Augenbrauen hoch. Er hatte schon viele Beerdigungen miterlebt, aber noch nie eine sogenannte Hamburger ,Beerdigung erster Klasse'. Doch Zindler war eben Professor gewesen, und seine Witwe hatte nicht geknausert. Die Sargträger mit schwarzem Dreispitz trugen einen schwarzen Talar mit breitem weißem Kragen und weiße Handschuhe, dazu schwarze Kniebundhosen, weiße Kniestrümpfe und schwarze Schuhe. Und einen Degen.

Patrick fragte sich, wozu man bei einer Beerdigung einen Degen brauchte. Fest stand jedenfalls, dass die Waffe bei der ganzen Prozedur eher hinderlich war. Die Träger nahmen jetzt den Sarg auf und setzten ihn auf den Bahrwagen, mit dem er zum Grab gefahren wurde.

»Wir hätten auch unsere Degen mitbringen sollen«, witzelte Sebastian, der Techniker. »Dann hätten wir uns über dem offenen Grab mit den Sargträgern einen hübschen Schwertkampf liefern können.«

»Pst!«, raunte Patrick.

Aber wenn Sebastian etwas sagen wollte, dann tat er das – ganz gleich, ob es nun passte oder nicht. »Ein Ende ist immer auch ein neuer Anfang«, murmelte er, als sie dem Bahrwagen mit dem Sarg von der Friedhofskapelle zur Grabstätte folgten.

»Er wird mir fehlen«, raunte Patrick zurück.

Erst als Sebastian ihm einen merkwürdigen Blick zuwarf, begriff Patrick, was sein Freund meinte. Durch den Tod des Professors war eine Stelle frei geworden, und Patrick brauchte eine feste Anstellung.

Der Pastor sprach ein Gebet, dann war die Witwe an der Reihe, und schließlich die Bekannten. Professor Köhler hatte einen kleinen Blumenstrauß mitgebracht, den er auf den Sarg warf.

Annabell blickte besorgt nach oben. »Es fängt gleich an zu regnen.«

Patrick sah sich um. Etwa fünfzig Trauergäste, schätzte er. Wenn jeder davon seine drei Hände Sand in das offene Grab werfen wollte, würden sie mit Sicherheit nass werden. Nun fielen schon die ersten Tropfen. Die meisten hatten vorgesorgt. Auch Patrick spannte jetzt seinen Regenschirm auf.

»Entschuldigen Sie, darf ich mich vielleicht bei Ihnen mit unter den Schirm stellen?« Patrick gewahrte erst jetzt die junge Frau, die neben ihm stand.

»Ja, natürlich, kommen Sie. Sie werden ja sonst ganz nass!« Neugierig betrachtete Patrick seine Nachbarin. Sie trug im Unterschied zu den meisten Anwesenden normale Straßenkleidung, eher auf der etwas schäbigen Seite. Sie hatte lange, blonde Haare, ungekämmt. Sie konnte kaum älter als 20 Jahre sein. War sie eine Studentin? Patrick war sich ziemlich sicher, dass er sie noch nie gesehen hatte.

Der Regen wurde heftiger. Jetzt war Patrick mit dem Ritual an der Reihe. Er fragte: »Könnten Sie bitte mal eben meinen Schirm halten?«

Die Frau nahm den Schirm, Patrick bückte sich und warf seine drei Hände Sand in die Grube. Anschließend blickte er einen Moment lang ernst auf den Sarg. Wahrscheinlich sah es aus, als ob er betete. Die junge Frau fragte ihn: »Soll ich das auch?« Sie deutete auf den Sand.

Patrick zuckte mit den Achseln. »Wenn Sie wollen.«

Ja, sie wollte. Patrick nahm ihr den Schirm wieder ab und sorgte dafür, dass sie bei der Zeremonie nicht nass wurde. Er registrierte, dass auch sie die Schaufel verschmähte und stattdessen den Sand in die Hand nahm.

Allmählich löste sich die Trauergesellschaft auf. Es sollte Kaffee und Kuchen bei Lindtner geben. Auch in diesem Punkt hatte Frau Zindler nicht gespart. Lindtner war das erste Haus am Platze. Und jetzt? Patrick sah die junge Frau an. Die blickte zu Boden und murmelte: »Können Sie mir helfen?«

»Worum geht es denn?«

Geld, dachte Patrick. Die Frau sah aus, als ob sie Geld brauchte. Aber sie sagte: »Ich habe Angst.«

»Bitte?«

»Ich habe Angst«, wiederholte sie. »Ich werde verfolgt. Von einem Mann. Schon seit Tagen. Er ist mir hierher auf den Friedhof nachgegangen.«

»Ein Stalker?«

Sie zögerte. »So nennt man das wohl.«

Patrick sah sich um. »Ist er hier?«

Die junge Frau schüttelte den Kopf. »Ich sehe ihn jetzt nicht mehr. Aber – könnten Sie mich vielleicht einfach mitnehmen?«

»Ja, natürlich. Das ist überhaupt kein Problem. Ich bin mit dem Wagen da. Wo wollen Sie denn hin?«

»Ich weiß nicht.«

»Nach Hause?«

Sie schüttelte den Kopf.

Seltsam, dachte Patrick. Aber hier auf dem Friedhof konnten sie beide jedenfalls nicht bleiben. »Wenn es Ihnen recht ist«, schlug Patrick vor, »können wir erst einmal zusammen zu mir nach Hause fahren. Und dann sehen wir weiter.«

Sie nickte.

»Haben Sie Hunger?«

Ja, sie hatte Hunger.

»Mögen Sie Pizza?«

»Ja.«

Patrick griff zum Handy und rief den Pizzaservice an.

Die junge Frau hieß Sylvia. Und es war offensichtlich, dass sie längere Zeit nichts gegessen hatte. Sie wirkte unruhig, aß ihre Pizza mit großer Hast, so, als ob sie befürchtete, dass man sie ihr wegnehmen könnte.

»Willst du noch eine?«, fragte Patrick.

Sie schüttelte den Kopf.

»Komm, ich gebe dir die Hälfte von meiner.«

Nein, das wollte sie auch nicht. Sie einigten sich schließlich darauf, dass er ihr eine Viertel Pizza auf den Teller schob.

»Danke!«, sagte sie.

Nach dem Essen sah Sylvia sich in Patricks Wohnzimmer um. Sie staunte über die vielen Bücher. Sie standen nicht nur in Regalen an den Wänden, sondern lagen auch in kleinen Stapeln auf Stühlen und Tischen. Patrick war bewusst, dass nicht nur das Wohnzimmer wie eine Junggesellenbude aussah, sondern das ganze Haus. Seit seine Mutter gestorben war, lebte er hier allein. Da er selten Besuch bekam, sparte er sich das Aufräumen. Michelle, seine Freundin, hatte die Stirn gerunzelt, als sie sein Wohnzimmer gesehen hatte. Patrick war klar, dass Michelle über das Chaos hier bei ihm nicht allzu glücklich war; jedenfalls trafen sie sich meistens bei ihr.

Neugierig betrachtete Sylvia die Dinge, die hier herumlagen. Am auffälligsten war natürlich der Schädel. Sylvia berührte ihn vorsichtig mit dem Zeigefinger. »Ist der echt?«

Patrick nickte. Der Schädel war ein Souvenir aus dem letzten Dänemark-Urlaub. Michelle und er hatten ihn in Lønstrup am Strand gefunden. Michelle hatte ihn nicht haben wollen, also hatte er ihn mit nach Hause genommen. Der Schädel stammte aus einem vor langer Zeit aufgegebenen Friedhof direkt am Kliff, der jetzt nach und nach von der Brandung aufgezehrt wurde. Und wessen Schädel es auch immer sein mochte, der Mensch war sicher schon vor mehr als hundert Jahren gestorben, und sicher erinnerte sich niemand mehr an ihn. Jetzt teilte er den Platz auf dem Schreibtisch mit anderen Mitbringseln von verschiedenen Reisen. Da war zum Beispiel ein mehr als faustgroßer Rhomben-porphyr. Patrick hatte ihn in einer Kiesgrube westlich von Oslo gefunden. Der Stein war rund wie ein kleiner Kürbis.

»Er sieht aus, als ob er lauter Salmis enthält«, stellte Sylvia fest. Sie wies auf die hellen Feldspatkristalle. Wenn man den Stein drehte, glänzten sie.

Patrick hätte ihr eine ganze Menge über diesen und andere Steine erzählen können, welche die Gletscher der Eiszeit aus Skandinavien bis nach Norddeutschland gebracht hatten, aber es war offensichtlich, dass sich Sylvia im Augenblick für ganz andere Dinge interessierte. Sie sah Patrick forschend an. »Kann ich bei dir bleiben?«

Das kam überraschend. Patrick antwortete spontan. »Erst einmal ja.«

Eine innere Stimme sagte ihm: Du Narr! Er ignorierte sie, obwohl er ahnte, dass die Frau nicht nur ein Bett für die Nacht und eine Unterkunft und Schutz für wenige Tage brauchte, sondern möglicherweise für eine viel längere Zeit. Und er wusste noch immer nicht, warum sie sich verstecken wollte.

* * *

»Dieser Stalker«, setzte Patrick an.

Sylvia zog die Stirn kraus. Sie hatte gewusst, dass diese Frage kommen musste. »Was ist damit?«

»Wer ist das?«

»Das weiß ich nicht«, behauptete Sylvia. Würde er das glauben?

Offensichtlich nicht. Patrick sagte: »Soweit ich weiß, gibt es in solchen Fällen meistens eine Beziehung zwischen Stalker und Opfer.«

Sylvia reagierte unwirsch. »Ja, die Statistik habe ich auch gelesen. Ungefähr 60%. Und was heißt das? In ungefähr 40% der Fälle gibt es keine Beziehung zwischen Stalker und Opfer. Das sind ziemlich viele Fälle.«

»Du solltest zur Polizei gehen. Stalking ist strafbar. Unerwünschte Nachstellung.«

»Und dann? Wenn ich den Täter benennen würde, dann würde die Polizei eingreifen. Vielleicht. Aber wenn ich einfach nur sage, dass ich verfolgt werde, glaubst du, dass sie mir dann einen Begleitschutz mitgeben, der auf mich aufpasst und den Mann fängt?«

Wahrscheinlich nicht.

»Das ist ein beschissenes Gefühl«, sagte sie. »Der Kerl tut ja nichts Konkretes. Bisher nicht. Er ist einfach nur da. ‚Stalking‘ – der Begriff kommt, soweit ich weiß, aus der Jägersprache und bedeutet so etwas wie eine Pirschjagd. Dieser Mann geht mir nach, hält sich in meiner Nähe auf. Das ist lästig. Aber ist es auch strafbar? Ich glaube nicht.«

»Ich stelle den Kerl zur Rede«, versprach Patrick.

Sylvia sah ihn amüsiert an. Sie glaubte nicht, dass sich das Problem auf diese Weise lösen ließ. Der Stalker machte ja Jagd auf Sylvia, nicht auf Patrick Pauli. Wenn sie beide zusammen waren, würde er sich nicht blicken lassen. Aber sie konnte nicht immer und überall mit Patrick zusammenbleiben. Das war eine Illusion. Sie konnte ihm nicht wie ein Schaf hinterherlaufen. Das wollte sie auch gar nicht. Sie wollte frei bleiben.

Und wie frei war Patrick? Sylvia betrachtete das gerahmte Foto an der Wand.

»Das ist Michelle«, erläuterte Patrick. »Meine Freundin«, fügte er hinzu.

Sylvia biss sich auf die Lippen. Natürlich hatte er eine Freundin. Warum auch nicht? Er hatte ihr geholfen, bis hierher jedenfalls. Mehr konnte sie nicht erwarten. Auf dem Sessel unter dem Bild saß ein Mammut. Sylvia sagte: »Es guckt wie deine Freundin.«

War das zu frech?

Nein. Patrick nickte. »Ich habe das Tier auf dem Flohmarkt entdeckt. Und die Frau, die es verkauft hat, die hat gesagt, dass es eigentlich Fanti heißt. Aber ich hab mein Mammut Michelle genannt.«

»Was hat Michelle dazu gesagt? Die richtige Michelle, meine ich.«

Patrick zuckte mit den Achseln. »Sie fand es irgendwie seltsam, glaube ich.«

»Aber ihr seid sehr eng befreundet, oder?« Sylvias Herz klopfte. Patrick würde sie zurechtweisen.

Aber das tat er nicht. »Michelle und ich, wir sind schon ziemlich lange befreundet.«

»Wollt ihr heiraten?«
»Vielleicht.«
Sylvia sagte nichts.
»Weißt du, Michelle und ich, wir haben unterschiedliche Zukunftspläne. Ich will eine Familie, will Kinder haben, Michelle will keine. Ich kann das verstehen. Immerhin hatte sie in einer früheren Beziehung eine Fehlgeburt. Ich habe vorgeschlagen, stattdessen ein oder zwei Kinder zu adoptieren. Das hielt Michelle für völlig abwegig. Aber ist das so abwegig?«
»Kinder sind etwas Großartiges«, behauptete Sylvia. Wenn sie nicht ausgerechnet so sind wie ich, dachte sie. Aber die meisten Kinder waren nicht so wie sie.
Patrick zückte sein Handy. »Ich muss Michelle anrufen.«
Sylvia erschrak. Wenn Michelle ein Mammut war, wäre sie sicher nicht begeistert, wenn plötzlich eine andere Frau bei ihrem Patrick einzog. Aber Michelle war offenbar nicht zu Hause. Gut, dachte Sylvia. Wenn sie nicht da war, konnte sie nicht sagen, was sie dachte.

* * *

Patrick und Sylvia saßen auf dem Sofa. Sylvia war jetzt völlig entspannt.
»Bist du eigentlich Professor?«, fragte sie.
Patrick schüttelte den Kopf. »Privatdozent.«
Sylvia sah ihn überrascht an. »Das klingt wie Privatdetektiv.«
Patrick lachte. »Es ist aber etwas völlig anderes. Die einzige Gemeinsamkeit besteht in dem unsicheren Ein-

kommen. Ein Privatdozent unterrichtet an der Universität, genau wie ein Professor, aber er wird nicht von der Universität bezahlt.«

»Warum unterrichtet er dann?«

»Um zu forschen. Um seinen wissenschaftlichen Ruf zu verteidigen.«

»Hier in Hamburg?«

»Ja, hier in Hamburg. An der Universität Hamburg.«

»Was für ein Fach?«, wollte Sylvia wissen.

»Geowissenschaften«, sagte Patrick. »Mein Spezialgebiet ist das Anthropozän. Das ist das jüngste Erdzeitalter.«

»Quatsch«, erwiderte Sylvia. »Das weiß ich besser. Das jüngste Erdzeitalter ist das Holozän.«

Patrick hob die Augenbrauen. Er hatte nicht damit gerechnet, dass Sylvia mit diesen Begriffen irgendetwas anfangen konnte. »Wie kommst du darauf?«

»Ich studiere«, behauptete die junge Frau.

Das bezweifelte Patrick.

»Doch, ganz ehrlich. Ich studiere. Ich habe ja nichts zu tun. Keine Arbeit, keine Familie, gar nichts. Da gehe ich einfach in die Universität, suche mir die Dinge heraus, die mich interessieren, und dann setze ich mich in den Hörsaal und höre zu.«

»Einfach so?«

»Einfach so. Am Anfang bin ich ziemlich nervös gewesen, und ich hab damit gerechnet, dass irgendjemand kommt und mich rausschmeißt. Aber das war nicht der Fall. Keiner hat Notiz von mir genommen. Solange ich keine Prüfungen brauche, kann ich tun und lassen, was ich will.«

»In meiner Vorlesung bist Du nicht gewesen.«
»Nein«, bestätigte Sylvia. »Der Kram hat mich nicht interessiert. Aber wenn ich natürlich gewusst hätte, dass du das bist, der da unterrichtet, dann wäre ich sicher gekommen.«

Patrick lachte.

»Vielleicht«, sagte sie. »Aber jedenfalls habe ich diese Vorlesung über die Erdgeschichte gehört. Es waren nicht besonders viele Zuhörer da, und die meisten haben gar nicht aufgepasst. Einige haben mit ihren Handys gespielt. Und der Vortrag des Professors, der war ziemlich schwach.«

Patrick fragte, wer das gewesen sei.

»Er hieß Kollau oder so ähnlich.«

»Köhler?«

»Ja, Köhler. Er hat jedenfalls seinen Sermon heruntergebetet und dazu eine schlecht gemachte PowerPoint-Projektion vorgeführt. Total langweilig. Aber einiges habe ich doch mitbekommen. Das vorletzte Erdzeitalter, das war das Pleistozän, und danach kam dann das Holozän. Ein Anthropozän gibt es nicht.«

Patrick widersprach. »Das ist veraltet«, sagte er. »Das Anthropozän kommt nach dem Holozän. Es ist das Zeitalter des Menschen.«

»Der Mensch erscheint im Holozän«, behauptete Sylvia.

Und wieder war Patrick verblüfft.

»Jedenfalls steht das da drüben auf dem Buchrücken«, fügte sie hinzu.

Max Frisch. ,Der Mensch erscheint im Holozän'. Das hatte Patrick lange nicht mehr in die Hand genommen, und es war natürlich auch kein Geologiebuch. Es war eine Erzählung, in der es ums alt werden und um den Tod ging.

Patrick sagte: »Das mit dem Holozän, das war auch damals schon nicht richtig, als Max Frisch das Buch geschrieben hat, unabhängig davon, ob es nun ein Anthropozän gegeben hat oder nicht. Der Beginn des Holozäns liegt am Ende der letzten Eiszeit, vor knapp 12.000 Jahren. Der Mensch ist aber viel älter. Er ist vor mindestens 320.000 Jahren entstanden. Davor gab es schon Vorläufer, die man als ‚Menschenartige‘ bezeichnet. Und wie weit die zurückreichen, das weiß man nicht. – Aber seit der Mensch eingreift, gibt es fast nichts, was so abläuft wie vorher. Daher brauchen wir eine neue geologische Einheit, das Anthropozän. Worauf es in den Geowissenschaften vor allem ankommt, das ist, dass wir uns mit der von den Menschen gestalteten Erde befassen und mit den Menschen, die diese Erde gestalten.«

Sylvia sah ihn zweifelnd an.

»Nicht alle wollen das anerkennen«, musste Patrick zugeben.

Sylvia überlegte einen Augenblick, wieweit sie ihren Gastgeber provozieren durfte. Ihr Übermut setzte sich durch. »Die Mehrheit der Geologen glaubt nicht an dein Anthropozän«, behauptete sie. »Das ist doch richtig, oder?«

»Es ist nicht ‚mein‘ Anthropozän. Und ob die Mehrheit der Geowissenschaftler daran glaubt oder nicht, das weiß ich nicht. Es gibt keine genauen Zahlen.«

»Aber viele deiner Kollegen würden sagen, dass es das Anthropozän gar nicht gibt?«

»Vielleicht.«

Sylvia triumphierte. »Das ist großartig«, sagte sie. »Das ist einfach großartig. Du erforschst etwas, was es gar nicht gibt, und weißt du was? Ich bin eine Diebin und Lügnerin und behaupte Dinge, die gar nicht stimmen. Wir passen großartig zusammen.«

Patrick nickte zögernd. So wie es aussah, mussten sie wohl zusammenbleiben, zumindest im Augenblick.

»Du bist also eine Diebin?«, fragte er.

Jetzt war sie zu weit gegangen, aber nun gab es kein Zurück,

»Was klaust du denn so?«, wollte Patrick wissen.

»Was ich brauche.«

»Geld?«

»Geld auch.«

»Ich habe nicht viel Geld«, sagte Patrick.

Stimmte das? Das Haus und die ganze Einrichtung sahen nicht so aus, als ob Patrick arm wäre. Sylvia sah ihn zweifelnd an.

»Michelle unterstützt mich«, gab Patrick zu.

»Oh.«

* * *

Michelle war eine Sache, dachte Patrick, und Sylvia eine andere. Eine ganz andere Sache. Sylvia brauchte Schutz, und Patrick hatte versprochen, sie zu beschützen. Aber sie wollte mehr als nur Schutz. Sie rückte dicht an ihn heran. »Kannst du mir eine Geschichte erzählen?«

»Eine Geschichte?« Patrick hatte keine Kinder und daher soweit er sich erinnerte noch nie irgendjemandem eine Geschichte erzählt. Und natürlich war Sylvia kein Kind, sondern eine erwachsene Frau, und Erwachsenen erzählte man normalerweise keine Geschichten. Keine erfundenen Geschichten jedenfalls.

»Was soll ich Dir denn erzählen? Irgendwelche Ereignisse aus meinem Leben?«

Sylvia zuckte mit den Achseln. »Eine Geschichte, die du dir selbst ausgedacht hast vielleicht. Oder besser noch eine Geschichte, die du dir genau jetzt in diesem Augenblick ausdenkst. Die überhaupt gar nicht wahr ist.«

»An was denkst du?«, fragte Patrick.

Sylvia brauchte nicht lange zu überlegen. »Ich denke mir«, sagte sie, »dass die Menschen in Wirklichkeit gar nicht im Holozän entstanden sind. Zumindest nicht alle. Einen, den gab es schon im Karbon. Das war doch die Steinkohlenzeit, oder? Ja, das war die Steinkohlenzeit. Und dieser Mensch, der hieß Hugo, und er wanderte allein durch den Steinkohlenwald und wusste überhaupt gar nicht, was er machen sollte ...«

»Hugo.« Patrick dachte kurz nach. Über die Steinkohlenzeit wusste er so gut wie gar nichts. Somit hatte er völlige Freiheit, eine eigene Welt für seinen Hugo zu schaffen. »Also, der Hugo, der kam sich ziemlich verloren vor. Er war zwar nicht besonders klein, etwa 1,85 m groß, aber die Pflanzen im Steinkohlenwald, die waren unendlich viel größer als er. Riesige Farnkräuter, so hoch wie Hochhäuser, und andere Pflanzen, richtige Bäume, die hießen Bärlapp. Das war merkwürdig, denn Bären gab es damals ja noch nicht. Und die Pflanzen sahen auch gar nicht aus wie Bären, und Lapp – also irgendwelche Putzlappen oder Tücher gab es auch nicht ...«

Sylvia gähnte.

Patrick hielt inne. »Du bist müde«, stellte er fest. Sylvia schüttelte den Kopf. »Ich bin nicht müde«, murmelte sie. »Erzähl weiter. Bitte, erzähl weiter.« Patrick spann seine Geschichte weiter, aber es war klar, dass die junge Frau nahe am Einschlafen war. Sie lehnte sich ganz sanft an seine Seite. Das war ein schönes Gefühl. Auch wenn sie roch wie jemand, der sich längere Zeit nicht gewaschen hatte.

Hugo war inzwischen ein ganzes Stück weit in den Steinkohlenwald vorgedrungen, und es wurde immer dunkler und dunkler. »Plötzlich raschelte es im Laub«, sagte Patrick, »und als Hugo genau hinsah, bemerkte er, dass ein großes dunkles Tier schräg vor ihm saß und ihn beobachtete. Das Tier sah aus, wie eine riesige Kellerassel. Hugo wusste nicht, ob das Tier vielleicht gefährlich war. Es lief jedenfalls nicht vor ihm weg. Sollte er selber weglaufen? ›Hab keine Angst‹, sagte Hugo. ›Ich tue dir nichts. Ich bin doch nur ein Mensch. Wir Menschen tun niemandem etwas.‹ Aber die große Kellerassel war davon nicht überzeugt. Sie gab ein metallisch klingendes Geräusch von sich. Es klang so, als ob jemand versuchte, einen Stapel Kochtöpfe zu jonglieren. Hugo hatte das Gefühl, dass die Kellerassel ihn auslachte.«

Sylvia sagte nichts. Sie atmete sehr gleichmäßig. Schlief sie? »Sylvia?« Sie reagierte nicht. Patrick bewegte sich. Ja, sie schlief tatsächlich. Er stand vorsichtig auf. Sie schlief weiter.

Und Patrick selber? Er war zwar erschöpft, aber noch

immer hellwach. Da waren so viele Fragen. Diese Sylvia – er wusste gar nichts über sie. Fast gar nichts. Sie hatte bisher nichts über sich erzählt, außer dass sie eine Diebin und Lügnerin sei. Aber stimmte das, oder war das am Ende auch gelogen?

In dem Augenblick wachte sie auf. Sie richtete sich auf und sah Patrick an. »Oh«, sagte sie. »Entschuldigung, ich bin eingeschlafen. Das wollte ich nicht.«

»Du kannst ruhig weiter schlafen«, erwiderte Patrick. Sie wischte sich die Haare aus dem Gesicht. »Ja, ich bin müde«, sagte sie. »Aber ich möchte dir auch gern weiter zuhören.«

»Ich kann dir morgen mehr erzählen«, schlug er vor.

Sie lächelte. Sie sah ein bisschen verloren aus. »Weißt du«, sagte sie, »das ist einfach wunderschön. Du kannst dir gar nicht vorstellen, wie schön das ist, wenn jemand einem eine Geschichte erzählt, bis er eingeschlafen ist. Das habe ich mir immer gewünscht. Dass meine Mama oder mein Papa meine Hand hält und mir eine Geschichte erzählt, bis ich schlafe. Aber das ist nie passiert.«

»Es ist immer noch möglich.«

Sylvia schüttelte den Kopf. »Nein«, sagte sie. »Es ist nicht mehr möglich. Mein Vater ist tot. Und er hätte mir sowieso nie etwas vorgelesen.«

»Du hast ihn nicht besonders gemocht, oder?«

»Er war ein Schwein. – Vielleicht sollte ich das nicht sagen, er war ja schließlich mein Vater. Aber er war trotzdem ein Schwein. Für Geld hätte er alles getan. Aber jedenfalls ist er jetzt tot.«

»Das muss ein ziemlicher Schock gewesen sein«.

Sylvia reagierte nicht.

»Für dich und für deine Mutter«, ergänzte Patrick.

»Sie hat sich damit abgefunden. Ganz gleich, was passiert ist, sie hat sich immer ziemlich rasch damit abgefunden. Wenn sie glaubt, dass etwas nicht zu ändern ist, dann ist es eben so, und dann muss man damit leben. Das tut sie dann auch. Als Papa tot war, hat sie sich einen neuen Freund gesucht. Sie sah ja noch ganz gut aus, und von daher war das auch nicht besonders schwierig. Sie hat keine großen Ansprüche gestellt. Und er auch nicht.«

»Du magst ihn nicht«, stellte Patrick fest.

»Er ist ein Scheißkerl«, bestätigte Sylvia. »Ach ja, ich vergesse immer wieder, dass ich sowas nicht sagen soll. Die beiden harmonieren nicht besonders gut miteinander. Klingt das besser?«

Patrick gab keinen Kommentar ab.

»Sie haben sich nicht viel zu sagen«, fasste Sylvia ihr Urteil zusammen. »Und dieser Typ, dem macht das nicht viel aus, der glaubt, das sei gar nicht nötig, dass man sich viel zu sagen hat. Es sei nur wichtig, dass einer was zu sagen hat, und das sei er. Aber da hat er sich verrechnet. Irgendwann schmeißt sie ihn raus. Wahrscheinlich ziemlich bald. Mama hat zwar alles Mögliche eingesteckt und weggesteckt im Laufe ihres Lebens, aber sie hat sich nie unterbuttern lassen.«

»So wie du?«, fragte Patrick.

Sylvia schüttelte den Kopf. »Wir sind völlig verschieden. Wenn sie etwas erreichen will, dann macht sie das sozusagen durch Anpassung. Das heißt, sie tut so, dass der andere glaubt, dass er sie überzeugt hat, und dass sie dann macht, was er will. Aber in Wirklichkeit tut sie genau das, was sie will, und dann behauptet sie, das sei so abgesprochen.«

»Du wählst eher den direkten Weg?«

Sylvia nickte. »So kann man das sagen. Wenn mir irgendetwas nicht passt, dann schlage ich zu.«

Patrick sah sie amüsiert an. Sylvia sah nicht aus wie ein gewalttätiger Mensch. Eher zerbrechlich, ängstlich.

Sylvia warf ihm einen prüfenden Blick zu. »Das glaubst du jetzt nicht«, stellte sie fest. »Normalerweise habe ich vor nichts Angst.«

»Aber jetzt schon?«

»Ja.«

»Wovor hast du Angst?«

»Das habe ich doch schon gesagt. Ich werde verfolgt.«

Patrick seufzte. »Ich will dir ja helfen. Aber wenn ich gar nicht weiß, von wem du verfolgt wirst ...«

Eine Weile saßen sie sich schweigend gegenüber. Schließlich hielt Sylvia es nicht länger aus. »Er will, dass ich tot bin, verstehst du?«

»Und warum will er, dass du tot bist?«

»Darüber will ich jetzt nicht reden. – Ich weiß, dass du das nicht gut findest. Aber es ist ja nicht so, dass ich nie darüber reden will. Nur jetzt noch nicht, verstehst du? Ich kann das nicht. Ich brauche Frieden. Verstehst du das?«

Patrick antwortete nicht.

Sylvia sagte: »Wahrscheinlich verstehst du das nicht. Aber darf ich trotzdem bei dir bleiben?«

»Ja«, sagte er. In dem Augenblick, in dem er das gesagt hatte, wusste er mit hundertprozentiger Sicherheit, dass das wieder ein Fehler war. In diesem Moment hatte er sich endgültig auf ein möglicherweise lebensgefährliches Abenteuer eingelassen, ohne überhaupt zu wissen, worum es ging.

* * *

Sylvia lag auf der Couch. »Ich bin müde«, sagte sie.
»Hast du Nachtzeug dabei?«
Sylvia schüttelte den Kopf. »Ich schlafe immer nackt.«
Patrick zog die Augenbrauen hoch.
»Aber wenn es dich stört …«
Es störte ihn nicht, aber sie nahm doch den Pyjama, den Patrick ihr anbot. Wenige Minuten später war sie eingeschlafen.
Und jetzt? Patrick hob ihren Rucksack vom Boden auf. Ein billiges Teil, nicht einmal wasserdicht. Der Inhalt war vollkommen durchnässt. Patrick packte alles aus, was es auszupacken gab. Das war nicht viel. Ein Satz Unterwäsche, getragen. Ein paar Socken mit Löchern. Papiertaschentücher. Ein Kondom. Eine halb leere Packung Zigaretten. Streichhölzer. Ein Kugelschreiber. Eine verblichene Fotografie, die ein kleines Mädchen zeigte. War das Sylvia? Schwer zu sagen, aber zumindest sah das Kind auf dem Bild so ähnlich aus wie die Frau, die jetzt auf der Couch schlief. Geld fand Patrick nicht. In einer Seitentasche des Rucksacks steckte ein Kinderausweis. Sylvia Schröder, geboren am 4. Mai 2000. Ohne Foto. Der Ausweis war kurz nach ihrer Geburt ausgestellt worden. Warum hatte sie einen abge-

laufenen Kinderausweis? Er würde sie fragen müssen. Patrick breitete Sylvias Sachen auf dem Wohnzimmertisch aus. Wahrscheinlich waren sie morgen früh wieder trocken. Er warf noch einen Blick auf die schlafende Sylvia, dann ging er selbst ins Bett.

* * *

Das war doch ein Schrei! Patrick fuhr hoch.

»Sylvia?«

Ja, es war Sylvia, die geschrien hatte. Sie lag nicht mehr auf der Couch, sondern neben ihm im Bett, sie schrie noch immer, und sie schlug mit den Armen um sich.

»Sylvia, ganz ruhig, alles ist gut«, versicherte Patrick. Er machte Licht.

Sie hörte auf zu schreien und sah ihn an, als ob sie sich erst jetzt wieder daran erinnerte, dass sie hier bei ihm gelandet war. »Entschuldige«, murmelte sie.

»Ist ja gut«, versicherte er. »Du hast schlecht geträumt, aber jetzt bist du wieder wach und alles ist gut.«

Sylvia nickte. »Ja«, sagte sie schließlich. »Ja, ich hab schlecht geträumt.«

»Wovon hast du geträumt?«

»Ich weiß es nicht mehr«, behauptete sie. Sie sah ihn nicht an dabei. Sie hatte von den Puppen geträumt. Wieder einmal. Aber hatte sie auch davon geredet? Hoffentlich nicht. Und bevor er weitere Fragen stellte, sagte sie: »Nimmst du mich in den Arm, bitte?«

Patrick nickte. Er berührte sie ganz vorsichtig und

streichelte sie, bis sie eingeschlafen war. Dann stieg er behutsam aus dem Bett und legte sich auf die Couch.

Stinktier

Patrick wachte früh auf. Er hatte schlecht geschlafen. Zum einen war er es nicht gewohnt, auf der Couch zu schlafen; sie war zu hart und außerdem etwas zu kurz. Schlimmer war, dass er nicht wusste, was er mit Sylvia machen sollte. Auf Besuch war Patrick nicht eingerichtet. Er würde das Gästezimmer freiräumen müssen. Sein Arbeitszimmer. Ihr Abendbrot gestern hatten sie zwar vom Pizzaservice kommen lassen, kein Problem. Jetzt brauchten sie Frühstück. Und Klarheit darüber, wie es mit Sylvia weitergehen sollte.

Sylvia. Alles war seltsam. Schon der Anfang. Dass ihn auf der Beerdigung eines Kollegen irgendeine junge Frau ansprechen und um Hilfe bitten würde. Warum gerade ihn?

Er rief Sebastian an. Sebastian war jedenfalls keiner der Wissenschaftler, die lange um den heißen Brei herum redeten und am Ende das Gegenteil von dem sagten, was sie wirklich dachten. Er war überhaupt kein Wissenschaftler. Er war als Techniker für das Labor zuständig.

»Sebastian, hättest du Lust, zum Frühstück vorbeizukommen?«

»Jetzt?« Sebastian gähnte.

»Ja, ich weiß, es ist ziemlich früh, aber ich brauche

29

deinen Rat?«

»Meinen Rat? Geh zurück ins Bett und schlaf noch ne Stunde.«

»Nein, das ist keine Lösung.«

»Was ist das Problem?«

Patrick schilderte ihm, was geschehen war. Sebastian lachte. »Da siehst du ein Problem? Wenn ich mitten in der Nacht aufwache, weil plötzlich eine junge Frau neben mir im Bett liegt, dann würde ich das nicht als Problem bezeichnen. Eher als eine angenehme Überraschung.«

Patrick lachte nicht. »Für mich ist das ein Problem. Ich weiß nicht, was ich von der Geschichte halten soll. Ich würde es gern sehen, wenn du kurz rüberkommst und mir dann hinterher sagst, was du denkst.«

»Ja, ich komme. – Du hast die Aufforderung unseres früheren Universitätspräsidenten ja sehr wörtlich genommen.«

»Von jungen Frauen im Bett hat er nicht direkt gesprochen, wenn ich mich recht erinnere.«

»Er hat vom Mut gesprochen. Und vom Risiko.«

»Ach ja, und könntest du bitte unterwegs irgendwo ein paar Brötchen auftreiben? Und Wurst oder irgend so etwas ?«

»Ja, klar. Das ist die komischste Einladung zu einem Frühstück, die ich je bekommen habe.«

* * *

Als Patrick den Hörer aufgelegt hatte, kam Sylvia ins Zimmer. Sie gähnte.

Patrick sagte: »Könntest du dich bitte anziehen? Ein Kollege kommt gleich zum Frühstück vorbei.«

Sylvia nickte. Wenig später kam sie zurück. Sie trug dieselben Sachen, die sie gestern auch auf der Beerdigung angehabt hatte. »Ich habe nichts anderes«, sagte sie.

»Das ist schon in Ordnung«, erwiderte Patrick. Er musste sie nachher als erstes zum Einkaufen schicken. Oder vielleicht konnte ihr Michelle etwas von ihrem Zeug leihen. Die beiden hatten ungefähr die gleiche Statur.

Und die Haare! Hatte sie nicht geduscht? Sylvias Frisur sah so aus, als hätte sie irgendwo draußen in der Natur übernachtet. »Trinkst du Kaffee?«, fragte Patrick.

Sylvia nickte.

Patrick ging in die Küche und startete die Kaffeemaschine. Sylvia half ihm beim Aufdecken. Sie wunderte sich über das kleine Messer mit dem grünen Griff. »Wozu ist das denn?«

»Zum Käseschneiden«, erwiderte Patrick. Aber im Augenblick hatte er keinen Käse.

Wenig später läutete es an der Haustür. Sebastian hatte sich beeilt. Sein Auftritt war erwartungsgemäß ungestüm und sehr direkt. »Schöne Grüße vom Bäcker«, rief er. »Und guten Morgen allerseits.«

»Moin«, sagte Sylvia knapp.

Patrick hatte das Gefühl, dass die junge Frau nicht übertrieben begeistert war. Aber das ließ sich nun nicht mehr ändern.

Sein Freund hatte ein unerschütterliches Selbstvertrauen. »Ich bin Sebastian«, sagte er. »Und wie heißt du, schönes Kind?«

»Sylvia.«

»Lass dich mal angucken, Sylvia. Steh mal auf und zeig mir deine Ärmchen!«

Patrick starrte seinen Freund an. Er hätte nie geglaubt, dass Sylvia sich durch dessen forsches Auftreten beeindrucken ließe. Aber genau das war der Fall. Sylvia stand tatsächlich auf und streckte dem Techniker die Arme entgegen. Sebastian begutachtete ihre Arme und Hände und nickte dann: »Gut.«

»Sylvia steht nicht zum Verkauf!«, brummte Patrick.

»Ich will sie auch gar nicht kaufen. Du hast gesagt, ich soll sie mir angucken und sagen, was ich von ihr halte. Und das tue ich jetzt. Ich sehe, dass es keine Einstiche gibt. Sylvia nimmt also keine Drogen, oder zumindest keine Drogen, die man mit irgendeiner Spritze verabreicht bekommt. Es gibt auch keine Spuren irgendwelcher Ritzungen. Nein, das Mädchen ist rund und gesund.«

»Rund?«, rief Patrick empört, aber Sylvia lachte.

»Dann gibt es noch eine kleine Besonderheit, hier an der linken Hand. Du bist Rechtshänderin, nehme ich an?«

Sylvia nickte.

»Patrick, siehst du diese kleinen blauen Punkte?«

Es gab in der Tat fünf blaue Punkte; die waren Patrick bisher nicht aufgefallen. Sylvia lachte nicht mehr; sie sah plötzlich besorgt aus.

»Keine Angst«, sagte Sebastian, »alles ist gut. Diese Punkte zeigen, dass Sylvia mal im Knast gewesen ist. Das ist so eine Tätowierung, die man sich macht, weil es verboten ist, und weil man zeigen will, dass man sich nicht unterkriegen lässt. Und bevor du jetzt irgendetwas sagst, Sylvia, du kannst stolz darauf sein, dass du diese Tätowierung trägst.«

Sylvia sah im Augenblick nicht besonders stolz aus. Sie sah den Techniker zweifelnd an.

»Es ist nichts Schlimmes, wenn man mal im Knast gewesen ist«, bekräftigte Sebastian. »Viele berühmte Leute waren entweder mal im Gefängnis oder sind zumindest per Haftbefehl gesucht worden. Georg Büchner zum Beispiel. Kennst du den?«

Sylvia nickte.

»Fritz Reuter, unser großer plattdeutscher Dichter, saß sieben Jahre im Gefängnis. Friedrich Schiller, der nicht mehr schreiben durfte, hat sich seiner Verhaftung nur durch Flucht entziehen können. Rebellen gegen die Fürstenherrschaft und Aufrührer waren sie alle.«

Sylvia lächelte wehmütig. »Ich habe nur wegen eines Einbruchs im Gefängnis gesessen«, sagte sie. »Na ja, und wegen Widerstands gegen die Staatsgewalt.«

»Na bitte!«, sagte Sebastian. »Damit gehörst du zur selben Gruppe wie Büchner, Schiller und Reuter. Und unser Freund Patrick Pauli, so sanftmütig er auch aussieht, ist im Grunde seines Herzens auch ein Rebell. Er ist bei einer Demonstration verhaftet worden. Wann war das noch gleich, Patrick?«

»Vor drei Jahren«, sagte Patrick. »Vorübergehende Festnahme nach einer Anti-Rassismus-Demonstration.« Den Vorfall hatte er inzwischen fast vergessen.

»Du bist hier also unter Freunden, Sylvia. Keiner von uns wird irgendetwas gegen dich unternehmen. Keiner von uns wird irgendetwas tun, was dich in Gefahr bringt.«

»Wir helfen dir«, bekräftigte Patrick.

»Aber wir können dir nur helfen«, setzte Sebastian nach, »wenn wir wissen, worum es eigentlich geht. Warum bist du auf der Flucht? Warum wirst du bedroht? Und wer bedroht dich?«

Sylvia seufzte. »Ich hab was geklaut«, sagte sie.

»Deswegen auch die Gefängnisstrafe?«

»Nein. Das war etwas anderes, und das ist lange her. Worum es hier geht, das ist, ich habe jetzt etwas geklaut. Derjenige, dem es gehört, will es aber auf jeden Fall zurückhaben. Oder, wenn er es nicht bekommen kann, dann will er mich töten.«

»Sagt er?«, fragte Sebastian.

»Nein. Ich weiß es einfach.«

»Wer ist es?«

Sylvia zuckte mit den Achseln. »Das weiß ich nicht.«

»Das verstehe ich nicht.«

»Ich kenne seinen Namen nicht«, behauptete Sylvia. »Ich würde ihn vielleicht auf der Straße erkennen, aber vielleicht auch nicht. Ich habe ihn gesehen, wie er mich verfolgt hat, wie er hinter mir her gegangen ist, wie er in dieselbe S-Bahn gestiegen ist wie ich. Ich habe ihn gesehen, aber eigentlich immer nur aus den Augenwinkeln. Nie aus der Nähe. Und ich habe ihm nie direkt ins Gesicht gesehen aber er ist mir auf den Friedhof gefolgt. So bin ich zu der Beerdigung gekommen, wo ich Patrick um Hilfe gebeten habe.«

»Das ist nicht die ganze Geschichte«, vermutete Patrick.

»Mehr sage ich nicht«, erwiderte Sylvia prompt. »Aber vielleicht könntest Du uns doch ein bisschen mehr erzählen«, schlug Sebastian vor. »Wenn du diesem Unbekannten etwas Wertvolles geklaut hast, dann musst du doch zumindest wissen, wo er wohnt. Und wenn Du sein Haus oder seine Wohnung kennst, dann müsstest Du doch eigentlich auch seinen Namen kennen.«

Sylvia schüttelte den Kopf. »Nein«, sagte sie. Sie zögerte einen Moment, dann ergänzte sie: »Ich kenne nur seinen Vornamen. Oder seinen Spitznamen. Alex hat er sich genannt.«

»Ein Amerikaner?«, mutmaßte Sebastian.

»Nein, zumindest hat er keinen amerikanischen Akzent. Ich bin mir ziemlich sicher, dass er Deutscher ist.«

»Und was ist es nun gewesen, was du diesem Alex geklaut hast?«

»Ein Laptop.«

»Und was hast du damit gemacht?«

»Nichts. Dazu war keine Zeit mehr. Ich hab gewusst, dass die Polizei hinter mir her ist, und deshalb musste ich den Laptop schnell loswerden. Ich hab ihn im Moor vergraben.«

Sebastian schüttelte den Kopf. »Nach allem, was ich über Computer weiß, ist es nicht besonders ratsam, sie im Moor zu vergraben.«

»Ich hab den Laptop in Plastik eingewickelt, so dass keine Feuchtigkeit drankommt.«

»Das hilft nicht viel. Im Internet steht zwar, dass Plastiktüten 20-100 Jahre brauchen, um zu zerfallen. Wenn du allerdings die handelsüblichen Einkaufstaschen zum

Transport und zur Lagerung von Bodenproben verwendest, dann stellst du fest, dass sie sich nach sehr kurzer Zeit auflösen. Sie sind mit Sicherheit kein Schutz gegen Wasser oder Feuchtigkeit, wenn man darin irgendetwas im Boden vergräbt. Schon gar nicht im Moor.«

»Der Boden war trocken«, sagte Sylvia.

»Als du ihn vergraben hast vielleicht«, erwiderte Patrick. »Aber gestern hat es zum Beispiel geregnet. Ziemlich heftig sogar. Du solltest dich auf jeden Fall so rasch wie möglich auf die Suche nach diesem vergrabenen Laptop machen. Wann hast du ihn vergraben?«

»Im Mai. Vor ungefähr drei Monaten.«

»Und wo?«

»Im Fischbeker Moor.«

Sebastian schüttelte den Kopf. »Dann ist er wahrscheinlich hin.«

* * *

Gleich nach dem Frühstück machten Sylvia und Patrick sich auf den Weg ins Moor. Sebastian hatte keine Zeit, sie zu begleiten. Er musste zur Arbeit.

Sie fuhren mit Patricks Wagen. Sylvia wäre am liebsten selbst gefahren, aber sie traute sich nicht, Patrick zu fragen. Sie konnte Autofahren, aber sie hatte keinen Führerschein. Sie fuhren mit dem Auto bis zum Rand des Naturschutzgebietes - so weit, wie sie fahren durften. Sylvia holte Patricks Spaten aus dem Kofferraum. Sie sah sich noch einmal um, aber niemand war ihnen gefolgt. Damit hatte sie auch nicht wirklich gerechnet. Überhaupt wirkte das Moor völlig menschenleer.

Nichts Bedrohliches zu sehen.

Sylvia fragte sich, was sie sagen sollten, wenn sie jemand fragte, was sie mit dem Spaten im Fischbeker Moor wollten. Proben nehmen für Bodenuntersuchungen vielleicht? Im Naturschutzgebiet? Seltsam. Aber wahrscheinlich würde sie niemand zur Rede stellen. Die meisten Menschen stellten keine Fragen.

Sylvia war froh, dass zumindest Patrick keine weiteren Fragen stellte. Sie hatte bisher nur ein Minimum an Informationen preisgegeben, aber eigentlich war selbst das schon zu viel.

Patrick erklärte Sylvia, was er über das Moor wusste. Von dem ursprünglichen Moor war nicht mehr allzu viel übrig. Der Torfabbau hatte vor Jahrzehnten geendet, aber die Spuren waren noch überall sichtbar. Der Grundwasserspiegel lag heute tiefer als früher, so dass die Situation für den Computer vielleicht günstiger war als Sebastian behauptet hatte.

»Der Wachtelkönig soll hier wohnen«, sagte Patrick. »Das hat dazu geführt, dass der Naturschutz hier jetzt sehr ernst genommen wird.«

»Was für ein König?«, fragte Sylvia

Patrick erläutere es ihr. »Das ist ein Vogel. *Crex crex* heißt er auf Lateinisch.«

»Krächz krächz?« Sylvia glaubte, Patrick wollte sie verarschen.

»Der Vogel heißt so, weil er solche Geräusche ausstößt. Er ist sehr selten. Jedenfalls hier in Norddeutschland. Aber angeblich hat er sich hier aufgehalten, zufällig gerade als die Autobahn gebaut werden sollte. Die Naturschützer haben ihn gehört, sagen sie. Ich habe ihn jedenfalls bisher weder gehört noch gesehen. Das heißt aber nicht, dass es ihn nicht gibt. Ich bin ja schließlich nicht jeden Tag im Moor.«

»Ich auch nicht«, sagte Sylvia. »Ich hoffe, dass ich die richtige Stelle wiederfinde.«

Was den Weg anging, hatte Sylvia jedenfalls keinen Zweifel. Sie marschierte zügig voran. Patrick sah sich ab und zu um, aber niemand folgte ihnen.

»Oh!«

Sylvia blieb abrupt stehen, bückte sich und hob etwas auf, was neben dem Weg im Gras gelegen hatte. »Ein Schuh«, sagte sie. »Guck mal, jemand hat hier einen Schuh verloren.«

Es war ein grüner Hackenschuh, der ganz offensichtlich einer Frau gehörte. Niemand verlor einen Schuh, ohne das zu merken. Warum hatte sie ihn nicht wieder aufgehoben? Es war ein vollkommen heiler Schuh. Er sah so aus, als läge er noch nicht lange hier.

Sylvia war in Panik. Sie kannte den Schuh. Gehetzt sah sie sich um, aber nach wie vor war niemand zu sehen. Sie gingen weiter, Sylvia ein paar Schritte voraus.

Plötzlich schrie sie auf. Patrick zuckte zusammen. »Was ist?«

Sylvia schwieg. Vor ihnen auf dem Weg lag eine junge Frau. Sie rührte sich nicht. Patrick trat rasch hinzu, fasste nach ihrem Puls. Aber es gab keinen Puls. Die Frau war tot. Sie lag auf dem Bauch mitten auf dem Weg, vollständig bekleidet. Sylvia schluckte.

»Wer ist das?«, fragte Patrick.

»Ich weiß es nicht.«

Patrick drehte die Frau auf den Rücken.

»Tote soll man doch nicht berühren!«, rief Sylvia.
Patrick kümmerte sich nicht darum. Er sah Sylvia an.
»Kennst du sie wirklich nicht?«
»Nein.«
Das glaubte Patrick nicht – das konnte er nicht glauben. So etwas gab es nicht. Sie waren unterwegs in einem der einsamsten Gebiete Hamburgs, um einen versteckten Computer auszugraben. Kein Mensch war zu sehen, kein Auto, das irgendwo geparkt war, nichts. Und ausgerechnet hier lag die Leiche dieser jungen Frau. Sie war noch nicht lange tot, ihr Körper war noch warm. Wer immer sie umgebracht haben mochte, konnte noch in der Nähe sein.
»Wir müssen die Polizei rufen.« Patrick griff zum Handy.
Sylvia löste sich aus der Erstarrung. »Der Spaten muss weg!«, rief sie.
Patrick nickte.
Sylvia nahm den Spaten und ging damit entschlossen in das Schilfgebiet rechts des Weges.

* * *

,Gut', dachte Patrick. Der Spaten war weg. Niemand wusste, dass er existierte, niemand würde im Schilf danach suchen. Und nach Sylvia auch nicht. Wenn Sylvia nicht zurückkam, würde er einfach angeben, er habe die Leiche gefunden. Das war das Beste. Oder nicht? Sylvia hatte sich aus dem Staub gemacht. Aus Panik? Nein, nicht aus Panik. Entschlossen, zielstrebig. Sie kannte die Tote, und sie wollte damit nichts zu tun haben. Die fünf blauen Punkte am Arm dieser Toten waren Patrick nicht entgangen.

Die Frau war ungefähr so alt wie Sylvia. Sie trug ein hellgrünes Sommerkleid, das zu den hochhackigen Schuhen passte. Sie sah nicht aus, als hätte sie einen Spaziergang im Moor geplant. Vielleicht eher ein Treffen mit jemand, den sie noch nicht so genau kannte, und den sie mit ihrer Kleidung beeindrucken wollte. Sie hatte gepflegte kurze blonde Haare und war dezent geschminkt.

Woran sie gestorben sein mochte, war nicht erkennbar. Es gab keine sichtbaren Verletzungsspuren. Ihr Gesicht sah friedlich aus, so als sei sie eingeschlafen und nicht wieder aufgewacht. Aber sie hatte einen Schuh verloren und war noch 30 Meter weitermarschiert, ohne umzukehren. Seltsam.

Es dauerte nicht lange, da hörte Patrick die Sirene des Streifenwagens. Die Polizisten hielten etwa 100 m weiter zurück und sahen sich um.

Patrick rief: »Hierher!«

»Ach, da sind Sie!«

Während der eine Polizist mit der Zentrale telefonierte, nahm der andere Patricks Personalien auf.

Patrick sagte: »Patrick Pauli, 35 Jahre alt.«

»Wo geboren?«

»Krankenhaus Mariahilf in Hamburg-Harburg.«

»Ihr Wohnsitz?«

»Ebenfalls Hamburg-Harburg. Ehestorfer Weg.«

»Und Ihr Beruf?«

»Geowissenschaftler.«

Der Polizist starrte ihn an. »Geowissenschaftler? Ist

das so etwas wie Forschungsreisender?«

Patrick erklärte, dass er kein Forschungsreisender sei. Er sei als Privatdozent an der Universität Hamburg tätig, und sein spezielles Forschungsgebiet sei das Anthropozän.«

»Könnten Sie das bitte buchstabieren?«

Patrick buchstabierte das Anthropozän.

Nun wurde es ernst. Patrick sollte erklären, warum er ausgerechnet in dieser entlegenen Gegend des Moores herumwanderte. War er mit dem Auto gekommen? Was sollte er sagen? Womöglich wartete Sylvia inzwischen beim Auto.

»Ich mache öfter lange Wanderungen«, behauptete er ausweichend.

»Hier im Moor?«

»Nein, nicht immer hier im Moor. Mal hier, mal dort. An verschiedenen Stellen in Hamburg und Umgebung.«

»Wann sind Sie denn zuletzt hier gewesen?«, wollte der Polizist wissen.

Ganz gleich, was er jetzt antwortete, das würde seine Schwierigkeiten nur weiter vergrößern. Am besten bei der Wahrheit bleiben. »An dieser Stelle? Das ist schon ein paar Jahre her.«

»Ein paar Jahre?«

Patrick nickte. Es war mindestens 20 Jahre her, dass er zuletzt hier gewesen war. Als Schulkind. An einem Wandertag war das gewesen. Damals gab es noch die Gastwirtschaft *Wulf im Moor*, wo er eine Cola getrunken hatte.

Der Mann gab sich damit zufrieden.

Der zweite Polizist hatte inzwischen die Umgebung

der Leiche untersucht. »Guck mal, was ich gefunden habe!« Er hielt eine Spritze in der Hand. »Die lag neben der Toten im Gras.«

Sein Kollege nickte. »Wahrscheinlich ganz einfach ein Junkie, der sich hier den goldenen Schuss gesetzt hat.«

»Und wer die Frau ist, das wissen wir inzwischen auch. In der Tasche ihrer Jeans steckte ihr Personalausweis. Ihr Name ist Sylvia Schröder.«

Das Foto in dem Ausweis zeigte allerdings nicht die unbekannte Tote. Es zeigte Sylvia.

Wahnsinn, dachte Patrick. Und jetzt? Er wusste nicht, was er tun sollte. Vor wenigen Stunden hatte alles so harmlos ausgesehen. Die Suche nach einem versteckten Schatz. Sylvia fühlte sich bedroht – aber was hieß das schon? Er würde den Kerl zur Rede stellen, und der würde sie in Ruhe lassen. Patrick hatte nicht wirklich mit Gewalt gerechnet. Und damit, dass es Tote geben könnte, schon gar nicht.

Das Ganze war ein mörderisches Abenteuer, und er steckte mitten drin. Er hatte die Polizei angelogen, aber wenn er das nicht getan hätte, dann hätte er sich in noch größere Schwierigkeiten gebracht. Wie kam die Tote an Sylvias Ausweis? Und Sylvia? Hieß sie nun Mostert oder Schröder? Oder stimmte das beides nicht?

Der Höhepunkt des Polizeieinsatzes war der Auftritt des Notarztes. Sie hatten ihn aus Fischbek herbeitelefoniert. Er parkte seinen VW direkt neben der Leiche, stieg aus, warf einen Blick auf die Frau, fühlte ihren Puls und sagte: »Die ist tot. – Brauchen Sie mich noch?« Als niemand sofort reagierte, stieg er wieder in seinen Wagen, wendete und fuhr davon.

Die Polizisten hatten im Augenblick auch keine weiteren Fragen an Patrick. Dem blieb nichts anderes übrig, als nach Hause zu fahren und abzuwarten, bis Sylvia zurückkam. Wenn sie überhaupt zurückkam.

* * *

Sylvia war weit gerannt, so weit sie konnte. Der kleine Pfad, dem sie am Anfang gefolgt war, verlor sich mehr und mehr, und schließlich gab es rechts und links nichts weiter als nur noch Schilf. Der Boden unter ihren Füßen wurde immer feuchter, und Sylvia begriff, dass dieser Weg schließlich an einem der kleinen Moorseen enden würde. Hier kam sie nicht mehr weiter. Sie blieb stehen, steckte den Spaten in den Boden und holte tief Atem.

Das Handy schnarrte. Sylvia erschrak. Sie sah sich rasch um. Nein, sie war weit genug weg von der Leiche und von der Polizei. Niemand konnte sie hören.

»Hallo?« Bestimmt ist das Kai, dachte sie.

Aber es war nicht Kai, es war ihre Mutter. »Sylvia, mein Schatz!«

»Hallo Mama.«

»Wo bist du?«

»In der Heide«, log Sylvia.

»Du sprichst so leise, ich kann dich kaum verstehen!«

»Der Empfang ist ziemlich schlecht hier.« Auch das war gelogen.

»Bist du immer noch mit diesen Leuten zusammen?«

»Wen meinst du?« Sylvia wusste genau, wen ihre Mutter meinte.

»Na, dieses Mädchen, das du im Gefängnis kennengelernt hast und ... und ...«

Sylvia schwieg. Sie hätte ihrer Mutter nichts von Carolin und nichts von Kai erzählen sollen. Sie hatte gleich gewusst, dass das falsch war. Aber jetzt war es zu spät.

»Das ist kein Umgang für dich, Sylvia!«

‚Ich bin 23, Mama. Ich lasse mir von niemandem vorschreiben, mit wem ich mich treffe.' – Das hätte sie sagen sollen. Warum sagte sie es nicht?

Ihre Mutter bohrte weiter. »Seid ihr zusammen in der Heide?«

»Nein ...«

»Du brauchst mir nichts vorzulügen, Sylvia. Ich bin deine Mutter. Ich weiß, wann du lügst.«

Sylvia sagte nichts.

»Das war nicht richtig, dass du mir das Geld weggenommen hast. Die 250 €. Ich hätte sie dir doch sowieso gegeben, wenn du mich lieb gefragt hättest ...«

Hätte sie nicht. »Ich habe dich gefragt.«

Ihre Mutter war schon bei einem anderen Thema.

»Wann kommst du?«

»Bald«, erwiderte Sylvia unbestimmt.

»Heute Nachmittag?«

»Nein.«

»Schade. – Wenn ihr in der Heide seid, da ist es doch unerträglich heiß bei diesem Wetter. Hast du denn auch genug zu trinken mit?«

»Ja, natürlich.« Sie war nicht in der Heide, und sie hatte nichts zu trinken mit.

»Eine Flasche Wasser, hörst du? Mindestens eine Flasche Wasser!«

44

Sylvias Mutter redete weiter und weiter. Wann hörte sie endlich auf?

»Und du kommst heute Nachmittag, Sylvia, das ist schön. Du bist mein Schatz, mein liebes kleines Mädchen. Wenn du nachher kommst, dann müssen wir mal in Ruhe über alles reden ...«

»Ich komme nicht heute Nachmittag.« Sylvia war ärgerlich.

»Nicht heute Nachmittag?« Ihre Mutter war enttäuscht. »Aber bald, das hast du gesagt. Du kommst bald. Du bist doch mein Schatz ...«

Sylvia beendete das Gespräch. Diese Heuchelei konnte sie nicht länger aushalten. Und das war nun ihre Mutter. Sie hätte Sylvia schützen müssen. Sie hatte nur sich selbst geschützt. Sich und ihre Fantasie von einer heilen Welt.

Und jetzt? Was sollte sie jetzt tun? Sie könnte natürlich im Moor bleiben, bis es dunkel wurde. Aber diese Vorstellung gefiel ihr nicht. Es entsprach nicht ihrem Temperament einfach irgendwo sitzen zu bleiben und abzuwarten, was passierte. Zumal sie nicht wusste, was inzwischen geschehen war. Was hatte Patrick den Polizisten erzählt? Sie glaubte, ihn inzwischen gut genug zu kennen, um sich sicher zu sein, dass er weiter versuchen würde, sie zu schützen. Aber war das überhaupt möglich?

Der Fund der Leiche hatte ihr einen Schock versetzt. Schon als sie den Schuh gesehen hatte, war ihr klar gewesen, dass das Carolins Schuh war. Und dass etwas nicht stimmte. Diese Schuhe waren teuer gewesen, und niemals hätte sie einen davon einfach irgendwo herumliegen lassen. Mord, dachte Sylvia. Die Schweine hatten sich nicht erpressen lassen, sie hatten sich Carolin gegriffen und sie ausgequetscht. Anders ließ es sich nicht erklären, dass die Frau mit ihren Mördern hierher ins Moor gegangen war. Und dann? Carolin hatte nur ungefähr gewusst, wo der Laptop lag. Das hatte den Schurken nicht gereicht. Und dann hatten sie Carolin einfach umgebracht.

Mord. Die Kripo würde sich nicht damit zufrieden geben, einfach nur die Tatsachen zu registrieren, alles aufzuschreiben und abzuheften. Morde mussten aufgeklärt werden. Carolin war noch nicht lange tot. Wenn sie erst vor kurzem ermordet worden war, dann waren die Täter noch hier in der Gegend. Vielleicht waren sie davongerannt, als Patrick und sie gekommen waren. Vielleicht waren sie in dieselbe Richtung wie sie geflüchtet und steckten jetzt hier irgendwo im Schilf, möglicherweise nur wenige Meter von ihr entfernt.

Nein, Sylvia konnte auf keinen Fall abwarten, bis es dunkel wurde. Sie musste weg von hier, und zwar sofort. Am besten über die Landesgrenze. Nach Niedersachsen war es nicht weit. Dorthin konnte ihr die Polizei nicht folgen. Nicht ohne weiteres jedenfalls. Sie griff zum Handy. Hatte sie hier überhaupt Empfang? Ja, natürlich. Ihre Mutter hatte sie doch angerufen. Sie rief *Google Maps* auf. Hastig suchte sie nach der richtigen Stelle. Ja, hier, das musste der Fahrweg sein, auf dem sie gekommen waren, und hier, etwas weiter nördlich lag der kleine Moorsee, zu dem dieser Weg führte. Verschiedene schmale Pfade waren in der Karte eingezeichnet. Aber die Karte war unzuverlässig. Wenn man das

Luftbild vergrößerte, dann sah man, dass einige dieser angeblichen Wege in Wirklichkeit nur Gräben waren, und was es hier an Trampelpfaden gab, das endete unweigerlich an der Landesgrenze an einem breiten Graben, von dem Sylvia annahm, dass sie ihn nicht überspringen konnte.

Und selbst wenn sie es schaffte nach Niedersachsen zu kommen – die Landesgrenze schützte sie vielleicht vor der Polizei, aber nicht vor den Mördern. Aber waren die noch hier in der Gegend? Wahrscheinlich nicht. Wahrscheinlich hatten sie sich gleich aus dem Staub gemacht, als Carolin tot war. Dumme, dumme Carolin! Sie könnte heulen. Aber nicht jetzt. Jetzt musste sie erst einmal sehen, wie sie aus dem Schlamassel wieder herauskam.

Verzweifelt stapfte sie durch das Schilf weiter nach Norden. Aber hier war einfach kein Durchkommen. Es half nichts, sie musste einen Bogen schlagen. Erst nach Osten, dann nach Norden und schließlich nach Westen. Sylvia sah sich noch einmal um. Kein Verfolger in Sicht. Sie bahnte sich einen Weg durch hohes Gras und Gebüsch. Längst hatte sie nasse Füße. Das Moor war nicht so trocken, wie Patrick gedacht hatte. Endlich gelangte Sylvia an einen Fahrweg, der nach Westen führte.

* * *

Als die Polizei weg war, ging Patrick zu seinem Wagen zurück. Sylvia war nicht da. Sie hatte also nicht am Auto gewartet. Im ersten Augenblick war Patrick erleichtert. Sie war weg. Vielleicht würde sie niemals wiederkommen. Damit wären fast alle Probleme gelöst. Aber wollte er das? Damit wären nur seine Probleme gelöst, ihre nicht. Er wünschte sich, dass sie wiederkam.

Patrick rief bei Michelle an. Er erzählte ihr, was gestern passiert war.

»Was für eine merkwürdige Geschichte! Und diese – diese junge Frau ist jetzt bei dir eingezogen?«

»Nur vorübergehend natürlich. – Sag mal, könntest du vielleicht etwas Zeug für Sylvia vorbeibringen?«

Michelle lachte. »Es wird ihr nicht passen«, vermutete sie. »Na ja, der Jogginganzug vielleicht. Ich werde ein paar Sachen heraussuchen. Ich komme nachher mal vorbei.«

Gut, dachte Patrick.

* * *

Es dauerte bis zum Abend, bis Sylvia zurückkam. »Entschuldige«, sagte sie. »Entschuldige bitte, dass ich vorhin im Moor einfach weggelaufen bin.«

»Warum?«, fragte Patrick. »Warum bist du weggelaufen?«

»Ich hab schlechte Erfahrungen mit der Polizei gemacht, das weißt du ja. Ich hab im Gefängnis gesessen.«

Patrick sagte: »Du kannst nicht vor der Polizei weglaufen, Sylvia. Wir müssen damit rechnen, dass die Kripo hier zu uns kommt und weitere Fragen stellt.«

Sylvia tat, als sei ihr das gleichgültig. »Soll sie.«

Patrick bohrte weiter nach. »Die Tote«, sagte er. »Was ist mit der Toten?«

Sylvia reagierte patzig. »Woher soll ich das wissen?«

»Sylvia«, sagte Patrick. »Wenn ich dir wirklich helfen soll, dann muss ich wenigstens wissen, was hier gespielt wird. Und wer bist du überhaupt?«

»Ich bin Sylvia Schröder. Aber als ich geboren wurde, waren meine Eltern noch nicht verheiratet. Meine Mutter hieß Dreyer. Später haben wir das ändern lassen. Viel später.«

»Und wer ist die Frau, die jetzt tot im Moor liegt?«

»Ich kenne sie nicht.«

»Quatsch.«

»Bitte, wenn du sowieso alles besser weißt, dann sage ich gar nichts mehr!« Sylvia war beleidigt.

»Sylvia, bitte! Die Frau hatte deinen Ausweis in der Tasche. Die Polizei hat ihn gefunden.«

Sie zögerte. Schließlich sagte sie: »Carolin. So hat sie sich jedenfalls genannt. Ich weiß nicht, wer sie ist und wie sie wirklich heißt. Ich hab sie im Gefängnis kennengelernt. Sie ist ein halbes Jahr früher nach draußen gekommen als ich. Und als ich endlich entlassen worden bin, da wusste ich überhaupt nicht, wo ich bleiben sollte. Meine Mutter wollte mich nicht haben. Da bin ich bei dieser Carolin untergekommen. Sie wohnt in einer Bruchbude in einem ehemaligen Schrebergartengelände bei Harburg. Zusammen mit ihrem Freund und Zuhälter.«

»Weißt du das, oder glaubst du das?«

»Das mit dem Zuhälter?« Sie zuckte mit den Achseln. »Von irgendetwas müssen die beiden ja schließlich leben, oder?«

»Und wovon lebst du?«

»Gelegenheitsarbeiten.«

»Was denn so?«

»Wir haben doch im Schrebergarten gewohnt. Diese Schrebergärtner, das sind durchweg ziemlich alte Leute. Ich habe ihnen angeboten, für sie den Rasen zu mähen oder den Garten umzugraben. Und manchmal habe ich auch für sie eingekauft. Dafür gab es natürlich nicht viel Geld. Aber es hat gereicht, um davon zu leben. Und ich hab Erdbeeren geklaut. Die waren jetzt ja reif. Aber satt geworden bin ich davon nicht. Ich hatte fast immer Hummer.«

Patrick sagte: »Kannst du mir das auf *Google Maps* zeigen, wo ihr gewohnt habt?«

Sylvia nickte. Aber es stellte sich doch heraus, dass sie das Häuschen auf dem Luftbild nicht identifizieren konnte. Nur die ungefähre Lage. »Hier muss es gewesen sein«, sagte sie. »Hier irgendwo.« Sie beschrieb mit dem Zeigefinger einen Kreis von fast einem Kilometer Durchmesser. Patrick sah sie forschend an. Wusste sie es wirklich nicht besser? Gab es hier überhaupt irgendwelche Gebäude? Das Gelände, in dem die Unterkunft gelegen haben sollte, war nicht eigentlich Teil einer Schrebergartenkolonie. Der Kleingartenverein lag weiter westlich. Die Fläche östlich davon könnte man wohl am ehesten als ‚Unland‘ bezeichnen. An den Rändern zeigte das Luftbild einzelne Hütten, zum Teil wohl auch gepflegte Gärten, aber nicht überall. Das Ganze wurde überragt von einer 380 kv Starkstromleitung. – Ja, dies war vermutlich ein Ort, an dem man unterkommen konnte, wenn man nicht gefunden werden wollte und wenn man keine allzu großen Ansprüche stellte.

»Ohne Miete?«, fragte Patrick.

»Ohne Miete. Ich hatte Carolin von dem Laptop erzählt. Ich hab vor ihr angegeben. Ich hab gesagt, der Computer sei so gut wie ein Schatz im Moor. Das war dumm von mir. Sie hat geglaubt, dass wir diesen Schatz gemeinsam bergen würden. Das hatte ich mir nicht so vorgestellt, aber ich hab jedenfalls nicht widersprochen. Und dann bin ich schließlich abgehauen.«

»Und du hast keine Ahnung, wie die beiden wirklich heißen?«

»Die Carolin, die heißt wahrscheinlich Schulz. Zumindest hat sie das gesagt. Von dem Freund weiß ich nur den Vornamen. Kai.«

»Wie alt sind die beiden?«

»Das weiß ich nicht genau. Das heißt, die Carolin, die war jünger als ich. Ein oder zwei Jahre jünger, glaube ich. Und der Kai – schwer zu schätzen. Er sieht deutlich älter aus. Aber wenn man so in der Gosse lebt, dann kommt das ganz schnell.«

»Er hat keinen Beruf?«

Sylvia schüttelte den Kopf. »Eigentlich ist er Kfz-Mechaniker. Zumindest hat er das gesagt. Er hat auch mal irgendwo gearbeitet, in einer Autowerkstatt in Wilhelmsburg. Da haben sie geklaute Autos umgespritzt und solche Sachen. Er hat gesagt, das sei ihm schließlich zu heiß gewesen. Aber das glaub ich nicht. Ich glaube, dass sie ihn am Ende rausgeschmissen haben, weil er einfach zu unzuverlässig ist.«

»Und bei diesem Pärchen bist du untergekrochen?«

»Ich hatte ja keine Wahl. Erst bin ich natürlich nach Hause gegangen. Aber zu Hause war ich unerwünscht, das hat meine Mutter sehr deutlich gemacht. Und ich will nicht da leben, wo mich keiner haben will. Und die Carolin, die kannte ich ja aus dem Knast.«

»Und die hat dich mit offenen Armen aufgenommen?«

»Ja. Nein. Nicht wirklich. Aber zumindest hat sie mich nicht gleich wieder weggeschickt. Ihr Freund, der war erst überhaupt nicht begeistert. Aber dann hat Carolin ihm von diesem sagenhaften Schatz erzählt.«

»Und dieser Schatz war der Computer?«

»Ja, der Laptop. Den habe ich geklaut, das habe ich dir doch erzählt. Gleich nachdem ich aus dem Knast gekommen bin war das. Und ich hab mir gedacht, dass man da vielleicht etwas mit anfangen könnte. Ich meine, da könnten doch wichtige Daten drauf sein, und vielleicht wäre der Besitzer daran interessiert das Gerät zurückzukriegen. Und vielleicht würde er ja einiges dafür bezahlen, wenn er den Rechner zurückbekommen würde. Finderlohn.«

Das war Patrick zu vage. »Wenn du meinen Laptop klauen würdest«, sagte er, »dann würde ich gar nichts dafür bezahlen. Die Daten, die da drauf sind, die sind alle gesichert, und die könnte ich aus der Cloud jederzeit wieder herunterladen. Und der Laptop selbst – wenn jemand anderes daran herumgewerkelt hat, dann würde ich ihn nicht mehr anfassen. Dann würde ich mir lieber einen neuen kaufen.«

»Die Menschen sind verschieden«, sagte Sylvia.

»Schön. Aber wie ist das nun weitergegangen? Was habt ihr mit dem Laptop angestellt?«

»Gar nichts.«

»Das verstehe ich nicht.«

»Der Computer war doch überhaupt gar nicht da. Ich hatte ihn gleich im Moor vergraben, um ihn in Sicherheit zu bringen.«

»Vor wem?«

»Vor dem Besitzer. Und vor der Polizei. Ich hatte Angst vor der Polizei. Ich war ja vorbestraft.«

»Weshalb?«

»Wegen Einbruchs. Aber nicht nur. Als sie mich schließlich geschnappt hatten, da habe ich mich gewehrt. Ich bin nicht besonders stark, weißt du, aber ich bin schnell. Wer zuerst zuschlägt, der ist im Vorteil. Ich habe zuerst zugeschlagen, und ich habe dem einen der beiden Bullen voll auf die Nase gehauen, dass das Blut nur so gespritzt ist. Aber sie waren natürlich zu zweit, und da hatte ich keine Chance. Daher die Gefängnisstrafe.«

Patrick schüttelte den Kopf. »Das war keine gute Idee, einfach zuzuschlagen.«

»Ja, klar. Das hat mein Anwalt auch gesagt. Dieser Pflichtverteidiger, den ich gekriegt habe. Aber das war natürlich ein Mann, und ein Mann hat sowieso keine Vorstellung davon, wie das ist, wenn man eine Frau ist. Wenn man eine Frau ist, dann gehorcht man, oder man gehorcht nicht. Ich gehorche nicht, weißt du, und wenn jemand mir dumm kommt, dann schlage ich zu.«

Patrick wiederholte, dass sie das wirklich besser lassen sollte.

Sylvia sagte: »Ich bin etwas impulsiv. Da kann man nichts machen. Deswegen haben mich die Bullen ja überhaupt nur gekriegt.«

»Verstehe ich nicht.«

»Normalerweise hätten sie mich nicht erwischt. Aber ich war einfach zu naiv. Ich hatte keine Handschuhe getragen. Und ich hatte nicht daran gedacht, dass die Polizei ja früher schon meine Fingerabdrücke genommen hatte. Bei dieser Schlägerei im Bus.«

Patrick zog die Augenbrauen hoch. »Was war das für eine Schlägerei?«, fragte er so sanft wie möglich.

»Dieser Kerl wollte, dass ich aufstehe, damit er sich hinsetzen kann. Alles nur, weil er älter war als ich. Aber nicht so viel älter, dass ich deswegen einfach für ihn aufstehen wollte.«

»Und da hast du zugeschlagen?«

»Nein, natürlich nicht. Erst als er mich angefasst hat, da hab ich rot gesehen. Weißt du, ich kann es nicht ertragen, wenn mich jemand anfasst und an mir herumzerrt.«

»Und das hat dieser Mann gemacht?«

»Ja, das hat er. Aber die Zeugen haben das natürlich alle ganz anders gesehen. Die haben behauptet, dass ich ohne Grund zugeschlagen hätte. Das war nicht wahr. Aber wenn bei einer solchen Auseinandersetzung einer ein Erwachsener ist, und einer ist ein Kind, und die beiden sagen verschiedene Dinge, dann ist es natürlich ganz klar, dass das Kind lügt.«

»Du warst noch ein Kind?«

»Na ja, fast. Ich war 20 Jahre alt damals.«

»Und dann hat die Polizei deine Fingerabdrücke genommen?«

»Ja. – Das wäre natürlich nicht nötig gewesen, denn sie hatten mich ja sowieso, und da waren die Fingerabdrücke völlig egal. Aber vielleicht wollten sie mich einfach nur ärgern. Oder vielleicht haben sie auch gedacht, so jemand wie ich, das ist sowieso ein krummer Hund, und da ist es sicher von Vorteil, wenn man schon mal die Fingerabdrücke nimmt. Dann hat man die schon mal. Und so war es dann ja auch.«

»Gut. Das war ja alles vor deiner Verhaftung. Aber dieser jetzige Einbruch? Wie ist es dazu gekommen?«

»Ich brauchte Geld.«

»Ich denke, du hast einen Computer geklaut?«

»Ja, das auch. Aber eben auch Geld. Das Haus war ja leer, und da hab ich mich ein bisschen umgesehen. Und im Schreibtisch, da hab ich dann das Geld gefunden. Viel war es nicht, etwas über 300 €, aber die hab ich natürlich mitgenommen.«

»Und was war das für ein Haus, in das du eingebrochen bist?«

»Irgendein Haus halt.«

»Das Haus von diesem Alex, oder?«

Sylvia zögerte. Jetzt hatte sie sich bei ihrer Beichte irgendwie verrannt, und die einzelnen Bruchstücke passten nicht mehr aneinander. »Es war nicht einfach irgendein Haus«, gab sie schließlich zu. »Es war kein Zufall. Und ich bin davon ausgegangen, dass der Computer ziemlich wertvoll war. Wegen der Daten.«

»Was denn für Daten?«

»Sex.«

Patrick starrte Sylvia an. »Was meinst du damit?«

Sie verzog das Gesicht.

»Selbst wenn dieser Alex den ganzen Computer voller Sexbilder gehabt hat, spielt das doch überhaupt keine Rolle. Er kann so viele Sexfotos auf dem Rechner haben, wie er will. Das ist völlig legal.« Patrick dachte an die Bilder der nackten Michelle, die er auf seinem eigenen Rechner hatte.

Sylvia schüttelte den Kopf. »Illegale Bilder«, sagte sie. »Vergewaltigungen. Gemetzel. Solche Sachen.«

»Wie kommst du darauf?«

»Ich weiß es einfach. Aber gesehen hab ich die Bilder nicht. Ich konnte nicht rankommen an die Daten. Und ich hatte keine Zeit, mich weiter darum zu kümmern. Ich hab den Rechner genommen und ihn erst einmal im Moor vergraben. Ungefähr da, wo wir die Carolin gefunden haben.«

»Und diese Kerle, von denen du glaubst, dass sie Carolin umgebracht haben – wer ist das?«

»Das weiß ich nicht.«

»Alex und seine Freunde?«

»Wahrscheinlich.«

»Und wie haben die davon erfahren, dass ihr Computer irgendwo im Moor versteckt worden ist?«

»Das weiß ich nicht.«

»Aber sie wissen es jedenfalls?«

»Ja, offensichtlich.«

»Wenn diese Carolin von Alex und seinen Helfern entführt und schließlich umgebracht worden ist, dann muss Carolin doch mit ihnen in Kontakt getreten sein. Wenn man jemanden erpressen will, dann muss man doch zumindest wissen, wer das ist.«

»Von Erpressung hab ich nie geredet«, empörte sich Sylvia.

»Nennen wir es Finderlohn. Aber das ändert nichts an dem Problem. Auf irgendeine Weise muss diese Carolin mit dem Besitzer des Computers in Kontakt getreten sein. Aber wie?«

»Ich weiß es einfach nicht.«

»Und Kai? Könnte der das wissen?«

»Vielleicht.«

»Dann sollten wir ihn so schnell wie möglich aufsuchen und ihn danach fragen.« Bevor ihm auch noch etwas passiert, dachte Patrick, aber das sagte er jetzt nicht.

* * *

Es läutete an der Haustür. Sylvia erschrak.

»Das wird die Polizei sein«, sagte Patrick. »Ich mache auf.«

Sylvia nickte. Sie blieb auf dem Sofa sitzen.

Patrick öffnete die Haustür. Es war nicht die Polizei, sondern eine einzelne Frau. Draußen stand Michelle. Sie fragte, »Was sind denn das für Lumpen, die da draußen auf der Wäscheleine hängen?«

Es war Sylvias Wäsche.

»Mein Besuch«, sagte Patrick. »Michelle, das ist Sylvia. Ich habe sie auf der Beerdigung von Professor Zindler kennengelernt. Sie braucht Hilfe.«

Erst jetzt entdeckte Michelle Sylvia.

»Hallo«, sagte Michelle. Es klang sehr distanziert. Sie registrierte, dass die Frau auf dem Sofa Patricks Trainingsanzug trug.

»Moin«, erwiderte Sylvia. Sie sah Michelle nicht an dabei. Arschkuh, dachte sie.

Patrick versuchte, Michelle zu erklären, was es mit Sylvia auf sich hatte. Es klang sehr unbeholfen. Wahrscheinlich glaubte diese Michelle jetzt, dass sie ihn gerade bei einem Techtelmechtel mit einer jüngeren Frau ertappt hatte. Michelle war älter als Sylvia, und sie wirkte sehr bürgerlich.

»Wie lange bleibt sie?«, fragte sie knapp.

»Sylvia bleibt so lange wie nötig«, erwiderte Patrick. Das war keine gute Antwort. Jedenfalls keine, die Michelle gefiel.

Sylvia machte sich indessen auf dem Sofa so breit wie möglich und legte die Füße auf den Tisch. Dann zündete sie sich eine Zigarette an. Patrick runzelte die Stirn. Niemand rauchte hier. Es gab keinen Aschenbecher. Sylvia schnipste die Asche auf den Fußboden. Sie wollte Michelle provozieren. Und Patrick. ‚Warum greifst du nicht ein?‘, dachte sie. ‚Sag endlich etwas!‘

»Ich gehe«, sagte Michelle. »Das hier, das sind jedenfalls die Sachen, die ich dir rausgesucht habe. Vielleicht passen sie.« Sie stellte zwei Plastikbeutel mit Zeug neben das Bücherregal.

Patrick folgte ihr zu Haustür. »Michelle, das musst du bitte verstehen ...«

»Nein.« Michelle schüttelte den Kopf. »Das muss ich nicht verstehen. Du weißt, ich habe großes Verständnis dafür, dass du dich für die Randgruppen unserer Gesellschaft stark machst, aber das jetzt, das geht zu weit. Wenn du weiter mit diesem kleinen Stinktier unter einem Dach wohnst, dann sind wir getrennte Leute.«

»Michelle!«

Sie ging davon, ohne sich umzusehen.

»Deutliche Worte von deiner Freundin«, stellte Sylvia fest, als Patrick zurückkam.

Er nickte.

»Stinktier!«, empörte sich Sylvia. »Kleines Stinktier nennt sie mich.«

»Das hat nichts zu bedeuten«, behauptete Patrick. Ganz offensichtlich wusste er nicht, was er tun sollte. Er schenkte sich ein Glas Rotwein ein.

»Stinke ich denn wirklich?«

»Nein. Jedenfalls nicht mehr, seit du geduscht hast.«

»Ist das alles, was dir dazu einfällt?« Sylvia starrte Patrick an.

Patrick sagte nichts. Sylvia war klar, dass Michelle sich gewissermaßen als seine Verlobte betrachtete, und nun war hier in seine Wohnung eine andere Frau eingezogen. Was sollte sie tun?

Sylvia nahm Patricks Wein und trank ihn aus. »Entschuldige mich«, sagte sie.

Patrick nickte. Er dachte, dass sie nur eben schnell zum Klo wollte. Es dauerte einen Moment, bis er begriff, was passiert war. Die Haustür stand offen. Sylvia war weg. Er stürzte hinterher.

»Sylvia!«, rief er. Er rannte hinter ihr her.

»Sylvia!«. Wo war sie geblieben? Hatte sie sich im Garten irgendwo versteckt? Nein, die Pforte stand offen. Sie war auf die Straße gerannt. Auf dem Bürgersteig war niemand zu sehen. War sie nach rechts oder nach links gelaufen? Links ging es in Richtung Stadt, rechts kam man nach wenigen hundert Metern an den Waldrand.

Sie war zum Wald gelaufen. Da hinten lief sie. »Sylvia!«

Patrick rannte hinter ihr her. Er lief schneller als sie.

Kurz vor dem Waldrand hatte er sie eingeholt. »Sylvia, bitte!«

Sie reagierte unwirsch. »Ich lasse mich nicht behandeln wie ein Stück Dreck!«

»Bitte, Sylvia, Michelle war einfach nur völlig überrascht, und da hat sie Dinge gesagt, die sie besser nicht hätte sagen sollen ...«

»Es ist mir völlig egal, was deine Michelle gesagt hat«, unterbrach ihn Sylvia. »Sie kann sagen, was sie will. Entscheidend ist, was du nicht gesagt hast. Sie hat mich angegriffen, und du hast mich nicht verteidigt, Patrick.«

Er fasste sie an der Schulter. »Bitte, komm ...«

Weiter kam er nicht. »He, was machen Sie denn da?« Ein älterer Herr trat entschlossen auf die beiden zu. »Lassen Sie sofort die junge Frau los!«

Sylvia und Patrick starrten den Mann verblüfft an. Sylvia fasste sich zuerst. Sie lachte laut los. »Alles in Ordnung«, sagte sie. »Wirklich. Keine Angst, er tut mir nichts.« Sie nahm Patrick bei der Hand. »Komm, gehen wir nach Hause!«

* * *

»Oh!«, sagte Patrick.

Er war zwar davon ausgegangen, dass die Kripo sich irgendwann bei ihnen melden würde. Jetzt war sie wirklich da. Die Polizisten waren zu zweit, und sie warteten schon vor der Haustür. »Das ist nicht gut, wenn Sie einfach aus dem Haus gehen und die Tür offen stehen lassen«, sagte der eine. Er hieß Fleischhauer, der andere hieß Dischler.

»Entschuldigung, Normalerweise lassen wir die Tür nicht offen stehen.«

Sylvia lachte.

»Kommen Sie doch bitte rein«, sagte Patrick.

Der Schädel lag auf dem Tisch. Die beiden Beamten machten große Augen. Fleischhauer war Oberkommissar, aber es war Kommissar Dischler, der die ersten Fragen stellte. Er sagte:»Es ist selten, dass wir bei einem Hausbesuch einen Schädel mitten auf dem Esszimmertisch vorfinden. Was hat es damit auf sich?«

Patrick erläuterte, was es damit auf sich hatte. »Wir haben nachgefragt«, sagte er.»Im Fremdenverkehrsbüro und bei der dänischen Polizei. Das sei völlig normal, hieß es. Offenbar kommt es dort ziemlich häufig vor, dass jemand am Strand menschliche Knochen findet. Niemand wollte den Schädel haben. Da haben wir ihn mitgenommen.«

»Sie sagen ,wir'. Sie waren also nicht allein in Dänemark?«

Patrick schüttelte den Kopf.»Meine Freundin Michelle und ich haben zusammen Urlaub in Nordjütland gemacht. Wir hatten für ein paar Tage ein Ferienhaus gemietet.«

»Ich verstehe. – Und Sie sind sicher Michelle?«

Sylvia schüttelte den Kopf.»Ich bin Sylvia.«

Patrick hielt den Atem an.

»Sylvia Schröder?«, fragte Fleischhauer überrascht.

Sylvia nickte.

»Auferstanden von den Toten!«, bemerkte Dischler trocken.»Wie kommt es, dass die junge Frau, deren Leiche wir vorhin im Moor gefunden haben, jetzt quicklebendig vor uns steht?«

»Keine Ahnung«, murmelte Sylvia.

»Aber dies ist Ihr Ausweis, oder?« Fleischhauer legte den Ausweis auf den Tisch, den sie bei der Leiche gefunden hatten.

Sylvia nahm das Dokument in die Hand und inspizierte es, als ob irgendein Zweifel an der Echtheit bestehen könnte. »Ja, das ist mein Ausweis«, sagte sie.

»Und wie kommt die Tote zu Ihrem Ausweis?«

»Das kann ich mir nicht erklären.«

»Tatsächlich nicht?«, fasste Dischler nach.

»Nein. Ich muss ihn wohl irgendwo liegen gelassen haben, und dann hat diese Frau ihn gefunden. Vielleicht wollte sie ihn ja bei der Polizei abgeben, aber dann ist sie nicht dazu gekommen. Jedenfalls hatte ich bisher noch gar nicht bemerkt, dass der Ausweis weg war.«

Fleischhauer schien sich für die Frage des Ausweises nicht besonders zu interessieren. Er ahnte offensichtlich nicht, dass Sylvia auch im Moor gewesen war, und weder Patrick noch Sylvia hatten die Absicht, ihn darüber aufzuklären. Fleischhauer fragte Patrick nach seinen persönlichen Daten. Er ließ sich bestätigen, was Patrick im Moor schon gesagt hatte.

Sylvia kam sich überflüssig vor. ‚Das ist wieder typisch', dachte sie. ‚Die Polizei interessiert sich nur für das, was der Mann sagt.' Sie erhob sich und ging aus dem Zimmer. Halb rechnete sie damit, dass irgendjemand sie zurückrufen würde, aber das geschah nicht.

Unschlüssig stand sie in Patricks Arbeitszimmer. Der Laptop war ausgeschaltet. Sie hätte gern irgendetwas Spektakuläres gemacht, zum Beispiel eine Partie ‚Coun-

terstrike' gespielt, mit viel Lärm und Schießerei. Aber das ging nicht. Sie kannte Patricks Passwort nicht. Und vielleicht hatte er überhaupt keine Computerspiele.

Womit sonst könnte sie die Polizisten provozieren? Ihr Blick fiel auf den Tischtennisschläger, den Patrick wahrscheinlich auf seinem Schreibtisch vergessen hatte, als er mal schnell ans Telefon geeilt war. Der Ball lag daneben. Natürlich gab es hier keine Tischtennisplatte, aber die Ballbeherrschung konnte man auch ohne Platte üben. Sylvia nahm den Schläger in die rechte Hand, warf den Ball hoch, fing ihn mit dem Schläger wieder auf. Plop.

Das war gut. Tischtennis hatte sie im Gefängnis gelernt, und es bereitete ihr keine Mühe, den Ball unter Kontrolle zu halten. Wieder und wieder schlug sie ihn in die Höhe. Plop – plop – plop ... Immer so weiter. Wie lange würde es dauern, bis jemand kam und verlangte, dass sie damit aufhörte?

Es dauerte fast fünf Minuten. Der Polizist, der zu ihr ins Zimmer kam, war derjenige, der sich als Dischler vorgestellt hatte. Er wirkte kein bisschen genervt. Er sagte: »Tut mir leid, dass wir dich haben warten lassen ...«

Sylvia unterbrach ihn. »Weißt du, ich bin zwar nicht ganz so alt wie du, aber ich bin kein Kind mehr. Wenn du willst, kannst du mich mit ‚Du' anreden, und dann sage ich auch ‚Du' zu dir. Oder wir sagen beide ‚Sie'.«

Auch damit brachte sie ihn nicht aus der Ruhe. »Das tut mir leid, dass wir Sie haben warten lassen.« Dischler wirkte genauso gelassen wie bei seinem ersten Versuch. »Sie wundern sich vielleicht, dass mein Kollege und ich uns jetzt getrennt haben und jeder einen von Ihnen befragt. Das liegt daran, dass dies hier ja kein Verhör ist, sondern lediglich eine Zeugenvernehmung. Und es gibt keine Straftat, die wir Ihnen beiden oder einem von Ihnen vorwerfen. Wir möchten einfach nur wissen, wie das vorhin war.«

Sylvia nickte. Das klang alles schön und gut, aber sie blieb auf der Hut.

»Sie sind eine Bekannte von Dr. Patrick Pauli?«

Hatte er das so angegeben? Nun zeigte sich, dass es falsch gewesen war, das Zimmer zu verlassen, denn nun wusste sie nicht, was Patrick gesagt hatte und was nicht. Aber das ließ sich jetzt nicht mehr ändern. »Eine Bekannte – ja, so könnte man das nennen.«

»Sie sind nicht miteinander verwandt?«

Sylvia schüttelte den Kopf.

»Darf ich fragen, wie lange Sie sich schon kennen?«

»Seit gestern.«

»Wie haben Sie sich kennen gelernt?«

»Was schätzen Sie?« Es stand ihr nicht zu, solche Fragen zu stellen, aber der Polizist ging darauf ein.

»In der Disko vielleicht?«

Sylvia schüttelte den Kopf. »Auf einer Beerdigung. Einer von Patricks Kollegen war gestorben.«

»Ein Bekannter von Ihnen?«

»Nein. Dass ich auch da war, das war ein reiner Zufall.«

Dischler lächelte. »Eigentlich hätte ich natürlich gar nichts anderes erwarten dürfen. Ein Mann, der einen Schädel auf dem Esszimmertisch liegen hat, sucht sich seine Freundinnen natürlich auf dem Friedhof ...«

Sylvia widersprach. »So war das nicht«, sagte sie. »Er hat nicht nach einer neuen Freundin gesucht. Es war nicht er, der mich angesprochen hat, sondern ich hab Ihn angesprochen. Ich brauchte jemanden, der mir hilft. Und er – er sah aus wie jemand, der bereit wäre, einem fremden Menschen zu helfen. Das hat er dann auch getan.«

»Warum brauchten Sie Hilfe? Ging es um Geld?«

Sylvia schüttelte den Kopf. »Ich werde bedroht.«

»Wer bedroht Sie?«

»Ich weiß es nicht.« Das war gelogen, aber konnte der Polizist das bemerken?

Dischler verzog keine Miene. »Worin äußert sich diese Bedrohung?«

»Ich werde verfolgt. Jemand geht mir nach.«

»Ein Stalker?«

»Ja.«

»Mann oder Frau?«

»Ein Mann. Er war auch hinter mir her auf dem Friedhof. Deshalb hab ich mich ja an Patrick gewandt und ihn um Hilfe gebeten.«

»Warum gerade ihn?«

Was auch immer Sylvia jetzt sagen würde, es klänge töricht. Ein völlig unbekannter Mann, mit dem sie noch nie ein Wort gewechselt hatte, und zu dem hatte sie Vertrauen. »Er sah nett aus. Es war einfach so ein Gefühl.«

»Und dann?«

»Er hat sich umgesehen, aber da war keine verdächtige Person mehr. Nur die Trauergäste. Als ich auf dem Friedhof ankam, war er noch da gewesen, mein Verfolger, aber jetzt war er verschwunden.«

»Und dann hat Dr. Pauli gefragt, ob Sie mit ihm nach Hause kommen würden?«

Sylvia schüttelte den Kopf. »Ich hab ihn gefragt.«

»Wissen Sie noch, was Sie genau gesagt haben?«

Sylvia zog die Stirn kraus. »Was spielt das für eine Rolle? Was hat das mit der toten Frau im Moor zu tun?«

»Beantworten Sie bitte meine Frage.«

Was hatte sie gesagt? »Ich hab gefragt, ob ich vielleicht mit ihm nach Hause kommen könnte. Ich hatte Angst, allein auf dem Friedhof zurückzubleiben.«

»Warum waren Sie überhaupt auf dem Friedhof?«

»Ich hab das Grab meiner Großeltern besucht.«

»Aber natürlich hätte Dr. Pauli Sie genauso gut zu Ihrer Wohnung bringen können, oder?«

»Ich wohne nirgendwo. Ich bin zu Hause rausgeflogen.«

»Was heißt das: Sie wohnen nirgendwo?«

Klar, dass der Kerl nachfragen würde. Und jetzt?

»Irgendwo müssen Sie doch wohnen!«

»Nein.« Sylvia fühlte sich in die Enge getrieben.

»Wo haben Sie denn die letzte Nacht verbracht, bevor Sie auf die Beerdigung gegangen sind?«

»In einem Schrebergarten südlich der Seehafenstraße. Das Häuschen war leer.« Das jedenfalls stimmte so ungefähr.

»Haben Sie da schon öfter übernachtet?«

»Nein.« Das war gelogen. Sylvia konnte lügen, ohne rot zu werden. Normalerweise jedenfalls. Aber dies war eine völlig andere Situation. Sie war sich nicht sicher, ob es ihr jetzt auch gelänge.

»Können Sie mir das Häuschen zeigen?«

»Ich weiß nicht.«

Dischler sah Sylvia scharf an. Ihr war klar, dass er ihr nicht glaubte. »Es war schon dunkel, als ich mir die Unterkunft gesucht habe«, behauptete sie.

Dischler schüttelte den Kopf. »Und in der Nacht davor? Wo haben Sie da geschlafen?«

»Das weiß ich nicht mehr.«

»Erzählen Sie keinen Unsinn, Sylvia. Sie sind in einer unschönen Lage. Und ihre Situation wird dadurch nicht besser, wenn Sie der Polizei irgendwelche Lügen auftischen.«

»Das verstehe ich nicht«, erwiderte Sylvia wütend. »Ich werde verfolgt, ich suche jemanden, der mir hilft, und jetzt bin ich plötzlich in einer ‚unschönen Lage', wie Sie sich ausdrücken.«

»Da ist ja nicht nur diese Geschichte von diesem unbekannten Verfolger, den offenbar außer Ihnen niemand gesehen hat, sondern da ist auch noch die Tote im Moor.«

Sylvia antwortete nicht.

»Dadurch wird es auch nicht besser«, sagte Dischler. Sanft aber unnachgiebig.

Sylvia schwieg.

»Gut. Lassen wir diesen Punkt zunächst einmal aus. Dr. Pauli hat Ihnen angeboten, mit zu ihm nach Hause zu gehen. Und Sie haben dann hier übernachtet?«

Der Polizist tat, als sei das die natürlichste Sache von der Welt, aber Sylvia war klar, dass der Mann das zumindest ungewöhnlich finden musste. »Wir haben nicht zusammen geschlafen, falls Sie das meinen«, sagte Sylvia. Es hätte leicht dazu kommen können, aber das sagte sie nicht.

»Was haben Sie heute früh gemacht?«

»Ausgeschlafen.«

»Und dann?«

»Dann haben wir zusammen gefrühstückt. Dr. Pauli und ich. Und dann haben wir gesehen, was für ein gutes Wetter draußen ist, und da hat Patrick, also Dr. Pauli, vorgeschlagen, dass wir einen Spaziergang im Moor machen.«

»Im Moor? Warum im Moor?«

»Weil es dort sehr schön ist.«

Dischler machte ein zweifelndes Gesicht. »Dr. Pauli wohnt hier am Ehestorfer Weg. Das ist auch eine sehr schöne Gegend. Deutlich schöner als die Seehafenstraße auf jeden Fall. Sie hätten zusammen in den Stadtpark gehen können. Oder in die Harburger Berge. Oder in den Wildpark. Das sind nur drei Beispiele. Ich könnte eine ganze Reihe weiterer nennen. Alle in bequemer Fußgehentfernung. Aber Sie wollten mit Dr. Pauli ins Moor.«

»Das Fischbeker Moor ist ein Naturschutzgebiet. Der Wildpark nicht. Und der Stadtpark sowieso nicht.«

»Heißt das, dass der Naturschutz Ihnen besonders am Herzen liegt? Oder Dr. Pauli?«

»Ja, natürlich.« Sylvia hatte keine Ahnung, ob Patrick der Naturschutz am Herzen lag. Ihr selbst war er ziemlich egal.

»Nun gibt es in Hamburg und Umgebung eine ganze Reihe von Naturschutzgebieten, viele davon sind landschaftlich sehr reizvoll. Das Fischbeker Moor mit seiner Autobahnbaustelle wäre mir als letztes eingefallen.«

»Die Baustelle liegt doch ganz am Rand, davon merkt man gar nichts.«

Dischler zuckte mit den Achseln. »Das kommt darauf an«, sagte er. »Mich hätte sie jedenfalls gestört. – Aber was hat Dr. Pauli Ihnen denn erzählt, warum er Ihnen das Moor zeigen wollte?«

Gute Frage. Was zum Teufel hatte Patrick gesagt? »Dieser König«, fiel es ihr wieder ein. »Dieser Wachtelkönig.«

Den kannte Dischler nicht.

Nun hatte Sylvia wieder Oberwasser. Sie erzählte dem Polizisten alles Mögliche über den seltenen Vogel. Einiges davon war wahr, anderes hatte sie gerade frei erfunden. »Er heißt *krex krex*. Auf lateinisch.«

Das glaubte Dischler nicht. Sylvia sah mit heimlicher Freude zu, wie er den Wachtelkönig bei Wikipedia nachschlug. Er hieß tatsächlich so, wie sie gesagt hatte. Fast genauso. *Crex crex*. Dischler gab sich geschlagen – für einige Sekunden jedenfalls.

»Und diesen Vogel haben Sie gesehen?«

»Nein, leider nicht. Dr. Pauli hat gesagt, wenn wir großes Glück hätten, dann könnten wir ihn vielleicht hören. Aber so viel Glück hatten wir nicht.« Während sie dies sagte, fragte sie sich, was Dr. Pauli möglicherweise dem anderen Polizisten inzwischen erzählt hatte. Hoffentlich nicht etwas völlig anderes.

»Und dann?«, fragte Dischler.

Ja, was dann? Jetzt musste sie improvisieren. Sylvia berichtete ausführlich, wie sie angeblich mit der S-Bahn nach Fischbek gefahren waren, und wie sie eine Mutter mit einem kleinen Kind getroffen hatten, die ihnen erzählte, dass man wegen des Naturschutzes nicht von dem Weg abweichen dürfe ...

»Wo war das?«, fragte Dischler.

»Nicht im Naturschutzgebiet natürlich. Wo wir sie getroffen hatten, das war noch ganz am Anfang, noch gar nicht im richtigen Moor. Da waren wir noch auf dieser Straße, die heißt ‚Dritte Meile‘. Kennen Sie die?«

»Ja. – Aber Sie sind nicht auf der Straße geblieben?«

»Nein, natürlich nicht. Wenn man etwas vom Moor sehen will, dann muss man auf die kleinen Wege ausweichen, und das haben wir gemacht ...«

»Und da lag dann plötzlich eine Leiche«, ergänzte Dischler.

Sylvia nickte.

»Wer hat die Tote entdeckt?«

»Ich hab sie zuerst gesehen, glaube ich.«

»Da gibt es jetzt einen Punkt, den wir aufklären müssen«, sagte Dischler. »Dr. Pauli hat uns erzählt, dass er allein im Moor spazieren gegangen ist. Sie sagen jetzt, dass Sie beide zusammen unterwegs waren. Und Sie sagen obendrein, dass Sie die Leiche entdeckt haben. Was ist denn nun richtig?«

»Ich war mit Dr. Pauli im Moor«, murmelte Sylvia. »Und ich hab die Leiche zuerst gesehen.«

»Dann haben Sie sich versteckt, und er ist bei der Leiche geblieben.«

»Ich hatte Angst. Ich hab noch nie eine Leiche gesehen. Es war ganz furchtbar.«

Dischler lächelte. »Das will ich Ihnen gern glauben«, sagte er. Der Polizist schwieg einen Augenblick und sah Sylvia prüfend an. Sie bemühte sich, seinem Blick standzuhalten, aber ihr war klar, dass sie unruhig wirkte. Und sie war unruhig.

»Gut«, sagte Dischler. »Damit haben wir geklärt, wer die Leiche gefunden hat, nämlich Dr. Pauli und Sie, und warum Sie beide im Moor gewesen sind, weil Sie einen schönen Spaziergang machen wollten. Und Sie kennen die Tote nicht. Nach dem gegenwärtigen Stand der Untersuchungen sieht es so aus, als sei diese junge Frau ins Moor gegangen, habe sich absichtlich oder versehentlich eine Überdosis Rauschgift gespritzt und sei dann gestorben. Fremdverschulden ist nicht erkennbar. Damit ist der Fall für die Polizei zunächst einmal erledigt.«

Sylvia nickte.

»Aber unabhängig von den Untersuchungen, die die Polizei anstellen muss, bleibt das unangenehme Gefühl, dass sehr viele Fragen nach wie vor offen sind. Lassen Sie mich diese Punkte einmal kurz zusammenfassen: Da ist zunächst einmal dieses merkwürdige Zusammentreffen. Drei Personen, die anscheinend gar nichts miteinander zu tun haben, treffen sich zufällig im Fischbeker Moor. Gut, Sie werden sagen, dass Dr. Pauli und Sie sehr wohl zusammen gehören, und dass Sie gemeinsam den Plan gefasst haben, gerade heute in dieses Moor zu gehen. Aber eigentlich stimmt das nicht. Sie sind ja nicht die langjährige Freundin von Dr. Pauli, sondern sie haben ihn gerade erst einen Tag vorher kennengelernt. Sie haben die Bekanntschaft von Dr. Pauli gesucht, warum auch immer, und dann haben Sie zusammen diesen Ausflug gemacht.«

»Das hab ich Ihnen doch erzählt«, widersprach Sylvia. »Ich hab Patrick Pauli angesprochen, weil ich Angst hatte, und er hat mir geholfen.«

»Ja, das haben Sie gesagt, und auf den ersten Blick klingt das auch überzeugend. Beinahe jedenfalls. Aber dieser spontane Spaziergang ins Moor, der überzeugt mich nicht. Sie gehen einfach ins Moor und finden dort eine Leiche.«

»Wir sind nicht ins Moor gegangen, weil wir dort eine Leiche finden wollten«, warf Sylvia ein.

»Möglicherweise nicht. Aber nun kommt der nächste Zufall ins Spiel. Sie beide finden eine Leiche. Sie, Sylvia, laufen weg, während Dr. Pauli die Polizei alarmiert. Und Sie sind also nicht dabei, als die Polizei entdeckt, dass die Tote einen gültigen Personalausweis auf den Namen Sylvia Schröder in der Tasche hat. Sie sagen, das sei ein Zufall. Sie müsse ihn irgendwo gefunden haben. Aber das, liebe Sylvia, das nehme ich Ihnen nicht ab.«

»Aber so ist es gewesen«, beharrte Sylvia.

Dischler schüttelte den Kopf. »So ist es nicht gewesen. Mit Sicherheit nicht. Dr. Pauli hat nicht die Wahrheit gesagt, indem er uns zunächst einmal verschwiegen hat, dass Sie die Leiche gemeinsam gefunden haben. Sie sind dann weggelaufen, und er hat versucht, Ihre Anwesenheit am Fundort der Leiche zu unterschlagen. Weil er geglaubt hat, dass Sie irgendetwas mit diesem Todesfall zu tun haben? Möglich wäre es.«

Sylvia widersprach.

Dischler lächelte.

»Wie hoch ist, glauben Sie, die Wahrscheinlichkeit, dass jemand zufällig an einem beliebigen Tag an einen ziemlich entlegenen Ort innerhalb Hamburgs kommt und dort ausgerechnet eine Leiche findet, die seinen eigenen Personalausweis in der Tasche hat?«

Sylvia zuckte mit den Achseln. »Ich weiß nicht, wie groß die Wahrscheinlichkeit ist. Vermutlich ziemlich klein. Aber das ist mir, ehrlich gesagt, völlig egal. Es ist genauso gewesen, wie ich es beschrieben habe.«

Dischler erwiderte: »Es ist nicht so gewesen, Sylvia. Das einzige von dem, was Sie mir erzählt haben, und was ich wirklich glaube, das ist, dass Sie Angst haben, und dass Sie von irgendjemand verfolgt und bedroht werden. Aber solange Sie niemandem erzählen, wer Sie bedroht und warum, kann Ihnen niemand helfen. Das einzige, was mir jetzt noch bleibt, das ist, dass ich Ihnen meine Karte gebe. Da steht meine Anschrift drauf, meine Telefonnummer im Präsidium und meine Privatnummer. Diese Karte gebe ich nur jemandem, von dem ich glaube, dass er sie wirklich braucht. Ich glaube, dass Sie diese Karte brauchen.«

* * *

»Du siehst blass aus«, sagte Patrick.

Sylvia nickte. »Dieser Polizist, der Dischler, der hat mir mächtig eingeheizt. Er hat gewollt, dass ich ihm alles erzähle, was ich weiß, und was in irgendeiner Weise mit der Leiche im Moor zusammenhängen könnte. Aber ich weiß nicht viel, und das wenige, was ich weiß, das hab ich ihm nicht erzählt.«

»Was hast du ihm erzählt und was nicht?«, fragte Patrick.

»Ich hab ihm nichts von Carolin erzählt. Dass ich das tote Mädchen kenne, dass wir zusammen im Gefängnis gesessen haben und dass ich hinterher bei ihr untergeschlüpft bin.«

»Sie werden den Namen wahrscheinlich sowieso herausfinden«, mutmaßte Patrick.

Sylvia schüttelte den Kopf. »Den richtigen Namen weiß ich ja nicht einmal. Sie hat keinen festen Wohnsitz gehabt, genau wie ich.«

Patrick sagte: »Wenn sie im Gefängnis gesessen hat, dann haben sie ihre Fingerabdrücke, und dann wissen sie sehr schnell, wer sie ist. Und wer mit ihr in einer Zelle gesessen hat.« Aber das war nicht der einzige ungeklärte Punkt. »Was ist mit dem Mann, den du am liebsten tot sehen würdest?«

»Alex? Von dem hab ich dem Polizisten nichts erzählt.«

»Mir auch nicht«, sagte Patrick. »Nicht wirklich. Ich weiß nur seinen Namen. Aber was hat er getan?«

Sylvia seufzte. Was konnte sie Patrick erzählen und was nicht? Ausweichen, dachte sie. Ausweichen. »Was denkst du denn, was er getan haben könnte? Ist das nicht ziemlich klar, was das sein könnte? Er ist ein Mann, ich bin eine Frau.«

»Er hat dich vergewaltigt?«

»Ja. Er hat mich entführt, er hat mich vergewaltigt, und ich bin mir sicher, dass er mich am Ende umgebracht hätte, wenn ich nicht unglaubliches Glück gehabt hätte. Aber ich bin ihm entkommen. Und ich hab bei der Gelegenheit seinen Laptop mitgehen lassen.«

»Es war also kein Einbruch?«

»Nein.«

»Wieso glaubst du, dass dieser Alex dich umgebracht

hätte?«

»Weil er das immer so macht. Ich bin nicht die erste Frau, die er in seine Gewalt gebracht hat. Und nicht die einzige. Er hat eine Sammlung von Puppen. Sie sehen genauso aus wie die Frauen, die er ermordet hat. Genauso gekleidet. Und er hat kein Geheimnis daraus gemacht, dass diese Frauen jetzt tot sind. Und ich wäre demnächst auch tot, hat er gesagt. Die Puppe für mich sei schon bestellt.«

Patrick runzelte die Stirn. Das klang ihm sehr abenteuerlich. Je mehr er über die Geschichte erfuhr, desto absurder wurde sie. »Was waren das für Puppen?«, fragte er.

»Sexpuppen«, erwiderte Sylvia. »Lebensgroße Sexpuppen.«

»Hast du Dischler davon erzählt?«

Sylvia schüttelte den Kopf.

»Das hättest du tun sollen. Wenn dieser Alex wirklich ein Serienmörder ist, wie du sagst, dann sollte die Polizei das wissen.«

Sylvia schwieg.

Patrick sah sie an.

»Die Polizei sollte davon wissen«, sagte Sylvia schließlich wunschgemäß. »Ja, das stimmt.«

‚Nein', dachte sie.

Die Polizei war gut, wenn man wollte, dass jemand verhaftet wurde. Aber wenn man Rache wollte, dann war eine enge Zusammenarbeit mit der Polizei eher schädlich. Und Sylvia wollte Rache. Sonst gar nichts.

* * *

Patrick war in der Küche bei den Vorbereitungen für das Abendessen. Sylvia war allein im Wohnzimmer. Hier herrschte Michelles Geist. Und der war sehr deutlich präsent in der Form des Fotos an der Wand. Das Foto erschien Sylvia unnahbar. Sie versuchte es trotzdem.

»Das war dumm von mir«, sagte sie. »Das hätte ich nicht tun dürfen. Ich kenne dich doch gar nicht. Nicht wirklich jedenfalls. Und ich hab dich so behandelt, als ob du zu einer anderen Welt gehörst. Zu einer feindlichen Welt. Ich hab von Anfang an versucht, dich zu provozieren. Ich hab dich so behandelt, wie ich selbst niemals behandelt werden möchte. Ich bin manchmal einfach eine blöde Kuh.«

Das Bild widersprach nicht.

»Ich hab mich so benommen, als sei Patrick mein Eigentum. Aber er ist nicht mein Eigentum. Ich mag ihn sehr gerne, und ...«

Sylvia wusste nicht weiter. Sie sah das Bild an. Michelle blickte nicht zurück. Jedenfalls nicht direkt. Es sah vielmehr so aus, als sehe sie über Sylvia hinweg.

»Ich liebe ihn«, sagte sie kurz entschlossen. Sie zögerte. »Nein, das ist Quatsch. Das nehme ich zurück. Das mit der Liebe. Ich kenne ihn doch kaum mehr als einen Tag. Er ist sehr nett zu mir. Auf der Beerdigung hat er sich um mich gekümmert, anstatt mit den anderen in irgendein Lokal zu gehen. Er hat mich mit zu sich nach Hause genommen, obwohl er geahnt hat, dass das Schwierigkeiten bringen würde. Er hat weiter zu mir gehalten, auch als er gewusst hat, dass ich eine Diebin bin.

Und er hat die Polizei angelogen, um mich zu schützen. Obwohl er jemand ist, der normalerweise niemanden belügt. Schon gar nicht die Polizei. Ich hab Vertrauen zu ihm. Grenzenloses Vertrauen. Beinahe.«

Wieder sah sie das Bild an. Es war unmöglich zu erkennen, was Michelle dachte.

»Es war dumm von mir, wie ich mich benommen hab. Ich hab damit ja nicht nur dich getroffen, sondern auch Patrick. Es tut mir leid. Das hab ich nicht gewollt. – Nein, das stimmt nicht. In dem Augenblick, als ich es getan hab, da hab ich es sehr wohl gewollt. Und das war nicht richtig. Dafür möchte ich mich entschuldigen.«

Michelle schwieg.

Sylvia wusste natürlich, dass das Bild nicht antworten konnte, und dass alle Antworten, die Sie Michelle zuschrieb, in Wirklichkeit von ihr selber kamen.

»Ja«, sagte sie schließlich, »du hast Recht. Es ist unsinnig, dass ich mich bei einem Bild entschuldige. Ich muss mich bei dir entschuldigen. Bei der richtigen Michelle. Und das werde ich tun. Ich verspreche es.«

* * *

Die beiden Polizisten waren auf dem Weg zurück ins Präsidium. Fleischhauer fuhr.

»Sie sehen unzufrieden aus«, sagte Dischler.

Fleischhauer nickte. »Ich bin unzufrieden«, sagte er. »Dieser ganze Kram hat viel zu lange gedauert. Zugegeben, der Dr. Pauli ist ein angenehmer Gesprächspartner, und wir hätten uns stundenlang über alles Mögliche unterhalten können. Über alles Mögliche, was nichts mit der Toten im Moor zu tun hat. Und zu dem Thema war bereits alles gesagt, bevor wir vor dem Haus von Dr. Pauli angekommen sind. Eine junge Frau hat eine Überdosis Rauschgift gespritzt, und jetzt ist sie tot. Ende der Geschichte.«

»Das geht mir etwas zu schnell«, erwiderte Dischler.

»Ja, das habe ich schon gemerkt. Der Dr. Pauli hat mir einen Kaffee angeboten, und dann noch einen. Und ich habe die ganze Zeit gedacht: Herrgott noch mal, wann ist der liebe Kollege endlich fertig mit seiner Vernehmung?«

»Da waren noch offene Fragen«, entgegnete Dischler ungerührt.

Fleischhauer schüttelte den Kopf. »Lieber Kollege, es gibt immer offene Fragen, ganz gleich, um welchen Fall es sich handelt. Wir können diese Fragen nicht alle klären. Die einzige Frage, die wir uns stellen müssen, die ist: Wird die Staatsanwaltschaft Anklage erheben oder nicht? Und auf diese Frage ist die Antwort ganz einfach. Sie wird nicht Anklage erheben, und ganz gleich, ob es sich jetzt um einen Unglücksfall oder einen Selbstmord handelt, das ist kein Fall für die Staatsanwaltschaft.«

»Ich bin mir nicht so sicher.«

»Warum nicht?«

»Da ist zum Beispiel die Geschichte mit dem gefundenen Ausweis. Das ist doch völlig unglaubwürdig!«

»Unglaubwürdig oder nicht – das ist belanglos. Die junge Frau hat erklärt, wie der Ausweis in die Hände der Toten gelangt sein könnte, und ich bin mit dieser Aussage zufrieden.«

»Ich nicht.«

»Mein Gott, Dischler! Machen Sie doch nicht aus einer Mücke einen Elefanten. Es kommt immer wieder vor, dass wir auf Dinge stoßen, die sich nicht vollständig erklären lassen. So ist die Welt nun einmal.«

»Dann ist da diese Tote. Haben Sie sich die junge Frau einmal genau angesehen?«

»Ja, natürlich.« So genau, wie er sich jemand ansehen konnte, und das war nicht sehr genau. Wahrscheinlich würde er doch irgendwann eine Brille brauchen.

»Sie trug hübsches Zeug, und sie hatte sich sehr sorgsam geschminkt. Tut man so etwas, wenn man in das Moor geht, um sich das Leben zu nehmen?«

Fleischhauer zuckte mit den Achseln.

»Und dann die Geschichte mit den grünen Schuhen. Sie trug nicht irgendwelche Turnschuhe, sondern grüne, hochhackige Schuhe. Das ist nicht die ideale Kleidung für einen Moorspaziergang. Und sie hat ja auch prompt einen der Schuhe verloren. Und sie ist nicht umgekehrt und hat ihn aufgehoben, sondern sie hat ihn einfach liegen lassen.«

»Vielleicht hat sie den Verlust nicht bemerkt.«

»Den Verlust eines hochhackigen Schuhes? Ich bitte Sie! Den bemerkt man nicht erst nach 30 Metern.«

»Ja, zugegeben, den bemerkt man wahrscheinlich früher. Normalerweise. Aber was ist, wenn man nun schon ein bisschen Rauschgift in sich hat? Die Aufmerksamkeit lässt nach. Man sollte nicht mehr Auto fahren, und wahrscheinlich sollte man auch keine Moorspaziergänge machen. Es sei denn, man will den schönen Tag genießen. Und dann vertut man sich einfach und spritzt sich am Ende die falsche Dosis. Das ist dann Pech. Aber so etwas gibt es. Und schließlich lag die gebrauchte Spritze ja direkt neben der Toten.«

Dischler schüttelte den Kopf.

»Freuen Sie sich doch einfach«, riet ihm Fleischhauer. »Freuen Sie sich doch einfach, dass dies einer der wunderbar simplen Fälle ist, die sich sofort lösen lassen. Es ist doch ein schönes Gefühl, wenn man seine Arbeit erledigt hat und jetzt unbeschwert den Feierabend genießen kann.«

Das ist der Vorteil der Jugend, dachte er. Dischler lebte allein, kam mit seinem Kommissarsgehalt problemlos aus. Er brauchte sich nicht für irgendeine Nebentätigkeit seine Freizeit um die Ohren zu schlagen.

Laptop

Als Patrick am nächsten Morgen aufwachte, registrierte er als erstes, dass er völlig ungestört geschlafen hatte. Sylvia hatte nicht geschrien. Sylvia? War sie überhaupt noch da? Auf Zehenspitzen ging Patrick zum Gästezimmer. Sylvia schlief fest. Patrick bewegte sich nicht. Er lauschte ihren Atemzügen.

Es dauerte lange, bis Sylvia aufwachte. Sie schlug die Augen auf, sah Patrick besorgt an, dann lächelte sie.

»Hast du gut geschlafen?«, fragte Patrick.

»Wie ein Murmeltier«, behauptete Sylvia. Sie hatte wieder schlecht geträumt, wie immer, aber offensichtlich hatte sie nicht geschrien. Oder Patrick hatte sie nicht gehört.

Patrick musste nach dem Frühstück in die Uni. »Besprechung mit einem Doktoranden.«

Sylvia nickte. Sie hatte natürlich gewusst, dass Patrick nicht den ganzen Tag für sie da sein könnte.

»Am besten ist es, wenn du hier im Haus bleibst. Hier bist du am sichersten. Liest du gern? Hier gibt es eine ganze Menge Bücher, die dich interessieren könnten.«

Gleich kommt er mir mit Enid Blyton, dachte Sylvia. Aber das tat Patrick nicht. Er überließ ihr die freie Auswahl.

»Ich werde gegen Mittag zurück sein«, sagte er.

* * *

Als Patrick gegangen war, sah sie sich seine Büchersammlung an. Einer der älteren, in Leder gebundenen Bände hieß ‚Timbuktu'. Sylvia wusste, das war ein Ort in Afrika. Der Text begann mit den Worten ‚Im Herbst des Jahres 1879 wurde mir von der Afrikanischen Gesellschaft in Deutschland der Antrag gestellt, eine Reise nach Marokko zu unternehmen …'. Sylvia seufzte. Es wäre schön, wenn sie den Auftrag bekäme, nach Marokko zu fahren, für wen auch immer. Oder sonst zu irgendeinem entlegenen Ort. Aber das würde nicht geschehen.

Die Bücher waren interessant, aber Sylvia dachte nicht daran, einfach in Patricks Haus sitzen zu bleiben, alle Türen abzuschließen und dann zu hoffen, dass nichts passierte. Soweit es möglich war, wollte sie selbst bestimmen, was geschah. Und das nächste, was geschehen musste, das war, dass sie mit Kai redete.

Wie kam sie jetzt dorthin? Der Fußweg war zwar der kürzeste Weg, aber schneller war sie, wenn sie mit dem Bus bis Harburg Rathaus fuhr und dort in den 141er umstieg. Das sollte gefahrlos möglich sein. Niemand konnte wissen, dass sie hier in diesem Haus am Ehestorfer Weg untergekommen war, oder? Nein, das war unmöglich. Zur Sicherheit sah sie sich nach allen Seiten um, als sie das Haus verließ. Aber da war niemand, der sie beobachtete. Es waren überhaupt nur wenige Menschen auf der Straße, keiner davon sah verdächtig aus.

Sylvia ging zügig zur Bushaltestelle.

Sie hatte Glück. Der Bus kam fast gleichzeitig mit ihr an. Sie stieg ein, selbstsicher wie immer. Das Zeug, das Michelle gestern gebracht hatte, passte so ungefähr. Es waren Sachen, die sie sich selbst nie gekauft hätte. Zu unauffällig. Zu bürgerlich. Sie sah darin aus wie ein anderer Mensch, aber das konnte nur von Vorteil sein. Wenn Alex sie sah, würde er sie gar nicht erkennen. Vielleicht.

Sylvia hatte neues Zeug, aber noch immer kaum Geld. Sie fuhr schwarz. Es war sehr unwahrscheinlich, dass es ausgerechnet jetzt eine Fahrkartenkontrolle gab. Auch der Anschluss am Rathaus klappte tadellos.

Berkefeldweg. Sylvia stieg aus dem 141er. Nun kam der unheimliche Teil des Weges. Zuerst die Unterführung unter der S-Bahn, dann die Fußgängerbrücke über die Fernbahn. Hier verkündeten Poster kommende Konzerte in der *Laeiszhalle*: Mozart am 3. Oktober, Vivaldi am 20. November und Beethoven am Zweiten Weihnachtstag. Die Hitliste der Klassik. Ein muskulös aussehender Mann mit Unterhemd und kurzer Hose kam Sylvia entgegen. Der würde sicher keines dieser Konzerte besuchen. Er sah mürrisch aus, aber er beachtete Sylvia nicht. Fein.

Die Fußgängerbrücke über die Fernbahn bebte, während unten der Zug nach Cuxhaven vorbeidonnerte. Sylvia stieg die Treppe hinab und wandte sich nach links, da war schon das »*Tipsy Apes*«, Heavy Metal, nur für Mitglieder, zur Zeit allerdings geschlossen.

Sylvia bog nach rechts ab, parallel zum Milchgrundgraben. Hier sollte es schon lange keine Schrebergärten mehr geben, aber Sylvia wusste, dass ziemlich genau unter der Starkstromleitung ein kleiner Pfad in den Dschungel führte, und da war die halbverfallene Hütte, in der sie mit Carolin und Kai gehaust hatte. Kein Mensch zu sehen.

»Kai?«, rief Sylvia.

Nichts rührte sich.

»Kai?« War er am Ende auch schon tot? Sylvia riss die Tür auf.

»Was soll der Quatsch?« Da saß Kai, und er war jedenfalls noch am Leben. »Musst du hier so hereinplatzen? Ich hab schon Schiss gehabt, die Bullen kommen!«

»Wenn du vor sonst nichts Schiss hast, dann geht es dir gut«, stellte Sylvia fest. »Carolin ist tot.«

»Hab ich mir schon gedacht, als sie nicht zurückgekommen ist. Was glaubst du denn, weswegen ich mich hier besaufe, jetzt am helllichten Tag?«

Kai nahm die Bierdose. Sylvia riss sie ihm aus der Hand und schmiss sie in die Ecke. Das Bier spritzte in die Gegend.

»Spinnst du, oder was?«

»Wenn hier jemand spinnt, dann seid ihr das! Wie kommt ihr nur auf die wahnsinnige Idee, diesen Kerl zu erpressen, ohne auch nur die leiseste Ahnung zu haben, worum es geht. Ihr wisst nichts, und ihr habt überhaupt keine Vorstellung davon, was auf der Festplatte drauf ist.«

Kai zuckte mit den Achseln. »Das war Carolins Idee.«

»Ihr wolltet mich bescheißen!«

»Das war alles Carolins Idee. Als du nicht wiedergekommen bist, da hat sie gesagt, es ist besser, wenn sie jetzt das Geld besorgt, und wir dann hinterher teilen, damit du nicht am Ende uns bescheißt.«

»Quatsch!« Sylvia schüttelte den Kopf.

»Das musst du verstehen, Sylvia. Wir sind misstrauisch. Wir sind alle auf irgendeine Weise unter die Räder gekommen. Der eine mehr, der andere weniger. Und du glaubst vielleicht, wir sind blöde. Vielleicht ist das so. Aber ganz egal, wie blöde wir sind, eines wissen wir jedenfalls ganz genau: Mehr Geld ist besser als weniger Geld. Und Geld, das man hat, ist besser als Geld das man nicht hat.«

»Schweine.«

»Du hast uns reingelegt, Sylvia. Du hast gesagt, du weißt genau, wo dieser Laptop im Moor vergraben ist. Aber der Punkt, den du uns auf *Google Maps* gezeigt hast, der war zu ungenau. Carolin hat geglaubt, dass das reicht. Aber ganz offensichtlich hat es nicht gereicht.«

»Du hast sie allein losgeschickt, Kai. Du hast sie in den Tod geschickt!«

Kai schüttelte den Kopf. »Hab ich nicht. Ich hab noch gesagt, dass das zu gefährlich ist. Aber sie hat das nicht glauben wollen. Sie ist allein losgegangen. Und als sie diese Ärsche ins Moor geführt hat und sie zeigen sollte, wo denn nun dieser Computer liegt, da hat sie wohl nicht liefern können. Und da haben diese Ärsche sie dann einfach abgemurkst. Jedenfalls stelle ich mir das so vor.«

»Diese Ärsche – es geht nur um einen«, behauptete Sylvia. »Er heißt Alex.«

»Du irrst dich Sylvia. Das weiß ich besser. Ich stand neben Carolin, als sie telefoniert hat. Und am anderen

Ende waren zwei Männer, nicht nur einer. Das hab ich ganz deutlich gehört. Der eine war am Telefon, aber der andere hat jeden einzelnen Satz kommentiert. Jeden einzelnen Satz, Sylvia.«

»Welche Nummer hat Carolin angerufen?«, fragte Sylvia.

»Das weiß ich nicht.«

Sylvia starrte ihn böse an. »Willst du mich immer noch bescheißen?«

»Du weißt, dass ich dich nicht bescheißen kann. Ich weiß genauso wenig wie Carolin, wo dieser Computer vergraben ist. Wenn ich versuchen würde, diese Lösegeldforderung weiterzuverfolgen, dann würden diese Ärsche mich abmurksen, genau wie sie Carolin abgemurkst haben. Und die hatte immerhin noch deinen Ausweis dabei.«

»Woher hat sie den überhaupt?«

»Aus deiner alten Jeans. Die liegt hier immer noch rum. Willst du sie haben?«

Sylvia schüttelte den Kopf. Sie brauchte keine zerlumpte Jeans. Aber sie merkte, dass Kai längst nicht so kaputt war, wie es am Anfang schien. »Ich brauche die Telefonnummer.«

»Und ich brauche das Geld«, konterte Kai. »Guck mich nicht so an. Ja, es ist furchtbar, dass Carolin jetzt tot ist. Und es ist entsetzlich traurig, und ich könnte mich einfach nur in die Ecke setzen und heulen. Aber das ist natürlich Quatsch. Ich brauche das Geld, Sylvia, ich brauche wirklich das Geld. Ich bin so pleite, wie man nur sein kann. Und wenn ich meine Schulden nicht zurückzahlen kann, dann geht es mir schlecht. Dann geht es mir am Ende so wie Carolin.«

»Quatsch«, sagte Sylvia. »Wenn derjenige, der dir das Geld geliehen hat, dich umbringt, dann kriegt er gar nichts. Du musst am Leben bleiben, wenn er die Hoffnung nicht aufgeben will, dass er irgendwann sein Geld zurückkriegt.«

»Wenn ich das Geld nicht zurückzahlen kann, dann geht es mir schlecht«, wiederholte Kai.

»Das ist dein Problem.«

»Sylvia, können wir uns nicht einfach wieder vertragen? Können wir nicht einfach wieder zusammenarbeiten? Wir bergen diesen Laptop gemeinsam, und dann rufen wir die Kerle an, und dann geben sie uns das Lösegeld. Was hältst du davon?«

»Nichts«, antwortete Sylvia. »Ich traue dir nicht, Kai. Carolin und du, ihr habt mich beschissen. Wer sagt mir denn, dass du das nicht ein zweites Mal machst?«

»Das würde ich niemals tun. Großes Ehrenwort. Ich schwöre bei allem, was mir heilig ist ...«

»Das wird so viel nicht sein«, unterbrach ihn Sylvia. »Nein, Kai, wir machen das anders. Die Telefonnummer – denk drüber nach. Sie wird dir schon wieder einfallen, wenn du dir Mühe gibst. Ich erledige den Rest. Ich besorge das Geld, und hinterher kriegst du deinen Anteil.«

Kai schüttelte den Kopf. »Ich weiß nicht«, sagte er. »Ich muss mir das überlegen. Das kommt alles so plötzlich.«

»Na gut«, sagte Sylvia. Im Augenblick war sie sowieso nicht handlungsfähig. Sie war zum Mittag mit Patrick verabredet. »Überlege es dir. Heute Nachmittag treffen wir uns wieder. Aber nicht hier. Das ist viel zu gefährlich. Wir treffen uns auf dem Bahnhof Harburg. 18 Uhr. Der Bahnsteig zwischen den Gleisen drei und vier. Da gehst du in Richtung Süden, so weit du gehen kannst. Unter der Schlachthofbrücke durch, und da kommt so eine Insel mit Büschen, wo dich niemand sieht. Da finde ich dich.«

»Warum nicht hier?«, wollte Kai wissen. »Hier bin ich zu Hause!«

Sylvia schüttelte den Kopf. »Kai, du musst dich daran gewöhnen, dass du jetzt überhaupt nirgendwo mehr zu Hause bist. Wir wissen nicht, was Carolin diesen Kerlen alles erzählt hat. Wir wissen nicht, ob die sie gefoltert haben. Und wenn sie das gemacht haben, dann bin ich mir sicher, dass Carolin alles erzählt hat, was sie weiß. Und wenn du hier in dieser Bruchbude bleibst, dann ist dein Leben keinen Pfifferling mehr wert. Du musst hier raus, Kai, und zwar sofort.«

»Scheiße!«, sagte Kai. Aber er machte keine Anstalten, das Häuschen zu verlassen.

»Bis nachher!« Sylvia machte sich auf den Weg.

Und da war sie wieder, die Angst. Während sie sich bei Kai in seiner halbverfallenen Hütte aufgehalten hatte, da war die Angst für einen kurzen Moment verschwunden. Dabei war Sylvia bei Kai kein bisschen mehr in Sicherheit gewesen als draußen. Aber jetzt schlug ihr Herz schneller. Sollte sie wirklich denselben Weg zurückgehen? Wahrscheinlich blieb ihr nichts anderes übrig. Oder doch lieber quer durch den Dschungel bis zur nächsten Straße? Nein, eine Flucht durch das Unterholz wäre viel auffälliger als einfach nur die Straße entlang zu gehen. Wenn sie erst einmal die Straße erreicht hatte.

Alles ging gut, und Sylvia kam unbehelligt zurück zur Bushaltestelle. Diesmal musste sie etwas länger auf den 141er warten. Verdammt, warum war alles so schwierig? Diese dämliche Telefonnummer, wenn Kai die nicht wusste, dann musste man sie doch auf andere Weise beschaffen können. Carolin hatte es doch auch geschafft. Vielleicht stand sie sogar im Internet. Zumindest die Nummer seiner Firma würde sich dort finden. Sie würde mit seiner Sekretärin sprechen. Nein, Quatsch, das ging nicht. Und das Geld? Darüber hatte sie noch nicht nachgedacht. Sie hatte zwar Patrick einige Dinge erzählt, aus denen er sich so ungefähr ableiten konnte, worum es ging. Aber wahrscheinlich würde er sich auf eine so verbotene Sache wie Erpressung nicht einlassen. Was dann? Sie könnte natürlich das Geld nehmen und einfach abhauen. Wenn sie es denn überhaupt kriegen konnte, was keineswegs sicher war. Aber wollte sie wirklich abhauen? Nein. Weder mit Geld noch ohne Geld. Sie wollte Rache.

Bei Patrick bleiben? Flüchtig glaubte sie, das sei eine Möglichkeit. Nein, war es nicht. Das war ein schöner Traum. Sie blieb ein Straßenmädchen. Wie hatte Michelle sie genannt? Kleines Stinktier. Auch wenn sie inzwischen nicht mehr ganz so aussah. Und nicht mehr stank. Ein Stinktier in Verkleidung? Nein, eigentlich war das nicht wahr. Sie hatte mit der Mittleren Reife die Schule verlassen, aber sie war sich sicher, dass sie auch das Abitur schaffen würde, wenn sie sich ernsthaft Mühe gab. Und sie würde sich Mühe geben. Ganz bestimmt.

Sylvia saß im Bus und träumte. Sie bemerkte nicht den Mann mit der Sonnenbrille, der nach ihr eingestiegen war, und der jetzt auf der letzten Bank saß und sie beobachtete. Der Jäger hatte sein Wild wiedergefunden.

* * *

»Wie machst du das, Sebastian?«, fragte Patrick. Sie saßen im Café des Studierendenwerks im Geomatikum. Dort saßen nicht nur Studenten. Und jetzt, am späten Vormittag, war dies ein ruhiger Ort, an dem man sich ungestört unterhalten konnte.

»Wie mache ich was?«

»Alles. Wie du mit Menschen umgehst. Mit Sylvia zum Beispiel. Du gehst einfach auf sie los und verlangst, dass sie dir ihre Arme zeigt. Ich hätte erwartet, dass sie sich weigert oder dass sie dir vielleicht sogar ins Gesicht spuckt. Aber sie hat dir brav ihre Arme gezeigt, und ihre Hände auch noch, obwohl sie doch geahnt haben muss, wonach du gesucht hast.«

»Da gibt es zwei Dinge, auf die es ankommt«, erwiderte Sebastian. »Das erste ist, du musst entschlossen sein. Du musst sehr deutlich machen, dass du das durchführen wirst, was du ankündigst. Du musst deinem Gegenüber ins Gesicht sehen, in die Augen, und nirgendwo anders hin, auch wenn Sylvia natürlich einen hübschen Busen hat.«

»Ich gucke ihr nicht auf den Busen.«

»Glaubst du? – Gut, aber das spielt jetzt keine Rolle. Die Entschlossenheit ist entscheidend, und die wirkt immer, ob du mit einem fremden Menschen sprichst oder mit einem fremden Hund.«

Patrick schüttelte den Kopf.

»Der zweite Punkt, der genauso wichtig ist, der ist, dass du deinem Gegenüber klar machst, dass du ein Freund bist. Ganz gleich, was er sagt oder tut, du willst ihm nichts Böses. Und er muss sehen, dass du ihn nicht beleidigen wirst, und dass du ihm auf keinen Fall weh tun wirst. Du bist eben ein guter Mensch.«

»Bin ich ein guter Mensch?«, fragte Patrick. »Ich weiß es nicht. Ich bin ein sehr unsicherer Mensch. Gestern ist das überdeutlich geworden, als sich plötzlich Michelle und Sylvia gegenüberstanden haben und sich gegenseitig provoziert haben, und ich einfach nicht wusste, was ich machen sollte. Es war ganz klar, dass sie beide darauf gewartet haben, dass ich eingreife. Aber ich habe nichts gemacht, und am Ende waren beide enttäuscht und beleidigt.«

»Schmeiß die Zweifel über Bord«, riet ihm Sebastian.

»Ich weiß nicht.«

»Schmeiß die Zweifel über Bord. Unbedingt. Ich bin Soldat gewesen, Patrick. Offizier. Leutnant. In Afghanistan. Die Leute, die mir anvertraut waren, die waren von meinen Entscheidungen abhängig. Ihr Leben hing davon ab, dass ich das Richtige tue. Und sie mussten sich ganz sicher sein, dass ich keine Zweifel habe. Auch wenn sich dann später herausgestellt hat, dass es eine Fehlentscheidung war. Aber es war eine Entscheidung. Einer muss Entscheidungen treffen, und wenn er das tut, dann muss er dazu stehen.«

Afghanistan. »Hast Du Nachrichten von deiner Frau?«, fragte Patrick.

Sebastian schüttelte den Kopf. »Wir waren ja nicht verheiratet«, sagte er. »Wir hatten gedacht, das hätte noch Zeit. Die Bundesregierung hatte versprochen, alle Leute rauszuholen, die mit uns zusammengearbeitet haben. Aber das haben sie dann doch nicht gemacht. Und meine Frau – oder meine Verlobte, wenn du das so nennen willst, ich habe nichts mehr von ihr gehört. Gar nichts. Wahrscheinlich ist sie inzwischen tot.«

»Gibt es denn gar keine Möglichkeit ...?«

»Ich habe alles versucht, Patrick. Inzwischen glaube ich, dass das falsch war. Inzwischen glaube ich, dass ich die Verantwortlichen in Afghanistan erst auf sie aufmerksam gemacht habe. Ich habe ihr mehr geschadet als genutzt. Soviel zum Thema ,guter Mensch'. Auch gute Menschen machen Fehler. Ich gebe mir Mühe. Ich tue das, von dem ich überzeugt bin, dass es richtig ist. Ob es wirklich das Richtige ist, zeigt sich manchmal erst später.«

Patrick nickte. »Ich versuche, Sylvia zu helfen«, bekannte er. »Aber ob es wirklich das Richtige ist ...?«

Sebastian sah ihn an und schwieg.

»Du bist jedenfalls jemand, der uns helfen kann«, sagte Patrick.

»Und du bist dir ganz sicher, dass diejenigen, die Sylvia wirklich helfen könnten, nicht bei der Polizei sind?«, fragte Sebastian.

»Ich bin mir nicht sicher.«

»Aber?«

»Aber ich bin entschlossen, ihr zu helfen.«

Sebastian nickte. »Das ist der richtige Ansatz«, sagte er. »Wenn du entschlossen bist, ihr zu helfen, dann musst du das tun. Und wie komme ich dabei ins Spiel?«
»Wir brauchen ein Metallsuchgerät. Könntest du uns das bitte ausleihen?«
»Die Antwort ist nein«, erwiderte Sebastian. »Das Gerät gehört dem Institut. Ich habe unterschrieben, dass ich es nur für Aufgaben einsetze, die im Zusammenhang mit den wissenschaftlichen Untersuchungen der Universität Hamburg stehen, und daran muss ich mich halten. Und die Suche nach irgendwelchen Computern, die irgendjemand geklaut und dann im Moor vergraben hat, die gehört nicht zu den Aufgaben der Universität Hamburg.«
Patrick biss sich auf die Lippen.
»Tut mir leid«, sagte Sebastian.
»Gehen wir die Sache von einer anderen Seite her an«, sagte Patrick schließlich. »Wie oft hast du dieses Gerät schon für geologische Aufgaben eingesetzt?«
»Gar nicht«, bekannte Sebastian. »Du weißt ja, wie so etwas ist. Am Ende des Haushaltsjahres waren plötzlich noch Restmittel da, die sofort verbraucht werden mussten. Denn wenn wir sie nicht verbraucht hätten, wären sie nicht nur verloren gewesen, sondern wir hätten obendrein im nächsten Jahr entsprechend weniger Geld bekommen. Also haben wir das Gerät gekauft.«
»Wie lange ist das jetzt her?«
»Drei, vier Jahre vielleicht.«
»Und es war noch nie im Einsatz?«
»Nein.«
»Dann ist es doch längst überfällig, dass du eine

Funktionsüberprüfung machst. Dass du feststellst, ob das Ding überhaupt einsatzfähig ist. Und was wäre besser geeignet, um die Funktion zu überprüfen, als die Suche nach einem irgendwo draußen in der Natur vergrabenen Gegenstand aus Metall?«

Sebastian sah Patrick mit spöttischem Grinsen an. »Gut ausgedacht«, sagte er. »Aber ich leihe dir das Gerät trotzdem nicht. Das einzige, was ich dir vorschlagen kann, das ist, dass wir gemeinsam ins Gelände fahren und es ausprobieren. Was hältst du davon?«

»Das wäre perfekt. Aber Sylvia muss auch mit.«

»Sylvia und Michelle und all die anderen entzückenden Freundinnen, die du im Laufe der letzten Jahre gehabt hast?«

»Unsinn!« Patrick war rot geworden. »Es geht um Sylvia. Sylvia ist diejenige, die weiß, wo dieser Computer vergraben ist. Jedenfalls weiß sie es so ungefähr. Und außerdem weiß sie, wie das Ding aussieht.«

»Ja klar, dafür brauchen wir sie,« scherzte Sebastian. »Nicht dass wir am Ende den falschen Computer ausgraben. Das Fischbeker Moor soll ja voll von vergrabenen Computern sein, soweit ich gehört habe!«

»Wann machen wir es?«

Sebastian zuckte mit den Achseln. »Jetzt zum Beispiel? – Ich bin ja nur der Techniker. Wenn der Wissenschaftler sagt, dass ich irgendeine dringende Arbeit durchführen muss, dann mache ich das.«

Ganz so war es in Wirklichkeit nicht, aber die Hauptsache war, dass Sebastian mitspielte. Allzu großen Ärger würde er deswegen nicht bekommen. Das Labor lief auch ohne ihn weiter.

»Ich bin mit der S-Bahn hier«, bemerkte Patrick.
»Macht nichts, wir nehmen meinen Wagen. Und Sylvia?«
»Sylvia ist bei mir zu Hause«, sagte Patrick. »Wir müssen sie nur noch einsammeln.«

* * *

Sylvia war zu Hause. Sebastian starrte sie an. »Wie siehst du denn aus?«
»Das sind Michelles Sachen«, erklärte Patrick. Er wäre am liebsten sofort weitergefahren, aber Sylvia bremste ihn. »Ich habe Hunger«, sagte sie. Patrick machte schnell eine Dose Ravioli heiß.
»Zu wenig«, befand Sebastian. »Was hast du sonst noch? Brot zum Beispiel?«
Ja, Patrick brachte Brot und Butter und Mettwurst.
»Das ist schon besser.«
Sebastian schlug vor, alle Verbote der Naturschutzbehörde zu ignorieren und mit dem Wagen so weit wie möglich in das Moor hineinzufahren. Dann brauchten sie weder das auffällige Metallsuchgerät noch den Klappspaten weit durchs Gelände zu tragen. Außerdem sparten sie Zeit.
Beim Bahnhof Fischbek hielt Sebastian noch einmal kurz an und warf einen Blick auf die Karte und auf das Satellitenbild. »Ich denke, es ist am sichersten, wenn wir die beiden großen Straßen vermeiden. Sonst fallen wir nur unnötig auf.«
Die *Dritte Meile* und den *Fischbeker Heuweg*. Große Straßen waren das auch nicht, aber die Wahrscheinlich-

keit, dort auf andere Autofahrer oder Spaziergänger zu treffen, war ungleich größer als auf den kleineren Nebenwegen.

»Bist du dir sicher, dass wir hier durchkommen?«, fragte Sebastian Sylvia.

Die zuckte mit den Achseln. »Zu Fuß auf jeden Fall«, sagte sie.

Es ging auch mit dem Auto, wenn auch nicht ohne Schwierigkeiten. Der Weg bestand aus lockerem Sand. Das Weideland auf beiden Seiten war durch schmale Waldstreifen unterbrochen, so dass ihr Auto jedenfalls nicht bereits aus großer Entfernung entdeckt werden konnte.

Sie kamen an einen Querweg.

»Links!«, bestimmte Sylvia.

»Ja, natürlich.« Sebastian fuhr nach links. Auf beiden Seiten gab es jetzt nur noch Dickicht. Er kannte den Weg, und doch kam ihm alles anders vor. Dunkler. Er war hier gewesen, gestern erst, aber inzwischen war ein Mord passiert, und der hatte alles verändert. Auf einmal sah er die umgestürzten Bäume, die rechts und links des Weges lagen, kreuz und quer, und wenn der Laptop hier irgendwo vergraben sein sollte, wäre es äußerst schwierig, ihn zu finden, selbst mit Hilfe des Metallsuchgerätes.

Sebastian fuhr weiter geradeaus, und plötzlich lichtete sich der Wald, und rechts und links tauchten Weideflächen auf. Ein Jägerhochstand, ein Zaun mit großer Metallpforte und ein Schuppen ohne Dach wiesen darauf hin, dass dieser Teil des Moores jedenfalls gelegentlich landwirtschaftlich genutzt wurde. Das Gras war gemäht worden. Ein einsamer Anhänger stand mitten auf der Wiese.

Sylvia deutete auf den Weg. »Hier hat Carolin gelegen«, sagte sie. Patrick nickte. Man sah noch immer die Reifenspuren der Polizei im Gras an den Wegrändern.

Sie hielten vor einem Entwässerungsgraben. Gleich dahinter endete die Fahrt an einem weiteren Querweg. Sebastian sah Sylvia an.

»Hier ist es«, sagte sie.

Sebastian sah sich besorgt um. »Hier können wir nicht stehen«, sagte er. »Das Gelände ist viel zu offen. Ich fahr ein kleines Stück zurück, und dann lassen wir den Wagen da hinten auf der Weide. Am besten hinter der Scheune.«

So geschah es. Zur Sicherheit legte Sebastian noch ein kleines Pappschild hinter die Windschutzscheibe: *Sondergenehmigung – Universität Hamburg.*

»Du hast eine Sondergenehmigung?«, fragte Sylvia.

»Quatsch«, erwiderte Sebastian. »Aber so ein Schild wirkt Wunder. Wenn die Leute das sehen, und lesen, dass hier jemand eine Genehmigung hat, dann fragen sie gar nicht erst nach.«

»Wo bist du eigentlich gestern hingelaufen, als die Polizei kam?«, fragte Patrick.

Sylvia deutete nach rechts. »Hier längs. Auf *Google Maps* sieht das aus wie ein richtiger Weg, aber der ist völlig zugewachsen. Ich hatte eigentlich gedacht, dass ich dort irgendwo durchkommen könnte, in Richtung Westen. Aber das war nicht möglich. Ich musste einen riesigen Umweg gehen, um endlich wieder aus dem Moor rauszukommen.«

»Und der Spaten?«, fragte Patrick.

»Der steckt wahrscheinlich noch immer da hinten im Schilf. Soll ich hin und ihn holen?«

»Nachher vielleicht. Erst einmal müssen wir sehen, ob wir diesen Laptop finden.«

Die Moorfläche, auf der Sylvia den Laptop vergraben hatte, war vollkommen trocken. Patrick hoffte, dass das nicht nur eine jahreszeitliche Besonderheit war, sondern dass der Torf hier auch bei Regen nicht unter Wasser stand. Die Fläche war bewaldet, aber die Bäume standen längst nicht so dicht beieinander wie in dem Dickicht, das sie eben passiert hatten. Es müsste eigentlich möglich sein, den Computer zu finden. Wenn er denn noch da war.

»Was soll das denn werden?«, fragte Patrick.

Sebastian hatte einen Picknickkorb mitgebracht. Er breitete jetzt eine bunt karierte Decke auf dem Moorboden aus und verteilte Pappbecher und Pappteller. Eine große Flasche Cola und eine Packung Kekse hatte er auch besorgt. »Zur Sicherheit«, sagte er. »Falls jemand kommt.«

»Picknick im Naturschutzgebiet? Ist das überhaupt erlaubt?«, erkundigte sich Patrick.

Sebastian schüttelte den Kopf. »Im Prinzip ist es verboten. Aber wenn wir damit auf dem Weg bleiben, dann ist es wahrscheinlich in Ordnung. Denn die Wege dürfen wir ja betreten. Und ob man die Wege nun betritt oder da seine Tischdecke ausbreitet, das macht keinen großen Unterschied. Denke ich zumindest.«

»Und die Sonde?«

»Metallsuchgeräte sind im Naturschutzgebiet selbstverständlich total verboten. Das heißt, wenn ich mit der Sonde arbeite, dann steht ihr beide Wache. Jeder hält einen der beiden Wege genau im Auge. Und wenn sich irgendjemand nähert, dann muss die Sonde sofort verschwinden. Und der Spaten natürlich auch.«

Patrick fragte sich, ob es nicht schlauer gewesen wäre, die ganze Aktion mit der Polizei abzustimmen. Aber die Polizei hätte wahrscheinlich einen eigenen Suchtrupp eingesetzt, und sie wären nicht dabei gewesen. Und den Laptop hätten sie dann sowieso nicht gekriegt. Nein, so wie sie es jetzt machten, war es schon richtig.

Sylvia zeigte, wo sie die Plastiktüte mit dem Laptop vergraben hatte. »Da ungefähr«, sagte sie.

Sebastian schaltete den Metalldetektor ein und wurde sofort fündig.

»Hier?« Sylvia wunderte sich.

Sebastian schüttelte den Kopf. Er grub vorsichtig mit dem Klappspaten. Dicht unter der Oberfläche lag ein Stück Stanniolpapier. »Das war mal ne Zigarettenschachtel.«

Sie suchten weiter. Sie fanden einen rostigen Nagel, weitere Stanniolreste und ein zerbrochenes Hufeisen.

»Wie tief hast du den Schatz denn vergraben?«, fragte Sebastian.

Sylvia zeigte mit den Händen. Ungefähr 50 cm.

Wieder pfiff das Gerät. Lauter diesmal.

»Ein größerer Nagel«, vermutete Sebastian.

Patrick hieb mit dem Klappspaten auf den Moorboden ein, aber der wollte nicht nachgeben.

»Vorsicht!«, mahnte Sebastian. »Hier gibt es auch gefährliche Metallteile. Bomben zum Beispiel. Oder nicht explodierte Flak-Granaten. In Neu Wulmstorf stand schwere Flak.«

Sylvia lief los, suchte und fand den Spaten, den sie im Schilf zurückgelassen hatte. Jetzt war alles viel einfacher. Ein paar gewaltsame Spatenstiche, und schon kam der Laptop zum Vorschein.

Sylvia zog ihn aus der Plastiktüte. Der Sack zeigte inzwischen deutliche Auflösungserscheinungen.

»Das liegt am Moor«, sagte Sebastian. »Der Moorboden ist zu aggressiv für die Tüte.«

Aber der Laptop schien das Begräbnis ohne größere Probleme überstanden zu haben. »Er ist heil!«, rief Sylvia.

»Vielleicht«, brummte Sebastian. Er drückte auf *On*. Der Bildschirm blieb schwarz, und nichts rührte sich. Fest stand, dass zumindest der Akku leer war.

»Will jemand einen Becher Cola?«, fragte Sebastian.

Ja, Sylvia meldete sich. Sie war in euphorischer Stimmung. Sie trank ihre Cola und aß in aller Ruhe ein paar Kekse. Dann wurde das Picknick eingepackt, und die Expedition fuhr ohne weitere Vorkommnisse nach Hamburg zurück.

* * *

Im Geomatikum war an diesem Sommernachmittag praktisch Feierabend. Sie hätten nach oben gehen können, ins Labor, aber Sebastian hielt Patrick zurück. »Wir machen das hier unten«, sagte er. »Vorsichtshalber. Ich hole nur schnell ein Kabel.«

Patrick und Sylvia warteten im tiefer gelegten *Forum*.

Sylvia starrte auf das riesige Wandbild. Es zeigte die Erdschichten in einer Kiesgrube.

»Das ist ein Lackfilm«, erläuterte Patrick.

Sylvia nickte. Das wusste sie aus den Vorlesungen. »Und der Text?«

Der Text hatte nichts mit dem Lackfilm zu tun. Studenten hatten auf Papier einen Satz über den Lackfilm geklebt: *What kind of knowledges do we need in order to make the world more livable and just for us all?* Jedes Wort auf einem einzelnen Bogen Papier, die gelblichbraune Schrift passend zum Lackfilm. Patrick fragte sich, was die Autoren mit ihrer Botschaft sagen wollten. Der Lackfilm zeigte Schmelzwassersande aus der Eiszeit. Wollten sie andeuten, dass man darüber nichts zu wissen brauchte? Zumindest brauchte man keine Lackfilme, oder? Und die ganze Geologie, die brauchte man vielleicht auch nicht.

Als hätte Sylvia seine Gedanken erraten, sagte sie: »Worauf es in den Geowissenschaften vor allem ankommt, das ist, dass wir uns mit der von den Menschen gestalteten Erde befassen und mit den Menschen, die diese Erde gestalten. Mit deinem Anthropozän mit anderen Worten.«

Patrick sah Sylvia an. Das waren ziemlich genau seine Worte gewesen. Sylvias Gesicht zeigte ein ganz leicht angedeutetes spöttisches Lächeln.

Patrick sagte: »Das ist zu kurz gedacht. Wir müssen viel mehr wissen.«

Sylvia widersprach nicht. Ihr wurde es rasch zu langweilig auf den harten Holzbänken. Sie ging auf Entdeckungsreise. Eine Ecke der vollständig leeren Garderobe hatte ein unbekannter Künstler mit einem Wandbild verziert. Es zeigte Hände, an denen Menschen hingen, wie Marionetten. Aber die Menschen, die da hingen, waren keine Marionetten, sondern sie sahen eher aus wie Erhängte. Einige hatten Scheren in den Händen, versuchten sich loszuschneiden, aber wem das gelang, der zerschellte am Boden zwischen Gras und Blumen. Sylvia schüttelte unwillkürlich den Kopf. So sah sie die Welt nicht. Ihre Welt. Sie hing nicht an irgendeinem Faden, zumindest glaubte sie das, sondern was mit ihr geschah, das konnte sie selbst in starkem Maße mitbestimmen. Auch wenn sie Angst hatte. Auch wenn Sie Hilfe brauchte. Es gab andere Menschen, die einem halfen. Patrick zum Beispiel.

Hinter der Treppe wohnte der Höhlenbär. Ein Gerippe. Man sah nicht viel von ihm, denn in der Vitrine war es dunkel. Jemand hatte das Licht ausgeschaltet. Vielleicht war es auch defekt. Aber das schien Sylvia durchaus passend. Ein eiszeitlicher Höhlenbär in einer dunklen Höhle.

Sebastian kam mit einem Anschlusskabel für den Laptop zurück. »Oben ist niemand mehr«, sagte er. Der Laborant, der ihn vertreten hatte, war inzwischen nach Hause gegangen.

»Sollen wir nicht doch nach oben gehen?«, fragte Patrick.

Sebastian schüttelte den Kopf. »Hier unten im Kerker sind wir am sichersten.«

Das Museum für Geologie und Paläontologie im Keller des Geomatikums wurde von den Studenten scherzhaft als Kerker bezeichnet. Es bestand aus einer Sammlung von Vitrinen mit geologischen Objekten, die sich im Laufe der Jahre angesammelt hatten und mit knappen Erläuterungstexten zumindest dem Eingeweihten einen Rundgang durch die Erdgeschichte boten. Sylvia bestaunte das Skelett des *Tarbosaurus*.

»Das ist eine Kopie«, sagte Patrick.

In der *Zeit der Meeresungeheuer* ging das Licht aus. Sebastian hatte die Steckdose gefunden. Er schloss den Computer an. Patrick atmete auf. Alles war gut gegangen. Der Bildschirm funktionierte. Auch an dem verlangten Kennwort scheiterten sie nicht. Sebastian gab 1234 ein, und schon erschien der normale Startbildschirm. Laufwerk C war auch unproblematisch. Aber sie brauchten nicht die Programme, sie brauchten die Daten. Doch der Weg war versperrt.

Sylvia deutete auf die Anzeige, die auf dem Bildschirm erschienen war. »Was heißt das?«

Geben Sie das Kennwort ein, um diesen Ordner zu entsperren stand da.

»Das bedeutet, dass dieser Ordner gesichert ist. Durch *Bitlocker* oder irgendsoetwas. Wir sollen das Passwort eingeben. Aber das Passwort haben wir nicht.«

Sebastian drückte auf Entsperren. Nichts passierte.

»Was sind das für weitere Optionen?«, fragte Sylvia. Sie deutete auf das entsprechende Feld.

Patrick wusste, was kommen würde. »*Wiederherstellungsschlüssel eingeben*. Aber den Wiederherstellungsschlüssel haben wir auch nicht.«

»Und jetzt?«, fragte Sylvia entgeistert.

»Ende«, erwiderte Sebastian.

»Und das hier?« Patrick hatte den Laptop umgedreht. Auf der Unterseite hatte jemand mit Filzstift eine Zeichenfolge aus Ziffern und Buchstaben notiert.»Das Passwort?«

Sebastian schüttelte den Kopf.»Zu lang«, sagte er.»Aber vielleicht der Wiederherstellungsschlüssel. Probieren wir es aus.«

Es war nicht der Wiederherstellungsschlüssel. Was jetzt?

Sebastian sagte:»Die Anzahl der Zeichen stimmt. Nur die Zeichen nicht. Die sind verkehrt. Möglicherweise hat der Eigentümer dieses Geräts den Wiederherstellungsschlüssel rückwärts notiert. Oder er hat die Reihenfolge der Zeichen sonst irgendwie verändert, und dann bleibt uns nichts anderes übrig, als alle Variationen durchzuprobieren, die uns einfallen.«

»Unendlich viele Möglichkeiten«, stöhnte Patrick.

Sebastian widersprach.»Die Möglichkeiten sind endlich«, sagte er.»Aber wir werden eventuell viele Stunden damit zubringen müssen, diesen Code zu knacken.«

»Probieren wir es aus«, drängte Patrick.»Ich diktiere die Zeichen, und du tippst sie ein.«

»Also los!«

Beim dritten Versuch hatten sie Erfolg.»Wir haben es geschafft! Wir haben es geschafft!« Sylvia jubelte so laut, dass Patrick Sorge hatte, dass der Hausmeister sie hören und nach dem Rechten sehen könnte. Aber das geschah nicht.

»Und wo ist nun der Sex?«, fragte Sebastian. Er öffnete den Windows Explorer.

Patrick hob die Augenbrauen. Im Gegensatz zu seinem eigenen Rechner waren die Daten auf diesem Laptop außerordentlich klar und übersichtlich gegliedert. Es gab einen Ordner ,Einnahmen', es gab einen Ordner ,Ausgaben' und es gab einen Ordner ,Sonstiges'.

»Sex fällt wahrscheinlich unter ,Sonstiges'«, vermutete Sebastian.

Patrick schüttelte den Kopf. Unter ,Sonstiges' war neben der Korrespondenz, die mit dem eigentlichen Geschäft des Unternehmens nichts zu tun hatte, eine Reihe von Rechnungen einsortiert, bei denen es sich im Wesentlichen um die Beschaffung von Möbeln und Kunstgegenständen handelte.

»Wo sind die Bilder?«, fragte Sylvia enttäuscht.

Es gab keine Bilder.

Sebastian sagte: »*Pics or it did not happen*. Was nicht durch Fotos belegt werden kann, hat es nie gegeben."

»Unsinn!«

Patrick durchsuchte den Rechner weiter nach Bilddateien, aber er fand keine. Stattdessen gab es zahlreiche Dateien mit geheimnisvollen Endungen. SBX zum Beispiel.

»Vielleicht ist das in Wirklichkeit eine Bilddatei«, sagte Patrick. »Vielleicht hat der Kerl einfach nur die Endungen vertauscht.« Er ersetzte SBX durch JPG. Ohne Ergebnis.

»Versuch es mit TIF oder PNG«, schlug Sylvia vor.

Nein, das half auch nicht.

»Stubbe«, sagte Sebastian. »Der Kerl heißt Stubbe.« Er deutete auf die Kopie eines Briefes.

Sylvia nickte. Das hatte sie von Anfang an gewusst. Auch dass er Immobilienhändler war. Obendrein war er offenbar Mitglied der ‚*Versammlung Eines Ehrbaren Kaufmanns zu Hamburg e.V.*‘, Mitglied im *Rotaryklub*, Mitglied im *Tierschutzverein*. Nach allem, was sich hier auf diesem Laufwerk fand, gab es nichts, was man diesem Stubbe vorwerfen konnte. Es sah aus, als sei er tatsächlich ein ehrenwerter Mann.

»Darf ich mal?« Patrick nahm sich den Laptop vor. Statt nach Bilddateien suchte er schlicht und ergreifend nach dem Wort ‚Bild‘. Und er wurde fündig. »Die Landesbildstelle«, sagte er. »Dieser Stubbe hat offenbar wiederholt mit der Landesbildstelle korrespondiert. Und mit dem Filmarchiv des Bundesarchivs in Hoppegarten. Wenn ich diesen Austausch von E-Mails richtig verstehe, sammelt Stubbe historische Filme.«

»Das gibt es? Sind diese alten Filme nicht längst alle irgendwo in Archiven verschwunden?«, fragte Sylvia.

»Offenbar nicht. Manchmal kann man sie schlicht und ergreifend bei eBay ersteigern. Diesen hier zum Beispiel. F.W. Murnau. Stubbe hat tatsächlich bei Ebay einen Film von Murnau ersteigert.«

»Murnau?«, fragte Sylvia.

»‚Nosferatu‘«, erläuterte Patrick. »Murnau ist der Regisseur, der ‚Nosferatu‘ gedreht hat. Aber hier geht es nicht um ‚Nosferatu‘.«

»Sondern?«

»Der Film heißt ‚Satanas‘.«

»Kenne ich nicht.«

Sylvia war tief enttäuscht. Sie war davon ausgegangen, dass das Material auf diesem Rechner ausreichen würde, um ihren Peiniger vor Gericht und anschließend ins Gefängnis zu bringen, wenn man das wollte. Davon konnte ganz offensichtlich keine Rede sein. »Scheiße«, sagte sie leise.

Patrick legte ihr die Hand auf die Schulter. Sie blickte auf.

»Es tut mir leid«, sagte Patrick. »Es tut mir leid, dass wir nichts Besseres gefunden haben.«

Sylvia nickte. Sie dachte daran, dass bei der Jagd nach diesem Rechner ein Mensch gestorben war. Für nichts gestorben. Carolin. Die dumme, egoistische Carolin. Aber ganz gleich, was sie über sie dachte, Carolin war ein Mensch gewesen. Und nun war sie tot.

Plötzlich erschrak Sylvia. »Kai!«, rief sie.

»Was ist mit ihm?«

»Kai. Ich bin doch mit ihm verabredet. Ich hab mich heute früh heimlich mit ihm getroffen. Er wartet in Harburg auf dem Bahnhof. Ich muss mit ihm reden. Er glaubt immer noch, dass sich mit diesem Rechner viel Geld verdienen lässt. Er muss sofort wissen, dass das alles Unsinn ist. Und er muss sich in Sicherheit bringen. Um jeden Preis.«

* * *

Sebastian klinkte sich an dieser Stelle aus. Patricks Wagen stand in Harburg. So blieb ihm nichts anderes übrig, als zusammen mit Sylvia mit der S-Bahn zu fahren. Er war verärgert, dass Sylvia sich ohne sein Wissen mit Kai getroffen hatte. Aber jetzt war keine Gelegenheit, darüber zu diskutieren. Feierabendverkehr. Die Bahn war voll besetzt; Patrick und Sylvia mussten stehen.

Zum Glück konnte niemand wissen, dass sie inzwischen in Hamburg an der Uni gewesen waren. So konnte auch niemand damit rechnen, dass sie jetzt mit der S-Bahn zum Bahnhof Harburg fuhren. Zwar glaubte Patrick nicht, dass sie sich im Augenblick ernsthaft in Gefahr befanden. Niemand würde versuchen, sie in einer voll besetzten S-Bahn zu erschießen oder gar Sylvia und ihn zu entführen.

Aber das eigentliche Problem kam erst noch. Kai. Kai war in Lebensgefahr. Er konnte unmöglich in seinem jetzigen Unterschlupf bleiben. Patrick würde ihm anbieten müssen, ebenfalls in seinem Haus zu übernachten. Vorerst jedenfalls. Der Gedanke gefiel ihm überhaupt nicht. Er starrte auf die trostlosen Lärmschutzwände am Rande der Gleise.

Auf was hatte er sich da eingelassen? Plötzlich wurde ihm bewusst, dass er von Anfang an falsch reagiert hatte. Als Sylvia ihm gesagt hatte, dass sie sich verfolgt fühlte, hätte er mit ihr zusammen zur Polizei gehen müssen. Die war für solche Fälle zuständig. Es war völlig wahnsinnig gewesen, zu glauben, er könnte mit dieser Situation besser umgehen als die Polizei. Hatte sein Verstand total ausgesetzt? Nein, hatte er nicht. Er hatte ganz einfach gewollt, dass Sylvia mit zu ihm nach Hause kam. Er mochte sie. Trotz all ihrer Macken. Aber dies galt nicht automatisch auch für den ihm unbekannten Kai.

Es war schon schlimm genug, sich mit Sylvia zu arrangieren, so dass sie sich nicht gegenseitig unnötig in Gefahr brachten. Und Sylvia war ein Risikofaktor. Dass sie auf eigene Faust Kai aufgesucht hatte, war ein schwerer Fehler. Stubbe – wenn er denn derjenige war, der Sylvia bedrohte – wusste inzwischen auf jeden Fall, wo Carolin gewohnt hatte.

Der Zug überquerte die Süderelbbrücke. Ein kurzer Blick auf das Wasser, dann ging es im Tunnel unterirdisch weiter. Die nächste Station war Hamburg-Harburg.

»Aussteigen«, sagte Patrick.

Eine Treppe führte von hier unten zu den Gleisen drei und vier. Dort hielten die Züge von und nach Lüneburg. Der Ort, an dem Sylvia sich mit Kai verabredet hatte, lag ganz am Ende des Bahnsteigs.

Sylvia und Patrick hasteten die Treppe hoch, bahnten sich einen Weg durch die Menge der Fahrgäste, die auf den nächsten Zug warteten. Da war die Schlachthofbrücke. Irgendwo dort unten in der Nähe der Brücke wartete Kai. Wenn er überhaupt noch da war. Es war jetzt 18.40 Uhr. Sie waren mehr als eine halbe Stunde verspätet. Sylvia rannte voraus. Hier standen mehr Menschen, als sie erwartet hatte. Auch oben auf der Brücke standen Leute und sahen nach unten.

»Kai!«, rief Sylvia. Jetzt begriff auch Patrick, dass etwas passiert sein musste. Genau wie Sylvia drängte er sich durch die Menge der Schaulustigen, die um etwas herumstanden, was er nicht sehen konnte. Es war ein Mensch, der am Boden lag. Ein ihm unbekannter junger Mann, schäbig gekleidet. Es war Kai. Und es bestand kein Zweifel daran, dass er tot war.

»Kennen Sie ihn?«, fragte einer der Männer.

Sylvia schüttelte den Kopf.

»Was ist denn überhaupt passiert?«, fragte Patrick.

»Er ist von der Brücke gesprungen«, sagte eine Frau.

»Ich hab es ganz deutlich gesehen. Er stand dort oben auf der Brücke, und dann ist er über das Geländer gestiegen, und da waren noch Leute bei ihm, die haben offenbar versucht, ihn zurückzuhalten, aber das hat alles nichts genützt. Er hat sich losgerissen, und dann ist er gesprungen. Kopfüber. Er ist mit dem Kopf aufgeschlagen, hier, unmittelbar neben dem Gleis. Furchtbar.«

»Er hat eine ziemliche Fahne«, ergänzte einer der Männer. »Es ist ganz klar, was passiert ist. Er hat einfach keinen Ausweg mehr gesehen. Er hat sich ordentlich Mut angetrunken, und dann hat er sich vom Geländer abgestoßen.«

Sylvia schüttelte den Kopf. »Er ist nicht gesprungen«, murmelte sie. Sie sah nach oben. Dort hatten sich inzwischen noch mehr Zuschauer angesammelt. In der Mitte der Gruppe stand Stubbe. Er sah zu ihr herunter. Jäger und Wild blickten sich in die Augen.

* * *

»Stubbe?«, fragte Patrick. »Du hast ihn gesehen?«

Sylvia nickte. »Er stand dort oben am Geländer. Er machte einen sehr zufriedenen Eindruck.«

»Und diese anderen Leute, die dort oben herumstanden, glaubst du, dass die etwas damit zu tun haben?«

Nein, das glaubte Sylvia nicht. »Stubbe ist stark«, sagte sie. Das hatte sie am eigenen Leib erfahren. »Mit so einem abgemagerten Kerl wie dem Kai wird er ohne weiteres fertig. Mit seiner Kraft und mit seiner Selbstsicherheit. Der Kai, der hat ja nicht von Anfang an da oben auf der Brücke gestanden. Wir waren unten auf dem Bahnsteig verabredet, sozusagen hinter der Brücke. Stubbe muss ihn da gesehen haben. Er ist zu ihm heruntergegangen, hat ihn sich einfach geschnappt und mit nach oben gezogen, jedenfalls stelle ich mir das so vor, und dann hat er ihn von der Brücke geschmissen.«

»Mit der Geschichte stimmt etwas nicht«, wandte Patrick ein.

»Was denn?« Sylvia zog die Stirn kraus.

»Lass uns noch einmal ganz von vorn anfangen. Was ist passiert, als ihr euch getroffen habt?«

»Ich wollte mit Kai sprechen. Ich wollte ihn warnen. Er musste sofort verschwinden. Er war jetzt in Lebensgefahr. Aber Kai war völlig durch den Wind, und er hat sich auf nichts eingelassen. Er glaubte immer noch, dass er es irgendwie schaffen könnte, den Stubbe zu erpressen und das Geld zu bekommen, aber ich hab nicht geglaubt, dass das gelingen könnte.

Und ich wollte die Telefonnummer von diesem Stubbe haben. Carolin hat sie gehabt, und Kai muss sie gewusst haben, aber er hat sie nicht rausgerückt. Ich hab ihm gesagt, wenn wir wirklich Geld bekommen könnten, dann würde ich es mit ihm teilen. Er wollte darüber nachdenken, hat er gesagt. Und dann haben wir verabredet, dass wir uns heute um 18 Uhr hier auf dem Harburger Bahnhof treffen.«

Patrick fragte sich, wieso Sylvia immer noch geglaubt haben konnte, dass sie mit Kai zusammen oder allein diese Erpressung durchziehen könnte. Aber das war im Augenblick nebensächlich. »Bist du bei dem Treffen mit Kai beobachtet worden?«

Sylvia schüttelte den Kopf. »Ich war sehr vorsichtig.

Ich hab mich immer wieder umgeguckt, aber da war niemand.«

Patrick widersprach. »So kann es nicht gewesen sein, Sylvia. Der Stubbe muss gewusst haben, dass Kai zum Bahnhof kommen würde, sonst hätte er ihn doch niemals ausgerechnet auf diesem Bahnsteig gesucht.«

»Dann hätte er oder einer seiner Leute uns doch direkt belauscht haben müssen! Das ist unmöglich.« Sie zögerte. »Zumindest glaube ich, dass er uns nicht belauscht haben kann. Allerdings haben wir nicht gerade leise gesprochen. Zeitweilig haben wir uns gegenseitig angeschrien. Und diese Hütte – na ja, das sind ja nur dünne Bretterwände. Wenn da jemand draußen gestanden hätte, dann hätte er wahrscheinlich hören können, was wir gesagt haben.« Eine unheimliche Vorstellung.

»So muss es gewesen sein«, sagte Patrick.

»Aber – wenn wirklich der Stubbe draußen gestanden hat und uns zugehört hat, warum hat er uns dann nicht sofort erledigt? Er wäre mit uns beiden fertig geworden, da bin ich mir ganz sicher, und selbst wenn wir laut um Hilfe geschrien hätten, da wäre niemand gewesen, der uns hätte helfen können oder wollen.«

Patrick schüttelte den Kopf. »Das wäre nicht in Stubbes Sinne gewesen«, sagte er. »Carolins Tod hat er so arrangiert, dass es wie ein Selbstmord ausgesehen hat. Und dasselbe hat er bei Kai wiederholt. Wenn er euch beide dort draußen abgemurkst hätte, dann hätte das niemand für einen Selbstmord halten können.«

»Möglich.« Plötzlich wurde Sylvia bewusst, dass sie auf dem Rückweg nicht allzu aufmerksam gewesen war. Sie hatte darüber nachgedacht, wie sie sich Stubbes

Telefonnummer beschaffen könnte. Aber wenn Stubbe oder einer seiner Leute ihr tatsächlich von Kais Unterschlupf bis in den Ehestorfer Weg gefolgt wäre, dann hätte sie das wahrscheinlich gar nicht bemerkt.

»Es kann sein, dass er mir bis zu deinem Haus gefolgt ist«, sagte sie zögernd.

»Wir müssen die Polizei einschalten«, bestimmte Patrick.

Sylvia nickte. »Aber nicht jetzt«, sagte sie. »Ich bin müde und hungrig.« Außerdem wollte sie lieber allein mit dem Polizisten sprechen, der sie vernommen hatte. Er hatte gesagt, sie könne ihn jederzeit anrufen. Dieser Dischler. Sie hatte Vertrauen zu ihm. Er war anders als andere Polizisten. Er hatte sie ernst genommen. Und er hatte ihr seine Visitenkarte gegeben. Nicht Patrick, sondern ihr.

Lügen

Sylvia rief Kommissar Dischler am späten Vormittag an. »Es gibt ein paar Dinge, die Sie wissen sollten«, sagte sie. »Der Selbstmörder vom Harburger Bahnhof, das ist Kai. Er hat in derselben Hütte gewohnt wie Carolin. Und er hat sich nicht selbst umgebracht. Niemals.«

»Von dem Todesfall habe ich natürlich gehört«, erwiderte Dischler. Es klang reserviert. »Ein Selbstmord. Es gibt Zeugen.«

»Kein Selbstmord. – Kennen Sie Alexander Stubbe?«

»Den Immobilienhändler?«

»Carolin und Kai haben versucht, ihn zu erpressen.«

»Aha.«

Das wusste Dischler offenbar nicht.

»Und außerdem war da noch die Geschichte mit meiner Entführung.«

»Was für eine Entführung?«

Sylvia fasste kurz zusammen, was passiert war.

»Darüber müssen wir uns unterhalten«, erwiderte Dischler. »Aber nicht hier und nicht jetzt. Ich kann im Augenblick hier nicht weg. Ich rufe in zwei Stunden zurück. Ist das in Ordnung?«

»Ja, das ist in Ordnung.«

Wohin in der Zwischenzeit? Sylvia fuhr mit der S-

114

Bahn nach Hamburg und setzte sich in die Staatsbibliothek. Aber bevor sie dazu kam, sich irgendein interessantes Buch herauszusuchen, rief Dischler zurück.

»Sie wollten mich sprechen?«

»Ja, unbedingt«, antwortete Sylvia leise. »Aber nicht am Telefon. Zumindest nicht hier. Ich bin gerade in der Stabi.«

»Bei mir im Präsidium geht es auch nicht«, erwiderte Dischler. »Lieber an einem neutralen Ort.«

Sylvia begriff, dass dies keine normale Ermittlung war. Offenbar wollte er nicht in seiner Dienststelle zusammen mit ihr gesehen werden.

»Was halten Sie von der Café-Rösterei Becking? In der Leverkusenstraße ist das.«

Sylvia kannte weder die Rösterei noch die Leverkusenstraße.

»Sind Sie zu Fuß unterwegs?«, fragte Dischler.

»Ja, tut mir leid, zur Zeit ist mein Porsche gerade in der Werkstatt«, behauptete Sylvia.

»So etwas Ähnliches hab ich mir schon gedacht. Dann nehmen Sie die S-Bahn bis nach Ottensen, und von dort aus ist es nur noch ein kleines Stück zu Fuß. 10 Minuten vielleicht. Ich kann in einer halben Stunde da sein.«

* * *

Die traditionsreiche Becking Kaffeemanufaktur befand sich in einem modernen Gebäude. Dischler wartete draußen auf Sylvia. Bei dem schönen Wetter hätten sie gut auf der Terrasse sitzen können, wie die meisten anderen Gäste, die hierher gekommen waren, um zu frühstücken oder mal schnell zwischendurch einen Kaffee zu trinken. Aber Dischler sagte:»Kommen Sie, wir gehen nach drinnen.«

Drinnen war es noch wärmer als draußen. Sylvia wischte sich den Schweiß von der Stirn und sah sich um. Links neben ihr stand die große Röstmaschine, aber die war zum Glück nicht in Betrieb. Hochbetrieb herrschte dagegen in dem kleinen Laden auf der rechten Seite.

»Sie trinken doch Kaffee?«, fragte Dischler.

»Ja, natürlich.«

»Ich lade Sie ein. Gehen sie schon mal nach oben und sichern Sie uns einen guten Platz.«

Sylvia nickte. Oben, das war so eine Art Balkon, auf dem zwei Tische mit Polsterstühlen standen. Von hier aus konnte man den ganzen Laden überblicken, ohne selbst gesehen zu werden. Sylvia setzte sich auf einen der bequemen Stühle und wartete.

Dischler kam mit zwei Bechern Kaffee und einer Packung Kekse auf einem silbernen Tablett. Natürlich war es kein richtiges Silber, aber es sah sehr vornehm aus, und Sylvia genoss es, sich auf diese Weise von einem Polizisten bedienen zu lassen. Ihre bisherigen Erfahrungen mit der Polizei sahen ganz anders aus. Sie lächelte. Plötzlich wurde ihr bewusst, dass Dischler nicht einfach nur Polizist war, das war er natürlich auch, aber er hatte sie wohl nicht ohne Grund zu diesem ungewöhnlichen Ausflug eingeladen. Sie lächelte nicht mehr.

Dischler sagte:»Ich will ganz offen zu Ihnen sein. Mein Vorgesetzter, der Oberkommissar Fleischhauer, glaubt nicht, dass bei dem Tod Ihrer beiden Freunde ...«

»Bekannten«, unterbrach ihn Sylvia. »Als Freunde würde ich die beiden nicht bezeichnen. Sowohl Carolin als auch Kai und natürlich auch ich, wir waren alle in Schwierigkeiten. Deshalb haben wir uns gegenseitig geholfen. Aber darüber hinaus ging es nicht.«

»Wie dem auch sei – Oberkommissar Fleischhauer glaubt nicht, dass die beiden ermordet worden sind. Er glaubt überhaupt ziemlich wenig. Und was Sie vorhin am Telefon angedeutet haben, das würde er erst recht nicht glauben. Die Geschichte mit Ihrer Entführung. Sie sind, wie Sie sagen, auf offener Straße und am helllichten Tag überfallen, betäubt und in ein Auto gesteckt worden. Das hat es noch nie gegeben. Jedenfalls nicht hier bei uns in Hamburg.«

»Natascha Kampbusch!«, widersprach Sylvia.

»Das war nicht in Hamburg, sondern in Wien. Und Natascha Kampbusch war damals ein Kind, als sie entführt wurde. Zehn Jahre alt.«

»Es ist doch ganz egal, ob es das in Hamburg schon mal gegeben hat oder nicht, fest steht jedenfalls, dass es mir passiert ist. Ob Sie es nun glauben oder nicht.«

Sylvia nahm sich einen der Kekse. Der schmeckte überraschend. Was Sylvia für Schokolade gehalten hatte, war in Wirklichkeit Lakritz. Die Kekse waren Lakritz-Kürbiskern Florentiner. Eigentlich mochte Sylvia keinen Lakritz, aber diese Kekse gefielen ihr.

Dischler sagte: »Diese Entführung. Wann ist das gewesen?«

»Mitte Juni. Nachdem ich aus dem Gefängnis entlassen worden bin.«

»Sie kannten den Entführer?«

117

Sylvia nickte.

»Ist es derselbe Mann, der Ihnen nachgeht, und der Sie zum Beispiel auf den Friedhof verfolgt hat?«

»Alexander Stubbe. Derselbe Mann, den Carolin und Kai erpressen wollten.«

»Und wo wohnt er?«

»Irgendwo in Volksdorf. Seine genaue Adresse hab ich nicht.«

Sylvia erwartete, dass Dischler ihr jetzt Vorwürfe machen würde, weil sie ihm das nicht gleich erzählt hatte, aber das geschah nicht. Stattdessen sagte er: »Dieser Mann hat Sie auf der Straße eingefangen? Wie muss ich mir das vorstellen?«

»Es ging alles sehr schnell«, sagte Sylvia. »Ich hätte nie gedacht, dass es so leicht möglich wäre, mich von der Straße weg zu entführen. Ich hab den Mann gar nicht kommen sehen. Plötzlich war er hinter mir und hat mir einen Lappen mit irgendeinem Betäubungsmittel vors Gesicht gehalten. Chloroform oder Äther, oder was immer man da verwenden mag. Ich hab versucht, mich zu wehren, aber dann hab ich gleich das Bewusstsein verloren.«

»Ein Mann allein?«

»Es waren zwei. Mindestens.«

»Aber einer davon war dieser Alexander Stubbe? Das haben Sie auch damals schon gewusst?«

»Ja.«

»Wo ist das Ganze gewesen?«

»Auf der Bremer Straße. Ich kam von zu Hause, wir wohnen ja in der Geraden Straße, im Phoenix-Viertel ist das ...«

Dischler nickte. Er wusste, wo die Gerade Straße lag.
»Ich wollte zum Friedhof. Ich gehe immer über den Mopsberg und dann durch den Schulgarten. Das ist der kürzeste Weg. Und dann eben die Bremer Straße.«
»Die B 75«, sagte Dischler. »Das ist eine ziemlich belebte Straße.«
»Ja, das ist sie. Und eigentlich sollte man vielleicht denken, dass an einer so belebten Straße überhaupt gar nichts passieren kann. Aber es ist passiert. Es sind ja nicht allzu viele Fußgänger unterwegs. Und vom Auto aus sieht man nicht viel vom Fußweg. Wegen der Chausseebäume. Und zwischen diesen Bäumen muss wohl irgendein Transporter geparkt haben, denke ich mir jedenfalls, und in den haben sie mich dann verfrachtet und dahin gebracht, wo sie mich gefangenhalten wollten.«
»Wo genau war dieser Überfall?«
»Kurz vor dem Friedhof. Da ist auf der rechten Seite so ein Waldstück, und genau da ist es passiert.«
Dischler verzog keine Miene. »Dieser Friedhof ...« setzte er an.
»Ich gehe gern zum Friedhof.«
»Öfter?«
Sylvia nickte.
»Und dieser Stubbe hat das gewusst?«
»Wahrscheinlich. Meine Schwester liegt da.«
»Ihre Schwester?«
»Ja, die Leonie. Meine kleine Schwester. Sie war ein Jahr jünger als ich. Sie war mein Ein und Alles. Meine Eltern waren ja tagsüber bei der Arbeit, und da hab ich mich dann um sie gekümmert. Ich bin mit ihr zum Spiel-

platz gegangen, und als ihr einer der Jungs die Back-
formen wegnehmen wollte, da hab ich ihn verhauen.
Ich hab ihr beigebracht, wie man Roller fährt und wie
man Fahrrad fährt. Und später, als sie dann zur Schule
kam, da hab ich ihr bei den Hausaufgaben geholfen. Ich
wünschte, sie wäre noch am Leben.«

»Woran ist sie gestorben?«

»Magersucht.«

»Oh«, sagte Dischler.

Einen Moment lang befürchtete Sylvia, dass Dischler nachfragen würde. Denn Magersucht bekam man ja
meistens nicht ohne Grund. Aber darüber wollte Sylvia
auf keinen Fall sprechen. Und das brauchte sie auch
nicht. Dischler fragte etwas ganz anderes.

»Sie heißen Schröder?«

Sylvia nickte.

»Und dieses Grab, das Sie besuchen, das ist das Grab
der Familie Schröder?«

»Ja, natürlich.« Kam es ihr nur so vor, oder zitterte
ihre Stimme wirklich ganz leicht?

»Ich bin auf dem Friedhof gewesen«, sagte Dischler,
»und habe mir die Geschichte angesehen. Lokaltermin
sozusagen. Das Grab der Familie Schröder liegt in der
Tat ein kleines bisschen höher als die Friedhofskapelle,
so dass Sie von dort einen guten Blick auf die Trauergemeinde hatten.«

»Ja.«

»Und wer liegt nun in dieser Grabstätte der Familie
Schröder begraben?«

»Die Familie Schröder.«

»Also?« Der Kommissar war unerbittlich.

»Nicht meine Mutter natürlich, denn die lebt ja noch. Und auch nicht mein Vater. Aber meine Großeltern liegen da.«

»Ihre Großeltern?«

»Heinrich und Isabel Schröder«, behauptete Sylvia. Sie war sich ziemlich sicher, dass auf dem Grabstein nichts anderes stand als einfach nur ,Familie Schröder'. »Und Leonie«, setzte sie hinzu. »Meine Schwester Leonie.«

Dischler schüttelte den Kopf. »Gut ausgedacht«, sagte er.

»Wieso ausgedacht?«, empörte sich Sylvia. »Selbstverständlich ...«

Der Polizist fiel ihr ins Wort. »Erzählen Sie keinen Unsinn. Ich habe bei der Friedhofsverwaltung nachgefragt. An dieser Stelle sind Hans und Emma Schröder begraben, gestorben 1969 und 1982. Keine Isabel und kein Heinrich und auch keine Leonie.«

Sylvia schüttelte den Kopf. Nicht weinen, dachte sie. Du darfst jetzt nicht weinen. Auf keinen Fall. Sag etwas! Reiß dich zusammen! Du bestimmst, wie es weitergeht!

»Warum haben Sie nachgeforscht?«

»Nur so ein Gefühl. Ich hatte einfach den Eindruck, dass die Geschichte so nicht stimmen konnte. Da waren zu viele Zufälle im Spiel.«

»Zufälle?«

»Ja, Zufälle. Eine junge Frau geht auf den Friedhof, um das Grab ihrer Schwester zu besuchen. Sie merkt, dass sie verfolgt wird, vielleicht von ihrem früheren Entführer, wie sie jetzt gesagt hat, aber sie geht trotzdem hin. Und da fällt ihr Blick auf eine Beerdigung, die zufällig gerade zu diesem Zeitpunkt in unmittelbarer Nähe des Grabes stattfindet. Die junge Frau spricht einen beliebigen Teilnehmer der Beerdigung an und bittet ihn um Hilfe. Und der Mann hilft ihr tatsächlich. Nicht nur, indem er einfach für Sie bei der Polizei anruft, oder sie vielleicht zur nächsten Polizeiwache fährt, oder vielleicht zu ihrer Mutter, das wäre auch möglich, sondern er nimmt sie mit zu sich nach Hause.«

»Das meiste davon ist wahr«, murmelte Sylvia.

»Aber nicht alles«, beharrte Dischler. »Was ist mit Leonie? Haben Sie überhaupt eine Schwester gehabt, die Leonie hieß?«

»Natürlich hab ich eine Schwester gehabt. Leonie ist an Magersucht gestorben. Das hab ich Ihnen doch erzählt.«

»Wo ist sie gestorben?«

»In dem Krankenhaus, in dem sie behandelt worden ist. In Bad Bramstedt.«

»Und wo ist sie begraben worden?«

»Ich weiß es nicht. Man hat es mir nicht erzählt.«

Dischler sagte nichts, er sah sie nur fragend an.

»Man hat es mir nicht erzählt, weil ich solch einen Skandal gemacht hab. Ich wollte zu ihr, und sie haben mich nicht zu ihr gelassen. Sie haben mir erzählt, dass Leonie jetzt stirbt, und dass das letzte, was sie gebrauchen kann, eine aufgeregte große Schwester ist, die herumschreit und verlangt, dass die Ärzte endlich etwas tun sollten, dabei hatten sie schon längst alles getan, was in ihrer Macht stand. Jedenfalls hat er mir das so erzählt.«

»Haben Sie Ihre Mutter mal gefragt?«

»Sie hat es mir nicht gesagt.«

»Warum nicht?«

»Weil ich mich so aufgeregt habe. Sie wollte, dass ich normal weiterlebe und dass ich nicht mehr an Leonie denke.«

Dischler schwieg. Sylvia aß noch einen Keks. Sie hatte mehr Dinge über sich preisgegeben als sie je zuvor einem anderen Menschen mitgeteilt hatte. Ihre Hände zitterten.

Schließlich fragte Dischler: »Warum erzählen Sie mir das alles?«

»Warum? Sie haben mich doch danach gefragt.«

»Ich habe Sie gefragt, aber warum tischen Sie mir dann diese Lügen auf?«

»Lügen?«

»Ja, Lügen. Sie haben keine Schwester. Sie haben nie eine Schwester gehabt. Ich habe Nachforschungen angestellt. Und es gibt keinen Menschen in Ihrem Verwandtenkreis, der Leonie heißt. Es gab nur eine einzige Leonie weit und breit, und das war ihre Freundin in Wilhelmsburg. Ja, die ist an Magersucht gestorben.«

Sylvia wusste nicht, was sie machen sollte. Sie hätte am liebsten geschrien, um sich geschlagen oder einfach nur geheult, aber das war alles so sinnlos. Oder?

Plötzlich registrierte sie, dass Kommissar Dischler gar nichts sagte. Sie hatte ihm die Hucke voll gelogen, und er war vollkommen ruhig geblieben. Er hatte sie nicht angeschrien, er hatte sie nicht ausgeschimpft, und jetzt saß er einfach nur da und wartete.

»Ja«, sagte sie. »Es tut mir leid.«

»Machen Sie das nicht«, erwiderte Dischler. »Machen Sie das bitte nie wieder. Ich will Ihnen helfen, aber das geht nur, wenn Sie mir die Wahrheit sagen.«

Sylvia schwieg.

»Ich habe ein bisschen herumgefragt. Sie haben Schweres durchgemacht. Darüber wollen Sie nicht sprechen. Das müssen Sie auch nicht. Die Vergangenheit spielt keine Rolle. Außer wenn dieser Alexander Stubbe auch mit zu der Vergangenheit gehört.«

Sylvia schüttelte den Kopf.

Dischler sagte: »Kommen wir zur Gegenwart. Ihre Entführung. Sie sagen, dieser Alexander Stubbe und seine Helfer haben Ihnen aufgelauert. Sie sind dann betäubt und mit einem Transporter irgendwohin gebracht worden, an einen Ort, den Sie nicht kannten.«

Sylvia zuckte mit den Achseln. »Das weiß ich nicht. Ich weiß nicht, ob es wirklich ein Transporter gewesen ist oder irgendein anderes Fahrzeug, und ich weiß nicht, ob die Männer mich an einen unbekannten Ort gebracht haben, oder ob ich vorher schon einmal da gewesen bin.«

»Sind Sie während der Fahrt aufgewacht?«

»Nein. Erst als ich schon in dem Haus war.«

»Und das war ein Wohnhaus und nicht irgendein Schuppen?«

»Es war ein Wohnhaus«, bestätigte Sylvia.

»Und Sie haben es nicht von außen gesehen, weder als Sie gekommen sind, noch als Sie das Haus verlassen haben?«

»Ich hab nichts gesehen.«

»War es ein neues oder ein altes Haus.«

»Eher alt.«

»Was heißt das?«

»Ungefähr hundert Jahre vielleicht.«

»Wie sind Sie überhaupt aus dem Haus herausgekommen?«

Gute Frage. »Stubbe hat nicht aufgepasst«, sagte Sylvia. »Zu dem Zeitpunkt war Stubbe allein mit mir in dem Haus. Aber es ist eine langweilige Angelegenheit, wenn man eine Gefangene bewacht, und die macht gar nichts, außer schlafen. Und ich hab geschlafen. Und dann bin ich aufgewacht und hab gemerkt, dass es Nacht ist, und dass der Stubbe schläft. Und da bin aus dem Fenster gesprungen, im ersten Stock war das, und dann bin ich in irgendeinem stacheligen Busch gelandet, der mir das Gesicht zerkratzt hat. Und dann bin ich gerannt.«

»Weiter«, verlangte Dischler.

»Ich bin gerannt, aber ich bin nicht weit gekommen. Plötzlich war die Straße zu Ende, und ich stand auf einem Hof, überall waren Zäune. Ich bin über einen Zaun geklettert und bei einem anderen Haus vorbeigelaufen, und da war dann auch wieder eine Straße, und da konnte ich weiter.«

»Wenn ich das richtig verstehe«, sagte Dischler, »dann war das Ganze in einem Gebiet, das mit Einzelhäusern bebaut war?«

»Ja, wahrscheinlich. Wie gesagt, ich konnte nicht viel sehen. Der Mond schien nicht, und es war obendrein noch bewölkt, so dass es richtig dunkel war. Ich konnte nur gerade so viel erkennen, dass ich nicht direkt gegen irgendwelche Zäune oder sonstigen Hindernisse gerannt bin.«

»Was war mit der Straßenbeleuchtung?«

»Gab es nicht. Auf dem ersten Stück jedenfalls nicht.«

»Ging es bergauf oder bergab?«

»Erst einmal weder bergauf noch bergab. Da war eine Querstraße, und da bin ich dann nach links gelaufen. Oder rechts? Ich weiß es nicht mehr genau. Bergab jedenfalls. Irgendwann hörten die Zäune auf, und dann bin ich ein Stück weit durch den Wald gerannt. Immer weiter und weiter. Am liebsten hätte ich mich versteckt und gewartet, bis es wieder hell wurde. Aber ich hatte Angst, dass Stubbe hinter mir herkommen würde und mich wieder einfangen.«

»Aber das geschah nicht?«

»Nein. Vielleicht hat er mich die ganze Nacht gesucht und nicht gefunden. Ich bin jedenfalls so lange weiter gelaufen, bis ich in ein Gebiet kam, wo nur noch Wald war. Da hab ich gedacht, dass er mich hier nicht finden könnte. Da bin ich unter einen Busch gekrochen und hab erst einmal geschlafen. Es war eine sehr unruhige Nacht. Ich bin immer wieder aufgewacht und hab gelauscht. Aber da war gar nichts. Da bin ich wieder eingeschlafen. Und zum Glück wurde es dann bald hell. Da bin ich weiter gegangen, immer weiter, und schließlich bin ich an eine Autobahn gekommen, und ich bin an der Autobahn entlanggegangen, auf die andere Seite konnte ich ja nicht, dazu war zu viel Verkehr. Aber schließlich war da ein Tunnel unter der Autobahn, so ein Wellblechtunnel, da bin ich auf die andere Seite, und dann war es gar nicht mehr weit, bis ich wieder in Harburg war.«

»Gut«, sagte Dischler. Mit diesen Informationen waren sie jedenfalls ein kleines Stück weitergekommen.

Alles hatte sich angeblich südlich der Elbe abgespielt, und zwar in der Nähe von Harburg. Aber das war wirklich nur ein kleiner Fortschritt. Dischler war sich darüber im Klaren, dass Sylvia ihm noch immer nur einen Teil ihrer Geschichte erzählt hatte. Wenn er wirklich als Polizist aktiv werden sollte, musste er alles wissen.

»Sind Sie jetzt zufrieden?«, fragte Sylvia.

Dischler schüttelte den Kopf. »Wie kommt Stubbe ins Spiel?«, fragte er.

»Durch die Entführung. Das habe ich doch gesagt.«

»Nein.«

»Was wollen Sie damit sagen?«

»Ich will damit sagen, dass er nicht zufällig irgendeine junge Frau überfallen und entführt hat. Ihm ging es genau um diese eine Frau, um Sylvia Schröder. Er hat gewusst, dass er sie irgendwann auf dem Weg zum Friedhof treffen würde. Und Sie – Sie haben ihn auch gekannt. Schon lange, bevor er Sie entführt hat.«

Sylvia starrte den Polizisten an und schwieg.

Dischler wartete. Schließlich sagte er: »Möchten Sie noch einen Kaffee?«

»Nein. – Nein, danke.«

Sylvia trank ihren Kaffee aus und aß den letzten Keks.

»Vielen Dank für alles.« Dann machte sie sich auf den Rückweg. Allein. Dischler machte keinen Versuch, sie aufzuhalten. Die Sonne schien, und der Weg zum Bahnhof Ottensen war ungefährlich. Es waren Fußgänger unterwegs, die sie zur Not um Hilfe bitten könnte. Den Alten mit dem Dackel, der ihr entgegenkam, und der sie so misstrauisch ansah. Auch der würde ihr wahrscheinlich helfen. Und außerdem fühlte sie sich jetzt viel sicherer, wo sie Dischler die ganze Geschichte erzählt hatte, Fast die ganze Geschichte.

Auch in der S-Bahn fühlte sie sich sicher. Unter so vielen Menschen. Aber plötzlich begriff sie, dass diese Menschen sie gar nicht wahrnahmen. Sie spielten mit ihren Smartphones. Wenn jemand sie hier aus dem Abteil entführen würde, mit vorgehaltenem Messer zum Beispiel, würde wahrscheinlich niemand eingreifen.

Nein, alles Unsinn. Niemand war ihr von der Kaffee-Rösterei gefolgt. Niemand wusste, wo sie jetzt war. Sie war in Sicherheit. Alles hatte so geklappt, wie sie es sich vorgestellt hatte. Sie war zufrieden.

* * *

Kommissar Dischler war nicht zufrieden. Er ging nicht zum Bahnhof Ottensen, sondern zum *Holstenplatz*; dort würde er mit dem Bus über den Ring 2 zurück zum Präsidium fahren. Es war die schnellste Verbindung, vorausgesetzt, dass der Bus tatsächlich zur angegebenen Zeit fuhr. Bis zur Haltestelle brauchte er eine knappe halbe Stunde. Genügend Zeit, um über alles nachzudenken, was Sylvia erzählt hatte. Die düsteren Unterführungen unter den zahlreichen Bahngleisen im Norden Altonas passten zu seiner düsteren Stimmung. Sämtliche Wände von Brücken und Häusern mit Graffiti verziert, so hoch die Sprayer reichen konnten. *Fog* hatte jemand mit weißer Farbe an verschiedenen Stellen auf den roten Klinker geschrieben. *Fog*. Nebel. Das passte. Dischler watete durch den speziellen Nebel, mit dem Sylvia sich umgab, und er versuchte, sich zu orientieren. Er hatte sie bei einer Lüge ertappt, aber dafür hatte sie ihm mit großer Wahrscheinlichkeit neue Lügen aufgetischt. Oder nicht?

Vielleicht irrte er sich. Vielleicht hatte sich alles tatsächlich so abgespielt, wie Sylvia es ihm beschrieben hatte. Aber vielleicht auch nicht. Und wenn die Geschichte nicht stimmte, dann gab es möglicherweise eine weitere Lüge, das wäre ihre größte Lüge überhaupt. Die junge Frau hatte zwar mit vielen Worten beschrieben, was nach ihrer Entführung passiert war, aber alle Angaben waren außerordentlich vage. Die Beschreibung des Hauses, die Beschreibung der Flucht. Sie hatte nichts Konkretes gesehen, außer dem Tunnel unter der Autobahn, und da war sie schon beinah wieder in Harburg gewesen. Dischler war sich fast sicher, dass diese Entführung niemals stattgefunden hatte.

* * *

Patrick und Sylvia hatten sich zum Mittagessen verabredet. Aber das Wetter war zu schön, um in der miefigen Mensa zu sitzen. Sie gingen an die Alster, holten sich ein Eis vom *Alster Cliff* direkt am *Fährdamm* und setzten sich mit ihrem Eis in die Sonne.

»Es ist wie ein Urlaub«, sagte Sylvia.

»Wie ein Urlaub?«

»Ja. Einfach hier in die Sonne sitzen, den Segelbooten zuschauen und in den Tag hinein träumen.«

Es war offensichtlich, dass Sylvia jede Minute dieses Ausflugs genoss.

»Das lässt sich noch steigern«, sagte Patrick. »Wie wäre es mit einer Alster-Kreuzfahrt? Wir können hier am *Fährdamm* einsteigen und dann aussteigen, wo wir wollen.«

»Im Ernst?«

Das nächste Schiff fuhr zehn Minuten später. Sie sprangen an Bord, Patrick zahlte, Sylvia setzte sich ans Fenster und es sah so aus, als ob sie träumte. Aber nicht alle Träume waren gute Träume, und Sylvia war nicht mehr so entspannt wie eben noch auf der Wiese.

»Kennst Du Siegfried?«, fragte sie.

Patrick nickte. »Den aus dem Nibelungenlied«, sagte er.

»Kann sein«, erwiderte Sylvia vage. Über das Nibelungenlied wusste sie sehr wenig. »Jedenfalls ist es dieser Typ aus der Sage. Der, der mit dem Drachen kämpft. Und den er schließlich besiegt.«

»Ja«, bestätigte Patrick.

Siegfried hatte eine ganze Menge Dinge erlebt, aber Sylvia interessierte nur die Geschichte mit dem Drachen. »Es gibt natürlich keinen Drachen«, sagte sie. »Das weiß jedes Kind. In Wirklichkeit gibt es keine Drachen. Aber für diesen Siegfried ist der Drache real. Er hat sogar einen Namen für ihn. Fafnir. Der Drache heißt Fafnir. Das ist sein persönlicher Drache. Und er weiß, dass er ihn besiegen muss.«

Das war eine eigenwillige Interpretation der Sage. Patrick sah Sylvia an.

Sie schwieg einen Augenblick. Dann sagte sie: »Solch einen Drachen trage ich auch in mir. Ich nenne ihn Fafne.«

»Ist es ein guter oder ein böser Drache?«

»Es gibt keine guten Drachen«, sagte Sylvia. »Ein Drache ist immer ein Drache. Er ist mächtig. Und ich weiß, dass ich Fafne unbedingt besiegen muss. Aber es ist so schwer, so unendlich schwer. Und manchmal befürchte ich, dass ich es nicht schaffe, und dass der Drache am Ende mich besiegt.«

»Was will der Drache?«

»Mord. – Er will Rache. Er will Rache für all das, was andere Menschen mir angetan haben. Und indem sie es mir angetan haben, haben sie es natürlich gleichzeitig auch ihm angetan. Und dafür sollen sie sterben.«

»Und was denkst du?«

Sylvia zuckte mit den Achseln.

Patrick sagte: »Ein Unrecht lässt sich nicht dadurch ausgleichen, dass man ein anderes Unrecht begeht. Und es ist wahrscheinlich kein Zufall, dass die Natur vor Jahrmillionen schon die Drachen ausgerottet hat. Die Saurier. Wenn wir aus ihrem Scheitern irgendetwas lernen können, dann ist es, dass man mit Gewalt nichts erreicht. Konflikte müssen friedlich gelöst werden.« Das war freilich eine Darstellung des Endes der Saurier, mit der Patricks Kollegen nicht einverstanden gewesen wären.

Sylvia schüttelte den Kopf. Was wusste Patrick schon von Drachen? »Wahrscheinlich hast du Recht«, sagte sie dennoch. Ihr Verstand sagte ihr, dass Patrick einfach Recht haben musste. Aber ihr Gefühl war anderer Meinung. Sie kannte Fafne, er nicht.

»Wahrscheinlich hast du Recht«, wiederholte sie, »aber ich weiß nicht, ob ich das kann. Ich hab so viel

Wut in mir. Ich weiß nicht, ob mein Verstand am Ende die Oberhand behält.«

»Du schaffst das!«, beharrte Patrick.

Sylvia glaubte nicht daran.

Patrick zögerte. »Deine Rache – wie stellst du dir das vor?«

»Ganz einfach. Ich muss diesen Stubbe allein erwischen. Und dann schleiche ich mich an, das Messer zwischen den Zähnen.«

»Zwischen den Zähnen?«, fragte Patrick amüsiert.

»Ja, natürlich. Ich muss doch beide Hände frei haben. – Ich zeig dir mal, wie das funktioniert.«

»Was denn? Hier auf dem Alsterdampfer?«

»Ja, natürlich. Aber im Sitzen geht das nicht. Steh mal auf! Du bist jetzt wohl dieser Stubbe. Da vorn ist wohl das Grab. Du guckst jetzt in die Richtung, wartest, dass ich auftauche.«

Patrick tat, was Sylvia verlangte. Sie kam von hinten, katzengleich; er hörte sie nicht kommen. Er schrie vor Schreck auf, als Sylvia ihn angriff, das heißt, er wollte schreien. Sylvia hielt ihm mit der linken Hand Mund und Nase zu, riss ihm gleichzeitig den Kopf nach hinten, so dass er fast das Gleichgewicht verlor und schlug ihm die rechte Faust in die Seite.

Eine Frau schrie auf. Der Kapitän sah sich irritiert um.

»Ein Scherz«, versicherte Patrick. »Das war nur ein Scherz.«

»Das wäre jetzt das Messer gewesen«, sagte Sylvia. »Das kriegst du in die Nieren. Nicht in die Brust, wegen der Rippen. Dann bist du zwar noch nicht tot, aber schon kampfunfähig, und dann nehme ich das Messer und schneide dir die Kehle durch.« Sylvia ließ ihn los.

»Verdammt, musstest du so stark zuschlagen.«

»Ja. Schnell und mit äußerster Kraft. Sonst geht das nicht. Besonders, wenn es sich um einen überlegenen Gegner handelt.«

»Wie kommst du auf so was?«

»Hab ich gelesen. Die Amerikaner haben das so gemacht. Im Zweiten Weltkrieg, wenn es darum ging, feindliche Wachposten auszuschalten.«

»Das darfst du niemals machen!« Patrick rieb sich die Seite.

»Ich weiß.« Aber es ging nicht darum, was man durfte, sondern was man tun musste.

* * *

»Das funktioniert nicht mit deinem Überfall auf den bösen Stubbe«, sagte Sebastian. Sylvia hatte ihn im Institut getroffen und ihm von ihrem Erlebnis auf dem Alsterdampfer erzählt.

»Doch.«

Sebastian schüttelte den Kopf. »So was muss man lange vorher geübt haben. Die Soldaten, die diese Technik anwenden sollten, die haben das monatelang trainiert.«

»Ich hab das trainiert.«

»Du?«

»Allerdings. Im Frauenhaus. Ich bin da hingegangen und hab gesagt, dass ich die Frauen in Selbstverteidigung unterrichten könnte. Das fanden sie eigentlich eine gute Idee. Aber als sie schließlich gemerkt haben, was ich wirklich mache, da musste ich damit aufhören. Leider.«

»Das ist nicht Selbstverteidigung, was du Patrick gezeigt hast, das ist Angriff!«

»Ja und? Angriff ist die beste Verteidigung.«

»Nicht immer.«

»Aber meistens. – Du bist in Ordnung, Sebastian, aber deine Vorstellung von dem, was Frauen tun oder lassen sollten, die sind einfach antiquiert. Wir sind keine Hamster, die froh sind, wenn sie mal in das Laufrad dürfen.«

Sebastian lachte. »Du wärest ein Scheißhamster«, sagte er.

* * *

Patrick traf Professor Köhler in der Teeküche.

»Glückwunsch übrigens«, sagte der beiläufig. »Du hast es geschafft.«

»Was habe ich geschafft?«

»Na, die Sache mit deinem Anthropozän. Jetzt ist es amtlich.«

Patrick schüttelte den Kopf. »Davon weiß ich nichts.«

»Das stand gestern im *Guardian*. Die Kanadier haben die entscheidende Arbeit veröffentlicht.«

»So, die Kanadier ...« Patrick wusste, dass verschiedene Gruppen von Wissenschaftlern daran arbeiteten, die Untergrenze des Anthropozäns festzulegen. Man brauchte eine klar definierte Grenze, eine Typlokalität, an der schließlich ein sogenannter ‚goldener Nagel' eingeschlagen wurde – rein symbolisch natürlich. In Wirklichkeit gab es bestenfalls irgendein kleines Hinweisschild.

Als er wieder in seinem Zimmer war, lud sich Patrick die entsprechende Arbeit als PDF aus dem Internet herunter. Die Kanadier waren vorgeprescht – so gründlich wie möglich. Zeitgleich hatten sie die entsprechenden wissenschaftlichen Aufsätze in *Science* und *Nature* veröffentlicht, sowie kurze Zusammenfassungen in *Time* und im *Guardian*. Nach ihrer Meinung war der Crawford Lake in der Nähe von Toronto als Typlokalität am besten geeignet. Die endgültige Entscheidung sollte zwar eigentlich erst im nächsten Jahr fallen. Aber dies war eine Art Vorentscheidung. Die Kanadier hatten den Wettlauf gewonnen. Zumindest sah es so aus.

* * *

»Du wirkst deprimiert«, stellte Sylvia fest.

Patrick nickte. »Ich bin deprimiert. Ich habe Jahre damit zugebracht, ein Buch zu schreiben, in dem alles zusammengefasst ist, was es über das Anthropozän zu sagen gibt. Das Buch ist im Druck.«

»Das ist doch toll!«

»Ich freue mich ja auch. Aber nur ein bisschen. Eine entscheidende Frage war bisher ungelöst: Wann hat das Anthropozän eigentlich angefangen? Aber nun hat plötzlich eine kanadische Forschergruppe den Anfang des Anthropozäns bestimmt.«

»Hätte man dieselben Untersuchungen, die jetzt die Kanadier durchgeführt haben, nicht auch bei uns in

Deutschland machen können?«
»Ja, das hätte man.«
»Und warum hat man das nicht getan?«
»Weil man das nicht gewollt hat. Es gibt zu viele Wi-derstände. Die deutsche Stratigrafische Kommission lehnt das Anthropozän ab. Der Vorstand ist sich darin einig, dass der Begriff in der Geologie unnötig sei und dass wir kein Anthropozän brauchen.«
»Das verstehe ich nicht.«
»Das Anthropozän ist ihnen einfach zu kurz. Die gesamte Erdgeschichte hat bisher etwa 4,5 Milliarden Jahre gedauert. Lebewesen gibt es seit ungefähr 540 Millionen Jahren. Dieser Teil wird in verschiedene Ab-schnitte gegliedert. Einer davon ist die Kreidezeit. Die hat 80 Millionen Jahre gedauert. Und das Anthropozän mit seinen gut 70 Jahren, das macht weniger als ein Mil-lionstel der Kreidezeit aus und ist daher in geologischer Hinsicht überhaupt keiner Erwähnung wert.«
»Es ist das Zeitalter des Menschen, oder nicht? Dann sind die Menschen auch keiner Erwähnung wert?«
»Ja, es ist das Zeitalter des Menschen, und wir sind Menschen, und deshalb denke ich, es ist schon sinnvoll, dass wir uns etwas genauer mit unserer Existenz und deren Auswirkungen auf die Erde befassen. Und außer-dem hat das Anthropozän gerade erst angefangen. Nie-mand weiß, ob es noch 10 Millionen Jahre dauert, oder ob es schon übermorgen vorbei ist.«
»Das wäre genial«, behauptete Sylvia. »Es beginnt mit einer Atombombenexplosion und es endet dem-nächst, wenn plötzlich alle Atombomben auf einmal ex-plodieren!«

»Das wäre nicht besonders genial«, bemerkte Patrick.

»Nein, wahrscheinlich nicht. – Und was kommt nach dem Anthropozän?«

»Mein Kollege Jan Zalasiewicz hat sich darüber Gedanken gemacht, wie die Erde hinterher aussieht. Wenn der Mensch verschwunden ist. Was dann noch nachbleibt.«

»Die Pyramiden vielleicht?« mutmaßte Sylvia.

Patrick schüttelte den Kopf. »Alles, was über der Erde liegt, verwittert und zerfällt, selbst wenn es aus Stein ist. Alle schriftlichen Zeugnisse, Bücher, Akten verschwinden lange vorher. Und alle elektronischen Daten. Die noch viel schneller als die Bücher. Was bleiben wird, sind Reste des Straßenpflasters, die Grundrisse von Gebäuden, und alles was noch tiefer liegt. Siele zum Beispiel. Und wenn man aus diesen Dingen die Tätigkeit und den Einfluss der Menschen rekonstruieren will, dann wird man feststellen, dass der Mensch ein ziemlich unbedeutendes, kurzlebiges Fossil gewesen ist.«

»Die Menschheit hinterlässt am Ende nichts als einen Haufen getrockneter Pisse und Kacke in den Sielen«, fasste Sylvia zusammen. »Das ist alles. Das umfasst doch ziemlich genau das Wirken des Menschen, findest du nicht?«

* * *

»Das kann nicht alles sein!«, sagte Sylvia. Sie deutete auf den Laptop. »Ich meine die Daten. Oder vielmehr das Fehlen der Daten. Das Fehlen irgendwelcher entscheidenden Daten.«

Sie hatten den Rechner mit nach Hause genommen. Er lag jetzt bei Patrick auf dem Wohnzimmertisch.

Patrick sagte:»Das sieht alles so sauber, so glatt aus, und selbst der Papierkorb ist leer. Dieser Stubbe ist vielleicht ein besonders ordentlicher Mensch, der seinen Rechner immer wieder aufgeräumt hat. Aber selbst wenn er das gemacht hat, wenn er die überflüssigen Dateien in den Papierkorb geschoben hat und wenn er den Papierkorb anschließend geleert hat, dann sind die Daten immer noch nicht weg. Zumindest nicht alle. Wirklich weg sind sie erst, wenn sie durch neuere Informationen überschrieben werden. Und selbst dann kann man die nicht überschriebenen Teile noch rekonstruieren. Es gibt Software, mit der man das kann. In gewissem Umfang zumindest.«

»In gewissem Umfang? Was heißt das? Können wir das?«

»Wir können es versuchen«, erwiderte Patrick. Er suchte nach einer geeigneten Software. Es gab verschiedene Möglichkeiten. Er entschied sich für ein Programm, das nichts kostete, und bei dem obendrein die Analyse nicht irgendwo im Internet durchgeführt wurde, sondern wo alle Informationen auf dem eigenen Rechner blieben. Je weniger Leute davon wussten, was sie hier machten, desto besser war es.

Patrick startete das Programm.

Sylvia starrte auf den Bildschirm. »Es passiert nichts!« sagte sie enttäuscht.

Aber das stimmte nicht. Es passierte eine ganze Menge. Als das Programm endlich mit der Analyse fertig war, hatten sie zumindest einen groben Überblick darüber, was für Daten früher einmal auf dem Laufwerk gespeichert waren. Neben unbekannten Dateitypen fand sich auch eine größere Anzahl von Text- und Bilddateien. Die Bilddateien überwogen. Es waren insgesamt 10.961 JPG-Dateien.

»Wow!«, rief Sylvia. »Das ist es! Das sind die Beweise!«

Aber womit auch immer sie gerechnet haben mochte, ihre Hoffnung wurde enttäuscht. Fast alle Bilder waren TEMP-Dateien irgendwelcher aufgerufener Internetseiten. Ein Teil davon stammte aus Nachrichtensendungen, der größere Teil aus Werbung. Stubbe interessierte sich offensichtlich vor allem für teure Autos, teure Kleidung, Grundstücke, Häuser. Antiquitäten hatte er sich auch angesehen. Außerdem alte Filme, historisches Spielzeug und Puppen.

»Puppen«, sagte Sylvia. Aber die Puppen auf dem Rechner waren andere als die, die ihr in ihren Alpträumen begegneten. Ganz normale Spielzeugpuppen.

Gemälde waren bei den Icons besonders stark vertreten. Auf den ersten Blick ein ziemliches Durcheinander von sehr unterschiedlichen Stilrichtungen und Zeitaltern. *Munch* fiel als erstes ins Auge. *Seurat* war vertreten, auch *Cezanne*. Aber auch viele namenlose Künstler.

»Was ist das da?« Sylvia deutete auf ein Gemälde. Das Bild zeigte eine Gruppe von nackten Menschen an einem kleinen Teich. Das Bild stammte von *Arthur Henry Jenkins*, einem schottischen Maler, den Patrick nicht kannte, und es hieß neutral *Figures by a Woodland Pond*. Die vergrößerte Darstellung im Auktionskatalog zeigte, dass es sich um Mädchen handelte. Ein anderes Bild desselben Malers hieß *Swimming Hole* und zeigte eine Gruppe von Jungen beim Baden in einem Waldteich. Aber das waren nicht seine üblichen Motive. Jenkins war ein Impressionist, von *Monet* beeinflusst. Er hatte überwiegend Landschaften gemalt, teils in Öl, teils als Aquarelle.

Es gab auch Spuren von mehr als 80 Fotos, bei denen es sich dem Anschein nach um persönliche Aufnahmen handelte. Die älteren Fotos zeigten einen Mann im Urlaub, ganz offensichtlich in Skandinavien.

Neuere Bilder mit einer höheren Auflösung hatten die Wiederherstellung nach dem Löschen des Laufwerkes weniger gut überstanden. Eine Aufnahme, das ganz offensichtlich auf einer Hochzeit entstanden war, war in der oberen Bildhälfte in zehn horizontale Streifen zerlegt, während der untere Teil des Bildes einheitlich grau getönt war. Auf dem fünften Streifen von oben sah man das Gesicht der Braut, das Gesicht eines deutlich älteren Mannes sowie das halbe Gesicht einer weiteren jungen Frau.

Patrick deutete auf das Bild: »Dieser Mann – ist das Stubbe?«

»Nein.«

»Und das da – bist du das?« Patrick deutete auf eines der winzigen Bilder. Es war die Fotografie eines kleinen Mädchens. Sylvia schüttelte den Kopf. Nein, das Bild war bedeutungslos. Die Recherche ergab, dass es zu einer Gebrauchsanweisung für *Photoshop* gehörte.

Textfragmente auf dem Rechner legten nahe, dass der Eigentümer sich mit *ArcGIS* beschäftigt hatte, einem Programm zur 3D-Geländemodellierung, aber das

Programm war nicht auf dem Laptop. Dazu gehörten die SHP-Dateien. Außerdem gab es Textentwürfe, aus denen deutlich wurde, dass mindestens ein größeres Bauvorhaben durchgezogen worden war, zu dem unter anderem die Restauration eines Schlossturmes und der Wiederaufbau einer verfallenen Mühle gehört hatte. Und hier fand sich auch der Name des Verfassers: *Alexander Stubbe.*

»Das ist er«, sagte Sylvia. »Aber ist irgendetwas davon illegal?«

Nein, war es nicht. Stubbe hatte einen Account bei *LinkedIn,* in dem er sich und seine Fähigkeiten anpries: »Ich bin proaktiv und motiviert. Ich freue mich über Herausforderungen und arbeite hart für den Erfolg. Ich verfüge über wirkungsvolle Organisations- und Führungsfähigkeiten. Ich bin eine positive und sympathische Person, die erfolgreich mit einer Vielzahl von Menschen in einer Vielzahl von Umgebungen interagieren kann.«

Zu den weiteren Fähigkeiten, die Stubbe aufführte, gehörte nach seinen eigenen Angaben die Lösung legaler Probleme. Er unterstrich, dass er sich in Kriminologie und im Strafrecht hervorragend auskannte. Außerdem kannte er sich aus mit Immobilien und mit der Entwicklung von Grundstücken.

»Ein Immobilienhai«, sagte Sylvia.

Ja, kein Zweifel, diese Selbstdarstellung passte zu einem Immobilienhai. Zu allem Überfluss hatte er diesen Bewerbungstext ins Englische und ins Italienische übersetzt. Offenbar hatte er die Absicht, ins internationale Geschäft einzusteigen.

Interessant, dachte Patrick. Interessant aber nutzlos. Das waren vage Hinweise, aber mehr auch nicht.

* * *

»Wir haben nichts erreicht«, sagte Patrick

»Doch, natürlich haben wir etwas erreicht.« Sylvia sah ihn an. »Ich habe dich.«

»Das hast du lieb gesagt. Aber ich bin nutzlos. Ich glaube, ich kann dir nicht helfen. Nicht wirklich. Ich bin kein Held ...«

Sylvia unterbrach ihn. »Doch, natürlich bist du das. Ich hab gestern erst bemerkt, du bist so eine Art Held.«

»Quatsch.«

»Und das kleine gerahmte Foto an der Wand über deinem Schreibtisch? Du bist ein Bergsteiger.«

Patrick widersprach. »Ich habe mich abgeseilt«, sagte er. »Das ist nicht Bergsteigen. Das gehörte einfach nur zu dem Kurs, den ich mitgemacht habe. Nichts Besonderes.«

»Die Felswand sieht riesig hoch aus.«

»Vierzig Meter.«

»Und steil.«

»Ich habe mich abgeseilt«, wiederholte Patrick. »Ich bin da nicht raufgestiegen, diese steile Wand hoch. Wir sind sozusagen von der Rückseite gekommen, auf einem ganz normalen Wanderweg.«

»Hast du keine Angst gehabt?«

Patrick schüttelte den Kopf. »Die Geschichte war absolut sicher. Selbst wenn ich das Seil losgelassen hätte, wäre mir nichts passiert. Die anderen hätten dafür gesorgt, dass ich nicht runterfalle.«

Sylvia sah ihn fragend an. Irgendetwas stimmte nicht mit dieser Geschichte. Irgendetwas fehlte.

»Na schön«, gab Patrick zu. »Ich hatte gedacht, ich könnte das alles lernen. Ich hatte gedacht, ich könnte ein richtiger Bergsteiger werden. Aber ich habe mich überschätzt. Ich wusste schon vorher, dass ich Höhenangst habe. Ich habe das ignoriert. Aber als wir dann ernst gemacht haben, da war ich sehr schnell am Ende. Wir hatten uns die Watzmann-Ostwand vorgenommen. Man steigt von Sankt Bartholomä aus in die Wand ein. Früh am Morgen muss man los. Das erste Stück noch im Dunkeln. Die Watzmann-Ostwand ist im Grunde genommen nicht irrsinnig schwierig, aber der Weg nach oben ist lang und eine größere Strecke muss man ohne Seil gehen, weil es schneller geht und weil man nicht am Ende von der Dunkelheit überrascht werden will. Und auf dieser Strecke habe ich dann gemerkt, dass ich das nicht konnte. Ich bin schneller gegangen, als ich hätte gehen sollen. Ich bin abgerutscht, ein Stück weit den Hang runter, und da haben mich die anderen dann wieder raufgezogen. Knie aufgeschlagen, Hände blutig, und die Nase hatte es auch erwischt. Nichts gebrochen, zum Glück nicht, und ich konnte aus eigener Kraft weiter. Die anderen haben mir geholfen, so gut es eben ging. Aber das war das Ende meiner Karriere als Bergsteiger.«

»Und die 40 Meter?«

»Die waren vorher. Aber die hätte ich auch hinterher noch geschafft.«

Sylvia versuchte sich vorzustellen, wie Patrick vom Watzmann zurückgekommen war. Von einer Prüfung, die er nicht bestanden hatte. Sie konnte sich gut vorstellen, wie er sich gefühlt hatte. Sie selbst hatte genügend Prüfungen nicht bestanden.

* * *

In der nächsten Nacht, als sie sich sicher war, dass Patrick schlief, machte sich Sylvia wieder auf den Weg. Aber Patrick hatte einen leichten Schlaf. Rasch zog er sich an und folgte ihr. Wollte sie wieder zum Friedhof?

Der Weg, den Sylvia eingeschlagen hatte, war für Patrick ungewohnt. Wenn er selbst zum *Neuen Friedhof* wollte, fuhr er mit dem Wagen bis zum Haupteingang. Zu Fuß war der Nebeneingang besser zu erreichen. Patrick hielt einen großen Abstand und wartete ab, was geschehen würde. Sylvia ging zügig und sah sich nicht um.

Auf dem dunklen Friedhof musste Patrick dichter aufschließen, um nicht den Anschluss zu verlieren. Ja, kein Zweifel. Sylvia ging zielstrebig dorthin, wo er sie kennengelernt hatte. Jetzt waren sie fast an dem Ort, an dem die Beerdigung stattgefunden hatte. Was bedeutete das? Patrick registrierte eine Bewegung weiter rechts neben sich. Sylvia und er waren nicht die einzigen nächtlichen Besucher.

Plötzlich drehte Sylvia sich um und sah ihn. »Du steigst mir nach!«, stellte sie empört fest. »Du überwachst mich! Was soll das?«

Er legte den Finger auf die Lippen. »Sei still.«

»Warum ...?«

»Da drüben!«

Den Mann, der drei Grabreihen weiter hinten stand, bemerkte sie erst jetzt.

»Dein Verfolger, ist er das?«

Sylvia nickte.

»Den schnappen wir uns!« Patrick rannte los. Im selben Moment begann auch der andere zu rennen, ohne Rücksicht auf die Wege, quer über die Gräber. Patrick war schneller. Büsche zerkratzten sein Gesicht. Fast hatte er den Kerl eingeholt. Sylvia schrie. Der Mann fuhr herum. Patrick griff nach ihm. Im nächsten Moment bekam er einen Schlag über den Schädel und stürzte zu Boden.

Krankenhaus

Patrick träumte. Er wurde von maskierten Männern auf einer Art Bahre endlose Korridore entlang gerollt. Dieser Traum war nicht farbig, sondern schwarzweiß. Und der Ton unverständlich, bis auf das Rollen der Räder. Dann kam eine scharfe Kurve, das Licht veränderte sich, wurde heller. Irgendjemand sagte etwas, ein anderer antwortete. Dann kam das Fahrzeug zum Stehen, und der Traum war zu Ende. Patrick schlief.

Als er schließlich aufwachte, begriff er, dass er im Krankenhaus lag. Sylvia war bei ihn.

»Was ist passiert?« Er wollte sich aufrichten, aber der stechende Schmerz in seinem Kopf führte dazu, dass er wieder zurück in das Kissen sank.

»Ganz ruhig«, sagte Sylvia. »Der Arzt hat gesagt, du musst jetzt ganz ruhig bleiben. Du hast einen Schlag auf den Schädel bekommen.«

Patrick realisierte, dass sein Kopf verbunden war. »Wie ist das passiert?« Er konnte sich an nichts erinnern.

»Auf dem Friedhof«, sagte Sylvia. »Du hast den Mann verfolgt, der mir nachgestiegen ist. Und dann hat jemand dich niedergeschlagen. Mit einem Knüppel.«

Patrick sagte nichts. Die Zusammenhänge wurden allmählich wieder klarer. Niedergeschlagen, mit einem

Knüppel – aber wo kam auf dem Friedhof ein Knüppel her?

»Es war eine Blumenharke«, erklärte Sylvia. »Viele lassen ihren Kram direkt bei den Gräbern stehen. Harken und Gießkannen.«

»Aha.«

»Du bist jetzt in der Klinik am *Eißendorfer Pferdeweg*. Der Notarzt hat dich hierher bringen lassen. Du hattest eine blutende Wunde am Hinterkopf. Da wollte er kein Risiko eingehen. Sie haben dich gleich geröntgt, und inzwischen weiß ich, dass es nur eine Gehirnerschütterung ist. Unangenehm, aber nicht gefährlich. Morgen oder übermorgen kannst du wieder nach Hause.«

»Aber ich muss doch ...« Nein, es ging nicht. Er konnte nicht aufstehen.

Sylvia hielt seine Hand.

»Schön, dass du bei mir bist!«

Sylvia lächelte. »Sie haben nicht gewollt, dass ich hierbleibe. Sie haben gesagt, dass du Ruhe brauchst. Aber ich hab mich nicht wegschicken lassen.

»Danke!«

»Alles wird gut, Patrick.« Sie gähnte.

»Du bist müde«, stellte Patrick fest.

Sylvia nickte. »Am liebsten würde ich mich zu dir ins Bett legen, aber das lassen sie nicht zu. Ich gehe nach Hause und schlafe ein paar Stunden. Und dann komme ich wieder.«

Patrick schüttelte den Kopf. »Au! – Nein, das geht doch nicht. Du kannst doch nicht allein nach Hause gehen, das ist viel zu gefährlich.«

»Ich nehme ein Taxi.«

»Und dann? Zu Hause ist doch kein Mensch. Die Kerle wissen doch jetzt, wo du wohnst. Und wenn sie ...«

»Ich hab Sebastian angerufen. Er kommt rüber und passt auf, dass mir nichts passiert.«

»Das ist gut. Auf Sebastian kann man sich verlassen. Ja.«

Patrick war wieder eingeschlafen. Sylvia stand leise auf und machte sich auf den Weg.

* * *

Die nächste Besucherin im Krankenzimmer war nicht Sylvia, sondern eine Krankenschwester. »Da haben Sie ja noch einmal Glück gehabt«, sagte sie.

»So würde ich das nicht nennen«, sagte Patrick. Die Kopfschmerzen waren unverändert.

»Man darf das Schicksal nicht herausfordern. Es ist schon sinnvoll, einen Helm zu tragen.«

»Einen Helm? Auf dem Friedhof?« Patrick starrte die Schwester an.

»Von einem Friedhof weiß ich nichts. Sie haben einen Fahrradunfall gehabt.«

Patrick schüttelte den Kopf. Das hätte er nicht tun sollen. Der Schmerz war heftig.

»Jetzt bleiben Sie erst einmal ganz ruhig liegen. Der Arzt kommt gleich, und der wird sich dann um Sie kümmern.«

* * *

Als Patrick das nächste Mal aufwachte, stand ein Arzt an seinem Bett. Wahrscheinlich stand er da schon eine ganze Weile.

»Ich habe eine Gehirnerschütterung«, bekundete Patrick, um die Untersuchung abzukürzen.

»Sie haben eine kräftige Gehirnerschütterung«, bestätigte der Arzt. »Das hätte auch leicht ein Schädelbruch werden können. Sie sind mit dem Fahrrad gestürzt. Erinnern Sie sich?«

»Nein.«

»Jedenfalls hat der Notarzt das so vermerkt. Die junge Frau, die den Unfall gemeldet hat, die wollte sich auch um das Fahrrad kümmern. Das konnten sie ja nicht gut im Krankenwagen mitnehmen.«

Was für ein Quatsch! Patrick hatte gar kein Fahrrad.

»Jedenfalls werde ich Sie jetzt erst einmal untersuchen. Keine Angst, das tut nicht weh. Wir arbeiten nach dem *Glasgow Coma Scale*. Den ersten Punkt haben Sie bereits bestanden. Sie haben auf meine Stimme reagiert und die Augen geöffnet. Dafür gibt es drei Punkte.«

»Wunderbar.« Patrick fragte sich, ob er in der Irrenanstalt gelandet war.

Der Arzt kniff ihm in den Arm. Patrick schrie auf, schlug nach ihm.

»Da haben wir schon den zweiten Punkt abgehakt. Die motorische Reaktion. Ungezielte Schmerzabwehr. Das gibt wieder vier Punkte.«

Patrick sagte nichts, aber falls der Doktor ihn noch einmal kniff, würde er seine gezielte Schmerzabwehr kennenlernen.

»Jetzt kommt der dritte Punkt: die verbale Kommunikation. Also die Fähigkeit, menschliche Sprache zu äußern.«

Patrick sagte »Fischers Fritz fischt frische Fische ...«

»Nein, darum geht es jetzt nicht. Bitte schildern Sie mir mit Ihren eigenen Worten, wie sich der Unfall ereignet hat.«

»Wie sich der Unfall ereignet hat?« Offenbar hatte Sylvia dem Notarzt irgendetwas erzählt, wobei sie weder den Stalker noch den Schlag über den Schädel erwähnt hatte. Und alles Mögliche andere auch nicht. »Ich war auf dem Friedhof. Gestern Abend. Es war schon dunkel. Ich wollte nach Hause. Da muss ich wohl auf eine Harke getreten sein ...«

»Eine Harke?«

»Ja.«

»Mit dem Fahrrad?«

»Ich weiß nichts von einem Fahrrad. Ich bin auf eine Harke getreten, die da auf dem Weg lag, mit den Zinken nach oben natürlich, der Stiel ist hochgeschnellt, und ich habe einen Schlag auf den Schädel bekommen. Mehr weiß ich nicht.«

Der Arzt war nicht zufrieden. »Denken Sie noch einmal nach.«

»Genauso war es«, behauptete Patrick.

»Nein. Die Verletzung ist am Hinterkopf. Damit der Harkenstiel sie dort erwischen konnte, müssten Sie beim Rückwärtsgehen auf die Harke getreten sein. Sind Sie rückwärts gegangen?«

»Daran kann ich mich nicht erinnern.«

»Vier Punkte«, sagte der Mediziner. »Konversationsfähig, aber desorientiert. Verwirrt soll das heißen.«

»Ich bin Wissenschaftler!« empörte sich Patrick.

»Also verwirrt«, bekräftigte der Arzt. »Das habe ich mir schon gedacht nach allem, was Schwester Gertrud mir erzählt hat. Das gibt wieder vier Punkte. Macht zusammen elf Punkte. Also haben Sie ein mittelschweres SHT.«

»Was heißt das?«

»Ein mittelschweres Schädel-Hirn-Trauma. *Commotio cerebri.* Eine Gehirnerschütterung. Dazu gehört klassischer Weise eine kurze Ohnmacht, anschließender Gedächtnisverlust für das Unfallereignis und die Zeit unmittelbar danach. Aber das verfliegt rasch wieder. Die übrigen Symptome, also verminderte Leistungsfähigkeit, Kopfschmerzen, Schwindel und Übelkeit können mehrere Wochen andauern. Das können Sie zu Hause in Ruhe auskurieren. Hier im Krankenhaus müssen Sie nur bis morgen bleiben.«

* * *

Sylvia kam erst am späten Nachmittag wieder. Patrick wirkte ungnädig. Es gefiel ihm nicht, dass er noch immer hier im Krankenhaus festsaß. Er empfing Sylvia mit den Worten: »Endlich bist du da. Jetzt würde ich gern alles wissen.«

Sylvia reagierte verärgert. »Alles?« Sie spuckte das Wort geradezu aus. »Was glaubst du denn, wer du bist? Der liebe Gott? Niemand kann alles wissen. Nicht über die Welt und nicht über einen anderen Menschen. Selbst wenn ich versuchen würde, dir alles zu erzählen, was es über mich zu erzählen gibt, dann wäre das niemals vollständig. Es gibt Irrtümer, es gibt Selbsttäuschungen. Abgesehen von den Lügen. Die gibt es natürlich auch. Es gibt Dinge, die ich nie in meinem Leben jemandem erzählen werde. Weil ich mich schäme. Damit musst du dich abfinden.«

»Ich bin nicht der liebe Gott, aber ich bin auch nicht der letzte Idiot, der sich mit irgendeinem Märchen abspeisen lässt. Wenn ich mir schon den Schädel einschlagen lasse, dann will ich wenigstens wissen wofür.«

»Niemand hat dir den Schädel eingeschlagen.«

»Weit davon ab war es nicht.«

»Ich hab dich gerettet.«

»Nachdem du mich vorher in Gefahr gebracht hast.«

»Ich hab dich nicht eingeladen, mit mir auf den Friedhof zu kommen. – Okay, das war jetzt unfair, es war gut, dass du da warst. Wer weiß, was sonst mit mir passiert wäre. Und es tut mir leid, dass du verletzt worden bist. Ehrlich.«

Sie war nicht nur auf den Friedhof gegangen, um bei Leonie zu sein. Sie hatte gehofft, dass Alex kommen würde und dass sie ihn überraschen könnte. Sie hatte das Messer griffbereit im Stiefel. Aber Alex war nicht allein gekommen. Ohne Patrick läge sie jetzt wahrscheinlich tot auf dem Friedhof.

Patrick seufzte. »Entschuldige. Ich muss natürlich nicht alles über dich wissen. Ich möchte aber gern all die Dinge wissen, die damit zusammenhängen, dass du verfolgt und bedroht wirst. Nach unserem Abenteuer letzte Nacht würde ich sagen, wir sind beide in Lebensgefahr. Und ich weiß nicht einmal warum.«

»Frag mich doch einfach.«

»Das tue ich ja. Fangen wir mit dem einfachsten an. Warum bist Du mitten in der Nacht auf den Friedhof gegangen?«

»Wegen Leonie«, antwortete Sylvia knapp.

»Wer ist Leonie?«

»Meine Freundin. Damals, als wir noch in Wilhelmsburg gewohnt haben.« Wieder hatte Sylvia sich für die kürzest mögliche Auskunft entschieden.

Patrick sah sie fragend an.

Als Sylvia das Schweigen zu lange dauerte, sagte sie: »Leonie war für mich wie eine Schwester. Jetzt ist sie mausetot.«

»Das tut mir leid«, murmelte Patrick.

»Schon gut. Du kannst ja nichts dafür.«

»Woran ist sie gestorben?«

»Verhungert ist sie!« Sylvia erzählte ihm, was geschehen war. Sie sagte: »Magersucht ist eine Reaktion auf eine ungeheure Erschütterung, die jemanden betroffen hat. Es kann eine Kleinigkeit sein, die der Kranke selbst übertrieben wichtig nimmt. Manchmal ist das so. Aber meistens nicht.«

»Und bei der Leonie war es nicht so?«

Sylvia schüttelte den Kopf. »Sie ist vergewaltigt worden.«

»Wie furchtbar«, sagte er. Eigentlich wusste er nicht, was er sagen sollte.

»Furchtbar, ja, das ist es. Aber wer es nicht selbst erlebt hat, der kann es nicht nachempfinden, auch nicht annähernd. Ich weiß, wie das ist. Du wirst ganz einfach vernichtet.«

»Du auch?«

»Ja.« Mehr sagte sie nicht.

»Aber solch eine Krankheit – das muss man doch nicht hinnehmen. Es gibt doch Möglichkeiten, diese Krankheit, die *Anorexie*, die kann man doch behandeln.«

»Das kann man versuchen. Leonie war in einer psychotherapeutischen Klinik. Ich hab sie dort besucht. Es war alles sehr hell und freundlich, und das Personal hat sich große Mühe gegeben und sich so gut wie möglich um die Kranken gekümmert. Aber manchmal reicht das nicht aus. Leonie hat gesagt: ,Es ist richtig, alle geben sich große Mühe, aber es sind die falschen Leute, Sylvia. Es ist genau, wie du gesagt hast, es ist Personal. Dass du hier bist, und dass du mich hier besuchst, das ist tausendmal wichtiger, als die Pflege durch das Personal. So viel Mühe die Schwestern und Ärzte sich auch geben, sie werden dafür bezahlt, dass sie das tun. Es ist einfach Ihr Job. Aber du – du bist meine Freundin. Und das ist etwas ganz anderes.'«

»Es ist schön, dass du sie im Krankenhaus besucht hast.«

»Ja, das war schön. Und ich hab sehr wohl gesehen, dass es viele Patienten gab, die keinen Besuch bekommen haben. Übrigens gab es nicht nur Patientinnen in der Klinik, sondern auch männliche Patienten. Die meisten waren noch Kinder. Sie waren sehr, sehr einsam. Und – wie ich schon gesagt habe – es kann verschiedene Ursachen für die Magersucht geben. Aber in vielen Fällen steckt sexuelle Gewalt dahinter. Auch bei den Jungen.«

»Die katholische Kirche ...«, setzte Patrick an.

Sylvia schüttelte den Kopf. »Du machst es dir zu einfach, wenn du das auf die katholische Kirche schiebst, oder auf irgendeine andere Institution. Die Trainer in Sportvereinen zum Beispiel. Oder Verwandte. Bekannte. Oder irgendwelche unbekannten Täter, die eine Gelegenheit sehen, und die sie ausnutzen. Es ist etwas, was Menschen tun.«

»Unmenschen«, sagte Patrick.

»Menschen«, widersprach Sylvia. »Ganz normale Menschen.«

»Und die Polizei? Schließlich gibt es doch die Polizei, die eingreifen müsste. Und das tut sie auch, soweit ich weiß.«

»Nur wenn sie verständigt wird.«

»Du hättest einfach nur Anzeige erstatten müssen ...«

»Ich? Wie stellst du dir das vor? Wenn Leonie selbst nicht darüber redet? Da merkst du dann plötzlich, dass man als Opfer ganz allein dasteht. In dieser Hinsicht sind die Erwachsenen plötzlich alle einer Meinung. Ja, es sollte natürlich nicht wieder vorkommen. Nach Möglichkeit nicht. Aber damit an die Öffentlichkeit gehen? Jemanden aus dem Bekanntenkreis anschwärzen? Einen Freund der Familie vielleicht, dem niemand so etwas zugetraut hätte?«

Patrick schwieg.

»Nehmen wir einmal an, du setzt dich durch. Du kümmerst dich nicht um alle Bedenken und Einwände, und du gehst direkt zur Polizei. Selbstverständlich bestreitet der Täter alles, was sich nur irgendwie bestreiten lässt. Und selbstverständlich nutzt er alle Möglichkeiten aus, die das Gesetz ihm bietet. Im Gegensatz zu dir hat er wahrscheinlich einen guten Anwalt, der dir das Wort im Munde herumdreht, und wenn es wirklich zu einem sexuellen Kontakt gekommen sein sollte, was der Anwalt selbstverständlich bezweifelt, dann ist es mit Sicherheit so gewesen, dass du den Mann provoziert hast, so dass er am Ende gar nicht anders konnte, als dich zu vögeln.«

Patrick konnte nicht glauben, dass die Situation wirklich so hoffnungslos war, wie Sylvia das darstellte. Nicht in der heutigen Zeit. Und wenn Leonie vergewaltigt worden war, dann war natürlich entscheidend, wie sie persönlich die Situation empfunden hatte. Und Sylvia? Sie war auch vergewaltigt worden? Gab es einen Zusammenhang mit der jetzigen Bedrohung? Aber dies war keine gute Gelegenheit, um dieser Frage auf den Grund zu gehen.

»Die Magersucht«, sagte er. »Die *Anorexie*. Wie wird die behandelt? Was passiert in der Klinik?«

Sylvia zuckte mit den Achseln. »Was soll passieren? Die Patienten werden ermuntert, mehr zu essen. Sie werden praktisch gezwungen, mehr zu essen. Es werden Ziele definiert, die gemeinsam zu erreichen sind. Aber das ist alles sinnlos, solange die Ursache für die Magersucht nicht in die Behandlung einbezogen werden kann. Oder wenigstens diskutiert werden kann. Leonie hat nicht preisgegeben, was ihr passiert ist. Als ich sie im Krankenhaus besucht habe, da hab ich gesagt: ,liebe, liebe Leonie, du musst bitte mehr essen. Du bist der einzige Mensch auf der Welt, den ich habe. Versprich es mir!' - Sie hat mich traurig angeguckt und mir alles versprochen. Genützt hat es nichts. Eine Woche später war sie tot.«

156

»Aber – es gibt doch viele Fälle von Magersucht, die geheilt werden. Ich kenne selbst einen Fall ...«

»60 % der Fälle werden geheilt«, unterbrach ihn Sylvia. »Das ist ein Fakt. 60 % werden geheilt. 40 % sterben.«

»Das glaube ich nicht«, sagte Patrick.

»Das ist leider eine Tatsache.«

Patrick schüttelte den Kopf.

»Aber deine Freundin und du, ihr habt doch, wenn ich das richtig verstanden habe, sozusagen beide dasselbe erlebt. Sie ist gestorben, und du bist damit fertig geworden. Wieso?«

»Ich bin nicht damit fertig geworden «, erwiderte Sylvia trocken. »Gar nicht. Aber wenn du so ein Erlebnis gehabt hast, dann gibt es zwei Möglichkeiten, wie du damit umgehen kannst. Entweder, du ziehst dich in dein Schneckenhaus zurück, oder du gehst offensiv dagegen an. Das ist mein Weg. Ich lasse mir nichts gefallen.«

»Hast du nicht gerade gesagt, dass dieser Weg für dich gar nicht zur Verfügung steht, weil du vor Gericht keine Chance hast!«

Sylvia schüttelte den Kopf. »Wer sagt denn, dass ich vor Gericht gehen will? Ich hole mir mein Recht auf andere Weise. An dem Abend, als ich gehört hab, dass meine Freundin tot ist, da hab ich mir geschworen, dass ich den Kerl zur Rechenschaft ziehe. Den Kerl, der daran Schuld ist. Der sie vergewaltigt hat. Alexander Stubbe.«

»Aber stattdessen hat er dich gesucht und gefunden«, stellte Patrick fest.

Einen Augenblick sagte niemand etwas.

»Morgen komme ich wieder raus«, sagte Patrick schließlich. »Der Arzt hat gesagt, morgen komme ich wieder raus. Die Kopfschmerzen sind noch nicht ganz weg, aber der Verband kommt ab, und wenn ich mich in den nächsten Tagen etwas schone ...«

Sylvia nickte. Sie glaubte nicht, dass Patrick sich besonders schonen würde.

Fragen

Es läutete. Kommissar Dischler stand vor der Tür.
»Darf ich hereinkommen?«

»Bitte!« Sylvia war allein zu Haus, Sebastian war nach dem gemeinsamen Frühstück gegangen.

»Ist Dr. Pauli nicht hier?«

»Er liegt noch immer im Krankenhaus. Haben Sie nicht von dem Überfall gehört?«

»Doch, natürlich. Es stand ja sogar in der Zeitung. Brutaler Raubüberfall auf dem Neuen Friedhof!«

»Das ist Quatsch«, sagte Sylvia. »Das mit dem Raubüberfall. Nichts ist gestohlen worden. Seine Brieftasche, seine Autoschlüssel – alles noch da. Es ging um ganz etwas anderes. – Aber jedenfalls geht es Dr. Pauli wieder ganz gut. Er wird im Laufe des Tags entlassen.«

»Das freut mich.«

»Sie sind allein gekommen?«

Dischler nickte. »Leider. Das liegt an der Personalknappheit. Gerade jetzt im Sommer sind natürlich viele von uns im Urlaub. Deshalb habe ich mich entschlossen allein zu kommen.«

Sylvia glaubte das nicht. Sie sagte: »Und warum sind Sie gekommen?«

»Ich habe noch einmal unsere Unterlagen gesichtet.

Es gibt noch immer zu viele Ungereimtheiten. Da ist einmal die Frau im Moor, und da ist außerdem noch der junge Mann, mit dem sie, soweit wir wissen, zusammengelebt hat, und der angeblich Selbstmord begangen hat. Und außerdem sind da natürlich noch Sie, Sylvia, die bedroht wird. Und Dr. Pauli, der niedergeschlagen worden ist. Von Alexander Stubbe, nehme ich an?«

Sylvia nickte. »Die Dinge, die Sie erwähnt haben, die gehören alle zusammen. Carolin und Kai – bei denen hab ich ja die letzten Tage gewohnt, bevor ich Dr. Pauli um Hilfe gebeten hab. Ich weiß, oder ich glaube zumindest zu wissen, dass die beiden versucht haben, Stubbe zu erpressen, den Mann, der mich entführt hat«.

»Entführt und missbraucht?«

»Ja.«

»Und Sie waren an dieser Erpressung nicht beteiligt?«

»Nein.«

»Können Sie das bitte etwas genauer erklären? – Ich meine, wenn jemand das Opfer einer Vergewaltigung geworden ist, und wenn er die Gelegenheit sieht, den Vergewaltiger unter Druck zu setzen, dann habe ich dafür Verständnis. Als Mensch, nicht als Polizist. Unabhängig davon, wie die gesetzliche Lage ist. Aber wenn drei Personen von dieser Vergewaltigung wissen, und zwei davon eine Erpressung starten, und einzig und allein das Opfer macht dabei nicht mit, dann finde ich das gelinde gesagt etwas ungewöhnlich.«

»So war das ursprünglich nicht geplant«, gab Sylvia zu. »Ich hab niemandem erzählt, wie der Vergewaltiger heißt, und ich hab nicht gesagt, wo er wohnt. Aber Carolin und Kai haben diese Dinge selbst herausbekommen, und sie haben dann auf eigene Faust diese Erpressung gestartet.«

»Womit war dieser Mann denn erpressbar?«, fragte Dischler.

»Ich wusste es nicht«, antwortete Sylvia. »Ich hatte geglaubt, es ging um Sexbilder. Ich hatte dem Alexander Stubbe den Laptop geklaut.«

»Wie das?«

»Ich hatte eine Chance, und ich hab ihn mitgenommen.«

Dischler zog die Augenbrauen hoch. Das passte nicht zu dem, was Sylvia ihm in der Kaffeerösterei erzählt hatte. Jetzt fragt er nach, dachte Sylvia, aber er fragte nicht nach. »Und Sie wissen nicht, was auf dem Laptop drauf ist? Haben Sie sich die Daten denn nicht angesehen?«

Sylvia schüttelte den Kopf. »Dafür war keine Zeit. Ich hatte den Computer gleich im Moor vergraben.«

»Im Fischbeker Moor? Warum?«

»Ich fühlte mich bedroht. Das war eine beschissene Situation. Der Mann wusste ja, wer ich bin. Er kennt meinen Namen. Sylvia Schröder.«

»Woher kennt er Sie?«

»Durch meine Eltern. Sie waren befreundet. Er war ein Geschäftsmann. Er hatte viel Geld und sie haben gedacht, daran teilhaben könnten. Aber daraus ist nichts geworden.«

»Das geht mir jetzt zu schnell«, bremste Dischler. »Wann haben Ihre Eltern diesen Mann denn kennengelernt?«

»Das ist lange her. Sechs Jahre oder so. Genauer weiß ich das nicht.«

»Vor sechs Jahren – da waren Sie also Jugendliche, Leonie und Sie?«

Sylvia nickte.

»Und Sie haben sich mit diesem Mann wiederholt getroffen, ist das richtig? Und Sie haben damals trotzdem nicht gewusst, wie er heißt?«

»Wir haben uns alle mit Vornamen angeredet. Er hat mich Sylvia genannt und meine Freundin Leonie, und er war eben einfach Big Alex.«

»Big Alex?«

»Alexander Stubbe.«

Sylvia sagte: »Ich hab den Laptop inzwischen geborgen. Ich hatte schon Angst, dass ich ihn gar nicht wiederfinden würde, aber Sebastian hat uns geholfen. Er hat ein Metallsuchgerät.«

»Sebastian?«

»Sebastian Dambowski, einer der Techniker aus dem Institut. Und inzwischen weiß ich, was auf dem Laufwerk drauf ist. Die meisten Daten waren gelöscht, aber Patrick – also Dr. Pauli – hat einen Teil wiederherstellen können.«

»Und?«

»Nichts. Die Daten sind uninteressant. Es gibt keine Sexbilder. Es gibt keine sonst auf irgendeine Weise belastenden Informationen. Ich wüsste nicht, wie man mit diesem Laufwerk irgendjemand unter Druck setzen könnte. Es scheint mir völlig ungeeignet, damit jemanden zu erpressen.«

Dischler sah Sylvia an. »Offenbar war es dennoch

für den Herrn Stubbe so wichtig, dass er alles darangesetzt hat, es zu beschaffen. Oder, falls das nicht möglich war, alle Zeugen zu beseitigen, die überhaupt von der Existenz dieses Laufwerks gewusst haben. Das ist ihm in zwei Fällen gelungen, und zwar so unauffällig, dass es keine weiteren Ermittlungen geben wird. Dann waren Sie an der Reihe. Bei dem nächtlichen Überfall auf dem Friedhof ist stattdessen Dr. Pauli niedergeschlagen worden. Es hätte leicht schlimmer ausgehen können. Sie haben Glück gehabt – bisher.«

Das stimmte natürlich, was der Polizist sagte. »Sie machen mir Angst.«

»Eines ist klar«, erwiderte Dischler, »wir müssen Ihren Gegner ausschalten, diesen Alexander Stubbe, bevor er Sie ausschalten kann. Dazu brauche ich Ihre Hilfe. Ich brauche eine Kopie dieses Computerlaufwerks.«

Sylvia schüttelte den Kopf. »Ich gebe den Laptop nicht aus der Hand«, sagte sie.

»Das brauchen Sie auch gar nicht. Ich habe ein externes Laufwerk im Auto. Das hole ich eben, und dann mache einfach eine Kopie.«

Sylvia holte den Computer. Sie schaltete den Laptop an und gab das Passwort ein. Sie fühlte sich überrumpelt. Dischler hatte das mit keinem Wort erwähnt, aber ihr war bewusst, dass das, was hier jetzt ablief, nicht Teil irgendeiner offiziellen polizeilichen Untersuchung sein konnte, sondern eine Aktion die einzig und allein von Dischler ausging. Vielleicht hatte er andere Möglichkeiten, das Laufwerk auszuwerten? Es war aber durchaus möglich, dass dieser Mann auf der Gegenseite stand. Theoretisch zumindest. Warum hatte sie dennoch Vertrauen zu ihm? Es gab nichts, aber auch gar nichts, was zu seinen Gunsten sprach. Nur ein Gefühl, weiter nichts. »Ich melde mich bei Ihnen, sobald ich Näheres weiß«, sagte Dischler. »Das kann ein paar Tage dauern. In dieser Zeit kann ich für Ihre Sicherheit nichts tun. Sie müssen auf sich selbst aufpassen. Achten Sie darauf, dass Sie nirgendwo allein hingehen. Achten Sie darauf, dass Sie nicht allein zu Hause bleiben, so wie jetzt.«

Sylvia nickte. Ihre Angst war größer geworden. Patrick war zwar ein großartiger Mensch, aber was der Schutz durch ihn wert war, hatte sie ja gerade am eigenen Leib erfahren. Sie war erschrocken. Doch sie war nicht bereit, sich einschüchtern zu lassen.

Steinwurf

Patrick und Sylvia saßen beim Frühstück. Es klapperte an der Tür.

»Die Post?«, wunderte sich Patrick. Das war ungewöhnlich früh.

Im Kasten steckte nur ein großer Umschlag. ‚Für Sylvia' stand darauf. »Hier, für dich!«

Sylvia zögerte. Wer konnte wissen, dass sie hier wohnte? Der Brief war nicht mit der normalen Post gekommen. Auf dem Umschlag stand kein Absender. Sie ahnte, dass der Inhalt ihr nicht gefallen würde. Zögernd riss sie den Brief auf. Er enthielt Fotos.

»Scheiße«, sagte Sylvia.

Patrick sah sie fragend an.

»Wie hat Sebastian das ausgedrückt? *‚Pics or it did not happen!'* Hier sind jetzt die Bilder.« Sylvia zog die Aufnahmen aus dem Umschlag und warf drei Fotos auf den Tisch.

»Darf ich?«, fragte Patrick.

Sylvia nickte.

Es waren Farbbilder auf normalem Druckerpapier. Patrick strich die Seiten glatt. Drei Aufnahmen. Jedes dieser Bilder zeigte Sylvia beim Sex mit einem Mann.

»Ist das dieser Stubbe?«, fragte er.

»Ja.«

165

Auf den Fotos sah man ihn nur von hinten. Sylvia war dagegen von vorn zu sehen und klar zu erkennen. Die nackte Sylvia. Er sah sie an:»Wann sind diese Aufnahmen gemacht worden?«

»Im Mai.«

»Du hast kein Tagebuch geführt, oder?«

Sylvia schüttelte den Kopf.

Der Mangel an konkreten Daten war nicht das einzige Problem. Die Fotos sahen nicht nach einer Vergewaltigung aus. Ganz und gar nicht. Sylvia war im Mai mindestens 22 Jahre alt gewesen. Und sie wirkte ausgesprochen fröhlich, völlig entspannt.

»Sind die Bilder nachträglich bearbeitet worden?«, fragte Patrick.

»Nein. Nicht das ich wüsste. Die Bilder zeigen, wie es war.«

Er sah sie forschend an.»Hattest du vorher schon Sex gehabt?«

»Nein.« Es klang nicht sehr überzeugend.

»Wirklich nicht?«

»Nein, nicht auf diese Weise. Nicht solch einen Blowjob. Heißt das so?«

Er nickte.

»Aber ich war völlig locker. Das siehst du ja auf den Aufnahmen. Er hat mir Alkohol gegeben. Ich war keinen Alkohol gewöhnt. Na ja, ein bisschen Wein schon, oder Bier natürlich. Aber nicht solch ein hochprozentiges Zeug wie diesen Obstlikör. Der schmeckte ungewöhnlich und gut. Und als Stubbe mir sein Glied in den Mund stecken wollte, da hab ich nur gelacht. Und sein Samen schmeckte komisch. Einfach nur komisch. Und er hat mir hinterher den Mund gewaschen. Er war ganz zart zu mir. Ich hatte nicht gewusst, dass er so zart sein konnte. Und dann hat er mir wieder Schnaps gegeben ...«

Die drei Fotos zeigten sie beim oralen Sex, beim analen Sex und beim vaginalen Sex. Eines stand fest: Mit diesen Bildern ließ sich keine Vergewaltigung nachweisen. Das war auch Sylvia klar.

»Bleibt nur die Kiste«, sagte sie.

»Welche Kiste?«

Sie zeigte Patrick ein weiteres Foto. Sylvia hockte nackt in einer Holzkiste und guckte fröhlich heraus. Geradezu triumphierend.

»Wie ist das Foto entstanden?«, fragte Patrick.

»So wie die anderen Bilder auch. Ich war betrunken.«

»Die Aufnahme zeigt dich also in dem Moment, als du in diese Kiste steigen musstest?«

Sylvia nickte. »Das heißt, um ehrlich zu sein, ich hatte nicht das Gefühl, dass ich in diese Kiste steigen musste. Stubbe hat einfach gesagt: ,Wir haben hier diese Holzkiste. Die ist leer. Ich glaube, die ist groß genug, dass du da hineinpasst. Magst du das mal ausprobieren?' Und ich – ich fand das lustig. Ich war so betrunken, dass ich alles lustig fand, was er vorschlug. Da bin ich in die Kiste gestiegen, und er hat mich fotografiert, und dann hat er den Deckel zugemacht.«

»Und dann?«

»Und dann war ich in der Kiste. Erst hab ich nur gekichert. Dann hab ich gesagt, dass ich wieder raus wollte. Er hat nicht geantwortet. Und dann kam die Angst. Plötzlich hatte ich Angst, dass ich nie wieder aus dieser elenden Kiste herauskommen würde. Ich hab geschrien. Aber es hat nichts genutzt. Ich hab gebrüllt und gegen das Holz der Kiste geschlagen, aber die Kiste war sehr solide, und ich konnte nicht raus. Es war vollkommen dunkel in der Kiste. Ich hab geheult, bis ich eingeschlafen bin.«

»Was geschah dann?«

»Am nächsten Tag hat er die Kiste wieder aufgemacht. Ich hatte Hunger und Durst, aber vor allem hatte ich schreckliche Angst. Denn in dem Augenblick, wo Stubbe den Deckel aufmachte, da war mir vollkommen klar, dass das jetzt keine Fortsetzung von gestern werden würde. Stubbe war nicht länger zärtlich zu mir, und Alkohol gab es auch nicht. Jetzt hat er das gemacht, was er von Anfang an gewollt hatte, er hat mich brutal vergewaltigt. Ich glaubte, dass er mich danach umbringen würde. Und wenn ich heute darüber nachdenke, dann frage ich mich, warum er das nicht getan hat. Warum er mich hat leben lassen, obwohl er doch genau wissen musste, dass ich eine Gefahr für ihn war.«

»Er hat dich freigelassen?«

Sylvia nickte. »Er hat mir mein Zeug zurückgegeben, und er hat mir ein paar Scheiben Brot gegeben, damit ich nicht verhungerte. Zumindest hat er das gesagt. Und dann hat er mich mit dem Auto weit weggefahren ...« Sie sah Patrick an. Glaubte er das? Wahrscheinlich. Patrick war nicht der einzige Mensch, der spontan Geschichten erfinden konnte. Märchen erzählen konnte sie auch.

»Wie weit seid ihr gefahren?« fragte Patrick.

»Bis in die Gegend von Hannover. Da hat er mich

ausgesetzt. Nicht in irgendeiner Ortschaft, sondern auf freiem Feld. Ich weiß nicht, warum er das gemacht hat. Ob er vielleicht gedacht hat, dass ich nicht wieder nach Hause finden würde. Aber das war nicht besonders schwierig. Ich bin mit der Bahn gefahren. Schwarz natürlich. Ich hatte ja kein Geld. Ich hab mich auf dem Klo eingeschlossen. Und dann war ich schließlich wieder zu Hause.«

»Und wie ist es dann weitergegangen?«

Sylvia zuckte mit den Achseln. »Normal ist es weitergegangen. Ganz normal. – Nein, das ist natürlich nicht wahr. Nichts war normal nach dieser Vergewaltigung. Und ich hab mir geschworen, dass ich mich rächen würde. Aber wie du siehst, hab ich mich bisher nicht gerächt. Das einzige, was ich gemacht hab, das ist, dass ich einen Computer geklaut hab.«

Patrick schwieg einen Augenblick, dann sah er sich noch einmal die vier Fotografien an. Irgendetwas stimmte nicht mit den Bildern. »Wie sind diese Fotos entstanden?«, fragte er.

»So wie alle Fotos entstehen. Stubbe hatte eine Kamera. Er hat die Fotos nicht mit dem Handy gemacht – er wollte wirklich gute Bilder haben. Und dass Stubbe gute Bilder machen kann, das siehst du ja.«

Patrick schüttelte den Kopf. »Fangen wir mit dem Einfachsten an«, sagte er. »All diese Bilder sind hervorragend ausgeleuchtet. Es gibt keine harten Schatten.«

»Es war hell«, sagte Sylvia. »Es war mitten am Tag.«

»Das Sonnenlicht hätte auch harte Schatten erzeugt. Aber es gibt keine harten Schatten. Die Bilder sind mit Kunstlicht gemacht worden.«

Dem maß Sylvia keine Bedeutung bei.»Dann sind sie eben bei Kunstlicht gemacht worden. Es gab verschiedene Lampen im Raum. Ja, du hast Recht, es waren nicht einfach nur irgendwelche Lampen. Zumindest einige dieser Lampen waren solche, wie man sie in Fotostudios verwendet. Stubbe hatte das alles offenbar sehr gut vorbereitet.«

»Und dann hat er also diese Fotos gemacht?«

»Ja, wahrscheinlich. Das weiß ich nicht mehr.«

Patrick schüttelte den Kopf.»Das geht nicht«, sagte er.»Das einzige Bild, das Stubbe gemacht haben kann, das ist die Aufnahme, auf der du in der Kiste hockst. Es ist das einzige Bild, auf dem Stubbe nicht mit drauf ist. Die anderen Aufnahmen kann er nicht gemacht haben.«

Sylvia zuckte mit den Achseln.»Dann hat er sie eben mit Selbstauslöser gemacht«, sagte sie.

»Nein. Man kann einiges mit Fotos machen, die man mit einem Selbstauslöser aufnimmt, aber die Möglichkeiten sind begrenzt. Und bei einem so dynamischen Vorgang wie dem Sex zwischen Stubbe und dir, da kriegst du nur derartig gute Aufnahmen, wenn ein Mensch hinter der Kamera steht.«

»Was für ein Mensch?«

»Das weiß ich nicht. Irgendein Mensch, der für Stubbe gearbeitet hat, oder der vielleicht noch heute für Stubbe arbeitet. Wenn er Immobilienhändler ist, dann gehe ich davon aus, dass er in seinem Büro in Hamburg doch mindestens eine Sekretärin hat, die vielleicht solche Bilder machen könnte.«

»Seine Sekretärin?« Sylvia schüttelte den Kopf.»Ich kenne seine Sekretärin nicht, aber ich glaube, wenn diese Frau mit ins Zimmer gekommen wäre und plötzlich angefangen hätte, herumzufotografieren, dann hätte ich das gemerkt.«

»Sicher?«

»Nein, nicht sicher. Wir haben ja schon darüber gesprochen, dass ich sehr unaufmerksam war. Ich war völlig auf diesen Stubbe fixiert. Das kommt mir heute geradezu unglaublich vor. Vielleicht war nicht nur Alkohol im Spiel. Vielleicht Alkohol in Verbindung mit irgendeiner Droge. Aber das weiß ich wirklich nicht, das ist jetzt einfach nur eine Vermutung.«

Patrick schüttelte den Kopf. »So kommen wir nicht weiter«, sagte er. »Ich weiß einfach zu wenig. Über dich und über die Vorgeschichte dieser Entführung.«

»Du glaubst mir nicht!«, sagte Sylvia. Es klang wie eine Feststellung.

Patrick widersprach. »Natürlich glaube ich dir. Zumindest möchte ich dir glauben. Aber das menschliche Gedächtnis ist nicht fehlerfrei. Vielleicht weiß deine Mutter mehr über die Vorgeschichte. Dinge, die du womöglich verdrängt hast. Vielleicht sollte ich mit ihr sprechen.«

»Nein.« Sylvia schüttelte den Kopf.

»Warum nicht? Vielleicht weiß sie Dinge, an die du dich nicht erinnerst.«

»Sie lügt dir die Hucke voll«, unterstellte Sylvia.

»Warum sollte sie das tun?«

»Aus Bosheit vielleicht.«

»Das klingt jetzt so, als ob sie die treibende Kraft gewesen ist, die dafür gesorgt hat, dass es am Ende zu dieser Vergewaltigung gekommen ist. War das so?«

»Nein. Nein, das glaube ich nicht. Das mit der Bosheit, das war jetzt einfach so dahingesagt. Ich glaube nicht, dass sie wirklich boshaft ist. Gleichgültig vielleicht, aber nicht boshaft.«

»Wollen wir zusammen zu ihr gehen?«

Sylvia schüttelte den Kopf.

»Warum nicht?«

»Ich will sie nicht sehen. Und vor allen Dingen will ich den Kerl nicht sehen, mit dem sie jetzt zusammenlebt. Und das Kind, um das sie sich kümmert.«

»Sie kümmert sich um ein Kind?« Davon hatte Sylvia bisher nichts erzählt.

Sylvia nickte. »Es ist das Kind einer Nachbarin. Das Enkelkind.«

»Und warum ...«

»Ich will da nicht hin, verstehst du? Ich will nicht mit meiner Mutter reden.«

»Gut«, sagte Patrick. »Dann gehe ich allein hin. Wenn es dir recht ist.«

»Nein«, sagte Sylvia. »Das ist mir nicht recht. Ich will nicht, dass du da hingehst. Versprich mir bitte, dass du da nicht hingehst!«

Patrick schwieg. Er versprach nichts.

* * *

Die Gerade Straße war eine sehr enge Straße im Phoenix-Viertel. Sylvias Mutter hieß Gesine Schröder. Sie lebte in einer kleinen Wohnung im Dachgeschoss. Es war eines der alten Häuser, die den Krieg überstanden hatten. Bei der Sanierung des Viertels hatte das Haus einen neuen Anstrich bekommen, aber mehr auch nicht.

Die hölzernen Treppenstufen waren ausgetreten, die Tapete mochte früher einmal bunt gemustert gewesen sein. Jetzt war sie nur noch dunkelbraun und fleckig. Patrick hatte angenommen, dass Sylvias Mutter vielleicht knapp 50 Jahre alt sei. Das war nicht der Fall. Sie war deutlich jünger.

»Falls Sie vom Sozialamt kommen ...«, sagte sie zur Begrüßung.

Patrick schüttelte den Kopf. »Ich komme von Ihrer Tochter.«

»Kommen Sie rein.«

Auf dem Fußboden spielte ein kleines Mädchen mit Bauklötzen. »Das ist die Sina«, sagte Frau Schröder.

»Hallo Sina«, sagte Patrick.

»Hallo«, erwiderte das Kind. Sina war nicht an ihm interessiert; sie spielte weiter mit den Klötzen.

Auf dem Tisch aufgeschlagen lag die Tageszeitung. Sylvias Mutter befand sich offensichtlich im Kampf mit dem ,Lustigen Silbenrätsel'. Während sie mit Patrick redete, kämpfte sie weiter. Bis jetzt stand es unentschieden.

»Sie kommen also von der Sylvia«, sagte Frau Schröder. »Wie geht es ihr?«

Er berichtete, auf welche Weise er mit Sylvia zusammengetroffen war, und dass sie jetzt bei ihm wohnte.

»Ich mache uns einen Tee«, sagte Sylvias Mutter. »Sie trinken doch Tee, oder?«

Patrick nickte.

»Das ist gut«, sagte Frau Schröder. »Das ist gut, dass sie jemand hat, bei dem sie wohnen kann. Und Sie kümmern sich ein bisschen um sie?«

»Ja.« Mehr als nur ein bisschen, dachte er.

»Sie ist solch ein schwieriges Mädchen, immer schwierig gewesen. Aber das haben Sie ja sicher auch schon gemerkt. Eine Seele von Mensch, aber schwierig. Und seit sie bei mir ausgezogen ist, hat sie sich überall in Hamburg herumgetrieben, ständig wechselnde Adressen, ich hab nie gewusst, wo sie gerade wohnt. Und bei wem. Um ehrlich zu sein, ich war fast ein kleines bisschen beruhigt, als sie schließlich im Gefängnis war. Da hatte sie jedenfalls ein Dach über dem Kopf, und da konnte ihr niemand etwas tun. Zumindest hab ich das gedacht.«

Patrick schwieg. Was sollte er von einer Frau halten, die froh war, wenn ihre Tochter endlich im Gefängnis saß? Aber Bosheit war wohl nicht im Spiel. Eher Resignation.

»So, jetzt kommt Ihr Tee.«

»Danke.«

»Ja, dann ist sie wieder nach draußen gekommen, die Sylvia, und dann ist alles wieder von vorn losgegangen. Sie ist zunächst einmal zu mir gekommen, und sie hat mich gefragt, ob ich ihr Geld geben kann. Aber ich hab doch kein Geld. Die Unterstützung, die ich kriege, die reicht ja gerade nur zum Leben für mich. Und für das kleine Mädchen, da kriegen wir dann ja noch einen Teil von dem Kindergeld. Die Sina, die gehört ja nicht zu uns. Sie ist ein Nachbarskind.«

»Ihr Mann ist vermutlich auf der Arbeit?«

»Nein. Er ist nicht mein Mann, und er ist auch nicht auf der Arbeit. Er ist weg. Ich hab ihn weggeschickt. Er hat schon länger keine Arbeit. Er war immer unterwegs und hat Arbeit gesucht. Angeblich. Er hat sich auf alle möglichen Stellenangebote beworben, auf alles, was in der Zeitung stand, aber sie wollten ihn alle nicht haben. Er hat ja keine abgeschlossene Berufsausbildung. Und, um ganz ehrlich zu sein, er ist zwar ein lieber Kerl, aber ein besonders schneller Arbeiter ist er nicht. Nicht schnell, aber gründlich. Aber das hat den Firmen einfach nicht ausgereicht. Er will nach Berlin, sagt er. Da gibt es mehr Arbeit, sagt er. Und sicher findet er dort irgendeine Dumme, bei der er kostenlos wohnen und essen kann. – Na ja, irgendwie wird er schon durchkommen.«

»War er schon weg, als Sylvia aus dem Gefängnis entlassen worden ist?«

»Nein.«

»Jedenfalls haben Sie Sylvia nicht weiterhelfen können?«

Frau Schröder schüttelte den Kopf. »Sie hat sich selbst weitergeholfen. Sie ist wortlos gegangen, und erst als sie weg war, da hab ich gemerkt, dass das Geld aus der Zuckerdose weg war. Die 250 €. Unser Notgroschen. Na ja, im Augenblick war ja keine Not. Und wenn sie dieses Geld genommen hat, dann brauchte sie jedenfalls nicht irgendwo anders irgendwas zu klauen.«

Patrick sah Frau Schröder fragend an.

Sylvias Mutter zuckte mit den Achseln. »So ist es halt«, sagte sie. »Das hab ich mir damals nicht träumen lassen, als wir jung verheiratet waren und dann das Baby gekriegt haben. Unsere Sylvia. Solch ein bildhübsches Mädchen. Und mein Mann – er hatte so viele Freunde. Wir haben gemeinsam alles Mögliche unter-

175

nommen, und ich hatte gedacht, jetzt wird alles gut. Jetzt bin ich da angekommen, wo ich schon immer hin wollte.«

»Aber das war nicht so?«

»Nein. Das hat sich ganz anders entwickelt, als ich gedacht hab. Das eine, das waren die beruflichen Kontakte. Da waren zum Beispiel der Stubbe, der Immobilienhändler. Alex haben wir ihn immer genannt. Big Alex. Und sein Bruder. Und Benjamin, der Sohn des Juweliers. Ich hatte immer gedacht, der würde irgendwann den Laden seines Vaters übernehmen, und er würde dafür sorgen, dass wir alle gute Posten bekämen. Dass ich nicht mehr im Supermarkt an der Kasse sitzen müsste. Jedenfalls hat er immer davon geredet. Aber dazu gekommen ist es nicht. Mein Mann ist dann sehr schnell im Gefängnis gelandet. Und dann ist er gestorben. Aber das war natürlich viel später.«

Patrick versuchte, sich das Szenario vorzustellen. Es gelang ihm nur unvollständig. Der Sohn des Juweliers, der Immobilienhändler – die passten nur schlecht in die bescheidene Umgebung. Was konnte sie daran gereizt haben, sich mit diesen einfachen Leuten zu umgeben? Wollten sie einfach nur ausbrechen aus der bürgerlichen Umgebung, in der sie aufgewachsen waren? Sich hemmungslos besaufen, ohne dass ihre Eltern sie daran hindern konnten? Und Leonie und Sylvia? Wie kamen die ins Spiel?

»Vielleicht ist es am besten, wenn ich versuche, das alles einigermaßen in der richtigen Reihenfolge zu erzählen?«

Patrick nickte.

»Da war dann die Geschichte mit Alex Stubbe und den Mädchen. Die waren immer mit dabei. Die Frauen auch. Einige jedenfalls. Die von Theo, dem Gastwirt zum Beispiel. Was die für Geschichten erzählen konnte! Von dem verrückten Maler in der Hexenklause! Unglaublich.«

»Und Alexander Stubbe hatte keine Begleitung?«

»Alex war ledig. Das ist er, glaube ich, immer noch. Wir sind alle zusammen an die Ostsee gefahren. Und wir haben zusammen gegrillt, und wir haben zusammen gebadet, nackt natürlich, heute macht das ja kaum noch jemand, aber damals war das so. Und der Alex, der hat mit den Mädchen zusammen im Wasser herumgeplanscht, und mit ihnen Muscheln gesucht und Sandburgen gebaut. Sie haben sich mit ihm herumgebalgt und gekreischt, wenn er sie gekitzelt hat. Und er hat sie auf den Schultern getragen, obwohl sie damals ja schon ziemlich schwer waren. Ich hab mir nichts dabei gedacht.«

»Und Leonies Eltern?«

»Die waren nicht dabei. Die waren eigentlich nie mit dabei. Und dann war da die Geschichte mit der Feuerqualle. Leonie hatte eine Feuerqualle angefasst, und das tat natürlich weh, und sie hat geweint, und der Alex, der hat sie dann in den Arm genommen und getröstet. Und einer der anderen Männer hat noch gesagt: ‚Guckt mal, ein richtiges Liebespaar!‘ Und so war es wohl auch, obwohl dieser Satz eigentlich nur scherzhaft gemeint war. Und in den nächsten Tagen war es dann so, dass die beiden ganz offen miteinander geschmust haben. Wir fanden das ausgesprochen komisch. Und dass es in Wirklichkeit nicht komisch war, kein Witz, ganz und gar nicht, das haben wir erst später gemerkt.«

»Wie alt war die Leonie denn damals?«

»Siebzehn. Das weiß ich noch genau, denn dieser Urlaub in Boltenhagen und das Erlebnis mit der Feuerqualle, das war genau an ihrem siebzehnten Geburtstag gewesen. Jedenfalls hat der Alex dann später gesagt, nicht zu mir, sondern zu meinem Mann, dass er diese süße Krabbe gern mal im Bett haben möchte. So hat er sich ausgedrückt. Und meinem Mann, dem war das egal. ‚Wenn sie nichts dagegen hat‘, hat er gesagt. Und dann ist sie später tatsächlich zu dem Alex in den Schlafsack gekrabbelt.«

»Wie ist es dazu gekommen?«

»Das war ein paar Tage später. Da ist es dann passiert. Ich hab das zunächst gar nicht bemerkt. Wir haben eine ganze Menge getrunken damals, und ich konnte nicht besonders viel ab. Ich war jedenfalls meistens früher im Bett als die anderen.«

Gesine Schröder zündete sich eine Zigarette an. Patrick hatte den Eindruck, dass sie überlegte, wie es jetzt weitergehen sollte. Ganz offensichtlich kam nun der Teil der Geschichte, bei dem der Spaß aufhörte. Frau Schröder zögerte, warf noch einen Blick auf die Zeitung.

»Schreitende Lichtanlage. Was könnte das sein?«

Patrick wusste es nicht. Eine der Silben hieß ‚pel‘, aber ‚am‘ gab es nicht.

Frau Schröder blies Rauch in die Luft, dann entschied sie sich für den direkten Weg. »Dann hat er sie gefickt«, sagte sie.

»Und die Leonie hat es sich gefallen lassen?«

»Mehr oder weniger. Gesagt hat sie nichts hinterher, aber ich hab schon gesehen, dass sie blaue Flecken hatte.«

»Und was haben Sie dazu gesagt?«

»Nichts. Was hätte ich sagen sollen? Sie war ja nicht meine Tochter. Und sie war 17. Als ich 17 war, da hab ich auch gemacht, was ich wollte. Nicht erst mit 17 übrigens. So ist es halt passiert.«

»Und wie ging es dann weiter?«

»Gar nicht. Am nächsten Morgen war plötzlich alles ganz anders. Alex hat einen Anruf gekriegt. Ich weiß nicht von wem und worum es darin ging, aber jedenfalls wollte er nicht mehr wie sonst beim Frühstück direkt neben Leonie sitzen. Er wollte überhaupt gar nicht in ihrer Nähe sitzen. Er hat sie behandelt, als ob sie Luft wäre. Er hatte gekriegt, was er haben wollte, und nun war für ihn Schluss.«

»Und was haben Sie dann gemacht?«

»Wir sind nach Hause gefahren. Ich mit Sylvia vorweg, die anderen zwei Tage später. Und damit war erst einmal das Problem gelöst.«

»Damit war das Problem gelöst?«, fragte Patrick ungläubig.

»Na ja, die Krise war zunächst einmal vorbei. Der Alex ist ein paar Wochen nicht zu unseren Treffen gekommen, und allmählich hat sich Leonie auch wieder ein bisschen beruhigt, und dann war alles fast wieder so wie vorher. – Ja, ich weiß, was Sie jetzt sagen werden. Natürlich hätten wir das alles in der Familie durchsprechen müssen, und mit Leonies Eltern, und natürlich hätten wir uns überlegen müssen, was wir jetzt machen.

Aber solch eine Familie sind wir nicht. Wir haben nie irgendwelche Probleme gemeinsam diskutiert. Wir sind alle davon ausgegangen, dass sich irgendwelche Schwierigkeiten von selber lösen werden. Und Wolfgang hat gesagt: ‚Macht da kein großes Drama draus. Im Augenblick scheint das ungeheuer wichtig, aber in ein paar Jahren, wenn sie dann zurückdenkt, da kommt es doch auf einen Fick mehr oder weniger überhaupt nicht an.'«

»Aber damit war die Beziehung zwischen Alex and Leonie erst einmal vorbei?«

»Ja. Endgültig. Erst einmal ist Alex ja nicht mehr gekommen. Und später, bei den Abenden bei uns zu Hause, da war Leonie dann einfach nicht mehr dabei. Sie hat gesagt, dass sie noch Hausaufgaben machen müsste, und Stubbe hat das offensichtlich akzeptiert. Mehr oder weniger. Er hat ihr dann zu Weihnachten ein großes Geschenk gemacht, eine teure Uhr, die sie immer haben wollte, aber sie hat sich nur ganz knapp dafür bedankt und die Uhr nie getragen.«

Die Zigarette war ausgeraucht. Frau Schröder zündete sich eine neue an, rauchte ein paar Züge und sah Patrick plötzlich misstrauisch an. »Warum wollen Sie das eigentlich alles wissen?«

»Wegen Sylvia«, erwiderte er. »Sylvia wird bedroht. Oder sie glaubt zumindest, dass sie bedroht wird. Und irgendwie sieht es so aus, als ob bei dieser Geschichte auch dieser Stubbe im Spiel wäre.«

»Alex«, sagte Frau Schröder. »Das Problem mit dem Alex Stubbe, das schleppt sie immer noch mit sich rum. Stubbe und Leonie. Das ist ganz klar. Sie war eifersüchtig auf ihre Freundin. Und ungeheuer wütend auf Stubbe. Dass er sie sich einfach genommen hat. Und das war das Ende der Geschichte.«

»Wirklich?«

»Für mich war es das Ende der Geschichte. Alex kam nicht mehr. Wahrscheinlich gab es jetzt bessere Partys, bei denen er mitmachen konnte. Ich hab ihn jedenfalls niemals mehr wiedergesehen. Telefoniert haben wir noch, das ist alles.«

»Und was war mit Leonie?«

»Leonie hat das alles schwer getroffen. Erst war sie die Märchenprinzessin, und dann hat der Prinz sie weggeworfen. Armes Ding. Leonie hat angefangen, nicht mehr ordentlich zu essen. Richtig dünn ist sie geworden. Erst hab ich gedacht, das ist gar nicht schlecht, wenn sie etwas abnehmen würde. Aber dass das eine richtige Krankheit war, das hab ich nicht geahnt. Am Ende wurde es so schlimm, dass sie sogar ins Krankenhaus musste. Die hatten gleich einen lateinischen Namen für diese Krankheit. Aber geholfen hat es nichts; sie ist schließlich daran gestorben.«

»Und Sylvia? Wie hat die das aufgenommen?«

»Die war völlig von der Rolle. Sie war ja auf dem besten Weg, ihr Abi zu machen. Aber sie hat alles abgebrochen. Rache, hat sie gesagt. Sie wollte nur noch Rache. Rache für Leonie.«

»Rache an Stubbe?«

Gesine Schröder nickte. »Sie hat geglaubt, dass Stubbe an Leonies Tod schuld war. Sie hat aufgehört, zur Schule zu gehen. Sie hat mit allen möglichen Leuten Streit angefangen. Sie hat Geld geklaut. Und nicht nur

Geld, auch andere Sachen. Aber zunächst hat sie noch Glück gehabt. Ungeheuer viel Glück. Da hat sie einen jungen Mann kennen gelernt. Lukas hieß der. Der war völlig in sie verknallt. Und ich hab gehofft, nein, das ist zu wenig, ich hab gebetet, dass die Sylvia sich zusammenreißt, und dass die beiden am Ende heiraten. Da war sie 16 Jahre alt. Er war etwas älter. 20 vielleicht. Oder 21. Die beiden sind zusammen nach Schweden gefahren, aber auf der Reise haben sie sich dann so zerstritten, dass die Geschichte hinterher vorbei war. Und damit war auch die kurze Glückssträhne von Sylvia vorbei. Sie hat wieder irgendwo eingebrochen. Dabei ist sie erwischt worden. Und sie hat bei der Festnahme offenbar wie eine Wahnsinnige um sich geschlagen und einen Polizisten verletzt. So ist sie am Ende tatsächlich im Gefängnis gelandet.«

Patrick wusste nicht, was er sagen sollte.

Auch Gesine Schröder wusste offensichtlich nicht, was sie sonst noch sagen könnte. »Mehr weiß ich nicht.« Den Kampf mit den Silbenrätsel gab sie offensichtlich verloren.

»Gehampel«, sagte Patrick.

Sylvias Mutter sah ihn verständnislos an.

»Die ‚schreitende Signalanlage' ist Gehampel.«

»Ach.«

»Haben Sie zufällig die Adresse von diesem Lukas? Oder die Telefonnummer?«

»Ja, natürlich. Lukas Weber. Die hab ich auf den Kalender geschrieben. Aber das ist ja schon ein paar Jahre her. Sechs Jahre, oder? Nein, vor sieben Jahren war das. Diese alten Kalender, die hab ich alle aufbewahrt. Wo hab ich denn ...? Moment mal ...«

Lukas Weber, dachte Patrick. Wenn sie die Telefonnummer nicht finden sollte, hatte er jetzt jedenfalls den Namen.

»Hier ist er ja, der Kalender! Und die Nummer? Ja, hier. Im Dezember war das. Hier ist sie ja.«

Patrick notierte sich die Nummer. ‚Sylvia mit Lukas nach Schweden‘, stand da. Diese Kalender waren offenbar eine Art Tagebuch.

»Solch ein netter Junge war das, solch ein netter Junge!«

»Ich muss mal!«, sagte Sina.

»Warte, mein Schatz, ich komm ja!«

»Ich werde mich dann mal verabschieden«, sagte Patrick. »Vielen Dank, dass Sie mir all diese Dinge erzählt haben.«

»Kommen Sie gern wieder, wenn Sie noch mehr Fragen haben«, erwiderte Sylvias Mutter. »Und sagen Sie Sylvia bitte, dass ich sie lieb hab.«

Patrick bedankte sich. Er öffnete die Wohnungstür. »Oh! Hier draußen steht ein Körbchen mit Pilzen.«

»Pilze? Ja, die kommen von der Nachbarin. Die bringt mir immer welche mit, wenn sie Pilze sammeln geht.«

* * *

Die Telefonnummer stimmte. Lukas war sofort bereit, sich mit Patrick zu treffen. »*Elbphilharmonie*«, schlug er vor. »Auf der Aussichtsterrasse, der *Plaza*. In einer Stunde. Passt das?«

Es passte.

Patrick mochte die *Elbphilharmonie* nicht. Es war kein anheimelndes Gebäude, und jedes Mal, wenn er oben auf der *Plaza* stand, hatte er ein Gefühl von Kälte – ganz gleich, wie warm es in Wirklichkeit sein mochte. Er hatte seine Zweifel ob er Lukas wirklich finden könnte, aber sie sahen sich auf Anhieb.

Und jetzt? Wie sollte er anfangen? »Lukas, wahrscheinlich waren Sie ziemlich überrascht, dass ich Sie angerufen habe. Aber ich habe gehört, dass Sie Sylvia Schröder ziemlich gut kennen und vielleicht ...«

»Wir brauchen nicht um den heißen Brei herumzureden«, unterbrach ihn Lukas. »Ja, ich kenne Sylvia ziemlich gut. Wir sind zusammen nach Schweden gefahren. Ja, ich hatte einmal geglaubt, dass wir später heiraten würden. Daraus ist nichts geworden.«

»Sylvia ist nicht gerade ein einfacher Mensch«, gab Patrick zu.

»Kein einfacher Mensch?« Lukas lachte. »Sie ist geradezu gefährlich. Ich weiß natürlich, warum sie so geworden ist. Sie ist vergewaltigt worden. Missbraucht und vergewaltigt. Als Kind. Aber dieses Wissen, das hat mir nicht weitergeholfen. Wir haben es versucht zusammen, aber wir sind gescheitert.«

Patrick schwieg.

»Gut«, sagte Lukas. »Ich weiß nicht genau, auf welche Weise Sylvia jetzt bei Ihnen gelandet ist. Aber ich verstehe schon, dass sie Ihnen etwas bedeutet. Sonst hätten Sie dieses Treffen ja nicht arrangiert. Also erzähle ich Ihnen alles, was ich weiß.«

Patrick nickte.

»Es war immer eine dramatische Beziehung. Wir haben uns geliebt und geprügelt. Wenn irgendetwas passiert, was Sylvia nicht gefällt, dann schlägt sie zu. Ich bin stärker als sie, aber Sylvia ist schneller. Es ist fast schon ein Wunder, dass sie mir das Nasenbein nicht gebrochen hat.«

»Aber trotz allem haben Sie zu ihr gehalten.«

»Ja, das habe ich. Sie ist ja kein böser Mensch. Sie ist einfach nur wild. Unendlich viel wilder als alle anderen Mädchen, die ich damals kannte. Sie war aufsässig gegen alles. Ich hatte keine Probleme damit. Ich bin auch aufsässig. Und ich bin mit der wilden Sylvia zusammengeblieben, nicht zuletzt deshalb, weil ich wusste, dass weder meine Mutter noch mein Vater davon begeistert war. Ich kam mir großartig vor.«

»Vielleicht war es großartig?«

Lukas schüttelte den Kopf. »Es war eine Illusion.«

»Wirklich?«

»Ja, wirklich. Ich habe damals geglaubt, dass Sylvia ein ganz normales Mädchen ist, und dass man mit ihr ein ganz normales Leben führen kann, wenn man ein bisschen behutsam mit ihr umgeht.«

»Ich bin fest davon überzeugt, dass das möglich ist«, warf Patrick ein.

»Ich nicht«, entgegnete Lukas. »Aber damals wusste ich das noch nicht. Ich hatte mir ausgedacht, dass wir zusammen eine Reise machen sollten, damit sie alles Schreckliche vergessen konnte. Nach Schweden. Nach Gotland. Ich hatte ja einen Führerschein. Ich habe mir das Auto meines Vaters ausgeliehen – ohne ihn vorher zu fragen natürlich. Ich war mir ziemlich sicher, dass er niemals zugestimmt hätte. Eigentlich wäre es ideal gewesen, wenn wir ein Zelt mitgenommen hätten. Aber das war nicht möglich. Dazu war es viel zu spät im Jahr. Also haben wir uns ein Ferienhaus gemietet, das war auch gar nicht so teuer, denn die meisten Häuser standen um diese Zeit leer. Wir hatten ein paar schöne Tage, und die Kälte hat uns überhaupt nicht gestört, wir haben uns nachts im Bett einfach etwas enger aneinander gekuschelt. Und wir waren leichtsinnig. Ich war davon ausgegangen, dass Sylvia die Pille nahm.«

»Sie nimmt die Pille«, behauptete Patrick. Jedenfalls ging er davon aus.

Lukas lachte. »Sagt sie«, bemerkte er. »Aber Sie müssen daran denken, dass sie nicht immer die Wahrheit sagt.«

»Sie sagt meistens die Wahrheit. – Wie ging es weiter?«

»Dann gab es diesen Zwischenfall mit dem Pullover. Sylvia wollte unbedingt einen warmen Pullover haben, gestrickt aus der Wolle irgendeines dieser schwedischen Schafe. Natürlich hatte sie kein Geld.«

»Und Sie haben ihr keins geliehen?«

Lukas schüttelte den Kopf. »Viel Geld hatte ich ja auch nicht. Und was Sylvias Wünsche anging – die waren grenzenlos. Ich habe sehr rasch gemerkt, dass das ein Fass ohne Boden wäre. Es gab unendlich viele Dinge, die sie gern haben wollte, und sie hatte kein Gefühl dafür, was wir uns vielleicht würden leisten können und was nicht. – Das Ende vom Lied war, dass sie einfach in einen Laden gegangen ist und sich den Pullover geklaut hat. Aber damit ist sie bei mir nicht durchgekommen. Ich habe sie zur Rede gestellt, und wir sind beide zusammen in den Laden zurückgegangen, und sie hat den Pullover zurückgeben müssen. Das war natürlich schrecklich peinlich, aber eine andere Möglichkeit gab es nicht.«

In Patricks Augen war das eine unnötige Demütigung gewesen. »Damit war diese Krise dann überstanden?«

Lukas schüttelte den Kopf. »Das hatte ich geglaubt. Wir haben weiter zusammen Urlaub gemacht, und wir haben zusammen Steine gesammelt und Pilze gegessen und in der Ostsee gebadet und zusammen geschlafen. Es war alles eigentlich wieder wie vorher. Aber dann kam die Rückreise. Und auf der Fähre, da hat Sylvia dann plötzlich wieder diesen Pullover aus der Tasche geholt, und hat ihn sich angezogen.«

»Auf welcher Fähre?«

»Na ja, auf der Fähre von Rødby nach Puttgarden. Wenn es vorher in Schweden passiert wäre, dann wäre ich mit ihr sofort zurückgefahren, und ich hätte sie nicht damit durchkommen lassen. Aber jetzt, da konnte ich gar nichts machen. Und das war das Ende. Das Ende unserer Beziehung.«

»Sie haben einfach aufgegeben?«

Lukas nickte. »Das war zu viel. Ich habe mir eine ganze Menge Dinge gefallen lassen. Und was ich Ihnen jetzt erzählt habe, das sind ja nur einige der absoluten Höhepunkte. Aber dies jetzt, das war einfach mehr, als ich verkraften konnte. Ich habe Sylvia gesagt, dass wir uns jetzt trennen müssten, und das haben wir dann auch gemacht. Ich habe ihr eine Fahrkarte für die Bahn gekauft, und ich bin allein mit dem Auto nach Hamburg zurückgefahren.«

Patrick sah ihn an, als ob er nicht ganz gescheit wäre.

»Anders ging es nicht«, sagte Lukas. »Das müssen Sie bitte verstehen. Ich konnte so nicht weitermachen. Was Sylvia wirklich brauchte, das war ein Psychotherapeut. Aber ich bin kein Psychotherapeut. Ich bin ein ganz normaler Mensch. Ich kann das nicht. Wenn sie hinfällt und ihr Knie blutet, dann kann ich da ein Pflaster draufkleben. Aber ein Pflaster für die Seele, das habe ich nicht. Wir haben uns danach nie wieder gesehen.«

Das geht mich nichts an, dachte Patrick. Aber dennoch fragte er: »Musste das sein?«

Lukas nickte. »Eine andere Möglichkeit gab es nicht. Und es gibt jetzt auch keinen Weg mehr zurück falls Sie das denken sollten.« Er nahm sein Handy aus der Tasche und zeigte Patrick seine neuesten Fotografien. »Das ist Lea«, sagte er. »Meine Freundin. Meine Verlobte. Wir werden nächstes Jahr heiraten.«

»Ich wünsche Ihnen viel Glück dabei«, sagte Patrick.

Lea sah aus wie ein liebes Schaf.

* * *

Sylvia sah nicht aus wie ein liebes Schaf, ganz und gar nicht. Sie war schon verärgert, dass Patrick erst am späten Nachmittag nach Hause kam. Aber als sie dann auch noch erfuhr, dass er bei ihrer Mutter gewesen war und obendrein mit ihrem ehemaligen Freund gesprochen hatte, rastete sie völlig aus.

»Bist du denn wahnsinnig?«, schrie sie.

Patrick schüttelte den Kopf.

»Ich hab dich gebeten, nicht mit meiner Mutter zu sprechen, und was tust du? Du fährst direkt zu ihr hin und redest mit ihr. Und dann obendrein noch mit Lukas! Du redest mit all meinen Feinden, ohne mich auch nur vorher zu fragen!«

»Sylvia, hör mir zu ...!«

»Ach, Scheiße!« Sylvias Blick fiel auf den Rhombenporphyr auf Patricks Schreibtisch. Ein gut faustgroßer Stein. Sie griff danach.

»Leg den Stein hin!«, verlangte Patrick.

»Du gemeiner Verräter!« Sylvia holte aus.

»Leg sofort den Stein hin!«, rief Patrick, jetzt ebenfalls erregt.

Sylvia schüttelte den Kopf. Sie schmiss den Stein, aber nicht mit voller Wucht. Der Porphyr fiel auf halbem Wege zwischen ihr und Patrick auf den Boden.

»Sylvia!«

Sie sah ihn mit wutverzerrtem Gesicht an. »Ich hasse dich, Patrick Pauli. Ich hasse dich!«

»Beruhige dich!«, sagte Patrick. Seine Stimme klang nicht so sanft, wie er gern wollte. »Bitte, Sylvia, beruhige dich!«

Sie schüttelte den Kopf. Patrick sah, dass sie sich Mühe gab, nicht zu heulen. Es gelang ihr nicht ganz, die Tränen zu unterdrücken. »Scheiße«, wiederholte sie, jetzt deutlich leiser.

»Die Menschen, mit denen ich gesprochen habe, sind nicht deine Feinde. Deine Mutter macht sich Sorgen um dich. Ich habe ihr gesagt, dass ich mich um dich kümmere, und sie ist froh darüber. Sie ist ein schwacher

Mensch, das habe ich gesehen, und es ist völlig klar, dass sie dich nicht in dem Maße beschützt hat, wie eine Mutter das tun sollte, und dein Vater ...«

»Ach, sei still!«

»Ich kenne deinen Vater nicht. Er ist tot, er kann sich nicht mehr wehren. Er hat dumme Sachen gesagt, und er hat dumme Dinge getan. Nach seinem Unfall hat er sicher Gelegenheit gehabt, über alles nachzudenken ...«

»Hat meine Mutter das gesagt?«

Patrick schüttelte den Kopf.

»Nein, das hab ich auch nicht geglaubt. Das hast du gedacht, um Dinge zu heilen, die nicht zu heilen sind und um Dinge schönzureden, die mit den liebsten Worten der Welt nicht wieder gutzumachen sind. Leonie ist gestorben, und sie haben es nicht verhindert.«

»Das hat deine Mutter nicht gewollt, Sylvia,«

»Na gut.«

»Und Lukas ...«

»Der Scheißkerl!«

»Und Lukas hat ein großes Maul und wirft mit starken Worten um sich. Aber er ist nicht stark. Er war nicht stark genug, um dir zu helfen. Er hätte dich in den Arm nehmen sollen ...«

»Ich will nicht in den Arm genommen werden, Patrick. Wann begreifst du das endlich? Ich will dass man mich ernst nimmt. Und wenn ich etwas sage, dann will ich, dass man mir das glaubt.«

»Auch wenn es vielleicht nicht stimmt?«

»Ich will, dass man mir glaubt. Sicher hat er dir die Geschichte mit dem Pullover erzählt, den ich geklaut hab. Er hat mich gezwungen, den Pullover zurückzubringen. Ich hab ihn gehasst dafür, aber dass er das getan hat, das war richtig. Und dann hab ich jede schwedische Krone gespart, die ich noch hatte, und ich bin wieder in den Laden gegangen und hab mir den Pullover gekauft. Ohne Lukas. Das war peinlich, aber ich hab es gemacht. Es musste einfach sein. Und dann, als wir auf der Fähre zurück nach Deutschland waren, da hab ich den Pullover aus dem Rucksack geholt und ihn angezogen.«

»Dein Freund hat nicht gewusst, dass du ihn gekauft hast«, sagte Patrick.

»Nenne ihn nicht meinen Freund. Er hat nicht einmal gefragt, ob ich ihn gekauft hab. Verstehst du das, Patrick? Er hat mich nicht einmal gefragt. Er ist einfach weggegangen. Wortlos. Das war das Ende ...«

»Es war ein Missverständnis.«

»Nein. Es war eine Aussage. Eine ganz klare Aussage. Ich bin ihm nicht nachgelaufen. Ich hab den Pullover ausgezogen, bin an die Reling gegangen und hab ihn über Bord geschmissen. Natürlich ist gleich irgend solch ein Typ von der Besatzung gekommen und hat gesagt, dass ich das nicht tun darf. Aber das war mir so was von egal. Es war für mich so, als hätte ich Lukas über Bord geschmissen. Und nun war er weg. Ich hab nie wieder mit ihm geredet.«

»Arme Sylvia«, sagte Patrick. Er wollte sie in den Arm nehmen, aber durfte er das?

Sylvia lachte laut los, als sie sah, wie er jetzt betroffen dastand. »Es ist so, wie ich gesagt hab. Ich lüge, ich stehle und ich bin gewalttätig. Glaubst du wirklich, dass wir zusammen passen?«

191

»Ich habe auch gelogen. Ich habe dir nicht gesagt, dass ich mit deiner Mutter und mit Lukas sprechen würde.«

»Schwein«, sagte Sylvia. Aber es klang schon sanfter.

»Wir versuchen es. Ich weiß nicht, ob wir zusammen passen. Wir probieren es aus. Und eins verspreche ich dir: Ich lasse dich nicht im Stich. Und ich möchte gern, dass wir zusammen zu Kommissar Dischler gehen und ihm alles erzählen, was wir wissen.«

»Wir wissen nichts«, sagte Sylvia.

»Fast nichts«, erwiderte Patrick. »Aber Dischler kann uns bei der Jagd auf diesen Herrn Stubbe nur helfen, wenn er wirklich voll im Bilde ist.«

* * *

Dischler hatte erst nach Feierabend Zeit. Er schlug vor, dass sie sich im Hamburger Stadtpark treffen sollten. Das war einerseits in der Nähe des Polizeipräsidiums, andererseits aber auch ein Ort, an dem die Wahrscheinlichkeit gering war, jemandem zu begegnen, den er kannte. Anderen Polizisten zum Beispiel.

»Im Dianagarten«, sagte Dischler. »Wissen Sie, wo das ist?«

Ja, das wusste Patrick. Sylvia und er fuhren mit der U-Bahn bis zur Saarlandstraße, sahen einen Augenblick den Schiffen auf dem Modellboot-Teich zu, dann gingen sie weiter zum verabredeten Ort. Dischler stand schon an der Diana-Statue.

»Die Göttin der Jagd«, bemerkte Sylvia.

Dischler nickte.

192

»Leider ohne Pfeil in der Rechten, und der Bogen ohne Sehne«, kommentierte Patrick.

»Und wenn schon«, erwiderte Dischler. »Sie ist eine Göttin. Solche Kleinigkeiten können sie nicht aufhalten.«

»Hoffentlich«, murmelte Sylvia.

»Danke, dass Sie sich die Zeit nehmen, mit uns zu sprechen«, sagte Patrick.

Dischler zuckte mit den Achseln. »Jederzeit«, sagte er. »Ich kann natürlich nicht mit Ihnen über Dinge reden, die im Zusammenhang mit irgendwelchen aktuellen Ermittlungen stehen. Also zum Beispiel über die geplante Haussuchung bei Herrn Stubbe.«

»Sie planen eine Haussuchung bei Alexander Stubbe?«

»Leider nein. Ich habe keine Erlaubnis bekommen.«

»Schade. Ich bin mir absolut sicher, dass dieser Herr Stubbe kein harmloser Immobilienmakler ist. Ich bin überzeugt, dass er Gelder für die Mafia wäscht.«

»Davon sind Sie überzeugt? Wirklich? Lieber Herr Dr. Pauli, Ihre Überzeugung nützt mir nichts. Ich brauche Beweise.«

»Eine Hausdurchsuchung hätte diese Beweise liefern können«, sagte Sylvia.

»Oder auch nicht«, erwiderte Dischler. »Für eine Hausdurchsuchung brauchen wir zwar keinen hinreichenden Tatverdacht, wie es so schön heißt, sondern nur einen konkretisierten Anfangsverdacht. Also mehr als nur vage Anhaltspunkte und bloße Vermutungen. Ich konnte den Herrn Oberkommisssar Fleischhauer leider nicht davon überzeugen, dass wir hinreichende

Gründe für eine Haussuchung haben. Geldwäsche ist verboten, wie Sie wissen, aber es gelingt nur sehr selten, sie wirklich nachzuweisen.«

»Gelingt es überhaupt jemals?«, fragte Patrick.

»Ja. Vor zwei Jahren haben wir einen sehr erfolgreichen Schlag gegen eine Familie von Geldwäschern durchgeführt. Sie haben wahrscheinlich davon in der Zeitung gelesen. Diese guten Leute hatten ein Goldgeschäft aufgemacht. Und wer mit Gold handelt, der bewegt natürlich große Beträge. Häufig in bar. Das kann für den Geldwäscher von Vorteil sein. Die Banken sind ja inzwischen angewiesen worden, verdächtige Geldbewegungen zu melden. Das tun sie auch in gewissem Umfang.«

»Und was geschieht dann?«

»Mit der Meldung allein ist es natürlich nicht getan. Im Prinzip kann jeder sein Geld hin und her bewegen, soviel er will. Damit wir einschreiten können, müssen wir nachweisen, dass das Geld in Verbindung mit einer Straftat steht. Es reicht nicht aus, dass wir sagen, die Herkunft des Geldes ist ungeklärt. Es reicht nicht aus, dass wir sagen, es sei doch ganz unwahrscheinlich, dass dieser Mensch plötzlich über so große Beträge verfügt. Um nachzuweisen, dass hier etwas Kriminelles geschieht, sind umfangreiche staatsanwaltliche Ermittlungen erforderlich, und dafür fehlt schlicht und ergreifend das Personal. Und deshalb ...«

Dischler unterbrach sich, denn eine Gruppe von Kindern stürmte den Dianagarten. Ein Mädchen von vielleicht acht Jahren versuchte, das Denkmal zu ersteigen. Die anderen halfen ihr, so dass sie es schließlich schaffte, die Hirschkuh zu erklimmen. Die junge Frau, die mit den Kindern gekommen war, hielt sich im Hintergrund. Patrick sah sie fragend an.

»Kindergeburtstag«, sagte sie. »Das ist Miriams Geburtstagsparty. Ist es nicht herrlich, wie ausgelassen die Kinder in dem Alter noch herumtollen?«

Patrick nickte. Eigentlich fand er, dass die Kinder nicht auf der Plastik herumsteigen sollten. Miriam saß inzwischen vor Diana auf dem Hals der Hirschkuh. Sie hielt das Tier an den Ohren gepackt. Patrick sah Dischler an. Der wirkte genauso gelassen wie die bronzene Diana.

»Nicht, Dennis!«, rief die Frau. Einer der Jungen versuchte, auf dem Hinterteil der Hirschkuh zu balancieren. Es misslang; er rettete sich durch einen waghalsigen Sprung in die Tiefe.

Sylvia lief hin. »Alles in Ordnung?«

Ja, es war nichts passiert. »Kommt mit, jetzt gehen wir erst einmal ein Eis essen!«, sagte die Frau.

»Au ja!«

Im nächsten Moment waren alle verschwunden.

»Wollen wir auch?«, fragte Sylvia.

Dischler schüttelte den Kopf. »Jetzt erst die Geldwäsche«, sagte er.

»In diesem Fall, auf den Sie eben angespielt haben, da ist es Ihnen doch gelungen, eine Verurteilung zu erreichen. Warum?«

Dischler lächelte. »Weil der Goldhändler es besonders dämlich angestellt hat. Er hat das Geld nicht irgendwohin überwiesen, sondern er hat es im Koffer ins Ausland geschafft. Und darauf sind wir zufällig bei unseren Ermittlungen in einem ganz anderen Fall aufmerksam geworden. So ist es uns gelungen, im entscheidenden Moment zuzugreifen und den Mann festzunehmen.«

»Um wie viel Geld ging es denn«?

»Acht Millionen Euro. Innerhalb eines Jahres. In Wirklichkeit hat er dieses Geschäft natürlich nicht nur ein Jahr lang betrieben, sondern viel länger, und daher sind wahrscheinlich noch ein paar weitere Millionen gewaschen worden. Aber wir haben uns auf das beschränken müssen, was unmittelbar nachweisbar war. Eine Zeitschrift hat daraufhin tatsächlich geschrieben, der Goldhändler sei einer der wichtigsten Finanzexperten der Unterwelt gewesen.« Der Kommissar lachte.

»Sie glauben das nicht?«

»Nein, natürlich nicht. Die Beträge, von denen hier die Rede ist, erscheinen uns nur so hoch, weil wir es gewohnt sind, sie mit unseren eigenen finanziellen Mitteln zu vergleichen. Bei meinem Einkommen zum Beispiel erscheint die Summe riesenhoch. Aber wissen Sie, wie viel Geld allein von der italienischen Mafia jedes Jahr in Deutschland gewaschen wird?«

Patrick schüttelte den Kopf.

»Über 100 Milliarden Euro. Eine 1 mit elf Nullen. 100.000.000.000 Euro. Das ist doppelt so viel wie der Verteidigungshaushalt der Bundesrepublik Deutschland. Der Goldhändler mit seinen 8 Millionen Euro hat also ziemlich genau 0,008 % des Geldes bewegt, das hier bei uns im Land pro Jahr gewaschen wird. Und natürlich gibt es nicht nur die italienische Mafia, die hier in Deutschland ihr Geld wäscht. Andere kriminelle Organisationen tun das auch.«

»Da sollte man doch annehmen, dass die gesamte Polizei in Deutschland ihre Ermittlungstätigkeit auf diesen Bereich konzentriert. Warum tut sie das nicht?«

»Also zunächst einmal ist es natürlich so, dass die Polizei nicht von sich aus plötzlich anfängt, alle möglichen Wirtschaftsunternehmen unter die Lupe zu nehmen um sich jeweils genau nachweisen zu lassen, welches Geld von wem aus welchem Grunde kassiert und wohin überwiesen worden ist. Dazu müsste die Staatsanwaltschaft den Auftrag geben. Die Staatsanwaltschaft bestimmt, was gemacht wird. Theoretisch jedenfalls. Aber da ist natürlich irgendwo im Hintergrund auch immer noch die Politik. Und die Politiker müssen sicherstellen, dass die Bevölkerung den Eindruck bekommt, dass das Leben in Deutschland außerordentlich sicher ist. Und das ist es auch.«

»Ich hatte gerade nicht den Eindruck«, widersprach Patrick. Er hatte immer noch leichte Kopfschmerzen.

»Ausnahmen gibt es immer. Aber wissen Sie, wie viele Menschen in Hamburg im letzten Jahr umgebracht worden sind? Ganze elf Personen. Und Hamburg hat eine Einwohnerzahl von knapp 1,9 Millionen. Statistisch gesehen müssten Sie also in Hamburg 2000 Jahre warten, bis Sie mal an der Reihe sind, umgebracht zu werden. Und der Täter, der würde nicht ungestraft davonkommen. In allen elf Fällen des letzten Jahres wurde der Täter gefasst.«

»Es gibt wahrscheinlich eine Dunkelziffer«, vermutete Patrick.

»Seien Sie nicht kleinlich«, erwiderte Dischler.

»Leute wie Carolin zum Beispiel«, sagte Sylvia. »Und Kai. Von denen redet keiner.«

Dischler lachte. »Irrtümer gibt es immer. Davon abgesehen sind wir leider nicht in allen Bereichen so erfolgreich wie bei der Aufklärung von Mord und Totschlag. Bei Handtaschenraub zum Beispiel …«

Patrick schüttelte den Kopf. »Der Handtaschenraub interessiert mich nicht. Was sagt Ihre offizielle Statistik über die Geldwäsche?«

»Die Geldwäsche, ja, die kommt im Jahrbuch zweimal vor. Erst gegen Ende des Buches zwar, und beide Male innerhalb derselben Tabelle. In dieser Tabelle steht, dass es sich bei der Geldwäsche um die Verschleierung unrechtmäßig erlangter Vermögenswerte handelt, und die werden nach § 261 StGB bestraft. Weitere Angaben gibt es nicht. – Entweder sind im letzten Jahr in Hamburg keine solchen Fälle vorgekommen, oder die Polizei hat nichts davon gemerkt.«

Wieder wurden sie unterbrochen, diesmal durch einen kleinen Hund, der laut kläffend in die Anlage stürmte.

»Der tut nichts!«, rief sein Frauchen, eine Dicke, die völlig außer Atem hinter dem Tier her hastete, die Hundeleine in der Hand.

Patrick sah sie missbilligend an.

»Ja, ich weiß«, sagte Frauchen, »er sollte eigentlich angeleint sein. Aber irgendwo muss mein Hasso sich doch auch einmal austoben dürfen. Auch so ein Hund braucht doch ein kleines bisschen Freiheit!«

Sylvia zuckte zurück, als Hasso sich die Freiheit nahm, ihr die Hand zu lecken.

»Nicht, Hasso! Das sollst du doch nicht!«

Hasso sah Frauchen fragend an. War das wirklich ernst gemeint?

»Kein Problem«, sagte Sylvia. In Wirklichkeit hatte sie Angst vor Hunden.

Frauchen nahm Hasso an die Leine, und dann verschwanden die beiden in Richtung des Rosengartens.

Patrick nahm den Faden wieder auf. »Wenn es um Organisierte Kriminalität geht, ist das wirklich alles nur Ländersache? Ich denke, inzwischen werden solche Straftaten länderübergreifend erfasst?«

»Ja, das stimmt. POLAS meinen Sie wahrscheinlich. So hieß es ursprünglich. Und inzwischen heißt es in den meisten Bundesländern INPOL-neu. Das System besteht aus zwei Teilen, einer Personenfahndungsdatei und einer Sachfahndungsdatei. In der Sachfahndungsdatei sind allerlei Gegenstände aufgeführt, die in irgendeinem Zusammenhang mit Straftaten stehen. Das sind zum Beispiel Schusswaffen oder geklaute Autos. Oder laut Wikipedia auch 1.173.336 Fahrräder. Also wenn jetzt zum Beispiel Ihr Fahrrad gestohlen werden sollte, dann braucht nur jemand in dieser Datei mal kurz nachzusehen, ob es eines der darin verzeichneten Fahrräder ist. Dasselbe gilt für die Personenfahndung. In der Personenfahndungsdatei sind 263.796 Personen aufgeführt, die zur Festnahme ausgeschrieben sind. Da brauchen Sie auch nur noch jemand, der sie auch tatsächlich verhaftet.«

»Das ist zynisch.«

»Nein, das ist die Wirklichkeit. Normalerweise merken Sie nicht viel davon. Aber wir, die uns tagtäglich mit diesen Themen befassen, wir sind gelegentlich ein kleines bisschen frustriert.«

»Wenn ich Sie richtig verstehe, dann sind die Chancen, diesen famosen Herrn Stubbe auf Grund seiner Geldwäsche-Aktivitäten zu verhaften relativ klein.« Dischler schüttelte den Kopf. »Sie sind gleich Null«, sagte er. »Was wir bis jetzt noch gar nicht berücksichtigt haben, das ist, dass sich dieser Herr Stubbe in den höchsten Kreisen bewegt. Dieses Haus in Volksdorf, das in der Tabelle auf seinem Computer aufgelistet ist, das hat der Bruder des Senators erworben. Zu einem sehr günstigen Preis übrigens. Sie haben vorhin gesagt, Stubbe sei Immobilienmakler. Das stimmt nicht. Er ist Immobilienhändler. Er kauft teure Grundstücke oder Immobilien, führt zum Teil Erschließungsarbeiten oder Umbauten durch und verkauft diese Objekte dann zu einem Preis, den er selbst festsetzt. Und wenn Sie jemand sind, der für ihn wichtig ist, dann kriegen Sie das Haus eben etwas billiger. – Nein, das ist keine Bestechung. Das ist Wirtschaft. Da werden Millionen bewegt. Die Immobilienhandlung Stubbe + Fair hat ein Stammkapital von 50 Millionen Euro. Daran ist Stubbe mit einem Anteil von 5 Millionen Euro beteiligt. Diese Daten sind übrigens im Internet frei verfügbar. Jeder interessierte Bürger kann sie sich kostenlos herunterladen.«

»Das klingt ja noch einigermaßen transparent.«

»Wer ist Fair?«, fragte Sylvia.

»Fair gibt es nicht. Zumindest glaube ich das. – Wenn es wirklich ans Eingemachte geht, dann hört die Transparenz auf. Wenn es um größere Summen geht, sagen wir zum Beispiel Kredite im Wert von 5 Milliarden Dollar, dann werden diese in rascher Folge auf verschiedene Banken und von dort an Briefkastenfirmen verteilt. Sie landen nebenbei auch zu einem relativ kleinen Teil auf Privatkonten von Regierungsmitarbeitern verschiedener Länder. Aber ein relativ kleiner Anteil von 5 Milliarden ist immer noch ziemlich viel Geld. Ein Großteil des Geldes wird schließlich in Immobilien in den USA oder in Deutschland investiert. Dabei spielt anonymes Eigentum eine wichtige Rolle. Eine wirksame Kontrolle gibt es nicht. Soweit ich weiß, gehört nach wie vor schätzungsweise jede zehnte Wohnung in Berlin einer anonymen Firmenhülle. Das heißt, man weiß nicht, wem sie gehört.«

»Also?«

»Also ist auf diesem Gebiet kein Blumentopf zu gewinnen. Schon gar nicht, wenn wir nicht wirklich konkrete Informationen über die geflossenen Beträge und die Absender und Empfänger besitzen.«

»Und was ist mit der Vergewaltigung?«

»Was soll damit sein? Nach allem, was ich bisher erfahren habe, lässt sich nichts beweisen. Die Straftaten sind nicht angezeigt worden, das einzige Opfer, das wir kennen, hat mehr als einmal widersprüchliche Angaben gemacht, und das wichtigste Beweisstück ist ein gestohlener Computer. – Nein, wenn wir wirklich etwas erreichen wollen, dann müssen wir uns auf den Punkt konzentrieren, bei dem jede Mauschelei aufhört. Mord.«

»Aber Sie haben selbst gesagt, dass Ihre Kollegen bisher die beiden Todesfälle als Unfall bzw. als Selbstmord einstufen.«

»Ich rede nicht von den beiden Fällen. Ich rede von der Spur der Puppen. Stubbe hat eine Sammlung von lebensgroßen Puppen. Und Sylvia, Sie haben ausgesagt, dass Alexander Stubbe behauptet hat, dass jede dieser Puppen in seiner Wohnung für eine vergewaltigte und ermordete Frau steht, und dass die entsprechende Puppe für Sie schon bestellt sei.«

»Aber ist das, wie man so schön sagt, eine belastbare Aussage?«

Dischler schüttelte den Kopf. »Wo ist dieses Haus? Wir brauchen das Haus, in dem Sylvia gefangengehalten worden ist. Wir brauchen die Puppen. Und wo sind die Leichen? Wir brauchen die Leichen der Opfer.«

Er sah Sylvia an.

Aber Sylvia schwieg.

Seychellen

Als Sylvia aufwachte, war sie in Schweiß gebadet. Sie hatte geträumt, wie fast jede Nacht. Aber diesmal war es nicht Alexander Stubbe, der sie bedrohte, diesmal war es Lukas. Patrick hatte mit Lukas gesprochen, das war der Auslöser. Was Lukas nicht erwähnt hatte, das war die Angst, in die er Sylvia versetzt hatte. Sie selbst hätte natürlich davon anfangen können, vorhin, im Gespräch mit Patrick, aber sie wollte nicht darüber sprechen, und davon hören wollte sie auch nichts. Nie wieder. Aber es half nichts. Im Traum konnte sie nicht entkommen.

Es war an einem der letzten Tage auf Gotland gewesen. Da waren all diese alten, nicht mehr gebrauchten Windmühlen, einige ohne Flügel, andere noch fast vollständig erhalten. Die Mühle, die Sylvia sich aus der Nähe ansehen wollte, war eine der gut erhaltenen. Lukas hatte keine Lust auf alte Mühlen, aber Sylvia, die am Steuer saß, war einfach rechts rangefahren und hatte gehalten. »Komm mit!«

Und Lukas war mitgekommen. Dies war einer der Momente gewesen, bei dem Sylvia das Gefühl hatte, sie habe ihr Leben im Griff. Sie fuhr Auto, auch wenn sie keinen Führerschein hatte. Natürlich war es eigentlich das Auto von Lukas, beziehungsweise das Auto seines Vaters. Aber wenn sie es fuhr, bestimmte sie, wo es langging. Und wenn sie eine Mühle sehen wollte, dann konnte sie einfach anhalten, und Lukas kam mit.

Die Mühle lag etwa hundert Meter von der Straße ab. Hier war niemand. Vielleicht war hier früher Getreide angebaut worden, jetzt gab es nur noch Heide und Ginster. Der Mühlstein lehnte draußen an der Mauer. Als die Mühle noch in Betrieb war, musste das Dach mit seinen Flügeln mit Hilfe eines langen Balkens in den Wind gedreht werden. Der Balken lag am Boden. Die Mühle war zu, aber nicht verschlossen. Es machte keine Mühe, die schwere Tür aufzureißen. Sylvia ging nach drinnen. Etwas Licht fiel durch die undichten Bretter im oberen Teil der Mühle, so dass es nicht völlig dunkel war.

Sylvia kletterte über die morsche Leiter nach oben. Hier war das Kernstück der Mühle. Hier wurde die Kreisbewegung der Flügel über ein großes hölzernes Kammrad auf eine Welle übertragen, die wiederum das Mahlwerk antrieb. Das Kammrad hatte einige seiner Zähne eingebüßt, und die Welle stand schief im Raum.

Lukas war nicht mit in die Mühle hineingekommen. Als es plötzlich dunkel wurde, begriff Sylvia, dass er die Tür zugemacht hatte. Sylvia stieg vorsichtig wieder nach unten. Sie wollte die Tür öffnen, aber das ging nicht. Es gab zwar keinen Riegel, aber Sylvia begriff rasch, dass Lukas den Balken von außen gegen die Tür gelehnt hatte. Sylvia war gefangen.

»Mach auf!«, rief sie.

Lukas antwortete nicht.

Sylvia überlegte, ob sie durch das Fenster im oberen Stockwerk nach draußen steigen könnte. Aber das Fenster war zu klein, und obendrein war es mit Brettern vernagelt.

»Mach auf, Lukas!«

Keine Antwort. Sylvia spähte durch die Spalten der Eingangstür. Lukas war nicht zu sehen. Das hieß nicht viel, denn ihr Blickfeld war sehr begrenzt, und da die Mühle rund war, brauchte Lukas nur einen Schritt zur Seite zu treten, und schon war er für sie unsichtbar.

Und dann kam ganz plötzlich die Angst. Eine unvernünftige, panische Angst. Wenn Lukas nun weggegangen war? Wenn er nicht wiederkäme? Wie lange würde es dauern, bis sie verhungert war? Oder verdurstet?

Sylvia schrie. »Mach auf, Lukas! Mach auf!« Sie donnerte mit den Fäusten gegen die Tür.

Keine Reaktion.

Sie brüllte um Hilfe.

Dann endlich erbarmte sich Lukas, er öffnete die Tür. Er lachte, bis zu dem Augenblick, wo er Sylvias Gesicht sah. Für sie war es kein Scherz gewesen. »Entschuldige«, sagte er. »Das habe ich nicht gewollt. Ich habe dich nicht erschrecken wollen.«

»Nicht?«

»Na ja, ein bisschen schon. Ich wollte einfach mal ausprobieren, ob man die coole Sylvia, die so überlegen tut, ob man die irgendwie aus der Fassung bringen kann.«

Sylvia hatte sich beherrscht. Sie hatte gar nicht reagiert. Sie hatte Lukas nicht angebrüllt und ihm nicht mit der Faust ins Gesicht geschlagen. Sie hätte es tun sollen. Er hätte es verdient gehabt, aber damals war sie sich noch nicht sicher gewesen. Sie hatte Angst, irgendetwas zu zerstören. Dass es schon zerstört war, hatte sie erst später begriffen.

* * *

Die »*Launch Party*« für das Buch fand am späten Vormittag im Kreise der Kollegen statt. Eigentlich hätte Patrick sich freuen sollen, aber er kam zu seiner Feier mit gemischten Gefühlen. Begonnen hatte es vor einer Woche, als der Institutsleiter ihm klargemacht hatte, dass er als Privatdozent streng genommen nicht Teil des Instituts sei, und dass die Feier daher besser nicht in den Institutsräumen stattfinden sollte. Das sei nur ein Hinweis, kein Verbot. So waren sie in ein Restaurant in der Rothenbaumchaussee ausgewichen. Die Atmosphäre in dem Lokal war viel netter als im Geomatikum, aber die Ausgrenzung hatte ihn getroffen. Patrick war klar, dass er im Institut nicht nur Freunde hatte.

Gero klopfte ihm auf die Schulter. »Das Buch sieht wirklich großartig aus«, sagte er.

»Danke«, sagte Patrick trocken. Auf den Inhalt kam es an. Das Aussehen des Buches spielte keine große Rolle.

»Ich habe mir das Buch heute Morgen einmal gründlich angesehen«, behauptete Eckhard. Er hielt ein Glas Sekt in der Hand. »Es ist ausgezeichnet. Wirklich ausgezeichnet.«

Patrick nickte. Es war ganz offensichtlich unmöglich, sich ein Buch von über 300 Seiten an einem Vormittag gründlich anzusehen. Und so war es auch nicht besonders überraschend, dass der Kollege den Tippfehler auf

Seite 217 nicht bemerkt hatte, der Patrick beim ersten Aufschlagen des fertigen Buches sofort ins Auge gesprungen war. *Anthropozehn* stand da. Peinlich.

Patrick nahm noch einen Schluck Sekt.

»Haben Sie diese witzige Bemerkung auf Twitter gesehen?«, fragte Annabell, die Sekretärin.

Gero grinste.

»Twitter soll umbenannt werden«, sagte Professor Friese. »Das habe ich jedenfalls gelesen. Vielleicht wird der alte Twitter-Kram dann einfach gelöscht.«

Patrick schüttelte den Kopf. »Was steht auf Twitter?«

»Na ja, dass eben dieses neue Buch über das Anthropozän erschienen ist, und dass es bemerkenswert sei, dass die Bedeutung der ganzen Menschheit ausgerechnet von einem Verwandten des letzten Leiters des Konzentrationslagers Neuengamme bewertet würde. Pauly sei seinerzeit für seine Verbrechen hingerichtet worden.«

Patrick wurde rot. Das war ungeheuerlich.

»Stimmt das denn?«, wollte Annabell wissen.

»Quatsch«, behauptete Patrick. »Ich bin nicht mit diesem KZ-Menschen verwandt. Soweit ich weiß«, fügte er hinzu. Falls sie doch auf irgendeine Weise verwandt waren, würde sich das nicht ohne weiteres nachweisen lassen. Aber jedenfalls führte die unschuldige Bemerkung der Sekretärin dazu, dass für ihn die Feier restlos verdorben war.

»Hätten Sie nicht einfach Ihren Namen ändern lassen können?«

»Ja, das hätte ich wahrscheinlich«, sagte Patrick verärgert. »Aber es ist mein Name, mit dem bin ich geboren, und was andere Menschen mit einem gleichen oder ähnlichen Namen im Laufe der Geschichte angestellt haben, das ist mir egal. Ich bin Patrick Pauli, und dabei bleibt es.«

Köhler sagte: »Entschuldigen sie, Annabell, darf ich Ihnen Dr. Pauli mal einen Moment entführen?«

»Selbstverständlich.«

Köhler wartete, bis Annabell außer Hörweite war. Dann sagte er: »Ärgerlich, diese Geschichte mit dem Kommentar bei Twitter. Das grenzt an Verleumdung. Werden Sie juristisch dagegen vorgehen?«

Patrick zuckte mit den Achseln. »Was bringt das? Das einzige Ergebnis wird doch sein, dass noch mehr Leute von dieser lächerlichen Anschuldigung erfahren.«

»Vielleicht ja, vielleicht nein. Wenn Sie juristisch vorgehen, dann wird dadurch jedenfalls sehr deutlich, dass Sie sich von diesem Onkel distanzieren.«

»Das ist nicht mein Onkel. Wenn überhaupt, dann kann es allenfalls irgendein Großonkel oder Urgroßonkel sein, von dem ich bisher nichts gewusst habe. Wenn er überhaupt existiert. Der Name ist nicht identisch. Wahrscheinlich sind wir überhaupt nicht miteinander verwandt.«

»Da wäre ich mir nicht so sicher. Man glaubt meistens, dass die Familiennamen seit undenklichen Zeiten unverändert geblieben sind. Mindestens seit dem Mittelalter. Das stimmt aber nicht. In Wirklichkeit sind die Namen im Deutschen Reich erst nach Einführung der Standesämter ab 1875 festgeschrieben. Und der Unterschied zwischen Pauly und Pauli ist damit so gut wie gar nicht existent.«

Patrick ärgerte sich. »Was wollen Sie eigentlich damit sagen?«

»Lieber Herr Dr. Pauli, wir alle wissen natürlich, dass ein Wissenschaftler, um wirklich forschen zu können, eine feste Stelle braucht. Sie haben sich habilitiert, sind also wissenschaftlich sehr gut etabliert, und Sie sind deshalb ja auch als Privatdozent an der Universität Hamburg tätig. Das heißt, Sie sind zwar zur Lehre verpflichtet, aber Sie bekommen kein Geld dafür. Das bedauern wir alle zutiefst, und Sie können mir glauben, dass wir uns Gedanken darüber gemacht haben, wie wir diesen Zustand ändern können.«

Patrick nickte.

»Durch den überraschenden Tod unseres Kollegen Zindler ist jetzt eine Professorenstelle freigeworden. Und wir denken alle, dass Sie sich auf diese Stelle bewerben werden, und dass Sie auch eine gute Chance haben, die Stelle tatsächlich zu bekommen. Aber, wie Sie ja wissen, muss eine Professorenstelle ausgeschrieben werden, und bis zur tatsächlichen Berufung vergehen normalerweise ungefähr zwei Jahre. Für diese Zeit wird man eine Vertretungsprofessur einrichten müssen, und dafür wären Sie eigentlich genau der richtige Mann.«

»Aber?«

»Ja, Sie haben recht, leider gibt es ein ‚aber‘. Es wäre sehr unglücklich, wenn wir übereilt vorgehen. Es sollte zunächst einmal eindeutig geklärt werden, dass Sie mit dem Nationalsozialismus absolut nichts zu tun haben …«

»Sie verlangen eine Art Ariernachweis von mir?«, unterbrach ihn Patrick.

Köhler schüttelte den Kopf. »Ganz und gar nicht. Aber Sie wissen so gut wie ich, dass eine derartige Untersuchung der Verwandtschaftsverhältnisse einfach Zeit kostet. Der Lehrbetrieb muss aber weitergehen. Und leider müssen wir davon ausgehen, dass eine Klärung dieses Vorwurfes durch unabhängige Gutachter nicht innerhalb von zwei Monaten erfolgen kann. Deshalb sieht es nach dem gegenwärtigen Kenntnisstand so aus, dass Sie sich zwar auf die Vertretungsprofessur bewerben können, dass wir uns aber wahrscheinlich für einen anderen Bewerber entscheiden werden. Das ist natürlich keine endgültige Entscheidung. Eine Vertretungsprofessur ist, wie der Name ja sagt, eben einfach nur die Vakanz-Vertretung für einen Professor. Damit wird das Ergebnis der endgültigen Berufung in keiner Weise vorweggenommen.«

Patrick schüttelte den Kopf.

»Nun gucken Sie mich nicht so traurig an, Dr. Pauli. Sie wissen genauso gut wie ich, dass die Geschichte unserer Universität nicht vollkommen fleckenlos ist. So wird zum Beispiel immer wieder darauf hingewiesen, dass sich die Hamburger Universität aus dem Kolonialinstitut entwickelt hat. Und während des Dritten Reiches gab es bei uns – wie an vielen anderen Orten auch – eine ganze Reihe von schwarzen Schafen, so dass wir heute alles vermeiden müssen, was auch nur den geringsten Anhalt dafür liefern könnte, dass wir diese finsteren Zeiten noch immer nicht überwunden haben.«

»Danke für diesen Hinweis«, murmelte Patrick. Das war ein schwerer Schlag. Er hatte relativ fest damit gerechnet, zumindest für die Vertretungsprofessur sehr ernsthaft in Erwägung gezogen zu werden. Damit hätte er mindestens für zwei Jahre ein sicheres Einkommen gehabt. Nun war wieder alles offen. Und da war ja auch immer noch der andere Privatdozent. Dr. habil Oliver Trettel. Er tauchte selten im Institut auf, und niemand nahm ihn besonders ernst. Aber er war inzwischen gut 50 Jahre alt und noch immer ohne feste Anstellung. Eine Vertretungsprofessur würde ihn aufwerten. Es war eine Gelegenheit, allen zeigen zu können, was wirklich in ihm steckte. Patrick ahnte auch so, was in Oliver Trettel steckte, nämlich nichts.

Er nahm sich noch ein Glas Sekt.

Annabell ließ sich nicht so leicht entmutigen. »Ich habe mich vorhin schlau gemacht«, sagte sie. »Also dieser Pauly, der das KZ Neuengamme geleitet hat, dieser Max Pauly, der ist 1907 in Wesselburen geboren worden, er ist nach dem Krieg vor ein britisches Militärgericht gestellt und 1946 gehenkt worden. Wegen seiner Grausamkeit.«

Patrick war peinlich berührt. »Das ist sehr nett, dass Sie sich darum kümmern«, sagte er.

»Sein Vater hatte einen Laden für Haushaltswaren, auch in Wesselburen. Und der ist, wenn ich das richtig verstanden habe, 1936 gestorben.«

»Ja.« Patrick wusste nicht, was er mit dieser Information anfangen sollte.

»Sie selbst dagegen, Herr Dr. Pauli, Sie sind doch erst 1988 geboren. Hier in Hamburg. Und ihr Vater ...«

»Mein Vater war bei meiner Geburt schon relativ alt. 44 Jahre. Und er hatte keine Geschwister. Ich selbst übrigens auch nicht.«

»Ja. Und jetzt kommt der springende Punkt. Wenn dieser SS Mann, dieser Max Pauly, ihr Großonkel gewesen sein soll, dann muss er doch ein Bruder ihres Großvaters gewesen sein. Und ihr Großvater ist, wenn ich das richtig nachgeschlagen habe, 1924 geboren, als das älteste von drei Kindern.«

»In Schlesien, ja.« Stand das alles in der Personalakte? Offenbar.

»Die Geschwister Ihres Großvaters, das waren zwei Mädchen. Das haben Sie früher mal erzählt auf einer unserer Barbara-Feiern. Und das bedeutet ...«

»Moment mal«, warf Patrick ein. »Das bedeutet vermutlich gar nichts. Sie vergessen die Geschwister meiner Großmutter. Und die hatte drei Brüder.«

»Die spielen überhaupt keine Rolle, Herr Dr. Pauli. Die Geschwister Ihrer Großmutter hießen jedenfalls nicht Pauli.«

Patrick nickte. »Ja, das stimmt.«

»Und damit ist völlig klar, dass dieser Vorwurf, der da in dieser blödsinnigen Notiz im Internet erhoben worden ist, dass der einfach nur aus der Luft gegriffen ist.«

»Liebe Annabell«, sagte Patrick. »Danke, dass Sie sich solche Mühe gegeben haben. Aber das ändert überhaupt nichts. Diese Behauptung lässt sich nicht zurücknehmen. Sie ist einfach da, und viele Leute haben sie gelesen und möglicherweise auch geglaubt. Und wenn ich jetzt nachweise, dass der Max Pauly nicht mein Großonkel gewesen sein kann, dann war er vielleicht sonst irgendein entfernter Verwandter, von dem ich bisher nichts gewusst habe.«

»Wollen Sie denn nicht gerichtlich gegen diese Verleumdung vorgehen?«

»Nein.«

Annabell schüttelte den Kopf. »Ich würde mir so etwas nicht gefallen lassen«, sagte sie. »Und Sie sollten Ihren Namen ändern lassen. Das hätten Sie schon längst tun sollen. Dann wäre das alles nicht passiert.«

* * *

Patrick hatte es den Appetit verschlagen. Statt im Anschluss an den Empfang in die Mensa zu gehen, war er mit Sylvia in den Innocentia-Park geflüchtet, direkt hinter den Grindel-Hochhäusern. Den kannte Sylvia noch gar nicht. Hier gab es nichts zu Essen. Sylvia knurrte der Magen. Patrick bemerkte es nicht. Der Innocentia-Park war ein sehr kleiner Park mit einer zentralen Liegewiese. Aber Patrick wollte nicht in der Sonne liegen. Sylvia und er umrundeten die Wiese auf dem Wanderweg, dessen Oval überwiegend im Schatten lag.

Sylvia lachte, als Patrick ihr von dem sonderbaren Vorschlag der Sekretärin berichtete. »Nicht Pauli? Wie hättest du dich denn sonst nennen sollen? HSV vielleicht?«

Patrick lachte nicht mit. »Das ist kein Scherz«, sagte er. »Der Lagerleiter vom KZ Neuengamme hieß Pauly. Mit Y statt mit I, aber das spielt keine Rolle. Wir sind möglicherweise trotzdem um mehrere Ecken miteinander verwandt.«

»Wo ist das Problem?«, fragte Sylvia. »Ihr habt nichts miteinander zu tun und fertig.«

»Ja, natürlich«, sagte Patrick. Er seufzte. »Du weißt ja, dass ich als Privatdozent zwar zur Lehre verpflichtet bin, aber ich habe kein eigenes Einkommen. Und bisher ist es einfach so, dass Michelle mich finanziert.«

»Ach du Scheiße!« Sylvia überlegte. »Ja, das hast du gesagt, dass sie dir Geld gibt. Das habe ich vergessen. Es tut mir leid, dass ich mich so wie ein Trampeltier benommen hab. Ich hab doch überhaupt nicht gewusst, wie wichtig diese Frau für dich ist. Wenn ich mich jetzt in Zukunft zusammennehme und ganz, ganz lieb zu ihr bin, glaubst du ...?

Patrick schüttelte den Kopf. »Dazu ist es zu spät. Du hast sehr deutlich gemacht, dass du sie nicht ausstehen kannst, und das lässt sich nicht einfach zurücknehmen. Und natürlich gefällt es ihr überhaupt nicht, dass du jetzt bei mir wohnst.«

»Ich ziehe sofort aus, wenn du das möchtest!«

»Nein, das möchte ich nicht. Auf keinen Fall. – Ich möchte, dass wir zusammen bleiben.«

»Das wäre schön.« Sylvia lächelte traurig. »Aber ich hab ja auch kein Geld. Ich kann arbeiten. Natürlich kann ich irgendwo arbeiten. Aber ich glaube nicht, dass ich so viel verdienen kann, dass es für uns beide zum Leben reicht.«

Patrick lachte »Du bist süß!«, sagte er. »Aber die Hauptsache ist zunächst einmal, dass du in Sicherheit bist. Alles andere kommt später.«

Sie waren jetzt bei der dritten Runde um den Park. Sylvia fragte: »Warum heißt der Park eigentlich Innocentia-Park? Park der Unschuld?«

»Nach irgendeinem Papst, glaube ich.«

»Komisch, dass man im protestantischen Hamburg einen Park nach einem Papst benannt hat. – Ich hätte gedacht, dass hier wahrscheinlich manche Jungfrau ihre Unschuld verloren hat.«

»Möglich.« Patrick kannte nur eine Jungfrau, die hier ihre Unschuld verloren hatte. Das war Michelle gewesen, aber das war lange her.

* * *

»Hallo, Herr Professor!« Das sollte wohl witzig klingen. Michelle war angeblich zufällig auf einen Sprung vorbeigekommen. »Darf ich reinkommen?«

»Bitte«, sagte Patrick. Das hatte ihm gerade noch gefehlt. Sie gingen ins Wohnzimmer.

Michelle schnupperte. »Bist du noch immer mit diesem Straßenköter zusammen?«

»Falls du Sylvia meinst: ja, ich bin noch immer mit ihr zusammen. – Ich weiß, dass dir das nicht gefällt. Das muss ich akzeptieren. Aber ich würde mich freuen, wenn du jedenfalls diese unsachlichen Bemerkungen unterlassen könntest.«

Michelle zog die Augenbrauen hoch. »Unsachlich? – Gut, ich will das jetzt nicht weiter diskutieren. Du magst sie, das habe ich inzwischen begriffen. Aber sieh dir das Mädchen doch einmal an. Wie sie sich kleidet, wie sie sich gibt, wie sie redet. Sie kommt aus einer anderen Welt. Du bildest dir ein, dass sich diese Unterschiede zwischen euch beiden überbrücken lassen. Irgendwie. Aber das wird dir nicht gelingen. Das kann dir nicht gelingen. Und das weißt du auch. Aber du willst es einfach nicht einsehen.«

Patrick schwieg. Was hätte er sagen soll? Deine Beiträge zur Lebenshilfe sind äußerst unwillkommen? Er sah keinen Sinn darin, den Konflikt mit Michelle weiter auszuweiten.

Michelle schüttelte den Kopf. »Du musst tun, was du für richtig hältst«, sagte sie. »Ich wünsche dir viel Glück.«

War das boshaft gemeint? Wahrscheinlich nicht. Eher resigniert. Patrick hatte das Gefühl, dass seine Freundin wirklich traurig war. Seine ehemalige Freundin. Und Michelle war mehr als einfach nur eine Freundin gewesen.

Patrick zögerte. »Vielleicht sollten wir noch einmal in Ruhe über alles reden«, schlug er vor.

Michelle sah ihn bekümmert an. »In gewisser Weise hast du Recht«, sagte sie. »Ich bin nicht nett gewesen zu dir und zu dieser Sylvia. Sie ist auch nicht nett gewesen zu mir, aber das gibt mir natürlich nicht das Recht, in dieser Weise über sie herzuziehen. Dafür möchte ich mich entschuldigen.«

»Du brauchst dich nicht zu entschuldigen«, erwiderte Patrick.

»Doch, das muss ich. Und wenn du willst, dann gehe ich direkt zu ihr hin. Ist sie hier? Dann gehe ich direkt zu ihr hin und sage ihr, dass es mir leid tut. Alles, was ich zu ihr gesagt habe.«

Patrick schüttelte den Kopf. »Sie ist nicht hier.«

»Es tut mir wirklich leid«, sagte Michelle. »Wahrscheinlich denkst du, dass ich eine ganz blöde Kuh bin. Und vielleicht bin ich das ja wirklich. Aber, weißt du, ich hatte mir das alles so schön ausgemalt mit uns beiden. Dass wir zusammenbleiben, dass wir heiraten, das wir schöne Reisen machen. In Gegenden, die wir beide gerne zusammen sehen würden. Ich weiß, du hast schon sehr viel mehr von der Welt gesehen als ich, aber es gibt doch wahrscheinlich immer noch Länder, in denen du auch noch nicht gewesen bist. Und traumhaft schöne Orte. Bali zum Beispiel. Was hältst du von einem Urlaub auf Bali?«

Patrick lächelte traurig. Bei dem Gedanken an Bali sah er zunächst einmal die Bilder von großartigen hinduistischen Einäscherungszeremonien vor sich. »Ich möchte nicht nach Bali«, sagte er. Als er das sagte, begriff er, dass diese Antwort zu viel offen ließ von Dingen, die jetzt eigentlich nicht mehr offen waren.

»Oder die Osterinsel?«

Nein, Patrick wollte auch nicht auf die Osterinsel. Er sagte: »Weißt du, Michelle, ich habe über unsere Beziehung nachgedacht. Und es gibt einfach Dinge, die wir beide völlig verschieden sehen. Es gibt Dinge, die wir gemeinsam ganz ähnlich sehen. Wir lesen gern Bücher, wir gehen gern ins Theater oder ins Kino. Aber was unsere künftige Familie angeht, da haben wir ganz unterschiedliche Ansichten. Ich möchte gern eine Familie haben mit drei oder vier Kindern ...«

»Und ein Kind?«, schlug Michelle vor. »Was hältst du von einem Kind?«

Patrick schüttelte den Kopf. Es tat ihm weh, aber er sah keine Möglichkeit, dass sie wieder zueinander finden könnten.

»Lass uns in Kontakt bleiben«, sagte er. »Lass uns Freunde bleiben.«

Michelle nickte. »Hat mein Zeug gepasst?«, fragte sie. Ihre Stimme zitterte leicht.

Patrick wurde rot. »Ich habe mich nicht einmal bedankt«, sagte er. »Du kannst es wieder zurückhaben. Sylvia hat inzwischen ...«

»Das hat keine Eile«, sagte Michelle.

* * *

Sebastian hatte Sylvia im Garten entdeckt. Er sah sofort, dass irgendetwas nicht stimmte. »Dicke Luft?«

»Ich geh nicht rein, solange die Kuh da ist.«

»Die Kuh? Meinst du Michelle?«

Sylvia nickte.

Sebastian schüttelte den Kopf. »Ich weiß, dass ihr spektakulär aufeinandergeprallt seid«, sagte er. »Das war sicher sehr unglücklich für beide Seiten. Und Patrick, der steht irgendwo zwischen euch. Er mag dich, aber er mag auch Michelle.«

Sylvia zuckte mit den Achseln.

»Er mag dich«, wiederholte Sebastian.

»Ja.«

»Wollt ihr heiraten?«

»Vielleicht.« Davon war bisher noch nie die Rede gewesen, aber Sylvia musste sich eingestehen, dass sie irgendwo im Grunde ihres Herzens schon an diese Möglichkeit gedacht hatte.

»Das wird lustig«, sagte Sebastian. »Eine Familie mit zwei, drei Kindern, und alle beklauen sich gegenseitig und schmeißen sich mit Steinen.«

Sylvia lachte. Eine Weile sagte keiner etwas. Schließlich schlug Sebastian vor: »Seychellen?«

»Inseln im Indischen Ozean«, antwortete Sylvia.

»Was ist damit?«

»Urlaub auf den Seychellen. Hättest du Lust?«

»Na klar.« Sylvia zögerte keinen Moment.

Sebastian sah sie prüfend an. War das jetzt ernst gemeint? Er sagte: »Patrick kann nicht weg, wegen der Uni. Das weißt du ja. Aber was hältst du davon, wenn wir zusammen auf die Seychellen fahren und warten, bis der Stress hier vorbei ist? Dort findet uns niemand.«

Sylvia sagte nichts. Sie malte mit einem Stock eine Insel in den Sand.

Sebastian griff sich auch einen Stock und malte kleine Palmen dazu. Dann sah er Sylvia fragend an.

»Ich hab kein Geld«, sagte sie.

»Ich könnte dich einladen.«

Sylvia schüttelte den Kopf. »Nein«, sagte sie. »Nein, das mache ich nicht.« Sie konnte nicht verhindern, dass ihre Stimme ein kleines bisschen traurig klang.

»Schade.«

Sylvia sah ihn spöttisch an. »Wahrscheinlich würde ich dich ohnehin nur beklauen und mit Steinen schmeißen.«

»Wahrscheinlich nicht.« Sebastian war sich sicher, dass er mit Sylvia besser zurechtkommen würde als Patrick Pauli. Der gehörte viel eher zu Michelle als zu diesem wilden Mädchen.

»Und was würdest du tun, wenn ich nun doch mit Steinen schmeiße?«

»Ich würde dich übers Knie legen und dir den Hintern versohlen«, sagte Sebastian.

Sylvia überlegte. Sie war sich ziemlich sicher, dass er genau das tun würde. Aber sie war sich genauso sicher, dass er ihr nicht wirklich weh tun würde. Es könnte nett sein, sich von Sebastian den Hintern versohlen zu lassen. »Das können wir gern ausprobieren«, sagte sie. »Dazu brauchen wir gar nicht erst auf die Seychellen zu fahren.« Sie sah sich suchend um, aber in Patricks Garten gab es keinen geeigneten Stein. »Nimm einfach an, dass ich jetzt einen schönen, großen Stein in der Hand hätte und dich damit schmeißen würde«, sagte sie.

Sebastian packte sie bei den Händen. »Halt auf!«, sagte er. »Das können wir nicht machen.«

»Es wäre doch nur Spaß!«

»Nein«, widersprach Sebastian. »Es wäre viel mehr als einfach nur ein Spaß. Und wir müssten uns beide sehr sicher sein, dass wir das wirklich wollen.«

Pilze

Der Mittwoch begann mit einer Katastrophe. Das Universitätskrankenhaus rief an. Sylvias Mutter war mit einer schweren Pilzvergiftung eingeliefert worden. Wahrscheinlich Knollenblätterpilze. Es bestand Lebensgefahr. Im Augenblick könne sie keinen Besuch empfangen. Heute Nachmittag vielleicht.

»Ich komme«, sagte Sylvia. »Ich komme auf jeden Fall.«

»Was ist passiert?«, fragte Patrick alarmiert.

»Pilzvergiftung«, sagte Sylvia knapp. Sie öffnete das Notebook und schlug nach, was man zu diesem Thema wissen konnte. »Die Vergiftung macht sich erst nach sechs bis zwölf Stunden bemerkbar. Gestern Abend ist sie ins Krankenhaus gekommen. Das heißt, die Pilze, die du gesehen hast, das waren wahrscheinlich genau diese Pilze ...«

»Mein Gott«, sagte Patrick, »Als ich deine Mutter besucht habe, da standen die Pilze einfach in einem Körbchen vor der Tür. Ich habe mir nichts dabei gedacht. Aber ich hatte schon das Gefühl, dass auch Champignons dabei waren.«

»Wann ist das gewesen? Montag?«

»Montag«, bestätigte Patrick. »Montagvormittag.«

»Sechsunddreißig Stunden. Mindestens. Das ist zu lange. Das geht schief.« Sylvia überprüfte im Internet, was sie im Prinzip ohnehin wusste. Knollenblätterpilze waren tödlich. Man hatte nur eine Chance, wenn man bei den ersten Anzeichen der Vergiftung behandelt wurde. »Es ist gut, dass sie jedenfalls jetzt im Krankenhaus ist«, sagte Patrick.

»Ja, die tun alles, was sie tun können. Sie haben es mir erzählt. Erst mal alle Pilzreste aus dem Körper entfernen. Magenspülung. Dann mit hoch dosierter Kohle das Gift im Körper binden, dann mit einem Gegengift das Eindringen des Pilzgiftes in die Leber verhindern, soweit das möglich ist. Die Ärzte sagen, wahrscheinlich sei sie gerade noch rechtzeitig ins Krankenhaus gekommen. Wahrscheinlich. Aber sicher sind sie sich nicht. Gut ist jedenfalls, dass sie gleich den Verdacht gehabt hat, dass es sich um eine Pilzvergiftung handelt. Die Ärzte haben gesagt, früher ist bei einer Vergiftung mit Knollenblätterpilzen jeder Zweite gestorben. Heute ist es nur noch jeder Dritte.«

»Ich drück ihr die Daumen«, sagte Patrick.

»Das ist lieb von dir. Ach, Patrick, ich wünschte, sie wäre nicht so naiv. Sie hat geglaubt, um Giftpilze zu erkennen, müsste man einfach nur einen silbernen Löffel mit in den Kochtopf tun. Und wenn der Löffel beim Kochen schwarz würde, dann seien die Pilze giftig. Meine arme, liebe, dumme Mama.«

»Hat sie das immer gemacht?«

»Nein, nicht immer. Wahrscheinlich hat sie selbst nicht daran geglaubt.«

Patrick seufzte. »Ich hätte es ihr sagen sollen«, sagte er. »Ich hätte es ihr sagen sollen, dass man einfach keine Pilze essen sollte, die man nicht selbst gesammelt hat. Und dass man keine Pilze sammeln sollte, wenn man nicht weiß, welche essbar sind und welche nicht.«

»Sie hätte dich ausgelacht. Und bis jetzt ist ja auch immer alles gut gegangen, und unsere Nachbarin kennt sich wirklich aus mit Pilzen.«

»Hat sie denn dieselben Pilze gegessen, die deine Mutter gekocht hat?«

Sylvia nickte. »Sie war diejenige, die den Notarzt angerufen hat. Und das ist eben das völlig Unbegreifliche. Sie hat dieselben Pilze gegessen, und sie ist nicht krank geworden. Und sie schwört Stein und Bein, dass sie keine Knollenblätterpilze gesammelt hat, und auch keine Pilze, die sie für Champignons gehalten hat. Da, wo sie normalerweise sammelt, da wachsen keine Champignons.«

»Unfassbar«, murmelte Patrick. »Was ist mit dem kleinen Mädchen?«

»Sina hat zum Glück kein Gift abbekommen. Sie mag keine Pilze.«

Patrick überlegte. »Wenn die Nachbarin sich absolut sicher ist, dass sie keine giftigen Pilze gesammelt und deiner Mutter vor die Tür gestellt hat, dann gibt es eigentlich nur eine Möglichkeit: ein anderer hat die Giftpilze dazugelegt. Jemand, der gewusst hat, dass deine Mutter ihn vor Gericht stellen kann, wenn sie nur den Mund aufmacht.«

»Vielleicht macht sie nie wieder den Mund auf«, sagte Sylvia bitter.

* * *

Gegen Mittag rief Sylvia erneut im Krankenhaus an. »Es sieht so aus, als hätte sie noch eine kleine Chance.« Eine sehr kleine Chance, hatten sie gesagt. Aber eine sehr kleine Chance war eine Chance, oder?

»Darfst du zu ihr?«

Sylvia nickte.

»Ich fahr dich hin«, sagte Patrick.

»Ich möchte allein hin«.

»Dann nimm bitte ein Taxi!«

* * *

Sylvia war erschrocken, wie ihre Mutter aussah. Sie nahm sich zusammen. »Was machst du für Sachen, Mama?«

»Ach, Sylvia, du kannst dir gar nicht vorstellen, wie furchtbar das ist. Die Schmerzen – einfach mörderisch. Sie haben mich mit Blaulicht ins Krankenhaus gebracht. Und was sie dann alles mit mir gemacht haben, das kannst du dir gar nicht vorstellen.«

»Nein.« Der Arzt hatte Sylvia am Telefon ziemlich genau erklärt, was sie gemacht hatten.

»Knollenblätterpilze«, sagte Gesine Schröder. »Sie haben gesagt, das seien grüne Knollenblätterpilze gewesen. Aber da waren keine Knollen, das hätte ich doch gemerkt, als ich sie zubereitet habe. Und grün waren sie auch nicht.«

»Sie sind oft fast weiß«, wusste Sylvia.

»Ich habe wirre Träume gehabt, Sylvia. Ganz wirre Träume. Alexander Stubbe ist darin vorgekommen. Dabei habe ich den doch jahrelang nicht gesehen. Er wollte irgendetwas von mir. Ich hab nicht verstanden, was er wollte. Aber es war ganz wichtig, glaube ich.«
»Das sind Halluzinationen. Viele Pilze enthalten solche Substanzen, durch die man wirre Träume bekommt.«
»Ja, mag sein. – Ich hab noch nie wirre Träume gehabt, wenn ich Pilze gegessen hab. Und Durchfall. Und gekotzt hab ich auch. Und dann auf einmal ging es mir wieder besser.«
»Aber zum Glück hast du dennoch den Rettungsdienst angerufen.«
»Ja. – Nein. Nein, das hab ich nicht getan. Das war nur wegen Sina. Sina ist gekommen, um bei mir zu spielen. Und dann hat sie den Gestank gerochen und die Kotze gesehen, ich war ja zu schlapp, um das wegzuwischen, und dann hat sie ihre Mama geholt, und die hat den Notarzt angerufen. Ich hab das gar nicht gewollt. So ein Aufstand, hab ich gesagt. Und was soll das alles kosten? Aber sie hat sich nicht beirren lassen.«
Nach dieser langen Rede hielt Gesine Schröder erschöpft inne. Sylvia sah ihre Mutter besorgt an. Der Arzt hatte ihr gesagt, dass der Notarzt leider erst sehr spät gerufen worden sei. Sie würden tun, was sie konnten. Aber Wunder konnten sie nicht. »Bleib am Leben, Mama«, sagte Sylvia.
»Ja. – Ich versuche es. – Ja, vielleicht bleibe ich am Leben.«
Sylvia nahm ihre Hand und drückte sie ganz fest.

»Sylvia, ich hab eine Bitte«, sagte ihre Mama. »Die Kalender – du weißt doch, dass ich auf diesen Kalendern immer alles eingetragen hab, was wir erlebt haben. Sie liegen in der Küche. Kannst du – kannst du die bitte für mich holen?«

»Die Kalender?« Sylvia begriff nicht, was ihre Mutter damit wollte. »Willst du die hier haben? Hier im Krankenhaus?«

Gesine Schröder schüttelte den Kopf. »Nein. Ich will, dass du diese Kalender nimmst, und dass du sie bei dir aufbewahrst. Verstehst du?«

»Ja.« Sylvia verstand nicht, was das sollte, aber wenn es ihrer Mutter wichtig war, dann würde sie es für sie tun.

»Das ist lieb von dir, Sylvia. Du bist solch ein Schatz ...«

Sylvia schüttelte den Kopf. »Ich bin kein Schatz, Mama. Ich hab dich beklaut und ich hab dich belogen.«

»Das ist unwichtig. Du hast getan, was du tun musstest.«

Sylvia hatte nicht getan, was sie tun musste. »Es tut mir leid ...«

Gesine Schröder schüttelte den Kopf. Sie lächelte. Sie sah Sylvia nicht an dabei, sondern sah irgendetwas, was außer ihr niemand sehen konnte. Und plötzlich wusste Sylvia, dass Mama sterben würde.

* * *

Sylvia hatte sich auf den Weg zur Geraden Straße gemacht. Sie war noch immer wie im Trance. Erst als sie vor der Wohnungstür stand, begriff sie, dass sie ja gar keinen Schlüssel hatte. Alles ging schief. Sie schlug mit der Faust gegen die Tür.

Die Tür der Nachbarin ging auf, und Sina guckte heraus. »Hallo Sylvia, was machst du für einen Krach?«

»Ist deine Oma da?«, fragte Sylvia.

Sina schüttelte den Kopf.

»Bist du ganz allein zu Hause?«

»Ja. Oma ist doch bei der Arbeit. Und die Tante Gesine, wo ich sonst bin, die ist doch noch im Krankenhaus. Weißt du, wann sie wieder nach Hause kommt?«

»Bald«, sagte Sylvia. »Hoffentlich bald. – Sag mal, habt ihr vielleicht einen Schlüssel für die Wohnung von Tante Gesine? Ich hab meinen zu Hause vergessen.«

Sina nickte. Sie holte den Schlüssel. Und sie kam mit, als Sylvia aufschloss und in die Wohnung ging. Die Nachbarin hatte alles aufgewischt, aber es roch noch immer etwas streng. Kurz entschlossen öffnete Sylvia das Fenster.

Und jetzt?

Sylvia hatte keine Ahnung, wo ihre Mutter die Kalender aufbewahrte. Sie fragte Sina.

»Diese langen Zettel, wo Tante Gesine immer drauf schreibt, wann der Müll abgeholt wird? Die liegen auf dem Küchenschrank.«

»Meine Mama hat gesagt, dass ich sie holen soll«, erläuterte Sylvia.

Die Kalender waren nicht zu sehen. Sylvia stieg auf einen Stuhl, und dann sah sie sie. Es waren zwölf Stück. Zwölf Jahre. Alle klebrig. Das Bratfett war vom Herd bis hier oben gespritzt. Sie warf einen Blick auf die aktuelle Ausgabe. Ja, die Einträge waren auf dem neuesten Stand. Morgen sollte die graue Tonne rausgestellt werden. Sylvia suchte und fand einen Einkaufsbeutel, in dem sie die Kalender verstauen konnte. Dann wandte sie sich zum Gehen.

»Das Fenster!«, sagte Sina.

»Danke. Prima, dass du so gut aufpasst!« Sylvia machte das Fenster zu.

* * *

Nimm ein Taxi, hatte Patrick gesagt. Hier gab es kein Taxi. Sylvia musste zum Bahnhof Harburg, dort standen immer welche. Die Gerade Straße war eine Einbahnstraße. Eine Hälfte war abgetrennt für Parkplätze, und es gab nur eine Fahrspur. Das mittlere Stück der Straße, wo links der Spielplatz lag, war überhaupt völlig für den Verkehr gesperrt. Dort kam ihr ein Mann entgegen. Er sah sie an. Plötzlich begriff Sylvia, dass sie den Mann kannte. Es war Alexander Stubbe. Sylvia drehte sich um und rannte.

Schnell den Berg hinauf! Ein Blick zurück: Ja, Stubbe folgte ihr. Was jetzt? Einen kurzen Moment erwog sie, in das spanische Restaurant an der Ecke Maretstraße zu flüchten. Aber die Leute kannten sie nicht; sie war noch nie dort gewesen. Weiter. Sie war schneller als Stubbe. Er würde sie nicht einholen.

Sylvia lief die Gerade Straße bis zum Ende. Sie glaubte zu wissen, dass es hier einen Durchgang zum Mopsberg gab, aber das war nicht der Fall. Die Straße endete vor einem neuen Wohnblock. Links gab es eine kurze Stichstraße. Eine Treppe führte nach unten. Gut. Jetzt war Sylvia auf der Rückseite der Häuser der Hohen Straße. Rechts müsste man eigentlich – nein, es ging nicht. Der Weg endete vor der Umzäunung der Sporthalle. Der Zaun war zu hoch und zu solide. Hier kam sie nicht weiter. Zurück ging es auch nicht. Oben an der Treppe erschien jetzt Stubbe. Er sah sich suchend um. Die Hoftür des ersten Hauses. Natürlich verschlossen. Beim zweiten Haus dasselbe Ergebnis. Stubbe stieß einen Pfiff aus. Er hatte seine Beute entdeckt. Die dritte Tür war unverschlossen. Sylvia hastete den Flur entlang, die Treppe hoch, zur Haustür und dann nach draußen. Das war geschafft. Und Stubbe? Er kam ihr nicht nach. Plötzlich begriff Sylvia, dass er wahrscheinlich seinen Wagen holte. Welchen Weg nach Hause sie auch wählte, lange Stücke davon waren Straße. Wohin sie sich auch wendete, mit dem Auto hatte er bessere Möglichkeiten, sie aufzuspüren, zu jagen und schließlich zu fangen.

Aber noch war es nicht so weit. Von der Hohen Straße gab es einen Fußweg weiter nach oben, zu der Fußgängerbrücke in den Schulgarten. Links von diesem Pfad lag der Abenteuer-Spielplatz. So spät am Abend natürlich verschlossen. Kein Mensch zu sehen. Der Zaun war hoch, doch die Pforte ließe sich mühelos übersteigen. Aber was dann? Dann saß sie in der Falle. Nein, sie musste weiter.

Endlich der Schulgarten. Einzelne Spaziergänger. Kleine Gruppen von Jugendlichen, Ausländer zumeist. Sie lachten, als Sylvia an ihnen vorbeihastete. Ein freundliches Lachen. Keine Gefahr. Aber jetzt kam das schwierigste Stück. Sie musste wieder raus aus dem

Park, wenn sie nach Hause wollte. Zwei Ausgänge dicht nebeneinander. Aber an der Stelle, wo sie auf jeden Fall in die Bremer Straße einbiegen musste, stand Stubbe und wartete.

Er hatte sie noch nicht gesehen. Sylvia kehrte um. Hier lag der vernachlässigte Rand des Parks, in dem Wohnungslose hofften, eine ruhige Nacht zu verbringen. Ein alter Mann saß hinter einer Hecke. Als er Sylvia sah, winkte er ihr zu. »Komm, setz dich zu mir!«

Sylvia schüttelte den Kopf.

»Hier sind wir im Windschutz, hier ist es warm. Und ich habe Schnaps dabei.«

Nein, danke. Sie wollte weiter, aber plötzlich hielt sie inne. Sie beugte sich zu dem Penner hinunter. »Glauben Sie an Gott?«

»Wieso?«

»Ich möchte, dass Sie für mich beten. Bitte. Meine Mama ist todkrank, aber wenn ich für sie bete, dann hilft das nicht. Ich glaube nicht an Gott.«

Der Mann seufzte. »Es hilft immer, wenn man betet.«

»Gut. Dann tun wir es zusammen, ja?«

Sylvia setzte sich neben den Alten, und gemeinsam beteten sie für Gesine Schröder. Als sie fertig waren, stand Sylvia auf und griff in ihre Tasche. Sie wusste, was sie finden würde. Siebzehn Euro und achtzig Cent. Das Wechselgeld, das sie von dem Taxifahrer bekommen hatte. »Hier«, sagte sie. »Mehr hab ich nicht.«

Der Mann zögerte, dann schüttelte er den Kopf. »Behalt dein Geld«, sagte er. »Trink lieber einen Schnaps. Den brauchst du jetzt. Wenn das Beten nicht hilft – der Schnaps hilft immer.«

Sylvia schüttelte den Kopf, aber sie nahm den Schnaps trotzdem. »Danke«, sagte sie.

* * *

Sylvia begriff, dass es keinen sicheren Weg nach Hause gab. Sie würde draußen übernachten müssen. Aber auch der Schulgarten war nicht sicher; er war als Park natürlich nach allen Seiten offen. Was jetzt? Im unteren Hangbereich gab es ein eingezäuntes Gelände, das vom Grünamt als Abstellplatz für alles Mögliche genutzt wurde. Sylvia spähte durch den Zaun. Ein defektes Ruderboot lag auf der Seite. Ein alter, kaputter Bauwagen stand im Hintergrund. Wer brauchte noch einen kaputten Bauwagen? Das war ein idealer Schlafplatz. Und sehr sicher obendrein.

Das Gelände war von einem mannshohen Zaun umgeben, die Zufahrt durch eine äußerst massive Pforte versperrt. Die war zusätzlich durch eine Kette mit Vorhängeschloss gesichert. Jemand hatte sich damit nicht abfinden wollen; er hatte es geschafft, die beiden Türflügel so zu verbiegen, dass man sich durch die Lücke hindurchzwängen konnte. Wenn man so schlank war wie Sylvia jedenfalls. Stubbe hätte keine Chance. Noch ein rascher Blick zurück. Stubbe war nicht in Sicht. Sylvia schlüpfte durch die Lücke. Sie war in Sicherheit. Vorerst jedenfalls.

* * *

Patrick ging in seinem Wohnzimmer auf und ab. Er hätte Sylvia nicht allein fahren lassen dürfen. Irgendetwas war schiefgegangen. Ein Anruf in der Klinik brachte keine Klarheit. Sylvia war da gewesen, aber inzwischen längst wieder weg. Ihre Mutter schlief.

Patricks hatte im Internet recherchiert. Seine berufliche Zukunft schien nicht mehr ganz so beunruhigend, wie er zunächst gedacht hatte. Fest stand, dass er mit 35 noch verbeamtet werden konnte. Das ging bis 39. Was nicht fest stand, das war, ob er ohne Weiteres als Lehrer eingestellt werden könnte. Er hatte zwar seit inzwischen acht Jahren regelmäßig an der Universität unterrichtet, aber natürlich keine 28 Stunden pro Woche, und Studenten waren vermutlich leichter zu unterrichten als normale Schüler. Und er hatte kein Lehramtsstudium hinter sich. Als Quereinsteiger brauchte man das nicht unbedingt. Aber wahrscheinlich würde er sein Referendariat nachholen müssen. Vorbereitungsdienst hieß das jetzt. Anderthalb verschwendete Jahre, dachte Patrick. Andererseits ein sicheres Gehalt von 2.600 Euro. Brutto natürlich. So schlecht war das nicht.

Außerdem gab es natürlich immer noch die Möglichkeit, dass die Uni ihn trotzdem einstellen würde, trotz aller Vorbehalte. Aber der angebliche Großonkel war nicht das einzige Hindernis. Es gab noch einen anderen Punkt, den er bisher völlig außer Acht gelassen hatte. Das Anthropozän war nach Meinung vieler Kollegen kein zentrales Thema der Geologie. Eckart Ehlers, einer der führenden Köpfe, war zum Beispiel Wirtschaftsgeograph. ‚Fachliche Passfähigkeit‘, das gehörte zu den Auswahlkriterien für den Masterstudiengang. Das galt natürlich sinngemäß auch für die Berufung von Professoren.

Im Institut gab es ganz klar einen Schwerpunkt im Bereich der Mikropaläontologie. Molekulare Fossilien. Der Mensch war kein molekulares Fossil. Er war überhaupt kein Fossil. Die Menschheit lebte noch. Professor Zindler war hundertprozentig auf Patricks Seite gewesen. Aber Zindler war tot. Und die anderen? Professor Köhler zum Beispiel? Der hatte sich nie klar geäußert. Die Verleumdung – und anders konnte man diese Notiz auf Twitter ja wohl kaum bezeichnen – hatte ihn tief getroffen. Wer würde so etwas tun? Etwa auch dieser Stubbe? Nein, das war unsinnig. Es brachte ihm keinen Vorteil. Oliver Trettel vielleicht? Auch nicht besonders wahrscheinlich. Eher vielleicht einer seiner Studenten. Dieser große Blonde aus dem Fachschaftsrat. Wie hieß er doch noch gleich? Egal.

Plötzlich begriff Patrick, dass vorhin etwas Ungewöhnliches passiert war. Annabell hatte überraschend schnell alle Informationen beisammen, die sie brauchte, um ihn zu entlasten. Sicher, sie war gut darin, alles herauszubekommen, was sie wissen wollte, aber dies gestern Vormittag, das war kaum möglich, wenn sie nicht im voraus zumindest eine Ahnung gehabt hatte, was kommen würde. Er würde sie zur Rede stellen.

Sylvia meldete sich per Handy. Endlich!

»Wo steckst du?«

»Ich hab mich im Schulgarten versteckt. Alexander Stubbe war hinter mir her. Jetzt ist er wahrscheinlich weg. Kannst du mich bitte abholen?«

»Klar kann ich das. Wo soll ich dich einsammeln?«

»Am Marmstorfer Weg.« Sylvia beschrieb ihm die Stelle.

»Ich komme.« Patrick packte den Feuerhaken ein, um für eine erneute Begegnung mit Stubbe gerüstet zu sein. Aber Stubbe ließ sich nicht blicken.

Mord

Sie saßen beim Frühstück. Sylvia hatte wieder schlecht geträumt. Stubbe war erschienen, und er hatte höhnisch gelacht. »Deine Mutter stirbt«, hatte er gesagt. »Und du bist die Nächste!« Und dann hatte sie ihre Mutter sterben sehen, voller Schmerzen und so allein. Und Stubbe hatte weiter gelacht. Es war der fürchterlichste Traum, den sie bisher gehabt hatte.

Sylvia hatte verzweifelt geschrien, und Patrick war hingelaufen und hatte sie schließlich beruhigt. Sie hatte ihn festgehalten, und er war bei ihr im Bett geblieben. Erst als unten der Wecker läutete, war er ganz leise aufgestanden und hatte den Frühstückstisch aufgedeckt. Da rief das Krankenhaus an. Sylvias Mutter war in der Nacht gestorben.

Sylvia weinte.

Das Telefon klingelte erneut. Patrick hob den Hörer ab.

»Spreche ich mit Herrn Professor Pauli?«

»Am Apparat.« Patrick schaltete den Lautsprecher ein.

»Herr Professor, hier ist Alexander Stubbe.«

Patrick sah Sylvia an. Die nickte. Es war Stubbes Stimme.

»Herr Professor, Sie wundern sich wahrscheinlich,

dass ich bei Ihnen anrufe. Aber wir müssen miteinander reden.«

»Müssen wir?«

»Ja. Es gibt da ein kleines Problem. Die Sylvia, die ja wahrscheinlich bei Ihnen zu Gast ist, hat offenbar versehentlich bei ihrem letzten Besuch bei mir einen Laptop eingesteckt und mitgenommen. Den hätte ich gern zurück.«

»Davon weiß ich nichts«, behauptete Patrick.

»Fragen Sie sie einfach«, schlug Stubbe vor. »Ich denke, sie wird es nicht bestreiten.«

»Falls es wirklich so sein sollte, was erwarten Sie dann von mir?«

»Ich möchte, dass Sie mir den Laptop zurückgeben. Und zwar Sie persönlich, nicht Sylvia. Und auch nicht bei Ihnen zu Hause, sondern auf neutralem Boden. In Lüneburg.«

»Und wenn sie den Laptop nicht hat?«

»Dann ist es umso wichtiger, dass wir beide uns darüber unterhalten, was nun weiter geschehen soll. Der Laptop ist für Sie wertlos. Er enthält aber Daten, die für unseren Geschäftsbetrieb unverzichtbar sind. Es gibt natürlich eine Sicherheitskopie. Aber wie das immer so ist, die Kopie ist nicht auf dem neuesten Stand. Und wir brauchen alle Daten.«

»Was schlagen Sie vor?«

»Wir treffen uns auf dem Wasserturm in Lüneburg. Sie und ich. In genau zwei Stunden.«

»Ich werde da sein«, versicherte Patrick.

* * *

Kaum hatte Stubbe aufgelegt, wählte Patrick Dischlers Nummer. Er hörte das Freizeichen. Einmal – zweimal – zwanzigmal. Als er schon aufgeben wollte, meldete sich Dischler:»Was gibt's?«

Patrick schilderte dem Polizisten knapp, was Stubbe vorgeschlagen hatte.

»Das ist eine Falle«, sagte Dischler sofort.»Gehen Sie nicht hin.«

»Ich hatte eigentlich gedacht ...«

»Das geht nicht. Ich bin hier in einer Sitzung, ich kann nicht weg. Außerdem wäre ich in Niedersachsen natürlich sowieso nur eingeschränkt handlungsfähig. Lassen Sie den Termin verstreichen, tun Sie gar nichts.«

»Ich weiß nicht ...«

»Haben Sie mich verstanden, Dr. Pauli? Gehen Sie nicht nach Lüneburg. Gehen Sie überhaupt nirgendwo hin.«

Bevor Patrick irgendeine weitere Frage stellen konnte, hatte Dischler das Gespräch beendet.

»Und jetzt?«, fragte Sylvia.

»Komm mit, wir fahren nach Lüneburg.«

* * *

Der Wasserturm in Lüneburg. Ein Treffpunkt, der jedenfalls nicht zu verfehlen war. Patrick und Sylvia fuhren mit dem Fahrstuhl nach oben zur Ebene sechs; weiter reichte der Fahrstuhl nicht. Von dort führte eine Wendeltreppe zur Aussichtsplattform. Draußen wehte ein kühler Wind. Die Bewölkung hatte zugenommen, und Patrick zweifelte nicht daran, dass es sehr bald einen heftigen Schauer geben würde. Die Aussichtsplattform war leer. Nein, das stimmte nicht. Auf der anderen Seite stand ein älteres Ehepaar und blickte hinunter auf die Stadt.

»Wie Spielzeughäuser«, schwärmte der Mann.

Ja, die ganze Stadt sah aus wie eine Spielzeugstadt, besonders wenn man in Richtung Sand hinunterblickte. Wo war Stubbe? Hier war er jedenfalls nicht. Patrick war nervös. Dies war der naheliegendste Punkt, wenn man sich mit jemandem auf dem Wasserturm treffen wollte. Und nun war Stubbe nicht hier. Was bedeutete das? ,Das ist eine Falle!', hatte Dischler gesagt.

Sylvia studierte die kleinen Messingtafeln an den Wänden, auf denen sich Liebespaare verewigt hatten. Inzwischen war jeder nur halbwegs sinnvolle Platz mit solchen Tafeln bedeckt. Für weitere Liebe war fast kein Platz mehr.

»Wollen wir hier auch eine solche Tafel anbringen?«, fragte Sylvia. »Was hältst du davon?«

»Meinst du?« Patrick war überrascht.

»Wo kriegt man diese Tafeln?«

»Unten beim Eingang vielleicht«, murmelte Patrick. »Aber vielleicht bekommt man die nur, wenn man hier heiratet.«

»Heiraten? Warum nicht?«

Aber in diesem Moment fegte eine heftige Bö über den Turm und brachte die ersten schweren Regentropfen mit sich. Sie eilten zurück zur Tür, liefen die Treppe hinunter zur nächsten Ebene. Hier war niemand. Das Ehepaar dürfte inzwischen mit dem Fahrstuhl nach unten gefahren sein. Patrick warf einen flüchtigen Blick auf die Ausstellung. Wasser und Abwasser. Dafür interessierte sich Sylvia nicht.

»Komm, weiter!« Sie lief voraus, die metallene Wendeltreppe hinunter.

Sie stiegen jetzt ins Innere des historischen Wasserbehälters, der in geheimnisvolles blaues Licht getaucht war. Auch hier keine Spur von Stubbe.

»Guck mal!«, sagte Sylvia. Ihre Stimme hallte.

Außerhalb der Außenwand des Wasserbehälters gab es einen hölzernen Umlauf, und von dort aus führte eine Metallleiter nach unten. War dies ein Notausgang? Wahrscheinlich nicht. Er war jedenfalls nicht gekennzeichnet. Ein idealer Ort, an dem Stubbe sich hätte versteckt halten können. In dem riesigen Stahlbehälter hätte er freien Blick auf die Wendeltreppe. Und freies Schussfeld. Er könnte dort in aller Ruhe warten, bis derjenige, den er treffen wollte, die Treppe hinunterkam. Oder hinauf. Aber es gab so gut wie niemanden, der in dem Wasserturm nach oben stieg. Alle Besucher fuhren normalerweise mit dem Fahrstuhl nach oben und gingen dann zu Fuß runter.

Auch am Boden des Wasserbehälters war niemand. Auf der nächsten Ebene stand das Kunststoffrohr mit dem sogenannten Strudelmodul. Man konnte eine Kurbel drehen, das Wasser setzte sich in Bewegung, immer schneller, bis der Strudel den Boden des Rohres erreichte. Patrick war sich sicher gewesen, dass Sylvia sofort und ungestüm an der Kurbel drehen würde, aber dazu kam es nicht. Das Modul war außer Betrieb.

Patrick glaubte nicht mehr, dass Stubbe hier war. Auf der nächsten Ebene ging es um Nachhaltigkeit. Sauberes Wasser, Geschlechtergleichheit, keine Armut. Lauter schöne Ziele, lauter unerfüllbare Träume. Sylvia hatte keinen Blick für diese Träume; sie drängte nach unten.

Die Frau an der Kasse hielt die beiden auf. Sie sprach Patrick an. »Entschuldigen Sie, sind Sie vielleicht der Herr Professor Pauli?«

Patrick bestätigte, dass er Patrick Pauli sei.

»Dann habe ich eine Nachricht für Sie. Ein Mann hat eben hier angerufen und gesagt, dass er leider im Augenblick noch verhindert sei. Er schlägt vor, dass sie sich mit ihm stattdessen in einer halben Stunde in der Michaeliskirche treffen.«

»In Hamburg?«, fragte Sylvia.

Die Frau an der Kasse schüttelte den Kopf.

»Wann hat er angerufen?«

»Vor einer Viertelstunde etwa. – Sie sind nicht von hier, oder? Wissen Sie, wo die Michaeliskirche ist?«

Patrick nickte. »Einmal quer durch die Innenstadt«, sagte er. »Kurz vor dem Kalkberg.«

Er vergaß, nach den Messingschildern zu fragen. »Danke!«, sagte er stattdessen, und dann machten die beiden sich auf den Weg.

* * *

Die Kirche war geöffnet, was bei einer protestantischen Kirche in Norddeutschland keineswegs selbstverständlich war. Und es gab auch mehrere Besucher. Gleich am Eingang stand eine kleine Gruppe. Ein älterer Mann war gerade dabei, seinen Zuhörern die Geschichte der Kirche zu erklären.

»Eine Klosterkirche«, sagte er. »Die Michaeliskirche

war ursprünglich eine Klosterkirche. Sie musste gebaut werden, als die Bürger Lüneburgs das alte Kloster und die Burg auf dem Kalkberg zerstört hatten. Gegen Ende des 14. Jahrhunderts war das. Die Burg ist wenig später oben auf dem Berg wieder neu gebaut worden, aber das Kloster und die Kirche nicht. Die hat man an den Fuß des Berges verlagert.«

Der Mann war jedenfalls nicht der Immobilienhändler. Aber wo steckte Stubbe?

»Die Kirche ist eine dreistufige gotische Backstein-Hallenkirche ...«

Sylvia und Patrick gingen weiter in die Kirche hinein. Entlang der Außenwände gab es verschiedene Nischen, in denen Stubbe sich leicht hätte verbergen können, aber er war nicht dort. Dort war überhaupt niemand. Auch nicht hinter dem Altar.

» ... hatte anfangs drei separate Satteldächer über den Kirchenschiffen ...«

»Guck mal hier!«, rief Sylvia. »Hier kann man runtergehen.« Die Krypta. Zögernd stieg sie die Treppe hinunter. Patrick folgte ihr.

Die Krypta war ohne Zweifel hervorragend geeignet, um irgendein geheimes Treffen abzuhalten. Sie war nur schwach beleuchtet, und es gab verschiedene Nischen und Winkel, in denen man sich hätte verstecken können. Sylvia leuchtete mit dem Handy. Auch die Krypta war leer.

Was jetzt? Sylvia sah Patrick fragend an. Der sah unschlüssig aus. Natürlich war es gut möglich, dass Stubbe sich verspätet hatte. Aber wahrscheinlich kam er überhaupt nicht.

Sylvia hatte inzwischen die Orgel entdeckt. Die Krypta war ursprünglich als Kirche genutzt worden, und sie hatte daher auch eine eigene kleine Orgel bekommen. Der Zugang war auf beiden Seiten durch Stühle versperrt, aber das war für Sylvia kein Hindernis. Natürlich konnte sie nicht Orgel spielen. Dennoch gelang es ihr nach kurzer Zeit, den Blasebalg einzuschalten und das Instrument in Betrieb zu nehmen. Sie zog einige der Register und schlug dann mit allen zehn Fingern auf die Tasten. Die Orgel gab einen sehr lauten, schauerlichen Ton von sich, dass Patrick erschrocken zusammenfuhr. Sylvia lachte.

»Ich glaube, es ist Zeit, dass wir verschwinden«, sagte Patrick.

Auf der Treppe waren eilige Schritte hörbar. Aber die Krypta hatte noch einen zweiten Ausgang. Der war zwar am oberen Ende durch eine halbhohe eiserne Pforte und einen dahinter aufgestellten Tisch versperrt, aber das war kein Problem für Sylvia.

»He, halt, was machen Sie da?« rief jemand.

Sylvia schwang sich über die Pforte und schob den Tisch zur Seite. Patrick folgte ihr. Er sah sich suchend um. Nein, Stubbe war inzwischen nicht erschienen. Nur der Mann von vorhin war noch immer damit beschäftigt, seinen Zuhörern die Geschichte der Michaeliskirche zu erläutern.

» ... und in den Klostergebäuden wurde eine Ritterakademie zur Erziehung der adeligen Söhne des Landes eingerichtet.«

»Was war mit den Töchtern?« rief Sylvia.

Der Mann warf ihr einen empörten Blick zu, antwortete aber nicht. Patrick nahm Sylvia an die Hand, und gemeinsam eilten sie nach draußen. Niemand folgte ihnen.

Patrick fragte sich, warum der Immobilienhändler sie zu einem Treffen nach Lüneburg hatte kommen lassen, und dann war er überhaupt gar nicht erschienen. Sylvia interessierte sich inzwischen für etwas ganz anderes. »Gibt es hier in Lüneburg ein Kino?«

Es gab zwei Kinos in Lüneburg.

»Läuft da jetzt nicht der Barbie-Film?«

Eine halbe Stunde später saßen Patrick und Sylvia zusammen im Kino. »Ich hab nie eine Barbie-Puppe gehabt«, flüsterte Sylvia. »Ich hätte so gern eine gehabt, alle meine Freundinnen hatten eine. Oder sogar mehrere. Aber dafür war bei uns nie Geld da.«

»Soll ich dir eine kaufen?«, flüsterte Patrick zurück.

»Unsinn!«, raunte Sylvia. »Aber danke!« Sie drückte seine Hand.

* * *

Als sie nach Hause fuhren, regnete es noch immer. Sie kamen nur langsam voran. Kurz vor Maschen hatte es einen Unfall auf der Autobahn gegeben. »Nur Blechschaden!«, stellte Sylvia fest. Sie kuschelte sich dicht an Patrick. Es war wie am ersten Abend, als er ihr das Märchen erzählt hatte. Beinahe jedenfalls.

Als sie zu Hause ankamen, regnete es wieder heftiger. Sylvia hastete zum Eingang, stellte sich unter das Glasdach. Patrick kam langsamen Schrittes hinterher, hielt inne. »Warte mal!«

Sylvia sah sich um.

»Das ist merkwürdig«, sagte Patrick. »Ich bin mir fast sicher, dass wir vorhin alle Fenster zugemacht haben.«

Jetzt stand das Flurfenster einen Spalt weit offen. Patrick sah sich die Geschichte aus der Nähe an. Der Rahmen war beschädigt. Kein Zweifel, das Fenster war aufgebrochen worden. Jemand hatte ihre Abwesenheit ausgenutzt, um in das Haus einzudringen. Sie waren zu sorglos gewesen. Sie hatten geglaubt, dass dieser Stubbe tatsächlich die Absicht hatte, sich mit ihnen zu treffen. Dabei hatte er sie nur weglocken wollen. War er noch im Haus?

»Warte hier draußen. Ich sehe nach, ob alles in Ordnung ist.«

Patrick schloss die Tür auf. Er wartete ein Moment, dann ging er nach drinnen, lauschte. Nichts rührte sich. Patrick ging in alle Zimmer. Da war niemand. Er rief Sylvia. »Die Luft ist rein.«

Was hatte der Einbrecher gesucht? War es wirklich Stubbe gewesen? Er konnte doch wohl kaum gehofft haben, hier den gestohlenen Laptop zu finden. Patrick durchsuchte alle Räume. Sylvia war dabei keine große Hilfe. Sie wusste nicht so genau, was vorher wo gestanden hatte, und ob möglicherweise etwas fehlte.

»Er hat meine Sachen durchsucht«, behauptete sie.

»Deine Sachen?« Das wenige, was Sylvia ursprünglich besaß, hatte sie wieder zusammengeknüllt und in ihren Rucksack gesteckt. Er hätte nicht sagen können, ob hier irgendetwas verändert war.

Sylvia legte den Kinderausweis auf den Tisch. »Der steckte vorher in der Außentasche«, sagte sie.

Stubbe war hier gewesen. Oder? Ja, wahrscheinlich. Damit war die Bedrohung ein kleines bisschen näher gerückt. Viel näher. Und plötzlich begriff Patrick, was passiert war. Stubbe hatte sich mit ihm, Patrick Pauli, in Lüneburg verabredet. Er war davon ausgegangen, dass er allein kommen würde. Und Sylvia würde zu Hause bleiben. Stubbe hatte ihn nur nach Lüneburg gelockt, um ungestört an Sylvia heranzukommen.

Das zweite Zeichen, das der Einbrecher hinterlassen hatte, war viel auffälliger. Und doch hatten sie es übersehen. Sylvia entdeckte es. »Der Schädel!«, rief sie.

Der Schädel war zerstört. Jemand hatte ihn vollständig zerschlagen, so dass nur noch winzige Bruchstücke übrig waren.

Sylvia sah Patrick fragend an. »Was bedeutet das?«

»Eine Warnung.«

»Ich hab Angst.«

»Ich bin bei dir«, sagte Patrick. Aber er hatte selber Angst. »Wir müssen Dischler anrufen.«

* * *

Patrick hatte damit gerechnet, eine Menge Vorwürfe zu hören zu bekommen, aber das war nicht der Fall. Dischler sagte gar nichts.

»Hallo?«, fragte Patrick schließlich.

»Ich überlege. Wenn Stubbe wirklich zur Mafia gehört, wie Sie glauben, dann könnte er Sie mühelos alle beide aus dem Weg räumen. Das wäre auf dem Wasserturm in Lüneburg genauso einfach wie in Ihrem Haus am Ehestorfer Weg. Warum hat er es nicht getan? Weil er kein Aufsehen erregen will. Wenn eine wohnungslose Diebin spurlos verschwindet, dann nimmt die Öffentlichkeit kaum Notiz davon. Aber wenn ein Professor der Universität Hamburg ...«

»Ich bin kein Professor, ich bin Privatdozent«, unterbrach ihn Patrick.

»Richtig, das haben Sie gesagt. Aber weiß Stubbe das?«

Patrick überlegte. Möglicherweise nicht. Der Mann hatte ihn am Telefon als ‚Professor Pauli' angeredet.

»Wenn ein Professor verschwindet oder getötet wird, dann schlägt das ganz andere Wellen, als wenn Sylvia verschwinden würde. Das gäbe viel zu viel Aufsehen. Denken Sie an die Beerdigung von Professor Zindler. Und wenn dann noch die Beziehung zur Mafia ins Spiel kommt – das wäre ein gefundenes Fressen für die Presse. Äußerst unwillkommen. Ich denke, im Augenblick sind Sie beide relativ sicher, solange Sie zusammen bleiben. Bleiben Sie in Ihrem Haus. Eine direkte Überwachung kann ich nicht veranlassen. Aber ich werde dafür sorgen, dass von Zeit zu Zeit ein Streifenwagen den *Ehestorfer Weg* entlangfährt.«

»Wie oft?«

»So oft wie möglich.«

Also vielleicht ein- oder zweimal. »Danke«, sagte Patrick.

Allzu beruhigend war das nicht.

Sie machten Licht in allen Räumen und verschlossen alle Türen, auch die Wohnzimmertüren. Aber das half nicht viel. Wer in das Haus wollte, brauchte nur durch das aufgebrochene Flurfenster zu steigen. Sylvia kroch zu Patrick in das Bett und schmiegte sich ganz eng an ihn. Das war kein Vorteil, dachte Patrick. Der Gedanke drängte sich auf, dass man sie so beide mit einer einzigen Kugel erledigen könnte. Nichts geschah. Sie fanden beide lange keinen Schlaf.

Sie brauchten eine Waffe, dachte Patrick. Eine Pistole. Hatte Sebastian eine Pistole? Oder wusste er vielleicht, wo man eine bekommen konnte? Er würde ihn fragen. Gleich morgen früh würde er ihn fragen.

* * *

»Du Narr«, sagte Viktor.

Alexander zuckte mit den Schultern. »Was hätte ich denn tun sollen?«

»Sie ausschalten natürlich.«

»Sie war doch nicht da.«

»Nicht heute. Gestern meine ich. Sie war allein unterwegs. Du hättest sie nur in die Enge treiben und sie dir greifen müssen.«

»Das war völlig unmöglich. Auf offener Straße, das ging nicht. «

»Aber im Schulgarten.«

»Zu viele Leute. Auch im Schulgarten. Gruppen von Jugendlichen. Es bleibt ja abends so lange hell.«

»Sie muss weg, Alexander. Sie muss einfach weg. Die Geschichte nimmt immer größere Dimensionen an, und allmählich schaffen wir es nicht mehr, alles unter Kontrolle zu halten. Immer mehr Beteiligte.«

»Bis jetzt haben wir es jedenfalls geschafft, die meisten Randfiguren auszuschalten.«

»Um die Randfiguren geht es überhaupt nicht«, ereiferte sich Viktor. »Es geht einzig und allein um Sylvia. Wenn die nicht mehr da ist, dann können die anderen Beteiligten nicht viel ausrichten. Sylvia ist der einzige Mensch, der wirklich etwas weiß. Sie ist konkret gefoltert worden ...«

»So würde ich das nicht nennen«, unterbrach ihn Alexander. »Sie hat ihren Spaß gehabt. Sie hat mitgemacht.«

»Sie hat mitgemacht, weil sie Angst um ihr Leben hatte. Und zu Recht. Das weißt du so gut wie ich. Wir hätten sie nicht längere Zeit gefangen halten können, ohne dass es irgendwann aufgefallen wäre. Wir sind zwar zu zweit, aber wir sind beide berufstätig, und wir können uns nicht unbegrenzt frei nehmen. Irgendwann musste sie weg.«

»Eine Woche ist kein Problem,«

»Das sehe ich anders. Mehr als drei Tage sind immer schwierig. Und außerdem wird es dann irgendwann langweilig.«

»Es wäre überhaupt nichts passiert, wenn du besser aufgepasst hättest.«

Viktor widersprach. »Ich habe gut aufgepasst. Und sie glaubt bis heute, dass ich sie sozusagen befreit habe. Wie sie es geschafft hat, der noch aus dem Haus zu verschwinden, das ist mir ein Rätsel. Aber das wäre alles völlig unbedeutend gewesen, wenn da nicht obendrein noch dieser Laptop herumgelegen hätte. Der hätte dein Büro niemals verlassen dürfen.«

»Du weißt, dass auf dem Ding eine ganze Menge sensibler Daten sind ...«

»Mit denen keiner etwas anfangen kann«, unterbrach ihn Viktor. »Jedenfalls keiner, der auch nur die leiseste Vorstellung davon hat, um was für Daten es sich handeln könnte. Und deine Sekretärin in der Speicherstadt, die hat keine Ahnung. Und die Daten sind gesichert. Um die Sicherung zu überwinden, ist die gute Frau bei dir im Büro einfach zu blöd.«

»Und jetzt?«, fragte Alexander. »Was ist jetzt? Jetzt ist der Laptop weg. Wahrscheinlich ist er längst bei der Polizei.«

»Die kann damit auch nicht viel anfangen.«

»Du hast keine hohe Meinung von der Polizei«, stellte Alexander fest.

»Nein. Wenn sie glauben, dass auf diesem Computer irgendwelche wichtigen Daten sind, die sie nicht finden können, dann werden sie sich zwangsläufig an *Data-safe* wenden. Wir sind schließlich die Experten für solche Dinge. Wir beraten der Hamburger Polizei in allen Lebenslagen. Und so kommt der Laptop am Ende wieder zu mir zurück, und ich lösche alles, was gelöscht werden muss.«

»Vielleicht«, sagte Alexander. »Vielleicht kommt es so. Aber vielleicht auch nicht.«

Viktor schüttelte den Kopf. »Der Laptop ist unbedeutend. Die Daten sind nur für jemand interessant, der weiß, worum es wirklich geht. Nein, die Fehler sind vorher gemacht worden. Lange vorher. Ich weiß, du hörst das nicht gern, aber es sind deine Fehler, die wir jetzt ausbügeln müssen.«

»Meine Fehler?«

»Ja, deine Fehler. Wir waren uns von Anfang an einig, dass wir uns für unser Spiel niemals Frauen greifen dürfen, die in irgendeinem Zusammenhang mit uns stehen. Und Sylvia steht in einem engen Zusammenhang mit uns. Du hast mit ihrer Freundin geschlafen ...«

»Mein Gott, Viktor! Sie war zu haben, und ich habe sie mir genommen. Jeder normale Mensch hätte das gemacht. Der Fehler ist erst danach gemacht worden, und den Fehler habe nicht ich gemacht, sondern du. Du hast mich angerufen am Morgen danach. Du hast darauf bestanden, dass ich sofort die Beziehung zu Leonie abbreche. Sie hat natürlich überhaupt nicht begriffen, warum das geschah. Sie hat mich geliebt, und ich habe sie verstoßen. Das hat sie so tief getroffen, dass sie magersüchtig geworden und am Ende gestorben ist. Aber es war keine Gewalt im Spiel.«

»Keine Gewalt?« Viktor war nicht dabei gewesen, aber er konnte sich nur schwer vorstellen, dass eine sexuelle Beziehung zu Alexander jemals ohne Gewalt ablaufen konnte. Dazu kannte er ihn zu gut.

»Keine Gewalt«, bekräftigte Alexander. »Und ich habe sie nicht entführt.«

»Es ist egal, wie du das nennst. Fest steht, dass Leonie am Ende tot war. Aber du, du hast dir jetzt obendrein noch ihre Freundin Sylvia vorgenommen ...«

»Viktor, das kannst du mir doch nicht vorwerfen. Du weißt doch genau, warum wir diese Beziehung zu Sylvias Eltern und ihrem ganzen Bekanntenkreis aufgebaut haben. Wir hatten einen Mordauftrag, den wir erfüllen mussten. Und dazu brauchten wir ein Alibi. Und wunderbarerweise sehen wir beide beinahe gleich aus. Aber das weiß keiner. Wir sind bei diesen Besäufnissen bei den Schröders nie gemeinsam aufgetreten. Und wir haben getestet, ob du als Alexander Stubbe durchgehen würdest. Und es hat funktioniert. Ich habe diesen russischen Mafioso auftragsgemäß umgelegt, und du warst mein Alibi. Danach habe ich dann die Beziehung zu den Schröders allmählich einschlafen lassen.«

»Aber du hast sie wieder aufgeweckt. Du hast Sylvia zum Essen eingeladen, und dann hast du sie in unser Haus eingeladen, in unser Spielhaus ...«

»Ich konnte einfach nicht widerstehen. Ich bin so. Du weißt das. Und übrigens, als die Sylvia dann schließlich nackt vor uns stand, da hast du auch nicht gesagt: , Alexander, das dürfen wir nicht!'. Du hast genauso deinen Spaß mit ihr gehabt wie ich.«

Viktor seufzte. »Du hast sie mir geradezu angeboten. Du hast sie für mich festgehalten ...«

»Ich habe dir geholfen. Ich bin stärker als du. – Aber wie dem auch sei, du hast natürlich recht, wenn du sagst, dass Sylvia nun weg muss. Und das nehmen wir jetzt in Angriff. Es gibt einen Ort, an dem wir Sylvia sehr sicher treffen können. Und das ist dieses angebliche Grab der Familie Schröder auf dem Harburger Friedhof.«

Viktor schüttelte den Kopf. »Sie wird nicht kommen. Sie ist doch nicht verrückt.«

Alexander lächelte. »Sie ist nicht verrückt, aber sie wird trotzdem kommen.«

»Glaube ich nicht.«

»Doch.« Alexander war sich ganz sicher. »Ich schnappe sie mir, das schaffe ich allein, und du nimmst dir diesen anderen Zeugen vor.«

* * *

Es war schon fast Mitternacht, als Patrick endlich einge-
schlafen war. So leise wie möglich stieg Sylvia aus dem
Bett. Patrick seufzte. Sylvia hielt erschrocken inne, aber
Patrick drehte sich auf die andere Seite und schlief wei-
ter. Rasch zog Sylvia sich an und machte sich auf den
Weg.

Sie ging nicht zum Neuen Friedhof. Sie ging zur S-
Bahn. Sie war sich nicht sicher, ob die Bahn zu dieser
späten Stunde noch fuhr, aber sie hatte Glück. Sie fuhr
mit der S3 bis zu zum Hauptbahnhof und ging von dort
aus durch die Innenstadt in Richtung Südwesten. Es
waren nur noch wenige Menschen unterwegs. Sylvia
machte einen Bogen um eine Gruppe von betrunkenen
Jugendlichen und gelangte schließlich in die Speicherstadt.

Sie hatte sich im Internet informiert, wo das Büro
der Immobilienhändler Stubbe + Fair lag. Es befand
sich in einem der alten, ehemaligen Speicherhäuser am
Sandtorkai. Wohnliche Büros am Wasser im Herzen der
Hamburger Speicherstadt, so stand es auf der Webseite
für den Block F. Das Gebäude stammte aus dem Jahre
1887, und es war ursprünglich als Kakaospeicher genutzt worden. Heute enthielt es modern eingerichtete
Büros. Vor dem Haus auf dem Bürgersteig lagen einige
große Steine, die verhindern sollten, dass hier jemand
verbotenerweise parkte.

Und jetzt? Sylvia war sich unsicher, wie es jetzt weitergehen sollte. Sicher war der Eingang verschlossen.
Oder? In diesem Augenblick sah sie, dass jemand die

Treppe herunterkam, mit zügigen Schritten zum Ausgang strebte und die Tür aufstieß. Sylvia erschrak. Das ist Stubbe, dachte sie. Aber es war nicht Stubbe. Der Mann beachtete sie nicht, und ehe die Tür wieder zufallen konnte, hatte Sylvia ihren Fuß dazwischen gestellt. Sie zog die Tür wieder auf und ging nach drinnen.

Das Büro von Stubbe + Fair lag im zweiten Stock. Natürlich gab es einen Fahrstuhl, aber Sylvia bevorzugte die Treppe. Und dann stand sie vor dem Eingang zu Stubbes Büro. Drinnen war natürlich alles dunkel. Und die Tür – natürlich abgeschlossen. Sylvia überlegte. Es wäre möglich, dort gewaltsam einzudringen, aber wahrscheinlich gab es eine Alarmanlage. Außerdem wusste sie nicht, was sie in dem Büro machen sollte. Eine Botschaft hinterlassen vielleicht? Einen Zettel, auf dem stand: ‚Sylvia war hier!'

Welch ein Triumph! Sie malte sich aus, was Alexander Stubbe für Augen machen würde, wenn ihn seine Sekretärin am nächsten Morgen den Zettel auf den Schreibtisch legte. ‚Sylvia war hier!' Einen Augenblick lang fühlte sich Sylvia ungeheuer überlegen. Aber dann kam die Angst zurück. Jemanden wie Alexander Stubbe sollte man besser nicht provozieren, dachte sie.

Sie fuhr nach Harburg zurück und krabbelte schließlich wieder zu Patrick Pauli ins Bett.

* * *

Sebastian wachte mitten in der Nacht auf. Er war beunruhigt. Patrick hatte ihn am Abend angerufen und ihm von dem Einbruch in sein Haus berichtet. Wer wusste, wo Sebastian arbeitete, hatte sicher auch keine Schwierigkeit herauszufinden, wo er wohnte.

Die Diskussion mit Sylvia war kein reiner Scherz gewesen. Er war besorgt. Der Computer, um den es offenbar ging – er hatte ihn gefunden. Er hatte ihn in der Hand gehalten. Wusste das jemand? Konnte das jemand wissen? Patrick und Sylvia natürlich. Und vermutlich dieser Kommissar Dischler. Sylvia und Patrick vertrauten dem Mann, obwohl er offensichtlich ohne Auftrag an diesem Fall arbeitete. Ein Beamter, der seine eigentliche dienstliche Tätigkeit vernachlässigte und stattdessen private Ermittlungen anstellte. Aus reiner Menschenliebe? Oder vielleicht doch im Auftrag der Organisierten Kriminalität?

Sebastian war klar, dass auch er gefährdet war. Er wäre gern verschwunden, selbst wenn das finanziell eine ungeheure Belastung dargestellt hätte. Mit Sylvia auf die Seychellen! Es hätte so nett werden können. Er hatte geglaubt, sie wäre zu allem bereit.

Sylvias Reaktion hatte ihm allerdings sehr deutlich gezeigt, dass sie an einem grenzenlosen Abenteuer mit ihm nicht interessiert war. Sie hatten Spaß gehabt zusammen, aber sie hielt zu Patrick. Das war ihr wichtiger, als sich in Sicherheit zu bringen.

Sebastian war anders gestrickt. Wenn es etwas gab, was er überhaupt nicht schätzte, dann war das Gefahr. Nach außen hin mochte er wie jemand wirken, der sich mit einem lockeren Lächeln gegen alle Gegner durchsetzen könnte, aber das stimmte nicht. Wenn die Gegner nur aus Bürokraten bestanden, die sich immer aufs Neue irgendwelche Regeln und Vorschriften ausdachten, mit denen man die wissenschaftliche Arbeit der Universität erschweren konnte, dann war er jederzeit bereit, den Kampf gegen sie aufzunehmen. Aber die Mafia – das war ein anderes Ding.

Sebastian hatte Afghanistan überlebt. Er war nicht einmal verletzt worden, aber dieses sinnlose Abenteuer hatte ihn ein für alle Mal kuriert. Seine afghanische Verlobte hatte für ihre Gutgläubigkeit teuer bezahlt, wahrscheinlich mit dem Leben. Er hatte der Bundeswehr den Rücken gekehrt, und er würde nie wieder für irgendwelche schlecht geplanten militärischen Aktionen seinen Kopf hinhalten. Er hatte geglaubt, damit hätte er alle Gefahren hinter sich gelassen und könnte den Rest seines Lebens in aller Ruhe und Betulichkeit an der Universität zubringen. Er hatte sich geirrt.

Nun hatte er sich in dieses neue Abenteuer hineinziehen lassen. Das Dumme war, dass sowohl Patrick als auch Sylvia liebe, gute Menschen waren, die keine Ahnung gehabt hatten, was auf sie wartete. Er hatte Patrick so nett wie möglich darauf hingewiesen, dass die junge Frau, der er spontan seine Hilfe angeboten hatte, immerhin im Gefängnis gesessen hatte. Patrick hatte sich dadurch nicht beirren lassen. Er war geradewegs mit Sylvia ins Moor gegangen, und es war nichts als ein glücklicher Zufall gewesen, dass die beiden dabei nicht dem Mörder von Carolin direkt in die Arme gelaufen waren. Oder den Mördern. Wahrscheinlich waren es mehrere.

Sebastian wohnte in einem Einzelhaus am Kapellenweg östlich des Harburger Stadtparks. Das Haus stand in einer ruhigen Wohngegend. Wie die Nachbarhäuser auch war dieses Ende der Fünfziger Jahre erbaut worden. Es war das Haus seiner Eltern. Hier war er aufgewachsen, und hierher war er nach seinem afghanischen Abenteuer zurückgekehrt. Sein Vater war damals schon tot, seine Mutter war vor drei Jahren gestorben. Seine Schwester lebte inzwischen in Amerika. Sie hatten kaum noch Kontakt miteinander. Andere enge Verwandte gab es nicht. Eigentlich war das Haus zu groß für ihn, aber da er es nun einmal geerbt hatte, hatte er es auch behalten. Was an Renovierungen erforderlich war, konnte er im Wesentlichen selbst ausführen.

Sylvia lebte noch, und Patrick auch. Das war ermutigend. Wen gab es sonst noch? Sylvias früheren Freund, mit dem sie in Schweden gewesen war? Nach allem, was Patrick erzählt hatte, wusste der so gut wie gar nichts. Blieb nur noch er selber. Sebastian. Ex-Bundeswehrsoldat, Techniker. Der Mann, der dafür gesorgt hatte, dass der Laptop überhaupt gefunden werden konnte. Wusste Stubbe das? Unmöglich war es nicht.

Es half nichts, dass er über diese Dinge nachgrübelte. Er war in Gefahr; daran bestand kein Zweifel. Er würde keine vergifteten Pilze essen, keine Drogen nehmen und nicht von der Brücke springen. Aber gegen eine Kugel war er machtlos. Fast.

Bei der chaotischen Flucht aus Afghanistan hatte er jedenfalls seine Dienstwaffe in Sicherheit gebracht. Die lag jetzt in der Schublade seines Nachttisches. Sebastian nahm sie heraus. Heckler und Koch P8. Er überprüfte das Magazin. 9 Millimeter, 15 Schuss. Alles in Ordnung. Er legte die Waffe griffbereit neben seinem Bett auf den Nachttisch.

Sebastian, der normalerweise einen festen Schlaf hatte, war sich sicher, dass er bei jedem ungewöhnlichen Geräusch sofort aufwachen würde. In dieser Nacht wachte er auf. Alles war ruhig. Sebastian lauschte. Nichts. Zur Sicherheit tastete er dennoch nach seiner Pistole. Er griff ins Leere.

Flucht

Patrick stand im Hörsaal 2 des Geomatikums. Der letzte Tag des Sommersemesters war angebrochen. Heute ging es um das Ende des Anthropozäns. Welche Spuren hinterließ der Mensch auf der Erde? Und was würde übrig bleiben, wenn es keine Menschen mehr gab?

Die Veranstaltung war gut besucht. In der hinteren Reihe ganz rechts saß Sylvia. Sie war bereit, alles mitzuschreiben, was sie für wichtig hielt. Nicht alle Studenten machten sich Notizen. Sie konzentrierten sich auf das, was der Dozent vortrug. Vielleicht. Dass Sylvia irgendetwas mitschrieb, war unwichtig. Wichtig war nur, dass ihr nichts passierte. Hier hatte Patrick sie im Blick, hier war sie in Sicherheit.

Auf der Leinwand erschien ein aktuelles Luftbild der Hamburger Innenstadt. »Wenn es keine Menschen mehr gibt, werden all diese Gebäude leer stehen. Sie werden nach und nach verfallen. Die Ruinen überstehen einige Jahrzehnte. Vielleicht auch Jahrhunderte. Am Ende sind sie ganz verschwunden. Wie das dann aussieht, sehen Sie auf dem nächsten Bild.«

Patrick zeigte eine LIDAR-Aufnahme derselben Fläche. LIDAR , das hieß *laser imaging, detection, and ranging*. Es war ein relativ neues, ungeheuer wirkungsvolles Verfahren der Vermessungstechnik. Das Gelände wurde vom Flugzeug aus gescannt. Rechnerisch wurden Häuser und Brücken entfernt. Die LIDAR-Darstellung entsprach damit ungefähr der Situation nach dem Verschwinden der Menschheit. Alle menschlichen Bauwerke waren fort.

Patrick erläuterte, wie das im einzelnen gemacht wurde. »Das ist die eine Seite«, sagte er. »Aber es gibt auch eine andere Seite. Die unterirdische Seite. Wasserleitungen, Siele. Solche Spuren bleiben länger erhalten als die großartigsten Bauwerke, die der Mensch je errichtet hat.«

Nicht alle Zuhörer interessierten sich dafür. Ein Mann, der vorhin noch nicht da gewesen war, saß in der letzten Reihe links außen. Er erhob sich jetzt. Patrick erschrak. Der Mann war Alexander Stubbe. Wo war Sylvia? Sylvia war verschwunden. Verdammt.

Am Ende der Veranstaltung kamen, wie immer, einige Studenten mit ihren Fragen zu Patrick. Einige wollten wissen, was nun aus der kleinen Exkursion würde, die Professor Zindler angekündigt hatte, und die er jetzt nicht durchführen konnte. Das würde durch Aushang bekanntgegeben.

»Welches Buch können Sie empfehlen?«, fragte eine Studentin.

Patrick gab ihr die vorbereitete Liste.

Dennis Negendank stand im Eingang. Einer der Techniker aus dem Labor. »Herr Dr. Pauli?«

»Ja, was gibt es denn?«

»Entschuldigen Sie die Störung, aber der Sebastian – also der Sebastian, der ist heute Morgen nicht zum

Dienst erschienen. Wissen Sie vielleicht zufällig, ob er krank ist?«

Patrick erschrak. Er versprach, sich darum zu kümmern.

Und Sylvia? Wo war Sylvia? Sie wartete nicht unten am Haupteingang. Patrick versuchte, sie anzurufen, aber sie hatte offenbar ihr Handy ausgeschaltet. Sie hat sich versteckt, dachte Patrick. Sie hat sich irgendwo versteckt, als sie Stubbe gesehen hat. Wahrscheinlich war sie in Sicherheit.

* * *

Vom Geomatikum bis zum *Kapellenweg* brauchte man ungefähr eine halbe Stunde. An der nächsten roten Ampel versuchte Patrick noch einmal, Sylvia anzurufen. Ohne Ergebnis. Auch Sebastian war nicht erreichbar. Das bedeutet gar nichts, redete er sich ein. Es gab viele Möglichkeiten, warum jemand zu spät oder gar nicht zum Dienst kam. Aber für ein normales Verschlafen war es inzwischen schon reichlich spät. Und selbst wenn sich Sebastian gestern Abend gewaltig betrunken haben sollte, müsste er vermutlich inzwischen zumindest so weit wach sein, dass er sich im Institut abmelden konnte.

Da war der Kapellenweg. Alles sah aus wie immer. Eine alte Dame, die ihren Hund spazieren führte. In der Schule lärmende Kinder auf dem Pausenhof. Und da vorn, da war das Haus, in dem Sebastian wohnte. Sein Auto parkte am Straßenrand. Also jedenfalls kein Autounfall, der ihn aufgehalten hatte. Vielleicht schlief

Sebastian wirklich noch, vielleicht war alles gut. Patrick suchte und fand eine Parklücke. Noch einmal bemühte er das Handy. Er ließ das Telefon zwanzigmal läuten. Niemand ging ran.

Also dann. Patrick stieg aus, ging den Pfad zur Haustür hinauf, läutete. Er rechnete nicht mehr damit, dass jemand reagieren würde, und es reagierte niemand. Er spähte durch das Blumenfenster in das Wohnzimmer. Es sah aus wie immer. Patrick ging um das Haus herum, klopfte an die Küchentür, fasste an die Klinke. Die Tür war nicht verschlossen. Patrick trat ein.

»Sebastian?«

Keine Antwort.

Auf der rechten Seite, die erste Tür führte ins Schlafzimmer. Da lag Sebastian auf dem Bett, still und friedlich, wie es schien. Sehr still. Ein bisschen Blut auf dem Kopfkissen, eine Pistole auf der Bettdecke, ein Einschussloch in der Stirn. Sebastian war tot.

Jetzt kam es auf eine Minute auch nicht mehr an. Patrick fotografierte den Toten und den Tatort. Dann überlegte er. Es half niemandem, wenn er hier auf das Eintreffen der Polizei wartete. Aber da, zwei Meter vor ihm, lag eine Pistole auf der Bettdecke. Sebastian konnte sie nichts mehr nützen. Aber Sylvia und ihm vielleicht. Sollte er sie mitnehmen?

Er entschied sich dagegen. Erst als er das Haus verlassen und von seinem Auto aus 110 angerufen hatte und losgefahren war, wusste er, dass er einen Fehler gemacht hatte. ‚Du Narr‘, dachte er. ‚Du verdammter Narr!‘ Die Polizei würde den Toten finden und die Pistole. Ein weiterer Selbstmord, würden die Beamten denken und gar nichts weiter veranlassen. Wenn die Pistole weg gewesen wäre, hätte die Sache ganz anders ausgesehen. Hätte.

Patrick fuhr zurück zum Geomatikum.

* * *

»Scheiße«, sagte Sylvia. »Verdammte Scheiße.«

Patrick hatte sie in der Eingangshalle gefunden, vor den Saurierfährten, zwischen den großen Modellen der Forschungsschiffe, von wo sie einen guten Überblick hatte, ohne selbst gesehen zu werden. Hier hatte sie sich vorhin versteckt, als Alexander Stubbe im Hörsaal erschienen war.

»Wir haben geglaubt, wir sind in Gefahr. Stattdessen hat dieses Schwein Sebastian erschossen.«

»Wir müssen da rein«, sagte Patrick. »Wir müssen in sein Haus rein.«

»Jetzt?«

»Nein, nicht jetzt. Erst kommt die Polizei und die Spurensicherung, und wenn die wieder weg sind und das Haus versiegelt haben, dann sind wir an der Reihe.«

»Weiß das Institut Bescheid?«

Patrick schüttelte den Kopf. An nichts hatte er gedacht! Er rief Annabell an.

»Er hat sich erschossen«, sagte er. »Unser Sebastian hat sich erschossen. Kannst du dir das vorstellen?«

»Nein«, sagte Annabell. »Weiß die Polizei Bescheid?«

»Ja.«

»Was passiert jetzt? – Die Angehörigen müssen informiert werden, das ist zunächst mal das Wichtigste. Aber ich weiß gar nicht, wer das ist.«

»Er hat eine Schwester in Amerika, glaube ich. Mehr weiß ich nicht.«

»Hast Du die Anschrift? Oder die Telefonnummer?«

»Zu Hause«, behauptete Patrick. Dabei wusste er, dass er weder die Telefonnummer noch die Anschrift dieser Schwester hatte. Noch nicht. »Ich ruf dich an. Du hörst von mir.«

* * *

Patrick sah Sylvia an. »Bis die Tatortreiniger kommen, haben wir mindestens einen halben Tag Zeit.«

»Kommen die nicht sofort?«

»Nein. Ich habe das im Internet gecheckt. Bei Selbstmord müssen sie von den Hinterbliebenen beauftragt werden. In diesem Fall also von seiner Schwester.«

»Wonach suchen wir?«

»Ich weiß, dass Sebastian eine Idee gehabt hat, wie wir noch weitere Informationen aus dem Rechner herausholen können. Er wollte noch etwas ausprobieren. Aber was das genau war, das hat er mir nicht mehr erzählen können. Vielleicht hat er es irgendwo aufgeschrieben. – Du brauchst nicht mit reinzukommen. Der Tote ist zwar weg, aber der Tatort ist trotzdem kein schöner Anblick. Willst du nicht lieber draußen bleiben?«

Sylvia schüttelte entschieden den Kopf. Es gab Dinge, von denen sie ziemlich genau wusste, dass Sebastian sie aufgeschrieben hatte. Sehr private Dinge. Und es war wichtig, dass die nicht in die falschen Hände fielen. In Patricks Hände zum Beispiel.

Die Haustür war natürlich abgeschlossen und versiegelt. »Wir gehen durch die Hintertür«, entschied Patrick. Die Tür war auch versiegelt. Patrick entfernte das Siegel mit dem Taschenmesser. Sylvia fasste die Türklinke an. Die Tür war noch immer nicht abgeschlossen.

* * *

Die Hintertür führte in die Küche. Eine typische Junggesellenküche. Sylvia war kein ordentlicher Mensch, aber ein solches Chaos hätte sie zu Hause nie angerichtet. Selbst als sie untergetaucht war, hatte sie sich bemüht, eine gewisse Ordnung zu halten. Sebastian hatte sich nicht bemüht. Berge von benutztem Geschirr standen in der Spüle. Natürlich gab es einen Geschirrspüler, aber der war auch voll.

»Wo hat er ...?«

»Im Schlafzimmer.«

»Ich will es sehen«, sagte Sylvia. »Ich will sehen, wo er gestorben ist.«

»Das musst du nicht. Wenn sich jemand erschießt, dann ist das immer ganz, ganz furchtbar.«

»Die Leiche ist ja nicht mehr da.« Das sollte cool klingen, aber Sylvia war überhaupt nicht cool.

»Wie du willst. Ich gehe nach oben. Wenn Sebastian irgendetwas aufgeschrieben hat, dann liegt das wahrscheinlich in seinem Arbeitszimmer.«

Sylvia nickte. Sie sah zu, wie Patrick die Treppe hinaufging. Die Stufen knarrten. Sylvia wartete, bis er im oberen Stockwerk verschwunden war. Dann holte sie tief Luft und betrat das Schlafzimmer.

Es war nicht so schlimm, wie sie gedacht hatte. Etwas Blut auf dem Bett, auf dem Kopfkissen. Blut auch auf dem Nachttisch und verwischte Flecken am Fußboden, vermutlich beim Abtransport der Leiche entstanden. Nicht hinsehen, Sylvia! Kurz entschlossen holte sie ein Handtuch aus dem Bad, tränkte es mit Wasser und wischte damit die Oberfläche des Nachttischchens ab, so gut es ging. Blieb nur das Blut auf dem Fußboden, braun und angetrocknet.

Sylvia öffnete die Schublade. Da lag die Brieftasche von Sebastian und daneben das kleine schwarze Buch. Seine persönlichen Notizen. Sie nahm es in die Hand. Auf der ersten Seite war die Anschrift seiner Schwester und die Adresse eines Notars. Hatte er ein Testament gemacht? Möglich. Wahrscheinlich damals, als feststand, dass er nach Afghanistan gehen würde. Vermutlich unwichtig. Und dann gab es da noch eine vierstellige Nummer. 3781. Die PIN seiner Kreditkarte? Sylvia riss die Seite heraus und stopfte sie in ihre Tasche. Sie registrierte, dass sie Blut an den Fingern hatte. Das ließ sich nicht ändern.

Weiter. Auf den nächsten Seiten folgten zahlreiche Tagebucheinträge, die interessierten Sylvia nicht. Sie blätterte bis zum Ende der Aufzeichnungen. Und da stand es: ,Ich denke Tag und Nacht an Sylvia, die kleine, süße Sylvia.' Mehr nicht. Gut. Niemand brauchte zu wissen, dass es nicht bei diesen Gedanken geblieben war. Und von diesen Notizen würde niemand etwas erfahren.

Sylvia riss die letzten beiden Seiten aus dem Buch. Und jetzt? Wohin damit? Wenn sie die Seiten mitnahm, würde Patrick sie womöglich finden. Und hier im Haus lassen konnte sie sie auch nicht. Es gab nur eine Möglichkeit. Sie steckte das Papier in den Mund und begann zu kauen. Sie bildete sich ein, es schmeckte nach Tinte und Blut.

Sylvia zögerte. Dann öffnete sie die Brieftasche. Etwas mehr als hundert Euro. Sylvia nahm die Scheine mit. Die brauchte er jetzt nicht mehr. Und da war sein Personalausweis. Das Foto war alt. Der Mann auf dem Bild sah überhaupt nicht aus wie Sebastian. Sylvia steckte den Ausweis ein. Und die Kreditkarte natürlich. Falls sie fliehen mussten, konnten sie Patricks Karte nicht benutzen.

* * *

Patrick hatte inzwischen das Arbeitszimmer durchsucht – ohne Ergebnis. Sebastian hatte keine Aufzeichnungen gemacht. Jedenfalls nicht in den letzten Tagen.

Sylvia kam nach oben. Patrick sah sie überrascht an. »Wie siehst du denn aus?« Sie hatte Blut an den Händen und im Gesicht. »Wie ein Vampir!«

»Hast du was gefunden?«

Patrick schüttelte den Kopf.

Sylvia schaltete Patricks Computer ein. »Weißt du das Passwort?«

Nein, Patrick wusste das Passwort nicht. Sylvia zögerte. Dann tippte sie in rascher Folge ein paar Buchstaben ein. Es waren die richtigen.

Patrick starrte sie an. »Wie hast du das gemacht?«

Sylvia zuckte mit den Achseln. »Reiner Zufall«, behauptete sie. »Ich hab einfach irgendwas eingegeben. Ich könnte das nicht einmal wiederholen.«

Patrick glaubte das nicht.

»Und jetzt?«, fragte Sylvia schnell, um weiteren Erklärungen aus dem Weg zu gehen. »Was machen wir jetzt?«

Gemeinsam durchsuchten sie die Daten, die Sebastian auf seinem Rechner hatte. Aber es gab keine Einträge, die in irgendeinem Bezug zu ihrer gegenwärtigen Situation standen.

* * *

Kaum waren sie wieder zu Hause, rief Dischler an. »Ich bin gerade in der Wohnung von Sebastian Dambowski. Ich nehme an, Sie waren das, der die Leiche gefunden hat?«

»Ja«, sagte Patrick.

»Und der dann später in die versiegelte Wohnung eingedrungen ist, das waren Sie vermutlich auch?«

»Ja natürlich. Einer muss sich doch um die Aufklärung der Morde kümmern, wenn es sonst keiner tut. Sonst wird das bloß wieder einer Ihrer Selbstmorde«, sagte Patrick bitter. »Ich nehme an, Ihre Kollegen haben den Fall inzwischen längst als erledigt abgeheftet.«

Der Polizist behielt die Ruhe. »Jetzt halten Sie mal die Luft an«, sagte er. »Wenn jemand erschossen wird, dann findet immer eine gerichtliche Obduktion statt, auf Antrag der Staatsanwaltschaft und von einem Richter angeordnet. So auch in diesem Fall. Ein paar Dinge wissen wir inzwischen, weitere Analysen stehen noch aus. Aber wenn Sie alles besser wissen, dann erzählen Sie mir doch einfach mal, was passiert ist.«

»Herr Dambowski hat einen Schuss in die Stirn bekommen. Und die Tatwaffe ist vermutlich die Pistole, die er aus Afghanistan mitgebracht hat. Vermutlich sind die einzigen Fingerabdrücke seine eigenen.«

»Fast richtig«, erwiderte Dischler. »Allerdings sind die Fingerabdrücke etwas verwischt. Wir nehmen an, dass nach Herrn Dambowski noch jemand die Waffe in der Hand gehabt hat. Jemand, der Handschuhe getragen hat.«

»Aber andererseits ist es ziemlich ungewöhnlich, dass sich jemand bei einem Suizid in die Stirn schießt. Dazu muss man geradezu akrobatische Fähigkeiten besitzen.«

»Nein. Es ist nicht ungewöhnlich, dass sich ein Selbstmörder in die Stirn schießt. Die meisten schießen sich in die Schläfe, aber nicht alle.«

»Ein Schuss in die Schläfe kann zu Blindheit führen.«

»Kann es, aber das ist ziemlich selten. Die meisten Kopfschüsse sind tödlich, ganz gleich, wo Sie die Pistole ansetzen. Und was die akrobatischen Fähigkeiten bei einem Stirnschuss angeht, so sind die nicht allzu groß. Es ist machbar, wie die Auswertung zahlreicher Vorfälle beweist.«

»Also war dies nach Ihrer Ansicht nun doch ein Suizid?«

»Nein. – Aber die Untersuchungen sind noch nicht abgeschlossen.«

»Und Sie dürfen natürlich keine Auskunft geben?«

»Nein, natürlich nicht. Ich kann deshalb nur ein paar

ganz allgemeine Dinge erwähnen. Da sind zum Beispiel die Schmauchspuren ...«

»Sebastian hatte keine Schmauchspuren an den Händen, das habe ich selbst gesehen.«

»Das können Sie gar nicht sehen. Sichtbare Schmauchspuren kriegen Sie nur, wenn Sie mit Schwarzpulver schießen. Aber das tut heute keiner mehr. Moderne Munition verwendet Nitrozellulose. Mit bloßem Auge sehen Sie da gar nichts. Aber Schmauch gibt es trotzdem.«

»Und den haben Sie gesehen?«

»Ich habe nicht mehr gesehen als Sie auch. Für die Schmauchspuren brauchen wir das Labor. Da kann man diese Spuren nachweisen. Aber dass Schmauchspuren da sind, das ist von untergeordneter Bedeutung. Wichtiger ist das Verteilungsmuster dieser Spuren an der Hand. Das ist entscheidend. Schmauchspuren kann es nämlich auch beim Opfer geben. Aber die Spuren von Täter und Opfer lassen sich sehr gut unterscheiden.«

»Sehr schön, dass man das alles unterscheiden kann. Aber die Frage ist nicht so sehr, was man alles machen kann, sondern ob man es auch tatsächlich tut.«

»Wir tun es, Herr Dr. Pauli, wir tun es. – Und übrigens gibt es noch eine weitere sehr sichere Möglichkeit, einen Mord per Schusswaffe von einem Suizid zu unterscheiden. Bei einem aufgesetzten Schuss werden nämlich beim Auftreffen des Geschosses kleine Partikel aus dem getroffenen Körper herausgeschleudert, und zwar entgegen der Flugbahn. *Backspatter* sagt man dazu. Diese Teilchen bestehen aus Blut oder Gewebe, in Abhängigkeit von der Lage des Einschusses. Spuren von *Backspatter* finden sich an der Schusshand und an der

Waffe, und sie sind normalerweise nicht zu übersehen. Wenn es sie denn gibt.«

»Und? Haben Sie solche Spuren gesehen?«

»Nein, habe ich nicht. – Aber, wie gesagt, für eine endgültige Bewertung der Befunde müssen wir selbstverständlich die Ergebnisse der Laboruntersuchungen abwarten.«

»Wie lange wird das dauern?«

»Ein paar Tage sicher.«

»Geht das nicht schneller?«

Dischler schwieg.

»Sind Sie noch dran?«

»Ja, Herr Dr. Pauli, ich bin noch dran. Und ich versichere Ihnen, dass auch Herr Oberkommissar Fleischhauer noch dran ist an dem Fall. Er wird Sie sicher noch persönlich befragen wollen. Aber ein paar Fragen hätte ich auch schon einmal im Voraus. Wie haben Sie erfahren, dass Sebastian Dambowski tot ist?«

»Im Institut. Am Ende meiner Vorlesung ist ein Techniker gekommen und hat gesagt, dass Sebastian nicht zum Dienst gekommen ist, und ob ich etwas wüsste …«

»Und da ist es dann die normale Reaktion, dass der Herr Privatdozent sich in sein Auto setzt, nach Harburg fährt, was ja immerhin gut eine halbe Stunde dauert, und sich dann nicht damit zufrieden gibt, dass auf sein Läuten niemand antwortet, sondern der dann kurzerhand in das Haus eindringt und den Tatort in Augenschein nimmt?«

»Ich habe doch nicht gewusst …«

»Aber zumindest geahnt haben Sie, dass Dambowski nicht einfach mit einem Schnupfen im Bett liegt.«

»Mein Gott, wir sind befreundet. Er hat von der ganzen Geschichte mit Sylvia und mit der Toten im Moor gewusst. Ohne ihn hätten wir den Computer womöglich nie gefunden ...«

»Das wollte ich wissen«, unterbrach ihn Dischler.

»Dambowski steckte also in der Geschichte mit drin.«

»Was soll das heißen?«

»Ich weiß nicht, was das heißen soll. Ich weiß nur, dass Sebastian Dambowski heute Nacht kurz nach Mitternacht in seinem Bett erschossen worden ist. Von jemandem, der ihn offenbar gut gekannt hat. Der ihn sogar so gut gekannt hat, dass er gewusst hat, dass der Mann eine Pistole besaß ...«

»Das war kein Geheimnis. Ich habe es zumindest geahnt.«

»Eben. Wo waren Sie heute Nacht?«

»In meinem Bett natürlich. Sylvia kann das bezeugen. Sylvia Schröder.«

»Waren Sie in demselben Bett?«

»Das ist unverschämt!«

»Waren Sie oder waren Sie nicht?«

»Ja.«

»Das ist immerhin etwas. – Lieber Herr Dr. Pauli, Sie scheinen bisher davon auszugehen, dass unsere Polizei sich im Zweifel immer für den einfachsten Weg entscheidet, etwaige Ermittlungen abzukürzen. Ich kann Ihnen versichern, dass das nicht der Fall ist. Von Oberkommissar Fleischhauer habe ich inzwischen erfahren, dass die Mutter von Sylvia Schröder kurz nach Ihrem Besuch an einer Pilzvergiftung gestorben ist. Warum haben Sie mir nicht davon berichtet?«

»Ich habe den Zusammenhang nicht …«

»Ich bitte Sie! Sie besuchen die Frau Schröder in der Geraden Straße. Als Sie weggehen, steht eine Schüssel mit Pilzen vor der Tür. Gesine Schröder isst diese Pilze und stirbt. Die Frau, die die Pilze gesammelt hat, kommt nicht zu Schaden.«

»Jemand muss die giftigen Pilze nachträglich …«

»Das haben Sie gut erkannt, Herr Dr. Pauli. Jemand muss die Knollenblätterpilze hinzugefügt haben, nachdem die Schüssel vor die Tür gestellt wurde und bevor Sie das Haus verlassen haben. Das ergibt ein Zeitfenster von vielleicht einer Stunde. Sie waren zufällig genau in diesem Zeitraum anwesend.«

»Das ist doch absurd. Dann hätte ich ja wissen müssen, dass die Nachbarin diese Pilze bringen würde. Dann hätte ich ja vorher diese Giftpilze besorgen müssen.«

»Ja. – Haben Sie das getan?«

»Natürlich nicht!« Patrick war empört.

»Aber irgendjemand hat es getan. Wenn Sie es nicht waren, dann irgendjemand der ebenfalls genau in diesem Zeitfenster anwesend war. In einem etwas kürzeren Zeitfenster, denn als Sie weggegangen sind, war er ja auch schon weg. Und natürlich hätte er wissen müssen, dass alles so kommen würde, wie es gekommen ist. Dass die Nachbarin die Pilze nicht direkt bei Frau Schröder abgeben, sondern sie einfach vor die Tür stellen würde. Und natürlich müsste er die Giftpilze dabeigehabt haben.«

»Vielleicht …« Aber Patrick fiel nichts ein.

»Ja, vielleicht war es ein unbekannter Giftpilzmörder, der von Tür zu Tür geht und überall ein paar Knollenblätterpilze ablegt. – Lieber Herr Dr. Pauli, jetzt sagen Sie am besten gar nichts. Bei einem Mord ist es immer schön, wenn die Polizei das Motiv kennt. Aber wenn sie das Motiv nicht kennt, dann ist die entscheidende Frage: Wer hatte die Gelegenheit zur Tat? Und wenn bei der Antwort auf diese Frage gleich bei zwei Morden derselbe Kandidat an erster Stelle steht, dann ist auf jeden Fall ein Haftbefehl fällig. Ich bin mir sehr sicher, dass dieser Haftbefehl morgen oder übermorgen ausgestellt wird.«

»Warum erzählen Sie mir das?«

»Damit Sie reagieren. Wenn Sie verhaftet werden, dann ist Sylvia Schröder völlig schutzlos. Wenn Alexander Stubbe sie wirklich umbringen will, dann wird er sich diese Gelegenheit nicht entgehen lassen. Sylvia hat ungeheures Glück gehabt, dass sie noch immer am Leben ist. Aber solch eine Glückssträhne hält nicht ewig an.«

»Danke.«

»Danken Sie mir später, wenn Sie dann noch am Leben sind. Ich schlage vor, dass Sie sich sofort aus dem Staub machen, Sylvia und Sie, und dass Sie in den nächsten Wochen mit niemandem telefonieren, keine E-Mails schreiben, gar nichts. Verschwinden Sie. Ich werde weiter arbeiten. Vielleicht kann ich die Zusammenhänge klären. Aber dazu brauche ich Zeit. Geben Sie mir diese Zeit.«

Sieben Tage später

Sylvia und Patrick war klar, dass es für sie beide keinen wirklichen Urlaub geben würde. Sie konnten für ein paar Wochen verschwinden und irgendwo hinfahren, wo sie niemand suchen würde, aber das war nur eine kurze Auszeit. Die Anspannung blieb. Irgendwann mussten sie zurückkommen, und dann waren die alten Probleme immer noch da.

Sylvia war deprimiert. Sie hatte sich vorgestellt, Stubbe zu jagen und zur Strecke zu bringen. Inzwischen war ihr klar, dass sie keine Chance hatte. Sie war selbst zur Gejagten geworden. »Vielleicht ist es am besten, wenn Stubbe mich erschießt«, sagte sie. »Vielleicht ist dann wirklich klar, dass es sich um einen Mord handelt, und dass er der Täter ist, dann wird er verhaftet und eingesperrt bis zum Ende aller Tage.«

»Quatsch«, sagte Patrick.

Sie hatten sich zunächst für eine Woche in einem kleinen Hotel in Hannover eingemietet. Als Herr und Frau Dambowski. Das hatte keine Schwierigkeiten gemacht. Sie hatten viel freie Zeit, und allmählich entspannten sie sich. Patrick und Sylvia besuchten zusammen die Herrenhäuser Gärten. Es störte sie überhaupt nicht, dass es fast ununterbrochen regnete. Jetzt saßen sie in Grauwinkels Café, tranken Cappuccino und aßen Mohn-Quittentorte.

»Ich begreife es nicht«, sagte Patrick.

»Was?«, fragte Sylvia. »Oh, entschuldige, ich sollte nicht mit vollem Mund sprechen.«

»Alles. Einfach alles. Woher konnte Stubbe zum Beispiel wissen, dass du jemals auf den Friedhof gehen würdest?«

Das wusste Sylvia. »Er hat ganz einfach meine Mutter angerufen. Die Telefonnummer hatte er ja. Er hat ihr von den guten alten Zeiten vorgeschwärmt und geklagt, dass er jetzt den Kontakt zu mir verloren habe. Und Mama hat gesagt, sie wisse nicht, wo ich wohne, aber man könne mich gelegentlich auf dem *Neuen Friedhof* treffen.«

»Das erklärt das«, sagte Patrick. »Und dann hab ich ihn törichterweise auch noch zu deiner Mutter geführt!«

Sylvia schüttelte den Kopf. »Deren Adresse hatte er doch sowieso. Und Stubbe hat natürlich gewusst, dass sie die ganze Geschichte mit Leonie und mir bis ins Detail kannte und immer noch eine gefährliche Zeugin war.«

Die Gefährlichkeit von Sylvias Mutter leuchtete Patrick nicht ein. »Und Sebastian? Wie kommt der ins Spiel?«

»Wahrscheinlich hat Stubbe uns die ganze Zeit beobachtet.«

»Im Moor? Im Institut? Im Geologischen Museum? Das kann nicht sein, Sylvia. Irgendjemand muss geplaudert haben.«

»Im Institut?«

»Glaube ich nicht.«

»Denk an die Verleumdung im Internet!«

275

»Das ist aufgeklärt. Ich habe mit Annabell telefoniert. Sie hat gehört, wie sich zwei Studenten über diese Idee unterhalten haben. Es war wohl als eine Art Scherz gedacht, aber Annabell hat dann doch ein bisschen recherchiert. Und jetzt, wo dieser Tweet tatsächlich erschienen ist, hat sie die beiden zur Rede gestellt. Sie werden diese Falschnachricht widerrufen.«

»Dann ist ja alles in Ordnung.«

»Ja, vielleicht, - Nein, wenn es wirklich irgendwo eine undichte Stelle gibt, dann wohl eher bei der Polizei.«

Sylvia zog die Augenbrauen hoch. »Dischler?«

»Ich weiß es nicht. Möglich wäre es. Ich weiß auch nicht, wieweit die Polizisten sich untereinander austauschen. Dieser Fleischhauer zum Beispiel, der am liebsten alles unter den Teppich kehren würde. Der könnte auch der Kontaktmann zu Stubbe sein.«

»Warum sollte er?«

»Bestechung. Stubbe und seine Hintermänner haben Geld ohne Ende.«

Sylvia schwieg.

»Aber Dischler ist natürlich der wahrscheinlichste Kandidat. Er ist am besten informiert. Er ist derjenige, der den direkten Kontakt zu uns hat.«

»Er hat uns geholfen. Und er hat den angeblichen Selbstmord von Sebastian nicht akzeptiert.«

»Ja, das stimmt. Aber er hat sich so stark für den Fall interessiert, dass es mir schon ein bisschen unheimlich ist. Die Untersuchung war aus polizeilicher Sicht längst abgeschlossen, aber er hat dich noch speziell in diese Kaffee-Rösterei eingeladen und dich ausgefragt. Es ging ihm nicht um uns beide, es ging ihm nur um dich. Genau wie unserem Freund Stubbe.«

Sylvia starrte Patrick an. Das konnte nicht wahr sein. Dischler war nett, das war eine Tatsache. Oder? Zumindest hatte sie bisher den Eindruck gehabt. War er zu nett? War das alles nur Täuschung?

Alexander Stubbe war auch nett. Solange man ihn nur flüchtig kannte. Genau wie sein Bruder Viktor. Sein Zwillingsbruder.

* * *

Gesine Schröders Kalender waren rätselhaft. Patrick und Sylvia hatten alle Einträge überflogen, aber es war ihnen nichts aufgefallen, weswegen die Kalender unbedingt in Sicherheit gebracht werden sollten. Sylvias Mutter hatte alle Termine der Müllabfuhr für die letzten zwölf Jahre eingetragen. Außerdem natürlich die Geburtstage der Tochter, ihres Mannes und ihrer wechselnden Partners. Der Eintrag für Sylvias Vater endete vor fünf Jahren. ‚Wolfgang gestorben‘ stand da. Und der Geburtstag, der nach dem tödlichen Unfall gewesen wäre, war durchgestrichen. Der neueste Eintrag, der nicht die Müllabfuhr betraf, war zehn Tage alt: ‚Die ersten Pilze‘.

Was gab es noch? Sylvia im Gefängnis, Sylvia entlassen. Auch diese Daten waren genau dokumentiert. Die Reisen mit Stubbe und die privaten Feten, meist einmal im Monat, waren vermerkt, einschließlich der Namen der Teilnehmer. Eines der Treffen hatte einen besonders ausführlichen Eintrag bekommen.

»Weißt du, was das für ein Tag gewesen ist?«, fragte Patrick.

»Nein, ich war nicht dabei. Aber Mama hat es mir erzählt. Es war ein gewaltiges Besäufnis. Und der Stubbe, der ist etwas später gekommen, da waren die meisten schon ziemlich blau.«

»Was heißt dieses Wort hier?« Die Einträge waren so klein und zart geschrieben, dass man fast eine Lupe brauchte.

Sylvia brauchte keine Lupe. »Stubbe.«

»Und dieser Krakel da vor Stubbe?«

»A. Stubbe vermutlich.«

Patrick schüttelte den Kopf. »Das ist kein A.«

Sylvia sah genauer hin. »Sehr undeutlich. Aber es könnte auch ein V sein.«

»V. Stubbe?«

»Das wäre dann sein Bruder. Sein Zwillingsbruder Viktor. Sie sehen sich wirklich sehr ähnlich, aber er war bei unseren Treffen eigentlich nie dabei.« Plötzlich begriff Sylvia, was das bedeutete. »Heißt das vielleicht, dass dieser Viktor bei der Feier gewesen ist, und dass Alexander indessen in aller Ruhe irgendjemanden ermordet haben könnte?«

»Vielleicht.«

»Dieser Viktor - was ist mit dem?«

»Nichts.«

»Nichts? Was heißt das?«

»Ich kenne ihn kaum.«

Konnte das stimmen? Patrick sah Sylvia forschend an. Aber mehr sagte sie nicht.

* * *

Die Daten auf Stubbes Rechner waren ArcGIS-Daten.
Das Programm hatten sie nicht. »Wir probieren es mit
Google Earth Pro«, sagte Patrick. »Das ist hier auf dem
Rechner. Das kann die Daten von ArcGIS lesen.«
Patrick startete das Programm. Es erschien ein Abbild der Erde. Der westlichen Halbkugel genauer gesagt. Aufgenommen aus einer Höhe von 11.000 km.
Patrick zoomte auf Norddeutschland. Es wurden
zahlreiche kleine Punkte sichtbar. Orte, für die Bilder
oder andere Informationen vorlagen. Aber das war es
nicht, was sie brauchten. Er ging auf ‚Datei‘ und ‚Importieren‘, und dann erschien eine Auswahl der Daten
die man importieren konnte. Patrick tippte auf die dritte
Zeile: ‚ESRI shape‘. »Das ist es«, sagte er.

Und es funktionierte. ‚Düsseldorf Königsallee‘ klick-
te Patrick an. In der Tat zoomte das Programm genau
zu der Stelle, an der offenbar der Immobilienhändler
Stubbe ein Objekt für knapp 2 Millionen Euro erworben
oder verkauft hatte. Dasselbe funktionierte für alle Lagepunkte. Auf diese Weise hatten sie auf einen Streich
ein möglicherweise vollständiges Abbild der Grundstücke oder Häuser, mit denen Stubbe sich in den letzten
Jahren befasst hatte.

Aber half ihnen das weiter? Die meisten Häuser und
Grundstücke lagen in Hamburg und Vororten. Ein weiterer Schwerpunkt befand sich in Berlin.

»Warum Berlin?«, fragte Sylvia.

»Weil es dort am meisten Immobilien zu kaufen und
zu verkaufen gibt.«

Andere wichtige Lokalitäten waren Düsseldorf, Bremerhaven, Norderney und Sylt. Wenn Patrick die Signaturen richtig deutete, dann waren die meisten dieser Häuser und Grundstücke inzwischen verkauft. Wenn das stimmte, dann besaß Stubbe zur Zeit neun Immobilien verschiedener Größe. Sein eigenes Haus in Volksdorf und das Büro in der Speicherstadt gehörten dabei zu den billigeren Objekten. Aber es war keineswegs sicher, dass diese Liste vollständig war.

Am rätselhaftesten waren die Lagepunkte ohne nähere Beschreibung. Davon gab es zwölf. Sie waren fast über das ganze Bundesgebiet verteilt. Zwei der Punkte waren mit einem Fragezeichen versehen, zwei Punkte waren namenlos, acht waren durch Buchstaben gekennzeichnet. Die beiden Punkte mit den Fragezeichen befanden sich mitten im Wald. Die übrigen Punkte lagen fast alle an irgendwelchen kleinen Landstraßen.

»Das sind die Punkte, an denen er seine Entführungen geplant hat«, vermutete Sylvia. »Geplant oder bereits durchgeführt.« Die Einträge waren nicht datiert.

»Möglich.« Was Patrick an dieser Interpretation störte, war die große Zahl der Einträge. Acht Entführungen. Acht Puppen. Hieß das auch acht Morde? In welchen Zeitraum? Innerhalb eines Jahres? Das war unmöglich, das würde einen so großen Aufruhr verursachen, von der Presse breitgetreten werden, und es würden mit Sicherheit umfangreiche Ermittlungen folgen.

»An einer Bundesstraße ist immer viel Verkehr«, sagte Sylvia. »Wenn es um eine Entführung geht, sind Landstraßen wahrscheinlich günstiger.«

»Ja, wahrscheinlich.«

Sylvia nahm sich die Buchstaben vor. A, H, J, K, M, S, S2. »Es sind Namenskürzel. Jeder Buchstabe steht für einen Vornamen. A heißt vielleicht Anja.«

»Und S ist Sylvia?«

»Mal sehen.« Patrick rief *Google Earth Pro* auf und blendete die Punkte ein. A oder Anja war nicht weit von Unna entfernt. Und S? S war nicht Sylvia. Der Punkt lag in Sachsen-Anhalt. »Fehlanzeige.«

Sylvia schüttelte den Kopf. »Was ist mit S2? Harburg, Gerade Straße, wette ich.«

Der Punkt lag nicht an der Geraden Straße. Aber auch nicht weit davon entfernt. Am Rande von Hamburg-Harburg. Patrick zoomte auf den Punkt.

»Das ist der Friedhof«, rief Sylvia. »Das ist der Neue Friedhof in Harburg. Und der Punkt, der markiert genau das Grab, das ich immer besucht habe.«

Das war richtig, aber es brachte sie nicht weiter. Wo man Sylvia greifen konnte, das hatte Stubbe schon immer gewusst.

Auch die Hitliste der häufigsten Vornamen half ihnen nicht. Schon bei S gab es unglaublich viele Möglichkeiten. Sarah, Sophie, Sophia, Stella, Selina, Sina, Samira – alle allein unter den Top 100 für das Jahr 2000. Es war aussichtslos.

* * *

Patrick und Sylvia fuhren nach Dortmund. Aber das Mikrofilmarchiv der deutschsprachigen Presse konnte ihnen nicht weiterhelfen. Es gab keine Recherchemöglichkeit nach bestimmten Schlagworten. Oder nach Namen. Schon gar nicht nach so einem Allerweltsvorna-men wie Anja.

»Wahrscheinlich ist Anja die achte Puppe«, sagte Sylvia. »Sie trägt Winterkleidung. Stubbe hat mich im Mai dieses Jahres geschnappt. Vielleicht nur wenige Monate nach Anja.«

»Ja, vielleicht.«

»Anja«, sagte Sylvia. »Der Punkt A ist hier ganz in der Nähe. Wollen wir hinfahren?«

Patrick zuckte mit den Achseln. »Was erwartest du? Es ist einfach ein Punkt in der Landschaft. Sonst nichts. Wenn dort tatsächlich eine Entführung stattgefunden hat, sehen wir nichts davon.«

»Lass es uns versuchen«, drängte Sylvia.

Der Punkt A lag nördlich von Werl. Sie fuhren in Richtung Norden. Sylvia navigierte.

»Da vorn ist es«, sagte sie schließlich.

Eine einsame Landstraße. Links dichtes Buschwerk, rechts Felder. Sylvia studierte das Satellitenbild. Hinter den Büschen lag das Klärwerk Werl, weiter nördlich dann ein Entsorgungsbetrieb. Von der Straße aus nicht zu sehen. Also konnte man von dort aus auch die Straße nicht einsehen.

Patrick zählte die Autos. Ein VW kam ihnen entgegen, wenig später dann ein Lastwagen. »Zu viel Verkehr.« Aber dann kam kein weiteres Auto.

»Noch 100 Meter bis zum Punkt Anja«, sagte Sylvia.

Patrick verringerte die Geschwindigkeit.

»Noch 50 Meter – hier!«

»Der Straßengraben«, sagte Patrick. »Hier kann ich nicht stehenbleiben.«

Sylvia nickte. Die andere Seite war sowieso besser. Keine hundert Meter weiter machte die Straße eine leichte Kurve nach links, so dass die Fahrer der von dort kommenden Fahrzeuge den Punkt K erst sehr spät sehen konnten. Und es sah auch so aus, als ob der Punkt K auf dieser Seite der Straße läge. Aber die Punkte waren vermutlich mit dem Handy eingemessen und daher nicht supergenau.

Patrick fuhr rückwärts in eine Feldeinfahrt, wendete und parkte den Wagen auf der gegenüberliegenden Seite. Es gab jetzt nur wenig Verkehr. Das Risiko wäre also für Stubbe gering, aber nicht gleich Null. Und bei einer Entführung sollte man kein Risiko eingehen, oder?

»Wir probieren es aus«, schlug Sylvia vor. »Ich komme zu Fuß von Norden, und du greifst mich und versucht, mich ins Auto zu zerren. Mal sehen, ob jemand reagiert.«

Patrick war nicht begeistert, aber Sylvia ging kurzerhand ein ganzes Stück weit zurück in Richtung Scheidingen, kehrte um und marschierte dann nach Süden. Patrick stand neben dem Wagen und wartete auf sie. Als sie fast herangekommen war, sprang er auf sie zu und versuchte, sie zu greifen. Sie kreischte und schlug ihm mit der Hand ins Gesicht. Ein Autofahrer wich aus und hupte, hielt aber nicht an. Sylvia lachte.

Patrick lachte nicht. Sylvia hatte kräftig zugeschlagen. Aber der Zeuge war einfach weitergefahren. Hieß das, dass man überall irgendjemand auf offener Straße entführen konnte, ohne dass jemand Notiz davon nahm?

Sylvia bückte sich. »Guck mal!«

»Was ist das?«

Ein kleines Medaillon an einer zerrissenen silbernen Kette.

»Das gehört Anja.« Sylvia öffnete es. »Hallo Anja«, sagte sie. Aber es enthielt kein Bild von Anja. Das Medaillon war leer.

»Das ist der Beweis«, behauptete Sylvia. »Die Entführung hat tatsächlich stattgefunden, und zwar genau hier. Dabei ist die Kette zerrissen, der Anhänger am Straßenrand liegengeblieben.«

Patrick schüttelte den Kopf. »Ein Indiz«, sagte er. »Ein Beweis ist das nicht. Und wir können nicht einmal herausfinden, ob und wann diese Anja verschwunden ist.«

* * *

In Hamburg war Dischler indessen nicht untätig gewesen. Da inzwischen Patrick Pauli per Haftbefehl gesucht wurde, konnte er ganz offiziell den Spuren des Wissenschaftlers nachgehen. Und den Spuren von Sylvia natürlich. Er hatte sich noch einmal die Aufzeichnungen vorgenommen, die er bei der Befragung gemacht hatte. Entscheidend war die zweite Vernehmung, in der Sylvia über ihre Entführung gesprochen hatte. Über die Entführung und über die Flucht. Sylvia hatte keine Einzelheiten genannt, aber die Dinge, die sie erwähnt hatte, halfen schon ein Stück weiter.

Der einzige feste Punkt war der Tunnel unter der Autobahn. Sie war durch den Wald gekommen, also von Westen her. Dort gab es zunächst einmal überhaupt keine Häuser. Das heißt, das Haus, in dem sie gefangengehalten worden war, befand sich viel weiter westlich, irgendwo in Hausbruch oder in Neugraben.

Über das Staatsarchiv hatte Dischler Zugriff auf alle alten Ausgaben der Karte 1: 5000. Das älteste Blatt für das fragliche Gebiet stammte aus dem Jahre 1944. Die ganze Fläche, die heute mit Einzelhäusern bebaut war, war damals noch unberührte Natur. Am Geestrand südlich der Cuxhavener Straße gab es damals nur zwei feste Häuser. Eines stand direkt gegenüber vom alten Bahnhof Hausbruch, das andere ungefähr 1 km weiter westlich. Nach dem Krieg, so gegen 1960, waren fünf weitere Häuser hinzugekommen. Mehr Häuser, die etwa hundert Jahre alt waren, gab es nicht.

Sechs Lokalitäten kamen also infrage. Nur sechs. Dischler nahm sie alle in Augenschein.

Das erste Haus in der Nähe des alten Bahnhofs schied von vornherein aus. Es lag zwar mitten im Wald, aber es gab keine Straße, die hier irgendwo ins Nichts führte. Da war einfach nur die Zufahrt vom Norden, von der B 73 her, sonst gar nichts. Nein, hier konnte es nicht gewesen sein.

Die vier Häuser, die am weitesten westlich lagen, kamen auch nicht in Frage. Diese Häuser standen oben auf einer Anhöhe, und ganz gleich, in welche Richtung man von dort aus lief, es ging immer zunächst einmal steil bergab. Sylvia war aber nach ihrem Sprung aus dem Fenster erst auf ebenem Gelände gelaufen. Zumindest hatte sie das gesagt.

Wenn Sylvias Aussage stimmte, blieb nur ein einziges älteres Haus. Entweder, das war das richtige, oder alle Überlegungen, die er angestellt hatte, waren falsch, und er musste noch einmal von vorn anfangen. Vielleicht war das Haus neuer als Sylvia gedacht hatte. Das würde die Suche erheblich erschweren, denn heute gab es Hunderte von Häusern, die in Frage kämen. Vielleicht war überhaupt alles gelogen, was Sylvia gesagt hatte. Aber wahrscheinlich nicht.

Dischler wählte die Zufahrt über den *Schafsberg*. Da war die Sackgasse, die nach rechts führte. Sie endete an einem pompösen Neubau, von dem aus man sicher einen fantastischen Blick über das Elbtal hatte. Aber das Haus kam nicht infrage. Das alte Haus, von dem Dischler wusste, dass es hier sein musste, war von der Stichstraße aus nicht einsehbar. Und auf legalem Wege nicht erreichbar.

Dischler stieg über den Zaun. Hoffentlich ist niemand zu Hause, dachte er. Als Polizist hätte er natürlich leicht begründen können, warum er hier in einen fremden Garten stieg. Aber auf jeden Fall würde er auffallen, und es würde sich sehr rasch herumsprechen, dass die Polizei hier gewesen war.

Er hatte Glück. Es kam niemand. Als er am anderen Ende des Gartens auf eine schmale Straße stieß, war sich Dischler schon beinahe sicher, dass er am Ziel war. Es war keine richtige Straße, sondern nichts weiter als ein Weg mit zwei Reihen von Betonplatten, auf denen ein Auto wohl bis hierher gelangen konnte. Im Augenblick war kein Auto da, und wenn in dem fraglichen Haus jemand anwesend war, so zeigte er sich nicht.

Die Fenster im Erdgeschoss waren vergittert. Wer indem Haus eingeschlossen war, dem blieb zur Flucht nur ein Sprung aus dem Obergeschoss. Und auf der

Giebelseite stand direkt unter dem Fenster tatsächlich ein Busch, der den Sturz aus großer Höhe wohl abgemildert hätte. Wenn das denn alles stimmte, was Sylvia gesagt hatte.

Rückkehr

Annabell hatte wie verabredet Ort und Datum der Beerdigung von Sebastian auf Facebook gestellt. Jetzt wurde es Zeit, dass sie nach Hamburg zurückkehrten. Die Beisetzung der Urne war für morgen angesetzt. Sie erreichten Harburg kurz vor Mitternacht. Sie hatten beschlossen, zunächst in das Haus von Sebastian zu ziehen. Das Haus stand leer. Sie parkten den Wagen weit von Sebastians Haus entfernt, ganz am Ende des Kapellenwegs, auf dem großen Parkplatz am Stadtpark. Auf der Straße war niemand. Sie erreichten ihr Ziel ohne Probleme, gingen um das Haus herum. Die Küchentür war wieder versiegelt. Aber jetzt hatte die Polizei offenbar obendrein abgeschlossen. Das Küchenfenster ließ sich leicht aufbrechen.

Hier auf der Rückseite des Hauses hätten sie problemlos Licht machen können, aber als Patrick den Schalter betätigte, geschah nichts.

»Die haben den Strom abgestellt!«, sagte Sylvia entgeistert.

»Kein Problem.« Patrick suchte in den Schubladen des Küchenschranks nach Kerzen und Streichhölzern. Ohne Ergebnis. Auch das war nicht weiter schlimm. Sie leuchteten mit dem Handy.

Gemeinsam gingen sie in das Schlafzimmer. Es roch nicht mehr nach Blut. Die Tatortreiniger hatten ganze Arbeit geleistet. Sie hatten alles gereinigt und desinfiziert, zusätzlich die Möbel entfernt, auch den Teppichboden. Das Zimmer war nicht geruchsfrei, es wirkte unnatürlich frisch, so als ob hier nie jemand gelebt hätte.

Sylvia sog die Luft ein. »Ich glaube, ich bin allergisch gegen Sauberkeit.«

»Das trifft sich gut«, bemerkte Patrick trocken. »Wir haben kein warmes Wasser. Aber kalt duschen können wir natürlich.«

»Zur Not«, sagte Sylvia.

Der Hausflur war auf dieselbe Weise gründlich gereinigt worden, aber die anderen Zimmer nicht. Patrick wurde bewusst, dass es nirgendwo ein Bett gab. Im Arbeitszimmer stand ein altes Sofa, aber das war zu kurz. Sie würden auf dem Fußboden schlafen müssen. Zum Glück brauchten sie nicht zu frieren; die sommerlichen Temperaturen sorgten dafür, dass es im Haus angenehm warm blieb. Außerdem fand Patrick im Wohnzimmer Kissen und eine große Wolldecke.

Sie machten es sich im Arbeitszimmer bequem. »Träum etwas Schönes«, sagte Patrick. »Der erste Traum, wenn man in einem neuen Haus ist, der geht in Erfüllung.«

Sylvia sagte nichts. Patrick konnte im Dunkeln nicht sehen, wie erschrocken sie war. Es war lange her, dass sie irgendetwas Gutes geträumt hatte.

* * *

Bis hierher ist alles Spaß, dachte Dischler. Patrick und Sylvia hatten sich gemeldet. Sie waren in dem leer stehenden Haus im Kapellenweg. Niemand konnte ahnen, dass sie dort untergekommen waren. Bis jetzt war nichts passiert. Und er hatte das Haus mit den Puppen gefunden. Glaubte er. Wenn denn alles so stimmte.

Aber stimmte das alles? Konnte das alles stimmen? Sylvia hatte keine Anzeige erstattet. Niemand hatte jemals Anzeige erstattet. Sylvia nicht, ihre Mutter nicht. Weil sie sich geschämt hatten? Oder weil man das einfach nicht tat, mit solchen empörenden Dingen aus dem engsten Familienkreis an die Öffentlichkeit gehen? Vielleicht.

Und dann diese Entführung und Vergewaltigung. Das war möglich, daran bestand kein Zweifel. Es war auch möglich, dass ihr Entführer sie gefangen gehalten hatte. Er hatte sie in eine Kiste eingesperrt, sie als eine Art Sexsklavin missbraucht. Aber dann war es ihr nicht nur gelungen, aus ihrem Gefängnis zu fliehen, sondern sie hatte obendrein noch den Laptop ihres Peinigers gestohlen. Konnte das stimmen? Der Mann musste sehr leichtsinnig gewesen sein. Wahrscheinlich war er sich völlig sicher gewesen, dass seine Gefangene ihm nicht entkommen würde.

Sylvia erinnerte sich angeblich nicht an Einzelheiten ihres Gefängnisses. Als sie schließlich durch einen Sprung aus dem Fenster entkommen war, war sie in Panik gewesen und blind losgerannt, mit dem Laptop unter dem Arm, ohne sich Einzelheiten der Umgebung einzuprägen. Das war alles denkbar. Aber war es auch wahrscheinlich?

Wie zuverlässig war eine Zeugin, von der sehr wohl bekannt war, dass sie mitunter log. Eine Zeugin, die schon mehrfach mit dem Gesetz in Konflikt geraten war, die zu zwei Jahren Jugendhaft verurteilt worden war, und die nach der Freilassung nicht zu ihrer Mutter zurückgekehrt war, sondern stattdessen untergetaucht war. Sie hatte sich zusammen mit zwei Herumstreunern versteckt, und sie hatte zumindest darüber nachgedacht, ihren Entführer mit den Daten zu erpressen, die sie auf dem gestohlenen Laptop vermutete. Und als sie zusammen mit Patrick Pauli im Fischbeker Moor auf die Leiche von Carolin gestoßen war, da war sie zunächst einmal weggelaufen, anstatt der Polizei zu sagen, was sie wusste.

Der entscheidende Punkt, der zu Gunsten von Sylvia sprach, war, dass Dischler genau wie Patrick Pauli der jungen Frau glaubte. Eine rein subjektive Empfindung. Er glaubte ihr, weil er ihr glauben wollte. Waren Patrick und er einfach nur naiv? Möglich wäre es. Aber nichts und niemand würde Dischler davon abhalten, der Sache auf den Grund zu gehen.

Ruheforst

Die zweite Beerdigung in so kurzer Zeit, dachte Patrick. Diesmal die Beerdigung eines guten Freundes. Es war keine Beerdigung erster Klasse, wie sie der Professor Zindler gehabt hatte, nicht einmal eine Beerdigung zweiter Klasse. Es gab keine Sargträger mit Dreispitz und Talar und keine Degen. Es gab keinen Sarg, nur eine kleine, unscheinbare Urne, die in einem Friedwald in der Nähe von Grömitz beigesetzt wurde. Dort war Sebastian geboren, dort sollte er auch seine letzte Ruhe finden.

Es gab auch keinen Pastor, den hätte sich Sebastian mit Sicherheit verbeten. Und es gab auch keine Musik bei der Beisetzung, die hätte Patrick als störend empfunden. Annabell hatte die Schwester in Amerika erreicht, aber die hatte nicht kommen können. Das kam ihm sehr entgegen. Außer der Dame vom Bestattungsinstitut waren nur drei Trauergäste erschienen. Patrick, Sylvia und Annabell, die sich schon vor Beginn der Veranstaltung dafür entschuldigte, dass es ihr nicht gelungen sei, weitere Mitglieder des Instituts zur Teilnahme zu bewegen. Der RuheForst Brodau lag an der Ostseeküste, gut eine Stunde Fahrzeit mit dem Auto von Hamburg aus, das hatte niemand auf sich nehmen wollen. Außerdem war

Sebastian nur ein Techniker gewesen, kein Professor, aber das hatte natürlich niemand gesagt, und auch Annabell sagte das nicht.

Im Gegensatz zu der formvollendeten Beisetzung des Professors war dies ein Begräbnis der Gefühle. Patrick hatte Mühe, seine kurze Ansprache hinter sich zu bringen, ohne dass ihm die Stimme versagte. Annabell wischte sich eine Träne aus dem Auge, und Sylvia heulte hemmungslos. Patrick begriff plötzlich, dass der so forsche Sebastian ihr viel mehr bedeutet hatte, als er gedacht hatte.

Jeder von ihnen warf die üblichen drei Hände Sand auf die Urne, dann traten sie zur Seite und sahen zu, wie das Grab zugeschaufelt wurde.

»Scheiße«, sagte Sylvia.

Patrick räusperte sich. »Ich habe nichts vorbereitet«, gestand er. »Eigentlich käme jetzt natürlich der Leichenschmaus, aber ich wusste ja gar nicht, wer alles kommen würde.«

Annabell sah die beiden an, dann sagte sie: »Ich glaube, ihr beide wollt einen Augenblick unter euch sein. Wir machen das jetzt so: ich gehe nach Grömitz und setze mich dort ins Café, da, wo unser Auto steht. Wenn ihr fertig seid, dann kommt ihr einfach dorthin, und dann fahre ich euch nach Hamburg zurück.«

»Es ist mein Auto«, sagte Patrick.

»Ich fahre«, wiederholte Annabell.

Patrick nickte. Wahrscheinlich war es besser so.

Als sie gegangen war, suchte Patrick Sylvias Hand, aber sie wollte nicht angefasst werden. So gingen sie nebeneinander her in die Richtung, in der Patrick das Ufer vermutete. Als Patrick das Schweigen zu lange dauerte, sagte er: »Was du gesagt hast, war die ungewöhnlichste Grabrede, die ich je gehört habe.«

Sylvia warf ihm einen wütenden Blick zu. »Du hast nichts verstanden.«

»Entschuldige. Ich wollte dich nicht beleidigen.«

»Du hast mich nicht beleidigt. Und jeder muss mit dem, was passiert ist, auf seine eigene Art fertig werden. Und die ist unterschiedlich, je nachdem, in welcher Stimmung man ist, und in welcher Beziehung man zu dem Toten gestanden hat.«

»Er war ein sehr guter Freund«, sagte Patrick.

Sylvia zögerte einen Moment, als ob sie nicht wüsste, wie sie das am besten ausdrücken sollte, was sie jetzt sagen musste. Aber es half alles nichts. »Er war verknallt in mich«, sagte sie schließlich.

Patrick blieb abrupt stehen. »War er?«

»Das hast du nicht gewusst, was? Ich hab es von Anfang an gewusst. Gleich, als er das Frühstück für uns besorgt hatte, und als er dann einfach zugepackt und meine Arme inspiziert hat. Es war so offensichtlich. Und was er dann alles gesagt hat über meinen Gefängnisaufenthalt, all das wirre Zeug, dass das überhaupt gar nichts ausmache, und dass die Besten der Besten alle sowieso irgendwann mal im Gefängnis gesessen hätten – lauter so Sachen, wie sie nur irgendein verliebter Gockel von sich gibt.«

»So war er immer«, behauptete Patrick. »So war er immer, der Sebastian. Sehr direkt in allem, was er gesagt hat und was er getan hat.«

»Ja, das stimmt.«

»Und du? Warst du auch verliebt in ihn?« Ja, natürlich war sie verliebt ihn. Von Anfang an und jetzt immer noch. Weswegen sonst hatte sie so geheult eben bei der Beerdigung?

Sylvia schüttelte den Kopf. »Ich hab das alles amüsiert zur Kenntnis genommen«, behauptete sie.

»Aber deswegen hast du doch nicht geheult eben.«

»Nein. Nein, ich hab auch nicht geheult, weil ich den Sebastian geliebt hab. Ich hab geheult, weil ich ihn umgebracht hab.«

»Du?« Patrick schüttelte den Kopf.

»Ich bin schuld daran«, beharrte Sylvia, »dass er jetzt tot ist. Ich hab ihn nicht erschossen, das nicht. Natürlich nicht. Aber er wollte weg, und ich hab ihn nicht gelassen.«

»Er wollte weg?«

»Neulich, als du dich mit Michelle unterhalten hast, da hab ich inzwischen mit Sebastian geredet. Wir haben zusammen auf der Bank gesessen, in deinem Garten, und er hat mir vorgeschlagen, dass wir gemeinsam auf die Seychellen fliegen sollten, und dort abwarten, bis der ganze Ärger hier vorbei ist.«

»Davon hat er mir nie etwas erzählt.«

»Das ging doch nicht, Patrick. Wie hätte er dir denn erzählen sollen, dass er ein Auge auf mich geworfen hat? Beide Augen. Jedenfalls hat er mir diesen Vorschlag gemacht, und wenn ich darauf eingegangen wäre, dann wäre er heute noch am Leben. Aber ich hab abgelehnt.«

Patrick wusste nicht, was er sagen sollte.

»Ich gehöre zu dir, Patrick. Und ich laufe nicht weg, wenn es gefährlich wird.«

»Du weißt, dass ich das auch nicht tue. Und du weißt, dass ich dich sehr, sehr gern hab. Aber wenn ich gewusst hätte, dass es eine so konkrete Möglichkeit gegeben hätte, dich außer Gefahr zu bringen, dann hätte ich doch auf jeden Fall ...«

Sylvia schüttelte den Kopf. »Es wäre falsch gewesen«, sagte sie. »Es hätte keines der Probleme gelöst, und es wäre vielleicht amüsant aber auf jeden Fall sehr anstrengend gewesen, mit jemandem zusammen eine Urlaubsreise zu unternehmen, den man zwar nett findet, aber mehr auch nicht. Der seinerseits aber bis über beide Ohren in einen verliebt ist.«

»Und ich vermute, er hätte nicht allein auf die Seychellen fahren wollen?«

Sylvia schüttelte den Kopf. »Ich hätte mitfahren müssen. Dann wäre er noch am Leben.«

»Du bist nicht Schuld an seinem Tod, Sylvia.«

»Vielleicht nicht. Aber vielleicht doch. Und manchmal denke ich, ich bin überhaupt an allem Schuld, was gegenwärtig passiert. Dass Carolin tot ist, und dass Kai tot ist, und dass meine Mutter vergiftet worden ist, und jetzt auch noch Sebastian erschossen. Das hätte alles nicht zu passieren brauchen, wenn ich mich selbst von der Brücke gestürzt hätte, so wie angeblich Kai. Oder wenn ich immer genau das getan hätte, was man von mir verlangt hat. Das wäre auch eine Möglichkeit gewesen.«

»Nein.«

»Doch.«

»Nein, das ist doch beides keine Lösung. Wenn man sich selbst umbringt, das hilft niemandem. Und wenn du immer genau das getan hättest, was irgendwelche – irgendwelche Scheißtypen von dir verlangt haben, dann hätten wir uns nie kennengelernt. Dann hätte ich dich nie kennengelernt. Ich brauche dich, Sylvia.«

Sie schüttelte den Kopf. »Ich bin völlig unbrauchbar.«

»Bist du nicht. Und wir beide, wir gehören zusammen.«

Sylvia sagte nichts, aber Patrick bemerkte, dass ihr Gesicht sich entspannte.

»Und jetzt gehen wir zusammen nach Grömitz«, sagte Patrick. »Und dann essen wir jeder ein gewaltiges Stück Torte. Oder zwei. Und hinterher trinken wir einen ordentlichen Schnaps, so wie sich das für den Leichenschmaus nach einer anständigen Beerdigung gehört, und dann lassen wir uns von Annabell nach Hause fahren.«

Als Alexander Stubbe wenig später beim RuheForst Brodau eintraf, war der Ort verlassen. Alexander hatte die Anzeige auf Facebook nicht rechtzeitig entdeckt. Der Jäger war zu spät gekommen. Aber das Wild war wieder aufgetaucht. Das war die Hauptsache.

Lokaltermin

Nun wurde es ernst. Kommissar Dischler hatte Patrick und Sylvia vom Kapellenweg abgeholt. Jetzt standen sie vor dem Haus in der Waldstraße. Dischler wusste, dass sie sehr schnell handeln mussten. Noch wusste Stubbe vermutlich nicht, dass Patrick und Sylvia wieder in Hamburg waren und wo sie einen Unterschlupf gefunden hatten. Aber er würde es sehr schnell herausfinden. Patrick und besonders Sylvia waren einfach zu leichtsinnig. Dischler musste schneller sein als Stubbe.

Aber es ging nicht nur darum, Alexander Stubbe zu überrumpeln. Wenn er wirklich erfahren wollte, was passiert war, musste er auch Patrick und Sylvia überrumpeln. Vor allen Dingen Sylvia.

»Das hier, das ist das Haus.« Nach außen mochte Dischler vollkommen selbstsicher wirken, aber in Wirklichkeit war er äußerst nervös. Er hatte noch einmal die Dateien durchforstet, die sie auf dem Laptop gefunden hatten. Dort waren Dutzende von Häusern und Grundstücken aufgelistet, die Stubbe im Laufe der Jahre gekauft und wieder verkauft hatte, aber dieses Haus in der Waldstraße hatte er niemals besessen, wenn die Unterlagen stimmten. Das war einer der Schwachpunkte.

Wem allerdings dieses Haus wirklich gehörte, ließ

sich nicht ohne weiteres herausfinden. Eigentümer war eine Zentrale Grundbesitz und Verwaltung GmbH in Bad Wiessee. Die ZGV wiederum gehörte zur Europäischen Grundbesitz Gruppe, die nach eigenen Angaben etwa 70.000 Wohn- und Gewerbeobjekte vermietete. Das gesamte Transaktionsvolumen dieser EGG betrug gut zwölf Milliarden Euro. Dischler hatte dort angerufen. Er hörte eine Bandansage, nach der für technische Probleme eine Firma K & O in Kaiserslautern zuständig sei, die mit einem Netz von Handwerkern an mehreren hundert Standorten zusammenarbeitete. Dischler rief in Kaiserslautern an. Zuständig für das Haus in der Waldstraße war die örtliche Hausverwaltung. Eine gewisse Tanja Borisow, Property Managerin. Nein, eine Telefonnummer gab es nicht, nur eine E-Mail Adresse.

Zwölf Milliarden Euro, dachte Dischler. Das war ziemlich viel Geld. Ungefähr so viel wie die gesamten Steuereinnahmen Hamburgs. Das ließ sich natürlich nicht direkt vergleichen, denn das Transaktionsvolumen – was immer das sein mochte – war nicht identisch mit den Einnahmen. Aber es vermittelte einen Eindruck davon, in welchen Dimensionen dieses Unternehmen rechnete. Macht, dachte Dischler, das ist Macht. Anonyme Macht.

»Ja, das ist das Haus«, bestätigte Sylvia.

Dischler fiel ein Stein vom Herzen. Der erste Punkt war geklärt. Sylvia war bisher sehr zurückhaltend gewesen, wenn es darum ging, irgendeine konkrete Aussage zu machen. Es hätte immer noch sein können, dass sie gesagt hätte: ‚Vielleicht.‘ Oder ‚Ich weiß nicht.‘ Aber jetzt hatte sie sich festgelegt.

»Hier wohnt niemand«, sagte Dischler. »Ich habe gestern eine Kamera aufgestellt, die auf Bewegung reagiert. Am frühen Nachmittag ist jemand mit einem dunklen Kleinwagen gekommen. Er ist ausgestiegen und in das Haus hineingegangen. Nach einer Viertelstunde ist er zurückgekommen, hat die Tür hinter sich zugeschlossen, ist wieder in seinen Wagen gestiegen und weggefahren.«

»War das Alexander Stubbe?«, fragte Sylvia.

Dischler schüttelte den Kopf. »Die Aufnahmen der Kamera sind nicht übertrieben scharf. Ich weiß nicht, wer das ist. Jedenfalls nicht Stubbe. Der Mann hat wahrscheinlich nur kontrolliert, ob hier alles in Ordnung ist. Außer diesem einen Besucher ist niemand gekommen oder gegangen. Und als es dunkel wurde, hat niemand im Haus Licht gemacht. Daher gehe ich davon aus, dass auch jetzt niemand hier ist. Und dass überhaupt niemand hier dauerhaft wohnt. Und deshalb gehen wir da jetzt rein.«

Sylvia war skeptisch. »Das ist ein Sicherheitsschloss«, stellte sie fest.

»Es gibt keine Sicherheitsschlösser«, bekundete Dischler. »Man kann jedes Schloss öffnen, normalerweise auch ohne Gewalt. Dies hier ist ein älteres Zylinderschloss, und das ist ganz einfach. Das einzige, was wir brauchen, ist ein Schlagschlüssel. Den führen wir jetzt in das Sicherheitsschloss ein. Mit diesem kleinen Hammer schlage ich auf den Schlüssel, der Impuls wird auf den Schlüssel und das Schloss übertragen, und die Pins im Zylinder werden jetzt freigegeben. Und damit ist das Schloss geöffnet.«

Dischler hatte genau das getan, was er sagte, und in der Tat war das Zylinderschloss der Haustür jetzt offen.

»Faszinierend!«, musste Sylvia zugeben.

Patrick war weniger fasziniert. »Dürfen Sie das?«, fragte er.

»Normalerweise brauchen wir einen Durchsuchungsbefehl«, gab Dischler zu. »Aber in diesem Fall habe ich darauf verzichtet. Wir machen eine verdeckte Ermittlung, und von der soll niemand etwas erfahren, weder der Hausbesitzer noch der Staatsanwalt. Wir werden keine Spuren hinterlassen, und wir werden die Tür hinterher genauso verschließen, wie wir sie jetzt aufgeschlossen haben.«

Patrick sah ihn zweifelnd an.

Sylvia drängte. »Wir müssen handeln«, sagte sie. »Eine ganze Reihe von Frauen ist vergewaltigt und ermordet worden. Zählt das denn gar nichts mehr?«

»Das zählt eine ganze Menge«, erwiderte Dischler. »Also los!«

Das ist falsch, dachte Patrick. Das ist alles falsch, was wir hier machen. Wenn das herauskommt, sind wir erledigt, und zwar lange bevor Dischler seine Vorgesetzten davon überzeugen kann, dass jetzt gehandelt werden muss.

Im Haus herrschte ein seltsames Halbdunkel. Dunkle Vorhänge vor allen Fenstern. Dann wurde es hell. Patrick hatte den Lichtschalter gefunden. Sie standen im Treppenhaus. Von hier führten Treppen nach oben und nach unten. Patrick registrierte das viele Holz. Die Treppenstufen und die Zimmerdecken. Die Türen waren solide Holztüren.

Sylvia öffnete die erste Tür links und machte Licht. Das war das Bad. Sylvia schloss die Tür wieder und öffnete die zweite Tür.

»Oh!« Patrick war verblüfft. Auf den ersten Blick sah es so aus, als seien sie im Schaufenster eines Modehauses gelandet. Gleichmäßig im Zimmer verteilt standen lebensgroße Puppen. Fast alle waren vollständig bekleidet. Aber es waren keine Schaufensterpuppen, das sah man sofort. Sie sahen aus wie eine Gruppe junger Frauen, die durch irgendeinen Zauber plötzlich in der Bewegung erstarrt war.

»Es sind Sex-Puppen«, sagte Dischler.

»Sex-Puppen?«, fragte Patrick ungläubig.

Sylvia starrte Dischler an. Kein Zweifel, der Mann war vorher hier gewesen.

Dischler ging zu der Figur, die ihnen am nächsten stand, hob ihr den Rock hoch und zog ihr das Höschen herunter. »Sehen Sie?«

»Unfassbar!«, murmelte Patrick. Natürlich hatte er im Prinzip gewusst, dass es so etwas gab, aber dass derartige Puppen irgendwo in solcher Konzentration und vollständig bekleidet auftreten würden, hatte er nicht erwartet. »Wozu braucht jemand ein solches Panoptikum?«

»Es sind keine Wachsfiguren.« Dischler kniff der Puppe in die Wange, und die Wange verformte sich. Er öffnete ihr den Mund, und ihre Zähne wurden sichtbar. »Kunststoff«, sagte er. »Das ist alles aus Kunststoff. TPE wahrscheinlich. Thermoplastische Elastomere.«

»Gut«, erwiderte Patrick. »Das verstehe ich. Man kann also mit einer solchen Puppe Geschlechtsverkehr haben. Oder ist das mehr so eine Art Selbstbefriedigung? Egal. Möglicherweise will man nicht immer mit derselben Puppe schlafen. Auch das kann ich nachvollziehen. Aber wozu braucht man solch einen riesigen Harem?«

»Das weiß ich. Das Ganze ist so eine Art Trophäensammlung«, sagte Sylvia »Eine Puppe für jede Frau, mit der er geschlafen hat? Das kostet doch ein Vermögen. Und dann noch die ganze Kleidung obendrein.«

Dischler schüttelte den Kopf. »Ich denke, jede dieser Puppen steht für eine Frau, die er vergewaltigt und umgebracht hat. Und die Kleidung hat gar nichts gekostet. Die trug die Frau ja jeweils am Leibe. Und wenn sie tot war, brauchte sie die nicht mehr.«

»Wenn das stimmt – das wäre ja ungeheuerlich.« Patrick konnte es gar nicht glauben. »Wie viele Puppen sind es? Mindestens zehn.«

»Es sind acht Puppen«, sagte Sylvia. »Und sehen Sie die eine Puppe dort im Hintergrund? Das ist die einzige, die völlig nackt ist.«

»Die Puppe sieht Ihnen ähnlich«, stellte Dischler fest. Sylvia nickte. »Das bin ich«, sagte sie. »Stubbe hat gesagt, die Puppe heißt Sylvia. Und sie wartet auf mich.«

Patrick sagte: »Diese Puppen sind gut für uns. Jetzt haben wir etwas Konkretes in der Hand. Wenn jede dieser Puppen die Kleidung einer entführten und ermordeten Frau trägt, dann können wir doch sehr rasch herausfinden, um wen es sich handelt.«

Dischler schüttelte den Kopf. »Leider nein. Natürlich gibt es im Internet eine Webseite, auf der vermisste Personen abgebildet und beschrieben sind. Aber das sind entweder Kinder oder Greise. Nach erwachsenen Menschen wird nicht gesucht. Menschen über 18 haben das Recht, irgendwohin zu verschwinden, wenn sie das wollen, und niemand kann sie aufhalten. Und wenn es keinen Hinweis darauf gibt, dass ein Verbrechen vorliegt, dann dürfen wir auch gar nicht nach ihnen suchen.«

»Das heißt, wenn ich zum Beispiel zur Polizei gehen würde und melden, dass meine Tante verschwunden ist, dann würden Sie gar nicht nach ihr suchen?«

»Nein. Wir würden nicht einmal eine Vermisstenmeldung aufnehmen. Es sei denn, sie wäre dement.«

»Das heißt, ich könnte gar nichts tun?«

»Sie können ein Detektivbüro beauftragen. Die Kosten werden meist stundenweise abgerechnet. Die genauen Zahlen habe ich nicht. Ich schätze 50 bis 100 Euro pro Stunde. Und so eine Suche kann viele Tage dauern. Tage oder Wochen.«

»Wie viele Vermisste gibt es denn?«, fragte Patrick.

»Das wissen wir nicht«, sagte Dischler.

»Ich meine jetzt einfach nur die Leute, die aus polizeilicher Sicht tatsächlich verschwunden sind, und von denen eine Vermisstenmeldung aufgenommen worden ist.«

»Auch diese Frage lässt sich gar nicht so leicht beantworten. Ich habe das neulich noch einmal nachgeschlagen. Am 1. Januar dieses Jahres wurden in Deutschland etwa 9300 Personen vermisst. Das klingt nach einer ungeheuer großen Zahl, aber ungefähr 50 % tauchen innerhalb der ersten Woche wieder auf, 80 % innerhalb des ersten Monats. Länger als ein Jahr verschwunden bleiben lediglich 3%.«

Patrick rechnete schnell. »Lediglich? Das sind immerhin noch 279 Personen. Und dabei sind, wenn ich Sie recht verstehe, die Personen, die älter als 18 Jahre sind, gar nicht mitgezählt. Niemand sucht nach ihnen.«

»Und das Rote Kreuz?«, fragte Sylvia.

»Das auch nicht. Das DRK hilft nur bei der Suche nach Menschen, die durch bewaffnete Konflikte, Naturkatastrophen, Flucht oder Vertreibung von ihren Freunden und Verwandten getrennt worden sind. Frauen, die sich einfach in Luft aufgelöst haben, sind nicht recherchierbar.«

»Das ist ungeheuerlich«, empörte sich Sylvia.

Dischler zuckte mit den Achseln. »So ist es eben.«

»Und die Kleidung? Hilft die nicht weiter?«

»Sie denken an so etwas wie die Rückwärtssuche im Internet? Die Chancen sind extrem klein.«

»Worauf warten wir denn noch?«, fragte Patrick. »Was wir hier jetzt gefunden haben, reicht das denn nicht aus, um den Mann festzunehmen?«

Dischler schüttelte den Kopf. »Ich fürchte nein. Selbst wenn wir alle Personen identifizieren könnten, die als Modelle für diese Puppen gedient haben, dann wären das immer noch nur Indizien und keine Beweise. Solange es keine Leichen gibt, ist dieser Befund nicht viel wert.«

»Aber die Leichen müssen doch irgendwo geblieben sein. Wo sind sie?«, wollte Patrick wissen.

»Dazu kommen wir noch«, bremste Dischler. »Zunächst habe ich einmal eine ganz einfache Frage. Sylvia, ist dies das Zimmer, in dem Sie festgehalten worden sind?«

Sylvia nickte.

»Sind Sie sich sicher?«

»Ja, ich bin mir sicher. Ich hab neulich gesagt, dass ich mich an das Zimmer nicht wirklich erinnere. Das liegt ganz einfach daran, dass das Zimmer so leer war. Und so leer ist es auch heute noch, wenn Sie sich die Puppen wegdenken. Es gibt keine Bilder an den Wänden, keinerlei Dekoration, bis auf das kleine Kruzifix da drüben. Es gibt keine Möbel bis auf den Stuhl. Das ist der Stuhl, auf dem ich festgebunden war.«

Dischler war zufrieden. Ein weiterer Nagel zu Stubbes Sarg, dachte er.

Von hier führte eine Tür in eine gut eingerichtete moderne Küche. Sylvia öffnete den Kühlschrank. Er war reichlich mit Lebensmitteln bestückt. Patrick kontrollierte die Ablaufdaten. Kein Zweifel, diese Vorräte waren erst in jüngster Zeit ergänzt worden.

Sylvia wies auf zwei 20-Kilo-Säcke mit Kalk, die neben dem Kühlschrank standen. »Wozu braucht man das denn? Zum Düngen?«

Patrick schüttelte den Kopf. »Das ist gebrannter Kalk«, sagte er. »Stark ätzend. Früher hat man den genommen, um zum Beispiel in Plumpsklos den unangenehmen Geruch zu neutralisieren.«

»Bei Massengräbern auch«, wusste Dischler. »Im Weltkrieg zum Beispiel.«

»Mir fällt etwas auf«, sagte Patrick. »Etwas, was fehlt. Irgendein Geräusch. Das Haus steht hoch auf einem Hügel, und gleich da unten verläuft die Bundesstraße.

Und noch einmal 100 m weiter in Richtung Norden liegt die Bahnlinie. Aber hier hört man nichts.« Kommissar Dischler nickte. »Das ist mir auch aufgefallen. Das Haus ist außerordentlich gut schallisoliert. Und dann noch die schweren Vorhänge. Hier hört man wirklich nichts von dem, was draußen vorgeht, und draußen hört man natürlich ebenfalls nichts von dem, was hier drinnen passiert. Hier kann jemand schreien, soviel er will, die Nachbarn werden nichts davon merken.«

Sylvia suchte nach der Veranda, die sie von außen gesehen hatte, wo steckte die? Sie schob alle Vorgänge zur Seite und schließlich fand sie die Tür. Sie war verschlossen, das Fenster vergittert. Auch hier half der Schlagschlüssel. Dischler öffnete die Tür, und sie gingen auf die Veranda. Von hier aus hatten sie einen herrlichen Blick über das Elbtal. Ein idealer Platz, um sich zu entspannen. Sylvia stellte sich vor, dass ihr Peiniger genau das getan hatte. Er hatte hier gesessen, die Beine ausgestreckt, einen Kaffee getrunken, die wunderbare Aussicht genossen, ohne störende Gitter, und wenn ihm das zu langweilig wurde, war er zurückgekehrt, um sein Opfer weiter zu quälen.

Sylvia musste sich zusammenreißen, um nicht daran zu denken. Fafne meldete sich zu Wort, der Drache in ihrem Inneren, und der verlangte nach Rache.

»Ist das die Kiste?«, fragte Dischler.

Ja, die schwarze Kiste, die hier in der Ecke stand, das war die Kiste, in die Stubbe sie gesperrt hatte. Sylvia öffnete den Deckel. Die Kiste war leer bis auf ein paar Kabelbinder, die am Boden lagen. Zerschnittene Kabelbinder. Wahrscheinlich dieselben, mit denen sie gefesselt gewesen war.

Sie gingen zurück zu den Puppen. Dischler verschloss die Tür und zog die Vorhänge wieder vor. »Bevor wir uns hier weiter umsehen«, sagte er, »mache ich noch ein paar Fotos von diesen Puppen. Wenn wir Glück haben, können wir vielleicht ja doch einige davon identifizieren.«

Sylvia zückte ihr Handy und fotografierte auch.

»Gucken wir mal, was es hier sonst noch so gibt«, sagte Dischler. Er ging voran, die Treppe nach oben. Sylvia und Patrick folgten ihm.

Im Obergeschoss gab es nur ein einziges großes Zimmer, das wie ein Zelt aussah. Es war als Wohnzimmer eingerichtet und vollständig mit Holz getäfelt. Hier lebte also Stubbe, wenn er nicht drüben in Hamburg war, sondern dieses Haus nutzte. Das Zimmer hatte nur ein einziges Fenster auf der Giebelseite. Es war nicht vergittert.

Dischler sagte: »Sylvia, Sie haben gesagt, dass Sie im Obergeschoss aus dem Fenster gesprungen sind. Ist das richtig?«

Sylvia nickte.

»Welches Fenster ist das gewesen?«

»Das Fenster im Treppenhaus«, erwiderte Sylvia ohne zu zögern. »In diesem Raum hier bin ich nie gewesen.«

Sylvia ging ins Treppenhaus, öffnete das Fenster warf einen Blick nach unten. Ja, da war der große Busch, den sie erwähnt hatte.

»Und jetzt der Keller.« Wieder ging Dischler voraus.

Die Treppe führte ins Dunkle. Dischler schaltete das Licht ein. Sylvia und Patrick blieben überrascht am Eingang stehen.

»Das sind die Filme«, sagte Dischler. »Sie wissen ja, dass Stubbe alte Filme sammelt. Und das hier, das sind sie.«

Es gab Holzregale an den Kellerwänden, und die lagen voller Filme. Aber das reichte längst nicht mehr aus. Filme lagen auf dem Fußboden, teils in Metalldosen, teils in Pappschachteln, teils einfach als lose Filmrollen.

»Das ist keine Sammlung«, bemerkte Patrick. »Das ist einfach nur ein Chaos.«

Dischler nickte. »Wahrscheinlich hat er früher einmal angefangen, wirklich systematisch solche alten Filme zu sammeln, aber irgendwann ist ihm dann die Sammlung über den Kopf gewachsen, und was später noch dazu gekommen ist, das hat er einfach hier in den Keller gebracht und vergessen.«

Patrick dachte an seine Briefmarkensammlung. Der war es auch nicht besser ergangen.

»Was sind das für Filme?«, fragte Sylvia.

»Gucken wir es uns an.«

Auch bei näherer Inspektion blieb das Ganze ein chaotischer Haufen von Filmmaterial, dessen einzige Gemeinsamkeit darin bestand, dass es sich um alte Filme handelte. Einige Rollen gehörten zu echten Spielfilmen. »Berge in Flammen«, entdeckte Patrick. Mit Luis Trenker, 1931. Andere Dosen enthielten verschiedene Ausgaben der Wochenschau von 1943 und 44. Außerdem gab es kleinere Filmrollen, ganz offensichtlich Trailer für große Spielfilme. »Weise Fracht für Rio« lag da in mindestens zwanzigfacher Ausfertigung. Den Film kannte Patrick nicht.

»Das muss doch ein Vermögen wert sein«, mutmaßte Sylvia.

»Wahrscheinlich nicht«, erwiderte Dischler. »Auf jeden Fall ist es aber eine Art Zeitbombe. Diese alten Filme bestehen alle noch aus Zelluloid. Zelluloid ist extrem feuergefährlich, und es ist, gelinde gesagt, außerordentlich leichtsinnig, solches Material in dieser Weise einfach nur in den Keller zu werfen und zu vergessen.«

»Aber das ist jedenfalls nicht verboten?«, wollte Sylvia wissen.

Nein, verboten war es nicht.

Dischler verschloss den Keller; sie gingen wieder nach oben.

»Die Leichen«, sagte Patrick plötzlich. »Was macht er mit den Leichen? Zu zweit könnte man sie natürlich ins Auto packen, aber was dann? Die kann er doch nicht einfach irgendwo im Wald vergraben?«

Dischler schüttelte den Kopf. »Das braucht er wahrscheinlich auch gar nicht«, sagte er. »Dieses Haus hat eine Besonderheit, die es von den meisten anderen Häusern unterscheidet. Als dies Haus gebaut wurde, da gab es hier noch keine öffentliche Wasserversorgung. Also musste man einen eigenen Brunnen bauen. Das Haus liegt ungefähr 32 m über dem Meeresspiegel. Das Grundwasser steht hier am Rande des Elbtales bei 4 m über dem Meeresspiegel. Mit anderen Worten, man braucht einen etwa 30 m tiefen Brunnen, um an das Wasser zu kommen. Und ich vermute, dass man den so weit wie möglich auf traditionelle Weise gebaut hat, indem man Brunnenringe aus Beton verwendet hat und dann gegraben hat, bis schließlich ein solcher Ring nach dem anderen im Boden versunken ist. Heute wird der Brunnen natürlich nicht mehr gebraucht ...«

»Existiert er denn noch?«, fragte Patrick. »Hätte er nicht zugeschüttet werden müssen, in dem Augenblick, wo das Haus an die öffentliche Wasserversorgung angeschlossen worden ist?«

»Sehen wir es uns an«, sagte Dischler.

Sylvia sah stattdessen Dischler an. Ihr war inzwischen längst klar, dass der Mann heute nicht zum ersten Mal auf diesem Grundstück stand. Sie glaubte, dass er mindestens eine gründliche Vorerkundung durchgeführt hatte. Drinnen und draußen.

Sie hatten das Haus wieder verschlossen. Dischler ging voran. Er wandte sich zunächst nach links. Hier gab es jedenfalls keinen Brunnen. Aber als sie das Haus zu drei Vierteln umrundet hatten, hielt Dischler plötzlich an. »Hier!«

Ja, kein Zweifel, dies musste der Brunnen sein. Er war durch eine große kreisrunde Betonplatte von einem Meter Durchmesser abgedeckt. Dieser Deckel sah sehr sauber aus. Er war weder von Moos bedeckt noch steckte er tief im Laub. Sylvia hatte nicht damit gerechnet, dass der Brunnen so groß war. In einem solchen Schacht konnte man mit Sicherheit Dutzende von Leichen unterbringen. Vielleicht sogar Hunderte.

»Sollen wir einen Blick in die Tiefe werfen?«, fragte Patrick.

Dischler schüttelte den Kopf. »Wir sollten keine Spuren hinterlassen.«

Sylvia kniete sich neben den Brunnen und sog die Luft ein. Aber sie roch nichts.

»Jetzt haben wir alles gesehen, was es hier zu sehen gibt«, sagte Dischler, »und zum Abschluss habe ich nur noch ein paar Fragen. – Aber wir sollten nicht unnötig im Freien herumstehen. Kommen Sie, wir gehen noch mal nach oben.«

Sylvia wollte nicht. »Ich hab doch schon alles erzählt.«

Dischler schüttelte den Kopf. Zögernd folgten sie ihm in das Haus. Jetzt kam die Entscheidung. Jetzt musste es sich zeigen, was Sylvias Aussage wert war.

* * *

Sie standen zwischen den Puppen. Dischler räusperte sich. »Fangen wir mit dem Anfang an. Sylvia, seit wann hat Alexander Stubbe sich für Sie interessiert?«

»Wahrscheinlich schon immer.«

»Schon immer?«

»Ich habe es nicht bemerkt, aber er hat es zugegeben, als er mich gefangen hatte.«

»Was geschah dann?«

»Erst einmal nichts. Ich bin dann ja zu Hause ausgezogen, und dann war ich im Gefängnis ...«

»Heißt das, Alexander Stubbe hatte den Kontakt zu Ihnen verloren?«

Sylvia nickte.

»Und wie hat er Sie wiedergefunden?«

»Über meine Mutter. Er hat Mama bedrängt, und die hat ihm schließlich erzählt, dass ich oft Leonies Grab auf dem Neuen Friedhof besuche.«

»Ein Grab, das es gar nicht gibt.«

»Das war egal. Neuer Friedhof reichte. Das Gelände ist ja nicht so riesengroß. Er brauchte nur abzuwarten, bis ich ihm schließlich in die Arme gelaufen bin.«

»Wann war das?«

»Dieses Jahr. Ende Mai.«

»Und dann?«

»Er hat mich angesprochen und gesagt, dass das alles ein Missverständnis gewesen sei damals, und dass es ihm leid tue, und dass er mich doch so gerne möge, und ob wir uns nicht wieder vertragen könnten. Er wirkte so – so hilflos. Und so liebevoll.«

»Und Sie haben ihm geglaubt?«

»Ich hatte Zweifel. Aber er hat mich zum Essen eingeladen, und wir haben ganz fürstlich gegessen, und anschließend haben wir uns für die nächste Woche verabredet. Selbe Zeit, selber Ort.«

»Und dann?«

»Dann bin ich mit ihm mitgegangen.«

»Keine dramatische Entführung?«

Sylvia schüttelte den Kopf.

»Dann kamen der Alkohol, die Sex-Fotos, die Kiste und die Vergewaltigung?«

»Ja.«

»Und was ist mit Ihrer nächtlichen Flucht?«

Sylvia zögerte.

»Ich weiß, dass die Geschichte nicht stimmt«, sagte Dischler.

»Wieso glauben Sie das?«

»Ein scheinbar unwichtiges Detail: Es wird hier

nachts niemals völlig dunkel. Die Stichstraße, auf der Sie geflüchtet sind, die ist beleuchtet.«

»Nein.«

»Doch, Sylvia. Zwar keine offizielle Straßenbeleuchtung, aber jedes der Häuser an dieser Stichstraße hat einen Bewegungsmelder. Und wenn Sie da vorbeigehen, dann geht automatisch das Licht an, und das ist heller als jede Straßenbeleuchtung. Was ist also wirklich passiert?«

Sylvia seufzte.

»Bitte, Sylvia!«

»Als ich wieder aus der Kiste herauskam, hat Alexander Stubbe mich gequält und vergewaltigt. Er hat mich mit dem Messer geritzt. Hier.« Sie zog das T-Shirt hoch und zeigte die Narbe. »Es hat geblutet wie Sau, und es hat höllisch wehgetan, und ich hab geschrien, und Alexander hat gelacht und gesagt, das sei erst der Anfang. Er werde mich Stück für Stück auseinanderschneiden, bis ich tot bin.«

»Aber dazu ist es nicht gekommen.«

»Nein. Viktor hat mich gerettet. Alexanders Zwillingsbruder.«

»Er ist also der geheimnisvolle zweite Mann, dessen Namen Sie nicht genannt haben?«

»Ja.«

»Hat der die ganze Zeit versucht, Sie zu beschützen?«

»Nein. Er hat mich auch vergewaltigt. Nach Alexander. Aber längst nicht so brutal.

»Und dann?«

»Ich war nackt und wieder an den Stuhl gefesselt. Und Alexander war in der Küche. Er war dabei, das

Mittagessen zu machen. Nicht für mich. Nur für Viktor und sich. Ich hatte einen Mordshunger. Und dann hat Viktor mich losgeschnitten. ‚Lauf!' hat er gesagt, ganz leise, und dann ist er zu Alexander in die Küche gegangen. Aber ich bin nicht abgehauen. Ich bin nur ins Treppenhaus gegangen und hab oben das Fenster aufgemacht. Ich konnte nicht einfach weglaufen. Ich war ja nackt. Die achte Puppe trug jetzt mein Zeug. Ich bin in die Kiste gekrabbelt, hab den Deckel zugemacht und abgewartet.«

Sylvia sah Dischler an. Der nickte.

»Dann hab ich gehört, wie Alexander aus der Küche gekommen ist. ‚Sie ist weg!', hat er geschrien. Und Viktor hat gesagt: ‚Sie kann ja nicht weg, die Haustür ist doch zugeschlossen.' Und dann haben sie das offene Fenster im Treppenhaus entdeckt. ‚Hier ist sie raus!', hat Alexander gerufen, und dann sind sie beide losgerannt. Und ich bin aus der Kiste gestiegen, hab schnell die Puppe ausgezogen und mich angezogen. Dann hab ich den Laptop entdeckt und mich entschlossen, ihn mitzunehmen. Die Haustür war offen, die Stubbes waren weg. Bis zur S-Bahn sind es von hier ja nur ein paar hundert Meter. Ich hab auf den nächsten Zug gewartet, bin eingestiegen und davongefahren.«

Ja, so machte das alles viel mehr Sinn.

Dischler fragte: »Und warum die Lügengeschichte?«

»Ich wollte Viktor schützen. Er hatte mir doch das Leben gerettet. Ich wollte nicht, dass ihm etwas passiert.«

»Deshalb haben Sie auch verschwiegen, dass Viktor die Fotos gemacht hat?«

»Ja.«

»Aber alles was für Viktor spricht, das hätten Sie doch auch vor Gericht erzählen können.«

»Ich wollte nicht, dass er vor Gericht kommt. Ich wollte überhaupt keine Gerichtsverhandlung«, sagte Sylvia. »Ich wollte Rache. Rache an Alexander Stubbe, sonst gar nichts.«

Dischler sah sie ernst an. »So geht das nicht, Sylvia.«

»Ja, das hat Patrick auch gesagt. Vielleicht hat er Recht. Vielleicht haben Sie beide Recht.«

Niemand sagte etwas.

»Wirklich«, bekräftigte Sylvia. »Ich hab es begriffen.«

»Gut«, sagte Dischler.

»Gar nicht gut«, entgegnete Patrick. Er hatte aus dem Küchenfenster gesehen. »Da unten kommt nämlich ein Wagen.«

* * *

»Vorhänge zu!«, bestimmte Dischler.

Patrick spähte weiter aus dem Küchenfenster. Ein dunkler Kleinwagen. Kein Zweifel, das war der Wagen, den Dischler gestern aufgenommen hatte. Und es war dieselbe Zeit. Verdammt. Dischler musste doch geahnt haben, dass der Mann wiederkommen würde. Es war kein Zufall, dass er ihnen ausgerechnet jetzt das Haus zeigte. Das war eine Falle.

»Wir gehen auf die Veranda und schließen hinter uns zu«, sagte Dischler. »Da findet er uns nicht.«

Das galt allerdings nicht, wenn der Mann nur kam, weil er genau wusste, dass Sylvia und er jetzt hier sein würden. Wenn er nur kam, um sie zu erschießen. Einbrecher, würde er später sagen. Sie hätten ihn bedroht, und da habe er geschossen.

»Haben Sie Ihre Waffe dabei?«, fragte Sylvia.

Nein, Dischler war unbewaffnet. Sylvia hielt ihr Messer bereit.

Jemand machte sich an der Haustür zu schaffen.

»Komm, Sylvia!«, drängte Patrick.

Sylvia kam nicht. Sie steckte ihr Messer wieder in den Stiefel, dann stand sie ganz still. Sie hörte Dischler fluchen, und sie hörte, wie er die Verandatür hinter sich schloss.

»So ein Wahnsinn!«, murmelte Patrick.

»Still!«

* * *

Sylvia hoffte wohl, dass niemand sie zwischen all den Puppen bemerken würde. Aber natürlich gab es erhebliche Unterschiede zwischen einer Puppe und einem lebenden Menschen. Wer nur mit einigermaßen wachen Augen durch die Welt ging, der musste diesen Unterschied bemerken. Was jetzt? Wenn Dischler auf der anderen Seite stand, war sowieso alles verloren. Aber wenn nicht? Was konnten sie tun, wenn Sylvia entdeckt würde? Ins Zimmer stürzen und ihr zu Hilfe kommen? Etwas anderes blieb ihnen kaum übrig. Dann würden sie alle sterben.

Dischler schwieg. Er hatte gewusst, dass dies kommen würde, aber Sylvias Alleingang war nicht eingeplant. Seine Miene war undurchdringlich. Patrick hörte, wie die Tür des Puppenzimmers geöffnet wurde.

* * *

Sylvia stand mitten zwischen den Puppen. Sie hörte, wie jemand hereinkam. Wenn es Alexander Stubbe war zusammen mit seinem Zwillingsbruder, dann war sie geliefert. Beide wussten genau, wie viele Puppen hier standen. Und welche. Mit einem der Brüder würde sie vielleicht fertig werden, aber nicht mit beiden.

Die Tür wurde geöffnet. Sylvia hielt den Atem an. Sie bemühte sich, ganz still zu stehen. Sie bewegte nur ihre Augen. Es war nur ein einzelner Mann, der in das Zimmer kam. Er ging ohne zu zögern in die Küche und war damit aus Sylvias Blickfeld verschwunden. Aber sie hatte genug gesehen. Ja, sie kannte den Mann. Und, kein Zweifel, der Mann, den sie sah, der kannte sie auch. Aber es war nicht Alexander Stubbe. Es war auch nicht Viktor. Es war Oberkommissar Fleischhauer. Und der war offenbar nicht gekommen, um irgendjemand festzunehmen.

Er rumorte in der Küche herum, ging an den Kühlschrank. Sylvia hörte, wie er eine Flasche öffnete. Bier vermutlich. Er ließ sich Zeit mit dem Bier. Endlos viel Zeit. Schließlich rülpste er, warf die leere Flasche in den Papierkorb und kam zurück in ihr Zimmer. Wieder war er hinter Sylvias Rücken zugange. Was zum Teufel machte er da? Offenbar rückte er einen der Vorhänge zurecht, und dann ging er. Sylvia atmete auf.

* * *

»Das war Fleischhauer! Oberkommissar Fleischhauer!«, rief Sylvia.

Dischler nickte.

»Warum nehmen wir ihn nicht fest? Warum nehmen wir diesen Fleischhauer nicht einfach fest?«

»Das geht nicht. Er hat nichts getan, weswegen wir ihn festnehmen könnten. Er ist in dieses Haus gekommen und hat eine Flasche Bier getrunken. Das ist nicht strafbar.«

»Aber es ist doch offensichtlich, dass er ...«

»Nichts ist offensichtlich. Ich vermute, dass Fleischhauer einfach nur als so eine Art Hausmeister einmal in der Woche oder vielleicht auch einmal am Tag nachsieht, ob hier alles in Ordnung ist.«

»Als Hausmeister?« Das glaubte Patrick nicht.

Dischler lachte, als er sein Gesicht sah. »Sie haben keine Vorstellung davon, wie wenig so ein Kommissar oder Oberkommissar tatsächlich verdient. Viele von uns haben Nebentätigkeiten. Und so ein Hausmeisterjob, den brauchen Sie nicht einmal anzumelden. Das fällt unter Nachbarschaftshilfe.«

»Unfassbar.«

»Natürlich kommt der Hausmeister Fleischhauer nur zum Einsatz, wenn hier gerade keine Morde oder Vergewaltigungen stattfinden. Dafür kriegt er ein bisschen Geld. Nicht besonders viel, es ist ja auch keine schwere Arbeit. Und das Geld ist unversteuert. Und ab und zu klönt er ein bisschen mit dem netten Herrn Stubbe. Und Stubbe erzählt ihm von seinen Immobilien, und Fleischhauer erzählt ihm vielleicht, was bei der Polizei so geredet wird. Keine Dienstgeheimnisse selbstverständlich.«

»Also keine Festnahme jetzt?«

»Dadurch wäre nichts zu gewinnen. Im Augenblick nicht. Aber wir wissen jetzt, wo die undichte Stelle bei der Polizei ist, und wir werden unsere ‚Internen Ermittlungen' darauf ansetzen. Später.«

»Aber das kann doch nicht alles sein!«

»Nein. Natürlich nicht. Jetzt haben wir genügend Material gesammelt, um eine Hausdurchsuchung zu beantragen. Dass Alexander Stubbe der Mieter ist, ist jetzt wohl eindeutig geklärt.«

»Wirklich?«, fragte Patrick.

»Wir haben die Sylvia-Puppe und wir haben Sylvias Aussage.«

Sylvia blickte zu Boden.

»Wir haben Sylvias Aussage«, wiederholte Dischler.

»Ja«, sagte Sylvia. Aber sie sah ihn nicht an dabei.

»Und wenn wir Glück haben, dann haben wir auch die Leichen«, ergänzte Dischler.

* * *

Oberkommissar Fleischhauer rief an und berichtete, was er erlebt hatte. Er kannte Alexander Stubbe nicht unter seinem richtigen Namen. »Herr von Klotz«, sagte er, »ich bin mir sicher, dass jemand in dem Haus gewesen ist. Absolut sicher. Ich hatte die Vorhänge beim vorletzten Kontrollgang noch einmal exakt geradegerückt. Und jetzt war der eine auf der linken Seite nicht vollständig zugezogen.«

»Sind Sie sich wirklich ganz sicher?«, fragte Alexander Stubbe.

»Absolut sicher. – Um ehrlich zu sein, ich hatte sogar das Gefühl, dass noch immer jemand im Haus war.«

»Haben Sie alle Räume abgesucht.«

»Nein. Natürlich nicht. Sie hatten mir Anweisung gegeben, dass ich jede Konfrontation vermeiden sollte, mit wem auch immer. Daran habe ich mich gehalten.«

»Das haben Sie richtig gemacht«, bestätigte Alexander. Viktor Stubbe, der neben ihm stand, verdrehte die Augen.

»Ich hatte gleich so ein komisches Gefühl«, ergänzte Fleischhauer. »Gleich als ich bei dem Haus angekommen bin. Die Haustür war nicht abgeschlossen.«

»Was?«

»Ich bin mir ganz sicher, dass ich das Haus bei meinem letzten Besuch ordnungsgemäß abgeschlossen hatte, aber jetzt hatte jemand die Haustür aufgeschlossen.«

»Seltsam. – Was haben Sie gemacht, als Sie wieder gegangen sind?«

»Zugeschlossen natürlich.«

»Natürlich.«

»Und dann gab es noch eine Besonderheit. Als ich gerade in meinen Wagen steigen wollte, da habe ich die Kamera entdeckt.«

»Eine Kamera?«

»Eine Wildbeobachtungskamera. Chinesisches Fabrikat. So ein billiges Ding, aber sehr wirkungsvoll. Ich habe nichts angefasst. Ich wusste ja nicht, ob Sie die nicht vielleicht angebracht haben, Herr von Klotz.«

»Das haben Sie richtig gemacht. – Moment mal. Mein Bruder ist jetzt hier. Ich sehe gerade, dass er mir ein Zeichen gibt. Hast du die Kamera angebracht?«

Viktor sagte nichts.

»Ja, er hat die Kamera angebracht. Also kein Grund zur Beunruhigung. – Und bist du auch in dem Haus gewesen?«

Viktor schüttelte den Kopf.

»Ja, mein Bruder ist vorhin in dem Haus gewesen. Das hatte ich nicht gewusst. Dann ist also wirklich alles in Ordnung. Es ist gut, dass Sie sofort bei uns angerufen haben. – Übrigens werden wir wahrscheinlich in den nächsten Tagen das Haus selbst nutzen. Da brauchen Sie dann nicht extra vorbeizukommen. Ich rufe Sie an, wenn wir Ihre Dienste wieder benötigen. Und das Geld kommt in Ihren Briefkasten – so wie immer.« Alexander beendete das Gespräch.

»Was bedeutet das?«, fragte Viktor Stubbe.

»Es wird eng. Es wird jetzt ganz eng. Zum Glück ist es nicht die Polizei. Die hätte sich mit einem Durchsuchungsbefehl gemeldet. Also waren es wahrscheinlich die beiden Amateure.«

Alexander und Viktor hatten natürlich geahnt, dass es irgendwann soweit kommen würde. Sylvia kannte das Haus, war am helllichten Tag daraus geflohen, und es konnte ihr keine Mühe bereiten, es wiederzufinden. Aber was dann? Alexander war davon ausgegangen, dass sie nicht versuchen würde, in das Haus einzudringen. Dadurch konnte sie nichts gewinnen. Sie würde sich nur selbst in Gefahr bringen. Aber wie dem auch sei – nun hatte sie es doch gewagt.

»Es wird wirklich Zeit, dass wir sie ausschalten.«

Sein Bruder sah ihn besorgt an. »Das gefällt mir nicht, Alex. Diese Häufung von Todesfällen.«

»Keine Sorge. In diesem Fall wird alles ganz natürlich aussehen.«

»Wie willst du die beiden kriegen?«

»Wir brauchen nur Sylvia. Wenn wir die haben, dann macht Pauli alles, was wir wollen.«

Viktor schüttelte den Kopf.

Alexander sagte: »Liebe macht blind, Viktor! Und dieser Patrick ist bis über beide Ohren verliebt, daran habe ich überhaupt keinen Zweifel. Wenn Sylvia ihn braucht, dann wird er kommen.«

»Und wie kriegen wir Sylvia?«

»Auf dem Friedhof natürlich.«

»Auf dem Friedhof?« Das glaubte Viktor nicht. »Das wäre doch vollkommen verrückt, wenn sie nach allem, was bisher vorgefallen ist, noch einmal auf diesen Friedhof gehen würde.«

»Genau das ist es, Viktor! Sie ist verrückt. Sie ist ein kleines bisschen verrückt, aber das macht es ja gerade so ungeheuer reizvoll, diese Wildkatze wieder einzufangen.«

* * *

Kommissar Dischler hatte sich durchgesetzt. Es war leichter gewesen, als er gedacht hatte. Nachdem er Fleischhauers Vorgesetzten überzeugt hatte, waren nur noch ein paar interne Telefongespräche erforderlich, und dann stand er der Einsatzleiterin des SEK gegenüber. Petra Stein begrüßte ihn mit Handschlag. Sie blickte ihm in die Augen und sagte: »Sie sind ein mutiger Mann, Kommissar Dischler!«

Dischler schüttelte den Kopf. »Ich bin kein Held,

wenn Sie das meinen. Aber wenn ich etwas sehe, von dem ich glaube, dass es grundsätzlich falsch läuft, dann lasse ich das nicht auf sich beruhen, sondern gehe der Geschichte auf den Grund. Und in diesem Fall gibt es eine solche Häufung von Unglücksfällen und Selbstmorden, dass ich einfach davon ausgehen muss, dass etwas anderes dahinter steckt.«

Dischler berichtete, was sich zugetragen hatte. Nun kam die Entscheidung.

Die Einsatzleiterin sah ihn prüfend an. »Wir bewegen uns auf sehr dünnem Eis«, sagte sie.

»Inzwischen nicht mehr«, widersprach Dischler. »Mit Sylvia Schröders Hilfe ist es mir gelungen, das Haus zu identifizieren, in dem sie gefangengehalten und vergewaltigt wurde. Es liegt am Geestrand in Hausbruch, Waldstraße 4. Als niemand zu Hause war, sind Sylvia und ich eingedrungen und haben das Innere inspiziert.«

Petra Stein schüttelte den Kopf. »Das haben Sie sicher nicht getan!«

»Nein, Sie haben Recht. Sylvia hat das Haus wiedererkannt. Das Haus ist sehr gut schallisoliert. Die Fenster im Erdgeschoss sind vergittert und mit dunklen Vorhängen versehen, so dass man von außen fast nichts sehen kann, was im Inneren vorgeht. Aber wir haben dennoch die Kiste entdeckt, in der Sylvia Schröder gefangengehalten worden ist.«

»Das ist nicht viel«, wandte die Einsatzleiterin ein. »Eine Kiste ist eine Kiste.«

»Die Besonderheit in diesem Haus ist der große Raum im Erdgeschoss. Dort befindet sich eine Sammlung von acht Sexpuppen. Sieben davon sind vollständig bekleidet. Eine ist nackt. Das ist die Puppe, die Frau Schröder am ähnlichsten sieht.«

»Nichts davon ist verboten.«

»Wir gehen davon aus, dass es sich bei den Puppen um eine Sammlung von Trophäen handelt. Die sieben jungen Frauen sind ermordet worden.«

»Das ist eine kühne Schlussfolgerung.«

»Ich weiß.«

»Wer sind diese Frauen? Und was hat Alexander Stubbe mit den Leichen gemacht?«

»Wer die anderen Frauen sind, wissen wir nicht. Sie können aus dem ganzen Bundesgebiet stammen. Und die Leichen – es gibt auf dem Grundstück einen tiefen Brunnen.«

Petra Stein schwieg einen Augenblick. Schließlich sagte sie:»Gut. Nehmen wir einmal an, dass alles so ist, wie Sie sagen. Wir stürmen das Haus, wir finden die Puppen – und dann?«

»Dann haben wir noch den Brunnen.«

»Den Sie aber nicht selbst in Augenschein genommen haben, oder?«

Dischler schüttelte den Kopf.»Der Brunnen ist durch eine schwere Betonplatte abgedeckt. Wenn wir die Platte bewegt hätten, hätten wir Spuren hinterlassen, und Stubbe hätte gewusst, dass jemand da gewesen ist.«

»Und so haben Sie keine Spuren hinterlassen?«

»Wahrscheinlich haben wir Spuren hinterlassen. Die Frage ist nur, ob sie jemand bemerkt. Die meisten Spuren, die irgendein Einbrecher hinterlässt, sind so unbedeutend, dass sie niemandem auffallen.«

»Gut«, sagte die Einsatzleiterin.

»Dann sind da noch in der Küche die beiden Säcke mit dem gebrannten Kalk.«

»In der Küche?«

»Wir haben sie durch das Fenster gesehen.«

Frau Stein schüttelte den Kopf. »Den Kalk können Sie ohne Probleme im Internet kaufen. Und die meisten Leute, die das tun, die wollen damit nicht irgendwelche Leichen beseitigen.«

»Auffällig ist es schon«, beharrte Dischler. »Gibt es sonst noch irgendwelche Besonderheiten?«

»Die Filmsammlung im Keller. Aber die steht natürlich in keinem Zusammenhang mit den entführten und ermordeten Frauen. Das sind einfach nur alte Filme, die Stubbe gesammelt hat. Das steht auch auf seiner LinkedIn-Seite.«

»Wie alt sind die Filme?«

»Zum größten Teil wahrscheinlich aus der Vorkriegszeit. Also noch echte Zelluloid-Filme. Nitrose. Äußerst feuergefährlich.«

»Das ist natürlich wichtig. Rauchen tut sowieso keiner von uns, jedenfalls nicht im Einsatz, aber ich werde die Weisung geben, dass Schusswaffengebrauch unbedingt zu vermeiden ist. Und ich werde die Feuerwehr informieren. Sie sollen sich auf jeden Fall bereithalten. Und sie sollen daran denken, dass man brennende Nitrose auf keinen Fall löschen kann. Wenn es wirklich zu einem Brand kommt, müssen sie sich darauf beschränken, ein Übergreifen des Feuers auf Nachbargebäude zu verhindern.«

Dischler nickte.

»Wie kommen wir denn am besten an das fragliche Haus heran?« Petra Stein rief *Google Maps* auf. Dischler setzte sich neben sie und zoomte auf das entsprechende Gelände. »Dies ist das fragliche Haus«, sagte er. »Das sollte kein Problem sein«, sagte die Einsatzleiterin. »Wie viele Personen sind in dem Zielobjekt?« »Vielleicht niemand, wahrscheinlich aber zwei. Alexander Stubbe und sein Zwillingsbruder Viktor.« »Wohnen sie dort?« »Nein, normalerweise nicht. Alexander wohnt in einer Villa in Volksdorf, Viktor in einer Mietwohnung in Blankenese. Das Haus Waldweg 4 haben sie unter falschem Namen angemietet. Es dient nur als Unterschlupf für Sex und Mord.« »Haben die beiden ein neues Opfer in ihre Gewalt gebracht?« »Bisher wahrscheinlich nicht. Heute Nachmittag stand das Haus noch leer. Dann kam zunächst ein Hausmeister, um nach dem Rechten zu sehen. Und als der wieder gegangen war, kamen Alexander und Viktor Stubbe. Und die haben das Haus nicht wieder verlassen. Ich habe eine Wildbeobachtungskamera eingesetzt.«

»Herr Kommissar Dischler, wenn dies alles vorbei ist, dann brauchen Sie einen Spezialunterricht darüber, was alles erlaubt und verboten ist. Diese Dinge habe ich alle nicht gehört. Sie sind nicht in dem Haus gewesen, und Sie haben keine Überwachungskamera eingesetzt. Unsere Einsatzplanung beruht allein auf Ihren legalen Ermittlungen und auf den Aussagen von Sylvia Schröder.«

»Selbstverständlich.«

»Wildbeobachtungskamera! – Ich kann nur hoffen, dass das Wild uns tatsächlich in die Falle geht.«

»Wann erfolgt der Zugriff?«

»7 Uhr. Zwei Stunden nach Sonnenaufgang. Da sind wir, was die Lichtverhältnisse angeht, auf jeden Fall auf der sicheren Seite.«

Kommissar Dischler nickte. »Danke für ihr Vertrauen«, sagte er.

»Da nicht für. – Aber auch wenn wir diesen Punkt jetzt beide ausgeklammert haben, sind wir uns darüber im Klaren, dass es nicht allein um Vergewaltigung und möglicherweise um Mord geht, sondern eventuell um Dinge von noch viel größerer Tragweite. Und wenn wir uns darauf einlassen, einen Drachen am Schwanz zu ziehen, dann müssen wir damit rechnen, dass der zurückschlägt. Nach allem, was Sie mir erzählt haben, sind Sie durchaus in Gefahr, die nächste Leiche zu werden. Sie oder Dr. Pauli oder Frau Schröder. Wir können nicht rund um die Uhr auf Sie aufpassen. Auf keinen von Ihnen. Seien Sie auf der Hut!«

»Wir werden aufpassen«, versicherte Dischler.

* * *

Bei der Besprechung war Dischler noch durchaus zuversichtlich gewesen. Auf der Fahrt nach Hause spürte er, wie sein Selbstvertrauen allmählich schwand. Er wollte Patrick anrufen, aber der ging nicht ans Handy. Daraufhin rief er im Kapellenweg an. Sylvia nahm den Hörer ab. Nein, Patrick war nicht da. Er war einkaufen gegangen. Dischler sagte, Patrick möge so bald wie möglich zurückrufen.

Jetzt setzte Ernüchterung ein. Dischler hatte alles auf eine Karte gesetzt. Wenn seine Schlussfolgerungen falsch waren, musste er mit Konsequenzen rechnen. Wenn die geplante Durchsuchung kein Ergebnis brachte, würden mit Sicherheit Fragen gestellt werden, auf die es keine guten Antworten gab. Er hatte sich großzügig über eine ganze Reihe von Vorschriften hinweggesetzt, und die ungenehmigte Durchsuchung des Hauses am Waldweg war in juristischer Sicht nichts weiter als ein Einbruch. Dafür würde er sich verantworten müssen.

Dass sein Vorgesetzter Oberkommissar Fleischhauer als eine Art Hausmeister für Stubbe arbeitete, kam erschwerend hinzu. Dischler hatte dieses Detail bewusst unterschlagen, denn sonst hätten erst die Internen Ermittlungen eingeschaltet werden müssen. Das bedeutete aber, dass dieser ‚Maulwurf‘ in absehbarer Zukunft weiterhin aktiv bleiben und ihm das Leben schwer machen könnte.

Hinzu kam natürlich die Bedrohung durch die organisierte Kriminalität. Selbst wenn es gelang, Alexander Stubbe und vielleicht seinem Bruder Morde und Vergewaltigungen nachzuweisen, so war das letzten Endes nur ein sehr begrenzter Erfolg. Die entscheidenden Strukturen der Mafia ließen sich dadurch nicht zerschlagen. Im Gegenteil. Dischler war sich ziemlich sicher, dass die Morde nicht von irgendwelchen hochgestellten Bossen angeordnet worden waren, sondern dass sie allein auf das Konto Stubbes gingen. Der hatte sich offenbar im Rahmen seiner privaten Neigungen sehr viel mehr erlaubt, als seine Vorgesetzten jemals gebilligt hätten. Ihnen ging es darum, Geld zu verdienen und nicht aufzufallen. Aber Stubbe war jetzt aufgefallen.

Dischler wusste, dass die Abteilung der Kriminalpolizei, die sich mit der organisierten Kriminalität befasste, Stubbe auf der Spur war. Alles, was bei den Ermittlungen des LKA 63 bisher herausgekommen war, war jetzt plötzlich wertlos. Und die Geldwäsche würde über andere Kanäle ungehindert weiterlaufen.

Und die Einsatzleiterin hatte recht, er hatte sich persönlich mit der Mafia angelegt. Er war persönlich in Gefahr. Besonders, solange die Brüder Stubbe noch auf freiem Fuß waren. Und er – er war unbewaffnet. Er hätte seine Waffe mit nach Hause nehmen können, aber das wollte er nicht. Er hatte nie eine Schusswaffe im Haus gehabt.

Zu Hause angekommen machte er sich erst einmal einen starken Kaffee. Danach sah alles schon viel rosiger aus. Er wusste, dass er auch nach dem stärksten Kaffee völlig ungestört schlafen würde. Wenn ein Einbrecher kam, würde er ihn nicht bemerken. Und das Sicherheitsschloss an der Haustür – alles für die Katz. Ein gutes Gewissen, dachte er, das war die Hauptsache.

Patrick hatte nicht zurückgerufen. Aber das machte nichts. Er wusste ja, dass der Polizeieinsatz beschlossen worden war. Nur den genauen Termin kannte er nicht. Aber den würde er früh genug erfahren. Vielleicht war es ohnehin besser, wenn Sylvia und er den genauen Zeitpunkt des Polizeieinsatzes nicht kannten. So konnten sie ihnen nicht in die Quere kommen. Alles war in

Ordnung. Vor dem Einschlafen noch ein rascher Blick auf die Wildkamera. Der Bildschirm blieb schwarz. Kein Grund zur Beunruhigung. Wahrscheinlich waren die Akkus erschöpft.

Die achte Puppe

Patrick war auch erschöpft. Erschöpft und zufrieden. Die Polizei hatte jetzt alles im Griff. Bis die Stubbes verhaftet würden, waren es nur noch wenige Stunden. Und dann waren sie frei, dann konnten Sie endlich Urlaub machen, Sylvia und er. Und die Probleme im Institut ...

Patrick erschrak. Schlagartig wurde ihm bewusst, dass seine wissenschaftliche Karriere beendet war. Ganz gleich, was mit den Stubbes weiter geschah, das war völlig belanglos. Die Presse würde sich des Falles annehmen. Und die würde ihn nicht schonen. *»Glückloser Amateurdetektiv pfuscht der Polizei ins Handwerk«* würden die Zeitungen schreiben. Oder besser noch: *»Menschheitsforscher als Privatdetektiv – Leichen pflastern seinen Weg«*. Sein Ruf war ruiniert. Für eine Professur kam er nicht mehr in Frage. Blieb ihm nur noch die Flucht ins Lehramt.

Ging das noch? Nein, wahrscheinlich war auch dieser Weg verbaut. Er sah die Schlagzeilen schon vor sich. *»Amateurdetektive als Lehrer? Die Schulbehörde hält sich bedeckt. Besorgte Eltern fragen: Werden unsere Kinder jetzt von vornherein als Kriminelle eingestuft?«*

Vielleicht kam es nicht dazu. Vielleicht würde es der

Polizei gelingen, Sylvia und ihn aus der Geschichte herauszuhalten. Aber vielleicht auch nicht. Kritisch würde es vor allem, wenn die Aktion ein Fehlschlag war. Wenn die ermordeten Frauen nicht in jenem Brunnen lagen. Und ein Gerichtsverfahren, das sich über mehrere Monate hinzog, und in dem die Anwälte der Verteidigung nichts unversucht lassen würden, ihre Glaubwürdigkeit in Frage zu stellen, das würden sie nicht unbeschadet überstehen. Sylvias Freundin vergewaltigt? Das behauptete Sylvia. Sylvia entführt? Sie war freiwillig mitgegangen. Sylvia vergewaltigt? Die Fotos sprachen eine andere Sprache. Alexander Stubbe war ein unbescholtener Geschäftsmann. Sylvia hatte nachweislich die Polizei belogen. Und sie war vorbestraft.

Patrick lag neben Sylvia auf dem Fußboden, wälzte sich von einer Seite auf die andere, aber alles Grübeln half nichts. Schließlich schlief er ein.

Sylvia hatte so getan, als ob sie schlief. Sie schlief nicht. Und sie wusste, dass sie in den nächsten Stunden nicht einschlafen würde. Sie lauschte Patricks gleichmäßigen Atemzügen. Warum hatte er am Ende Schlaf gefunden? Und warum sie nicht? Warum konnte sie nicht einschlafen? Alles war geregelt, und es gab nichts, was sie noch tun konnte. Nein, das stimmte nicht. Eine Sache konnte sie noch tun. Oder?

* * *

Der Mensch hat genau wie die meisten großen Tiere eine Reihe von festen Gewohnheiten, die es einem Jäger erleichtern, sein Wild aufzuspüren. Auch Sylvia hatte ihre Gewohnheiten. Dazu gehörten die Besuche des Grabes, von dem sie sich einmal vorgestellt hatte, dass es das Grab ihrer Familie sei. Sie musste mit Leonie reden. Jetzt.

Das war schlecht. Sylvia wusste, dass das schlecht war. Gefährlich. Aber was sollte passieren? Wenn sie den neuen schwarzen Anorak anzog, war sie im Dunkeln nahezu unsichtbar.

Sie wollte Leonie berichten, was passiert war, und sie wollte ihr sagen, dass nun alles gut würde. Ihr Tod würde gerächt. Das musste sie auf jeden Fall wissen.

Ein Blick auf Patrick. Der schlief fest, und der würde vor dem Frühstück nicht aufwachen. Leise stieg Sylvia aus dem Bett und zog sich an. Es war schon nach Mitternacht. Draußen war es inzwischen dunkel. Das spielte keine große Rolle, denn den Weg zum Friedhof kannte sie auswendig, und außerdem gab es ja die Straßenbeleuchtung. Sie würde zu Fuß gehen müssen. Es gab keine geradlinige Verbindung per Bus vom Kapellenweg bis zum Friedhof. Und wahrscheinlich fuhr so spät in der Nacht sowieso kein Bus mehr. Das machte nichts; der Weg war nicht weit. Anderthalb Kilometer höchstens.

Sylvia hielt inne. Ihr war bewusst, dass sie eigentlich nicht nachts allein nach draußen gehen sollte. Aber sie war schon so oft im Dunkeln allein draußen gewesen, und bis jetzt war alles gut gegangen. Fest alles. Sie zögerte nur kurz. Dann machte sie einen Abstecher in die Küche, nahm sich das kleine Messer mit dem grünen Griff, das Patrick immer zum Käseschneiden benutzte, und steckte es sich in den Stiefel. Wenn jemand ihr etwas tun wollte, würde sie sich wehren.

Draußen war alles ruhig. Direkt gegenüber von Sebastians Haus parkte ein dunkler Kleinwagen. In dem Auto saß niemand. Auch sonst war kein Mensch mehr unterwegs. Nein, das stimmte nicht. Da war ein alter Mann, der seinen Hund ausführte. Als er sie sah, ging er auf die andere Straßenseite. Sylvia fand es lustig, dass der Mann vor ihr Angst hatte.

Ein Fuchs kam ihr entgegen. Auch der wechselte auf die andere Straßenseite, aber bei ihm sah es nicht so aus, als ob er Angst hätte, sondern als hätte er genau diesen Weg schon vorher geplant.

Der Weg durch den dunklen Stadtpark – kein Problem. Irgendeine Ente quakte weit draußen auf dem Wasser. Der Schulgarten – noch dunkler als der Stadtpark, und um diese Tageszeit völlig verlassen. Am dunkelsten aber war der Friedhof. Sylvia kam diesmal vom Seiteneingang, vom Ehrenfriedhof her, und einen Augenblick lang befürchtete sie, dass das Tor verschlossen sein könnte, aber das war nicht der Fall. Der Harburger Friedhof war Tag und Nacht geöffnet. Sylvia stieg den Hügel hinan. Der Mond kam zum Vorschein. Sylvia warf einen raschen Blick auf die Kreuze der Soldatengräber. Unheimlich, weil es so viele waren. Sie warfen lange Schatten. Sylvia wandte sich nach links, ging an der Friedhofskapelle vorbei, nun war es nicht mehr weit. Da vorn, schräg unter ihr, da stand der Grabstein für die Familie Schröder.

»Hallo Leonie«, sagte Sylvia.

»Hallo Sylvia«, sagte jemand schräg hinter ihr.

* * *

Patrick öffnete die Augen. Draußen wurde es gerade erst hell. Irgendetwas hatte ihn geweckt. Sein Wecker? Nein, Unsinn. Er brauchte heute nicht früh aufzustehen. Und Sylvia? Er drehte sich um. Der Platz neben ihm war leer.

»Sylvia?«

Keine Antwort. War sie im Bad?

Nein, Sylvia war nicht im Bad.

Sein Handy vibrierte.

»Ja bitte?«

Einen Augenblick herrschte Stille, dann sagte jemand: »Herr Doktor Pauli, entschuldigen Sie bitte die Störung zu dieser unchristlichen Zeit, aber ich muss noch einmal auf mein Problem zurückkommen. Das ist bis jetzt nicht gelöst. Sie wissen ja: Es geht um etwas, das mir gestohlen worden ist, und von dem ich mir ziemlich sicher bin, dass Sie es haben.«

Patrick erschrak. »Mit wem spreche ich bitte? Herr Stubbe?«

Der Mann lachte. »Ja, ich bin Alexander Stubbe. Wir müssen uns ganz dringend unterhalten. Es geht um meinen Computer. Den Laptop. Neulich haben Sie gesagt, Sie wüssten nichts davon. Ich nehme an, Sie wissen jetzt mehr. Ist das richtig?«

»Ja, ich habe den Computer. Und den werde ich auch behalten.«

»Ich glaube nicht«, erwiderte der Mann. »Die Lage hat sich in den letzten Stunden grundsätzlich verändert. Sie haben zwar weiterhin den Laptop, aber ich habe jetzt Sylvia. Möglicherweise können wir miteinander ins Geschäft kommen. Ich denke da an ein kleines Tauschgeschäft.« An diesem Punkt beendete Stubbe das Gespräch

* * *

Sylvia Schröder war mit Kabelbindern auf demselben Stuhl festgebunden wie beim letzten Mal. Sie wachte erst langsam aus der Betäubung auf. Sie zuckte zurück, als Viktor Stubbe ihr die Wange tätschelte. Alexander Stubbe lachte.

»Unsere Kleine ist aufgewacht«, sagte er. Er hatte keine Eile. »Zuerst kommt jetzt eine letzte Abstimmung mit der Puppe.«

Viktor nickte. Er stellte einen zweiten Stuhl neben Sylvia und setzte die Puppe darauf. Die Hautfarbe stimmte. Die Größe stimmte auch ungefähr. Die Puppe war etwas kleiner, aber wirklich nur eine Spur. Das konnte man vernachlässigen. Die Kopfform war in Ordnung. Sie hatten aus gut 30 Kopfformen diejenige ausgewählt, die Sylvia am ähnlichsten war. Sie hatten die richtige getroffen.

»Die Haarfarbe stimmt nicht«, befand Alexander.

Das ließ sich leicht ändern. Der Hersteller hatte eine große Auswahl an verschiedenen Perücken im Angebot, und die Haarfarbe war das kleinste Problem. Schwieriger wären ausgefallene Frisuren gewesen. Die waren nicht im Angebot, und es wäre auch nicht möglich gewesen, die primitive Perücke von irgendeinem Friseur kunstvoll bearbeiten zu lassen. Da letzte Mal hatten sie für 2000 Euro einen Perückenmacher hinzuziehen müssen.

»Die Augen!«, rief Alexander. Er tat so, als hätten sie alle Zeit der Welt und als würde alles immer so weitergehen wie bisher. Sylvia hatte Angst. Das war der Sinn dieses Schauspiels. Sie sollte Angst haben. Sie sollte zittern vor Angst. »Augen auf, Sylvia!«

Sylvia sah Viktor an. ‚Hilf mir doch!', dachte sie. ‚Bitte, bitte, hilf mir doch! Du hast mir doch auch damals geholfen. Warum hilfst du mir nicht?' Aber Viktor vermied den Augenkontakt. Er sah sie an und sah doch durch sie hindurch. Ihr Retter. Er musste ihr doch helfen. Sie hatte für ihn gelogen. Sie hatte alles getan, um ihn aus der Jagd auf Alexander Stubbe herauszuhalten. Und jetzt?

Sylvias Augen waren nicht blau, wie die der Puppe, sondern eher grünblau. Auch das war kein ernsthaftes Problem. Andere Augen konnte man sich genau wie die Perücke ohne große Mühe zuschicken lassen. Die kosteten nur 50 $. Es würde keine Probleme geben, weder mit der Luftfracht noch mit dem Zoll. Das Päckchen könnte innerhalb weniger Tage hier in Hamburg eintreffen. Theoretisch. Aber diese Dinge brauchten sie nicht mehr.

Viktor sah sich die zur Verfügung stehenden Augenfarben in der Vergrößerung an. »Nummer eins oder Nummer sechs?«

»Zeig mal.« Auch Alexander war im Zweifel. Nummer sechs kam Sylvias Augenfarbe am nächsten, aber sie war etwas zu hell. Nummer eins wirkte dunkler, geheimnisvoller. »Wir nehmen Nummer eins«, entschied Alexander.

Die Fingernägel waren kein Problem. Sylvia hatte ihre Nägel nicht farbig angemalt.

»Willst du ein Jungfernhäutchen haben?«, fragte Viktor der Vollständigkeit halber.

»Quatsch.«

Das hätten sie sich vorher überlegen müssen, nicht erst nachdem die Puppe schon geliefert worden war. Auf die Schamhaare hatten sie ja auch schon im Voraus verzichtet.

»Gut«, sagte Alexander. »Du erledigst die Bestellung. Ich rufe inzwischen bei Dr. Pauli an und sage ihm, er soll mit der S-Bahn bis nach Hamburg Neuwiedenthal fahren und dann zum östlichen Ausgang kommen. Genau um 6:00 Uhr geht er dann mit dem Laptop die Treppe hinunter, wendet sich nach rechts, und dort triffst du ihn. Dort findet der Tausch Computer gegen Sylvia statt. Zumindest sage ich ihm das.«

»Tausch gegen Sylvia?«, fragte Viktor.

»Nein, natürlich nicht. Du schnappst dir den Computer und verschwindest.«

»Und Dr. Pauli?«

Alexander stand schräg hinter Sylvia, so dass sie ihn nicht sehen konnte. Er machte mit der Hand die Geste des Halsabschneidens. »Der verschwindet auch.«

Viktor nickte.

* * *

Patrick tippte mit zitternden Fingern die private Telefonnummer des Polizisten in sein Handy.

Dischler ging beinahe sofort ran. »Was gibt's?«

»Hören Sie, der geplante Polizeieinsatz in Hausbruch – sind Sie schon unterwegs?«

»Nein, natürlich nicht. In zwei Stunden schlägt das mobile Einsatzkommando zu.«

»Das ist zu spät!«, rief Patrick.

»Was soll das heißen?«

»Sie haben Sylvia. Stubbe hat bei mir angerufen. Er will den Laptop haben, im Austausch gegen Sylvia. Ich soll sofort zu ihm nach Hausbruch kommen, zum Bahnhof Neuwiedenthal.«

»Das tun Sie nicht!«, rief Dischler. »Da gehen Sie auf keinen Fall hin!«

Patrick schwieg.

»Wie konnte das passieren? Warum ist Sylvia nicht bei Ihnen geblieben?«

»Sie ist weg«, antwortete Patrick. »Wir haben beide geschlafen, und als ich eben aufgewacht bin, da war sie weg. Und dann hat das Telefon geklingelt, und Stubbe war dran.«

»Herrgottnochmal«, rief Dischler. Er war hörbar verärgert. »Warum kann sich nicht mal jemand daran halten, was wir besprochen haben?«

»Wir haben nichts besprochen ...«

»Ich habe ganz klar gesagt, dass niemand aus dem Haus gehen sollte. – Egal. Das ist jetzt alles völlig unwichtig. Jetzt müssen wir sehen, wie wir aus der Scheiße wieder herauskommen. Ich bin jetzt in meiner Wohnung in Wellingsbüttel. Von hier bis zu dem Haus in der Waldstraße brauche ich mindestens eine Stunde. Jetzt bei dem einsetzenden Berufsverkehr wahrscheinlich länger. Ich mache mich sofort auf den Weg. Und ich rufe die Einsatzleiterin an. Das mobile Einsatzkommando muss sofort zuschlagen ...«

»Was heißt sofort?«, unterbrach ihn Patrick.

»Sofort heißt so schnell wie möglich. In einer halben Stunde vielleicht, wenn alles gut geht.«

Patrick seufzte.

»Hören Sie zu, Herr Doktor Pauli«, rief Dischler. »Sylvia und Sie, Sie haben genug Mist gemacht. Jetzt sind wir am Zuge. Und Sie, Sie machen gar nichts. Sie bleiben zu Hause, Sie gehen nicht ans Telefon, und Sie lassen niemanden rein. Haben Sie mich verstanden?«

»Ja, aber ...«

»Herr Doktor Pauli, was ich Ihnen eben gesagt habe, betrachten Sie das bitte als einen Befehl. Sylvia Schröder ist in Lebensgefahr. Wir tun alles, um sie zu retten. Wenn Sie selbst irgendetwas unternehmen, dann behindern Sie nur die Arbeit der Polizei. Das können wir jetzt nicht gebrauchen. Haben Sie mich verstanden?«

»Ja.«

Dischler beendete das Gespräch. Patrick atmete tief durch. Er dachte nicht daran, sich an irgendwelche Anweisungen zu halten. Was hatte Dischler gesagt? Das mobile Einsatzkommando konnte frühestens in einer halben Stunde vor Ort sein. Er selbst würde es in der halben Zeit schaffen. Vielleicht in zehn Minuten, wenn er sämtliche Geschwindigkeitsbegrenzungen ignorierte. Unbewaffnet? Nein, besser nicht. Er nahm ein großes Messer aus der Küchenschublade. Dann stürzte er los.

* * *

»Mafioso!«, sagte Sylvia. Sie wollte Stubbe provozieren. Sie war wütend auf ihn. Und auf sich selbst. Wie konnte sie nur so dumm sein! Wie konnte sie nur so blind in diese Falle laufen!

Alexander Stubbe ließ sich nicht provozieren. »Mafioso? Ich? Wie kommst du darauf? Ich bin ein ganz normaler Geschäftsmann, wie andere auch. Unser Unternehmen ist vielleicht ein bisschen größer als die meisten unserer Konkurrenten, aber das ist auch der einzige Unterschied. Es ist richtig, dass ich internationale Kontakte habe, und es ist richtig, dass ich große Mengen von Geld bewege, aber darin unterscheide ich mich nicht von anderen Geschäftsleuten. Ich zahle meine Steuern, und wenn die Polizei oder die Staatsanwaltschaft das Gefühl haben würde, dass dabei irgendetwas nicht mit rechten Dingen zugeht, dann würden sie selbstverständlich eingreifen.«

»Sie haben meine Freundin vergewaltigt. Damals war sie noch ein Kind.«

»Nein«, widersprach der Mann. Er putzte seine Fingernägel. Sylvia registrierte, dass er dafür das Messer mit dem grünen Griff benutzte. Es hatte ihr nichts genützt. Der Mann hatte sie durchsucht und das Messer im Stiefel gefunden. Er sagte: »Nein, das stimmt nicht. Leonie war kein Kind. Und ich habe niemanden vergewaltigt. Wenn ich das getan hätte, hätte Leonie oder sonst irgendjemand mich wahrscheinlich angezeigt. Ja, wir haben Sex gehabt miteinander. Sie war damit einverstanden. Wir haben jede Sekunde genossen. Das kann ich sogar beweisen. Ich habe die entsprechenden Fotos. Nicht nur von dir, sondern auch von Leonie.«

»Im Schlafsack?«

»Nein, keine Bilder aus dem Zelt. Natürlich nicht. Später in Volksdorf. Hat sie dir das gar nicht erzählt, dass sie zu mir gekommen ist? Ich habe die Fotos. Aber ich denke, die Bilder brauchen wir gar nicht, du weißt natürlich sowieso, wie es damals gewesen ist, und wenn du ehrlich bist, dann musst du zugeben, dass es für alle Seiten besser ist, wenn wir dieses Fass gar nicht erst aufmachen.« Glaubte Sylvia das? Diese Fotos gab es nicht. Es hatte auch kein Treffen in Volksdorf gegeben. Aber das konnte sie nicht wissen.

»Was wollen Sie also?«, erwiderte Sylvia, um die fruchtlose Diskussion abzukürzen.

»Ich möchte mein Eigentum zurück haben. Meinen Computer. Sonst gar nichts.«

»Warum?«

»Ich will mein Eigentum wieder haben«, wiederholte der Mann. »Das brauche ich doch nicht extra zu begründen. Es gehört mir. Es ist gestohlen worden. Und ich verlange es zurück.«

Sylvia schüttelte den Kopf.

»Glaub mir«, bekräftigte Stubbe, »ich werde den Laptop zurückbekommen. Ich habe mit Doktor Pauli telefoniert. Er kommt.«

* * *

Viktor stand am Bahnhof Neuwiedenthal, so wie es verabredet war. Direkt vor dem Mosaik mit dem feuerspeienden Drachen. Wie passend, dachte Viktor. Sylvia hatte von einem Drachen gefaselt, als sie betrunken war.

Und von Siegfried. Aber hier war jetzt kein Siegfried. In ganz Neuwiedenthal gab es keinen Siegfried. Nur den Drachen, und der würde Sylvia am Ende verschlingen. Viktor sah auf die Uhr. 5:55 Uhr. In diesem Moment rumpelte es über ihm, die S-Bahn aus Richtung Hamburg lief ein. Jetzt musste Dr. Pauli kommen. In dieser S-Bahn oder in der nächsten. Der Wissenschaftler würde es nicht riskieren, zu spät zu kommen. Die nächste S-Bahn würde genau um 6:00 Uhr in Neuwiedenthal eintreffen. Wenn sie pünktlich war.

Der östliche Ausgang, an dem Viktor stand, das war der Nebenausgang. Die meisten Fahrgäste gingen in die andere Richtung. Dort hielten die Busse, und dort gelangte man auch direkt ins Ortszentrum.

Jetzt kamen die Fahrgäste. Es waren nur drei Frauen, die miteinander schwatzten. Sie beachteten Viktor nicht, sondern wandten sich zur anderen Seite in Richtung Norden.

Gut. Zeit für eine Zigarette. Viktor wusste zwar, dass man hier nicht rauchen sollte – aber was hieß das schon! Andere hatten es vor ihm auch schon getan, wie die Kippen auf dem Boden belegten. Aber kaum hatte er den ersten Zug gemacht, als eine Frau mit einem kleinen Jungen den Weg herunter kam. Die Frau sah ihn vorwurfsvoll an.

»Entschuldigung«, murmelte Viktor. Er ließ die Zigarette fallen und trat sie aus. Nicht auffallen, dachte er. Auf keinen Fall auffallen.

Jetzt kam die nächste S-Bahn, der Gegenzug in Richtung Hamburg. Erwartungsgemäß stieg niemand hier in Neuwiedenthal aus.

Viktor dachte an Sylvia. Die glaubte noch immer, dass er sie befreit habe. Dabei war das Ganze nur ein Spiel gewesen. Es gab viele Spiele, die man mit den Gefangenen spielen konnte. Die meisten liefen nach dem Prinzip ‚Katz und Maus'. Alexander hatte Viktor mit Sylvia allein gelassen, und der hatte sie losgeschnitten, so, wie sie es verabredet hatten. ‚Lauf!', hatte er gesagt, und dann war er zu Alexander in die Küche gegangen und hatte die Tür hinter sich zugezogen.

Normal war, dass ihr Opfer, kaum dass er es losgeschnitten hatte, verzweifelt im Zimmer hin und her rannte und irgendeinen Ausgang suchte. Aber es gab keinen. Manche rannten die Treppe hinunter, aber die Haustür war verschlossen. Und da konnte Alexander sie dann in aller Ruhe wieder einsammeln.

Sylvia war kein normales Opfer. Viktor wusste noch immer nicht, wie sie es geschafft hatte, ihnen zu entkommen. Nicht etwa nackt, sondern vollständig bekleidet. Und mit dem Laptop. Der hätte natürlich nicht in der Küche herumstehen dürfen. Sie waren zu sorglos gewesen. Bis jetzt war nie etwas schiefgegangen, und sie hatten geglaubt, das würde immer so bleiben.

Sylvia Schröder hatte einen Moment lang triumphiert, aber nun saß sie doch wieder in der Falle. Patrick und sie – sie würden beide sterben. Patrick zuerst.

Nun wurde es ernst. 6:00 Uhr. Viktor tastete noch einmal nach dem Messer, das er hinter seinem Rücken im Gürtel stecken hatte. Wenn Dr. Pauli kam, würde es für ihn so aussehen, als ob Viktor unbewaffnet sei. Wenn der Wissenschaftler nahe genug heran war, würde er sofort zustechen, ohne erst irgendwelche dummen Fragen abzuwarten. Hoffentlich gab es nicht zu viel Blut. Es war einige Jahre her, dass Viktor zuletzt mit dem Messer gearbeitet hatte.

Die S-Bahn lief ein. Diesmal kam eine Gruppe Jugendlicher die Treppe herunter. Aber auch die beachteten Viktor nicht; sie gingen in die andere Richtung, nach Norden. Dr. Pauli kam nicht. Viktor wartete noch eine Minute, dann ging er langsam die Treppe hinauf. Stand Patrick etwa oben auf dem Bahnsteig? Nein, das tat er nicht. Niemand stand auf dem Bahnsteig.

Viktor zückte sein Handy und rief Alexander an. »Er ist nicht gekommen.«

Alexander reagierte gelassen. »Wir haben ja noch unseren Plan B«, sagte er

* * *

Der Plan B begann damit, dass Alexander der gefesselten Sylvia links und rechts eine Ohrfeige verpasste. Sylvia heulte vor Überraschung und vor Wut. Viktor machte ein Foto von ihr.

»Dieses Foto schicken wir jetzt an deinen Freund Patrick Pauli«, sagte Alexander. »Dann sieht er jedenfalls, dass wir nicht scherzen. Wenn er dich heil und in einem Stück wiedersehen will, dann soll er sofort mit dem Laptop hierher kommen.«

»Kennt er die Adresse?«, fragte Viktor.

»Wahrscheinlich nicht. Aber es gibt ja Google Maps. Er soll nach Hausbruch kommen, Waldstraße 4, und dort findet dann die Übergabe statt.« Der Plan B war sowieso die bessere Variante, dachte er. Sylvia musste verschwinden, und Dr. Pauli musste verschwinden. Die Trophäen leider auch. Fleischhauer hatte sie gesehen. Er hatte sich gewundert und von einer ‚merkwürdigen Puppensammlung' gesprochen. In aller Unschuld. Dieser Fleischhauer hatte keine Ahnung, um was es ging. Fort mit Schaden! Er würde alles bis zum letzten Moment auskosten, aber dann mussten Viktor und er sich in Sicherheit bringen.

Alexander schickte das Foto ab und wählte Patricks Nummer. Nichts geschah. Schließlich eine Ansage: »Herr Dr. Pauli ist im Augenblick nicht erreichbar. Falls Sie ihm eine Nachricht übermitteln wollen, sprechen Sie bitte nach dem Piepton.«

Piep.

»Scheiße«, sagte Alexander.

Dann überlegte er es sich anders. Er wählte die Nummer erneut, wartete bis zum Piepton und sagte dann: »Herr Dr. Pauli, ich habe Ihnen ein Foto von Sylvia Schröder geschickt. Ihr geht es im Augenblick nicht besonders gut. Und es wird ihr demnächst noch viel schlechter gehen, wenn Sie nicht augenblicklich hierher nach Hausbruch zur Waldstraße 4 kommen und den gestohlenen Laptop mitbringen!«

»Hoffentlich klappt das!«, murmelte Viktor.

»Das klappt«, versicherte Alexander. »Sylvia, was glaubst du, klappt das oder klappt das nicht?«

Sylvia antwortete nicht.

Es war eine vollkommen absurde Situation. Sylvia war an einen Stuhl gefesselt. Etwa zwei Meter von ihr entfernt saß die Sylvia-Puppe ebenfalls auf einem Stuhl. Das sah unbeholfen aus. Sie lag mehr, als dass sie saß.

Wer auch immer den inneren Bau der Puppe entworfen hatte, schien nicht eingeplant zu haben, dass sie jemals auf einem Stuhl sitzen müsste.

»Gefällt sie dir?«, fragte Alexander Stubbe.

»Was soll das Ganze?«, fragte Sylvia ärgerlich.

Stubbe verpasste ihr eine weitere Ohrfeige. Sylvia schrie auf.

»Gefällt dir die Puppe?«, wiederholte Alexander.

»Was soll das ... ?«

Wieder schlug Alexander zu. Sylvia schrie.

Alexander lachte. »Das ist das Schöne an dir«, sagte er. »Du bist so herrlich widerspenstig. Schade, dass ich dich nicht einfach behalten kann. Du gehörst jetzt mir, Sylvia. Ich habe dich gejagt, ich habe dich gefangen, und wenn ich mit dir fertig bin, dann werde ich dich töten. Dann bleibt mir nur noch die Puppe Sylvia. Meine Sylvia-Puppe. Meine Trophäe.«

»Sie sind ja irre«, stellte Sylvia fest.

Stubbe lächelte. »An deiner Stelle wäre ich vorsichtig mit meinen Äußerungen! Du bist meine Gefangene, Sylvia. Und ich werde dich töten. Aber das kann auf sehr verschiedene Weise geschehen. Wenn du vernünftig bist, gebe ich dir vielleicht einfach ein Schlafmittel, und dann schläfst du ein und wachst nie wieder auf. Aber wenn du mir nicht den nötigen Respekt zollst, dann habe ich natürlich auch noch ganz andere Möglichkeiten, wie ich dich vom Leben zum Tode befördern kann, und die sind bedeutend weniger angenehm als ein Schlafmittel.«

Sylvia begriff, dass sie sich besser zurückhalten sollte. Es war töricht, Stubbe jetzt zu reizen. Die Polizei würde kommen und sie befreien. Aber bis dahin musste sie am Leben bleiben.

»Diese ganzen Puppen – sind das alles solche Trophäen?«

Stubbe nickte. »Ja, das sind meine Trophäen. – Betrachte mich als eine Art Großwildjäger. Nur dass ich eben keine Löwen und Elefanten jage, sondern ein ganz anderes Wild. Dabei handelt es sich nicht um irgendeine bedrohte Tierart, sondern nur um Menschen, und davon gibt es mehr als genug.«

»Das ist zynisch.«

»Nein, das ist realistisch. Aber ich bin Geschäftsmann. Betrachten wir einmal die Kostenseite. Die dürfen wir nicht außer Acht lassen. Wenn du einen Löwen schießen willst, dann kostet das mindestens 18.000 €. Eine Elefanten kriegst du für 17.000 €. Das sind Komplettangebote, einschließlich der Reisekosten. Ein Mensch kostet nichts.«

Sylvia bebte, aber sie riss sich zusammen und bemühte sich, ihre Gefühle nicht zu zeigen.

Stubbe fuhr fort: »Bei der Großwildjagd hast du am Ende also vielleicht den Kopf eines Löwen, den du an die Wand hängen kannst. Wenn du aber stattdessen eine junge Frau gejagt hast, dann geht das nicht. Abgesehen von der ungeheuer aufwändigen Präparation wäre die Gefahr riesengroß, dass irgendjemandem deine Sammlung nicht gefällt und er dich anzeigen würde. Und dann wärest du wirklich in Schwierigkeiten.«

»Dann säßen Sie im Gefängnis bis zum Ende aller Tage«, murmelte Sylvia.

Stubbe schüttelte den Kopf. »Wahrscheinlich nicht.

Wahrscheinlich würde irgendein Gutachter bekunden, dass ich geistig nicht zurechnungsfähig sei, und ich würde in ein Heim kommen. Wie dieses Heim aussieht, das hängt nicht zuletzt davon ab, ob es jemanden gibt, der mich unterstützt. Finanziell unterstützt. Davon gehe ich aus. – Aber das ist jetzt nur eine Gedankenspielerei. Die Lösung, die ich für mich selbst gefunden habe, ist eine völlig andere ...«

»Sie sind wahnsinnig!«, brüllte Sylvia plötzlich. »Sie elendes Stinktier!«

Stubbe versetzte ihr eine kräftige Ohrfeige. »Halt den Mund!«

Er war wirklich ein Stinktier. Sylvia schwieg.

»Wie gesagt, die Jagd auf junge Frauen ist nicht anders als die Großwildjagd. Jedenfalls so, wie ich sie betreibe. Natürlich gibt es Amateure, von denen man immer wieder in der Zeitung liest, dass sie in irgendeiner Disco irgendein junges Mädchen mit Drogen betäuben und es dann im Auto oder draußen im Wald vergewaltigen und anschließend ermorden. Das ist für mich keine Jagd. Das ist einfach unsportlich.«

Sylvia schüttelte den Kopf.

»Wenn ich in Afrika einen Löwen jagen will, dann gebe ich ihm vorher ja auch kein Betäubungsmittel. Ich beobachte meine Beute, pirsche mich an, und schließlich schlage ich zu. Genau so mache ich es auch. Heute Nacht auf dem Friedhof zum Beispiel. Ich habe meine Beute gegriffen, sie hat sich gesträubt, so, wie ich es am liebsten habe, ich habe sie überwältigt, sie hierher gebracht, und jetzt habe ich völlig freie Hand. Und das ist der Unterschied zur Großwildjagd in Afrika. Der entscheidende Unterschied. Der Triumph des Löwenjägers dauert bestenfalls wenige Minuten. Mein Triumph dauert so lange, wie ich es will. Und dann bleibt mir am Ende immer noch die Trophäe.«

Sylvia sagte nichts. Wie lange saß sie jetzt schon hier? Es gab keine Uhr im Zimmer. Aber es mussten mindestens schon zwei Stunden sein, oder? Wo blieb die Polizei?

»Das ist ein entscheidender Punkt. Wenn der Großwildjäger den Kopf des Löwen an der Wand hängen hat, dann denkt er jedes Mal voller Freude an seinen Jagderfolg zurück, wenn er diesen Kopf sieht. Bei mir sind es die Puppen. Die Jagd auf meine Beute kostet nichts. Die Trophäen sind der einzige ernsthafte Kostenfaktor bei meiner Art der Großwildjagd. Eine Puppe, wie ich sie haben will, die kostet etwas über 3000 Euro. Für einen Löwen kriegst du also sechs solche Puppen. Dazu kommen noch die Extras. Am aufwändigsten ist der Computer. Wenn ich die Puppe komplett mit Computer kaufe, dann macht der Computer genau das, was die Firma ihm vorher eingegeben hat. Die Puppe spricht dann Chinesisch, vielleicht auch Koreanisch oder Japanisch, je nachdem wo sie hergestellt worden ist, und möglicherweise kann sie auch etwas Englisch. Aber sie spricht nicht Deutsch. Und, was viel entscheidender ist, sie spricht mit einer fremden Stimme. Aber ich will, dass die Sylvia-Puppe genau mit deiner Stimme spricht, mit der Stimme von Sylvia. Ich habe bei der Firma, die die Puppen vertreibt, angefragt, was das kostet. Sie haben geantwortet, dass sie so etwas nicht machen. Also musste ich einen anderen Weg gehen. Ich brauchte einen Experten, der den Computer der Puppe entsprechend programmiert.«

»Den finden Sie nicht!«, behauptete Sylvia.

Stubbe lächelte. »Ich habe ihn schon gefunden. Meinen Bruder Viktor. Er ist Computerspezialist. Er arbeitet für *Datasafe*. Die Firma betreut die Software der Hamburger Behörden. Auch die Software der Polizei, nebenbei gesagt. Viktor hat sich den Computer der Puppe angesehen und gesagt, das sei alles kein Problem. Die Gebrauchsanweisung ist zwar auf Chinesisch, aber ein Computer ist letzten Endes ein Computer, und wie der aufgebaut ist, das ist international gleich. Dann brauchten wir nur noch ein kleines Tonstudio, denn wir mussten natürlich deine Stimme nachträglich bearbeiten, damit sie genau das sagt, was ich will. Die Sylvia-Puppe ist jetzt fertig. Sie kann mit deiner Stimme schreien und weinen und lachen. Und sie kann auch ganz normale Dinge sagen, ganz alltägliche Dinge.«

Sylvia starrte den Mann an. Das konnte nicht stimmen. Oder?

Stubbe wandte sich an die Sylvia-Puppe und sagte: »Sylvia, wie sind die heutigen Börsenkurse?«

Die Puppe sah ihn an, bewegte die Lippen und sagte: »Nachdem zuletzt neue Quartalsergebnisse für Aufsehen am Aktienmarkt gesorgt haben, hielten sich die Anleger heute mit größeren Dispositionen zurück. Der DAX ging bei 16.177 Punkten aus dem Handel, das bedeutet einen leichten Tagesverlust von 0,17 Prozent.«

Das war Sylvias Stimme. Zumindest kam es Sylvias Stimme sehr nahe.

»Natürlich kann Sylvia auch andere Dinge sagen.

Persönlichere Dinge. – Sylvia, mein Püppchen, sag dein Gedicht auf!«, verlangte Stubbe

Die Sylvia-Puppe sagte mit langsamer, etwas leidender Stimme: »Jung Siegfried war ein stolzer Knab, ging von des Vaters Burg herab ...«

»Stinktier!«, wiederholte Sylvia.

Die Puppe unterbrach ihren Vortrag. »Ich denke, das reicht für den Augenblick«, sagte Stubbe.

Sylvia vergaß, dass sie sich gut benehmen wollte. Sie spuckte in seine Richtung, aber natürlich stand Alex außerhalb ihrer Reichweite. Sylvia wusste nicht, wie Stubbe auf dieses Gedicht gekommen war, und woher er von ihrer Faszination von Siegfried und dem Drachen wusste, aber sie fragte nicht nach. Sie wollte nichts tun, um den Triumph dieser Bestie noch zu verstärken.

Stubbe genoss die gegenwärtige Situation. Er war absolut Herr der Lage. »Wenn du irgendetwas wissen möchtest«, sagte er, »dann frag mich einfach. Wir warten jetzt darauf, dass dein Freund meinen Computer bringt, und bis dahin haben wir alle Zeit der Welt«

Sylvia begriff, dass dies eine Chance war. Sie musste diesen Mann so lange im Gespräch festhalten, bis endlich die Eingreiftruppe der Polizei zuschlug. Warum war sie nicht längst hier?

»Sex mit einer Puppe«, behauptete Sylvia, »das ist doch völlig absurd. Sie können sich vielleicht einen Augenblick lang einreden, das sei ein Mensch, den Sie hier vor sich haben. Aber die Sylvia-Puppe ist einfach nur eine Puppe und sonst gar nichts. Wenn sie meine Kleidung trägt, dann sieht sie mir etwas ähnlicher, als wenn sie nackt ist, aber sie ist und bleibt immer eine Puppe.«

»Das ist eine Frage der Fantasie. Auch wenn du Sex mit einem lebenden Menschen hast«, behauptete Stubbe, »siehst du im Geiste immer nur das Abbild dieses Menschen vor dir, so wie du es dir vorstellst, aber niemals den wirklichen Menschen. Das ist bei einer Puppe nicht anders.«

Sylvia schüttelte den Kopf. »Sex mit einer Puppe – das ist für mich genauso, als wenn Sie Sex mit einer Leiche haben.«

Stubbe lächelte. »Glaubst du?«

»Haben Sie Erfahrung auf diesem Gebiet?«

Stubbe nickte. »Liebe Sylvia, ich neige dazu, alle möglichen Dinge auszuprobieren. Dazu gehören auch Dinge, die andere Leute geschmacklos oder gar ekelhaft finden. Eine Entführung zum Beispiel. Eine Vergewaltigung. Einen Mord. Oder eben Sex mit einer Leiche. Ich habe genügend junge Frauen umgebracht, und ich hatte oft genug Gelegenheit, es auszuprobieren. Und, um das gleich zu sagen, ich habe es nur ein einziges Mal getan. Es hat keinen Spaß gemacht ...«

»Das ist ekelhaft«, unterbrach ihn Sylvia.

Alexander Stubbe lachte. »Wie sagt Goethe so treffend: ‚*Ihr habt das Recht, gesittet pfui zu sagen.'*«

»Sie können Goethe zitieren soviel sie wollen, aber das ist nur abgeguckt. Dadurch sind Sie noch lange kein Goethe.«

»Lass mich bitte ausreden! Du hast mich etwas gefragt, und ich will dir die Antwort nicht schuldig bleiben: Sex mit einer Leiche ist wirklich ekelhaft. Sex mit einer Puppe ist ganz etwas anderes.«

»Die Puppe ist eine Sache, die Menschenjagd eine

ganz andere. Wie können Sie die Menschenjagd mit ihrem Gewissen vereinbaren.«

»Mit meinem Gewissen? Ich bin Geschäftsmann, Sylvia. Das sagt doch eigentlich alles, findest du nicht? Rudolf Virchow, der berühmte Chirurg, soll gesagt haben: ,Ich habe Tausende von Leichen seziert, aber keine Seele darin gefunden'. Das könnte ich ergänzen. Ein Gewissen hat er auch nicht gefunden.«

»Gewissen oder nicht – es gibt Grundprinzipien des menschlichen Zusammenlebens, an die man sich halten muss. Du sollst nicht töten, das steht in der Bibel.« Sylvia blickte auf das kleine Kruzifix an der Wand.

Stubbe schüttelte den Kopf. »Die Bibel besteht aus zwei Teilen, dem Alten und dem Neuen Testament. Ich bin kein Jurist, aber soviel verstehe ich doch von der Juristerei: Wenn es ein Neues Testament gibt, dann ist das Alte Testament schlichtweg ungültig. Das gehört in die Mülltonne der biblischen Geschichte.«

»Nein«, widersprach Sylvia.

»Doch, genauso ist es. Und weil das so ist, sind auch die Gebote im Alten Testament null und nichtig. Jetzt gelten nur noch die Regeln, die Gottes Sohn aufgestellt hat. Jesus hat Wasser zu Wein gemacht – ein sehr sympathischer Zug an ihm. ,Lasset die Kindlein zu mir kommen!', hat er gesagt. Wer weiß, was er damit gemeint hat. Und als einer der Jünger seine Festnahme verhindern wollte und einem Knecht des Hohepriesters mit dem Schwert ein Ohr abgehauen hat, da hat er es wieder drangesetzt. Er war eben ein liebenswerter Trottel. Ein Weichei.«

Sylvia fragte sich, wie lange sie sich diesen Unsinn

noch anhören sollte. Wo blieb Dischler, wo blieb die Polizei?

Stubbe sagte: »Genug geschwätzt! Lass uns zu einigen handfesteren Themen zurückkehren. Unsere Firma – wir sind Kaufleute. Aber nicht nur. Wir engagieren uns auch in starken Maße für den Erhalt geschichtlicher Monumente. Und wichtiger Filme. Du kennst das vielleicht noch aus deiner eigenen Schulzeit. Früher sind spezielle Filme für den Unterricht eingesetzt worden.«

»Wir haben keine Filme in der Schule gesehen«, sagte Sylvia.

Stubbe hörte nicht zu. »Durch Zufall habe ich vor einigen Jahren erfahren, dass die Originale dieser alten Filme beseitigt werden sollten. Dafür gab es zwei Gründe. Zum einen gab es ungeheuer viele Kopien davon, und die wurden im Unterricht nicht mehr verwendet. Und zum anderen handelte es sich zum größten Teil um Nitrose-Filme. Zelluloid. Und das ist feuergefährlich. Damit wollte sich niemand mehr abgeben. Da bin ich aktiv geworden. Ich habe mich zunächst einmal schlau gemacht, wie gefährlich dieses Zeugs wirklich ist. Und das Ergebnis: Es ist längst nicht so gefährlich, wie immer behauptet wird.«

»Und Sie sammeln dieses Teufelszeug?«

Stubbe nickte. »Wenn man es richtig behandelt, ist es ganz harmlos. Natürlich darf man nicht mit offenem Feuer an diese Filme herangehen. Außerdem darf man sie zum Beispiel nicht in den Backofen tun. Aber kein vernünftiger Mensch würde das machen. Jedenfalls sind sie hitzeempfindlich. Sie haben einen sehr niedrigen Brennpunkt. Zum Vergleich: die Selbstentzündungstemperatur bei Papier liegt angeblich bei 233 Grad Celsius.«

»*Fahrenheit 451*«, wusste Sylvia.

»Das kennst du also? Ja, das glaubt heute fast jeder, weil es diesen Film gibt. Und keiner hat damals gesagt, dass das alles Quatsch ist, obwohl es natürlich viele Leute gewusst haben müssen. Papier entzündet sich nicht bei 451°F, sondern erst bei 451°C. Die Nitrose-Filme entzünden sich allerdings wesentlich früher. Bei etwa 38°C werden sie instabil. Wenig später beginnen sie zu brennen. Jedenfalls wird das behauptet. Bei gut 100°F ist das. – Wir können das ausprobieren.«

Stubbe nahm eine Schachtel aus der Tasche, darin befand sich ein 35-mm-Film. Er las den Titel vor: »*In der Kinderstube*. Der Film ist vor mehr als hundert Jahren entstanden. Wir können also davon ausgehen, dass es sich um Nitrose-Material handelt. Zufälligerweise haben wir heute einen sehr schönen, sonnigen Tag, und dennoch brennt der Film nicht.«

»Machen Sie keinen Unsinn!«, sagte Sylvia.

Stubbe schüttelte den Kopf. »Der Film wird sich jetzt nicht entzünden. Aber natürlich können wir ihn für bestimmte Zwecke nutzen. Zum Beispiel zum Fiebermessen. Anstatt zum Beispiel unserer Sylvia ein Thermometer in den Popo zu stecken, können wir ihr genauso gut diese Filmrolle auf den Bauch legen. Und wenn sie hohes Fieber hat, also eine Körpertemperatur von über 39°, dann beginnt der Film zu brennen. Ganz einfach.«

»Sie sind wahnsinnig!«

»Ich glaube nicht, dass du Fieber hast«, fuhr Stubbe unbeirrt fort. »Aber vielleicht hast du Angst. Und

Angst kann dazu führen, dass man Schweißausbrüche bekommt. Möglicherweise steigt dann auch die Körpertemperatur. Ich weiß nicht, ob das stimmt. Wollen wir das einmal ausprobieren?«

Sylvia starrte den Mann mit weit aufgerissenen Augen an.

»Wie wäre es?« Sie zuckte zusammen, als er sie berührte.

»Nicht zappeln!«, verlangte Stubbe. Er zog ihr das T-Shirt hoch und legte ihr die Filmrolle auf den nackten Bauch.

Sylvia zitterte. Der Film entzündete sich nicht.

Stubbe lachte. »Unsere kleine Sylvia hat kein Fieber, aber sie hat Angst.

»Ich bin nicht Ihre Sylvia!«, schrie Sylvia.

Stubbe schüttelte den Kopf. »Irrtum«, sagte er. »Du bist jetzt meine Sylvia. Du bist vollkommen in meiner Gewalt. Ich kann mit dir tun und lassen, was ich will. Und ich werde es auch tun. Mit deinem Freund Patrick Pauli und mit dir. Sobald Dr. Pauli hier ist, geht es los.«

‚Niemals!', dachte Sylvia. Aber es war nur ein verzweifelter Wunsch. Die Polizei kam nicht, damit hatte sie sich inzwischen abgefunden. Und jetzt begriff sie, dass auch Patrick ihr nicht würde helfen können. Sie würden beide sterben. Es sei denn, dass Viktor ...«

Alexander sagte: »Viktor, gehst du bitte in den Keller? Die Kerzen liegen auf dem Küchenschrank.«

»Was ist mit dem Film?«

»Welcher Film?«

»Der Murnau. Du weißt schon.«

»Längst in Sicherheit. ‚Satanas' ist in Sicherheit.«

Viktor nickte. Er sah sie noch immer nicht an. Da begriff Sylvia endgültig, dass Viktor ihr nicht helfen würde.

* * *

Die Aufgabe, die Alexander Stubbe seinen Bruder Viktor übertragen hatte, war eigentlich ebenfalls ganz einfach. Er sollte auf den Filmdosen im Keller mehrere Teelichter verteilen und anzünden. Die Brenndauer eines Teelichts betrug durchschnittlich vier Stunden. Die Hitze drang vermutlich wesentlich schneller nach unten durch, aber es blieb immer noch Zeit genug, um Patrick zu überwältigen, den Laptop an sich zu bringen und sowohl Sylvia als aus Patrick endgültig auszuschalten. Wenn das erledigt war, würden sie in aller Gemütsruhe das Haus verlassen, und bevor die Lichter heruntergebrannt waren und durch ihre Hitze die Filme in Brand setzten, hätten sich die beiden Brüder längst in Sicherheit gebracht.

Viktor hatte Alexander noch einmal eingeschärft, wie wichtig es sei, diesen Laptop tatsächlich zurückzubekommen. Natürlich musste er damit rechnen, dass die Polizei längst alle Daten kopiert hatte, die auf dem diesem Computers gespeichert waren, aber es waren eben nur Kopien. Und mit Kopien konnte man vor Gericht nicht allzu viel anfangen, denn selbst dem dümmsten Richter müsste klar sein, dass kopierte Dateien im Gegensatz zum Original beliebig manipuliert worden sein könnten. Theoretisch. Ob wirklich ein Unterschied bestand, würde sich vor Gericht nicht klären lassen.

So. Die Teelichter brannten. Etwas unruhig zwar, wie es Viktor schien, aber sie brannten. Bis jetzt. Viktor schloss die Tür und ging wieder nach oben.

* * *

Patrick war unterwegs. Er wählte die normale Route über den *Eißendorfer Pferdeweg*. Die Ampel unten war rot. Zwei Feuerwehrwagen fuhren ohne Blaulicht in Richtung Hausbruch vorbei. Gut. Die Feuerwehr war also alarmiert. Auch die örtliche Polizei war inzwischen alarmiert; das war weniger günstig. Er hatte damit gerechnet, sich von der Rückseite her unbemerkt an das Haus heranschleichen zu können, aber oben an der Stichstraße vom *Schafsberg* zu Stubbes Haus stand quer eine Funkstreife. Patrick fuhr langsam daran vorbei, als ginge ihn das Ganze nichts an.

Was jetzt? Die Straße war eine Sackgasse – zumindest für Autos. Da kam schon der Wendehammer. Von hier aus führte sowohl nach Süden als auch nach Norden jeweils eine Treppe nach unten. Patrick ließ den Wagen stehen und ging gemächlichen Schrittes in Richtung Norden. Die Treppe führte zum *Heideweg*. Rechts von ihm lag der Steilhang. Das Gelände war dicht bebaut. Patrick erinnerte sich daran, dass zu dem fraglichen Grundstück noch zwei weitere Häuser gehörten, von denen das untere direkt am *Heideweg* lag. Es musste von hier aus einen Zugang geben.

Er bemerkte den schmalen Weg erst, als er schon fast vorbei war. Es war ein normaler Fußweg, und er sah aus, als ob man hier nicht weiter als bis zum nächsten

Hauseingang käme. Aber die Gehwegplatten führten am Hauseingang vorbei. Patrick suchte nach der Hausnummer. Es gab keine. Kurz entschlossen zwängte er sich an den Mülltonnen vorbei und stieg den Hang hinauf. Irgendwo bellte ein Hund, zum Glück nicht auf diesem Grundstück.

Schon war Patrick am zweiten Haus vorbei. In seiner Erinnerung hatte hier früher eine Art Behelfsheim gestanden. Inzwischen hatte sich daraus eine Nobelvilla entwickelt. Hinter der Villa hatte jemand ganz offensichtlich mit großer Mühe und mit dem Einsatz vieler Feldsteine eine Reihe von schmalen Terrassen angelegt, auf denen einzelne Sommerblumen standen. Einen der Steine steckte Patrick in die Tasche. Rechts neben den Terrassen gab es eine Treppe. Patrick stieg nach oben.

Die Treppe endete an einem Zaun. Ein paar Meter höher am oberen Rand des Grundstücks sah man die Veranda des Hauses, in dem sich die Puppensammlung befand. Der Zaun war alt. Patrick riss einen der durchgerosteten Pfeiler aus der Verankerung, schob den Maschendraht zur Seite und stieg weiter nach oben. Wenn jetzt jemand in der Veranda stand, musste er ihn sehen. Aber da stand niemand. Alles blieb ruhig.

Ein Blick zurück nach unten. Patrick konnte durch die Lücke zwischen den Häusern gerade noch erkennen, dass ein Streifenwagen in langsamer Fahrt den *Heideweg* hinauffuhr. Ganz offensichtlich hatte die Polizei auch diesen illegalen Hintereingang entdeckt und machte sich jetzt daran, ihn zu sperren. Noch immer kein Blaulicht. Noch immer keine Spur vom mobilen Einsatzkommando.

Wie sollte er jetzt in das Haus kommen? Der normale Eingang durch die Haustür oder etwa gar durch die Kellertür verbot sich von selbst. Und das Fenster, durch das Sylvia seinerzeit angeblich entkommen war, lag zu hoch, als dass er es von unten erreichen konnte. An der Wand rechts neben der Veranda gab es ein Rosenspalier. Würde das Holz ihn tragen? Vielleicht. Das Spalier war mit Sicherheit sehr alt, aber die Rose gab ihm vermutlich zusätzlichen Halt. Patrick zögerte nicht. Er zog sein T-Shirt aus, wickelte es um die rechte Hand, um einigermaßen vor den Dornen geschützt zu sein, und stieg so rasch wie möglich nach oben. Nur nicht nach unten gucken. Zum Teufel mit der Höhenangst! Vor allem die linke, ungeschützte Hand wurde erheblich zerstochen.

Ein Blick durch das Fenster. Die Veranda war leer. Patrick nahm den Stein, schlug eine der Scheiben ein, beseitigte mit der geschützten rechten Hand die größten Scherben, streckte sich so weit er konnte und erreichte gerade noch den Griff des Fensters. Das Fenster sprang in dem Moment nach außen, als das Spalier nachgab. Patrick griff nach der Fensterbank, zog sich mit aller Kraft nach oben und schaffte es schließlich, in die Veranda zu kommen.

Er hielt inne und lauschte. Offensichtlich hatte ihn bisher niemand bemerkt. Das Innere des Hauses war auch gegen die Veranda schallisoliert, und die dunklen Vorhänge waren vermutlich zugezogen. Der Rest sollte jetzt eigentlich ganz einfach sein.

* * *

Alexander hatte seinen Bruder nach einer halben Stunde noch einmal nach unten geschickt. Zur Sicherheit. Wieder stand Viktor Stubbe jetzt im Halbdunkel des Kellers und sah zu, wie die Teelichter brannten. 15 Teelichter hatte Alexander ihm gegeben. Das war eine ziemlich große Zahl, aber jetzt hier im Keller schien es doch lächerlich wenig. Und einige der Lichter flackerten und drohten auszugehen. Was jetzt?

Kurz entschlossen änderte Viktor die Anordnung der Kerzen. Er nahm eine der großen Filmdosen, achtete darauf, dass sie vollständig waagerecht lag, und positionierte nun die Lichter in einem gleichseitigen Dreieck darauf. Ja, das war viel besser. Viktor sah auf Anhieb, dass die Flammen größer wurden, besonders die der inneren Kerzen, und es war auch klar erkennbar, dass das Paraffin in den Aluminiumnäpfen jetzt begann, sich zu verflüssigen.

Nun entstand ein neues Problem. Viktor, der schräg von oben in die Näpfe hinein sah, hatte des Gefühl, als seien die Teelichter in kürzester Zeit leergebrannt. Er hatte sie vor weniger als einer halben Stunde angezündet. Vielleicht waren die Flammen jetzt doch zu groß? Was jetzt? Die Aluminiumnäpfe waren inzwischen heiß geworden, und Viktor konnte sie nicht mehr umsetzen.

Zu seinem Schrecken bemerkte Viktor plötzlich, dass inzwischen nicht mehr allein die Teelichter brannten, sondern das flüssige Paraffin hatte sich ebenfalls entzündet. Die Flammen wurden größer, vereinigten sich. Er versuchte so vorsichtig wie möglich vom Rand her wenigstens einige der Kerzen zu löschen. Vergeblich. Jetzt wurde die Sache gefährlich. Vorsichtshalber öffnete Viktor die Tür nach draußen, um notfalls ins Freie flüchten zu können. Dann zog er seine Jacke aus.

Die Flammen hatten sich inzwischen zu einer einzigen großen Flamme vereinigt, die mehr als einen halben Meter in die Höhe loderte. Viktor warf seine Anzugjacke mit Schwung über die Kerzen. Im nächsten Moment brannte die Jacke, brannten die Filme, brannte einfach alles. Viktor stieß einen verzweifelten Schrei aus und stürmte nach draußen.

* * *

Als Alexander den Schrei seines Bruders hörte, lief er in die Küche und stürzte ans Fenster. Eine Wolke von Feuer wälzte sich aus der Kellertür ins Freie. Es war ein regelrechter Feuersturm. Brennende Filmfetzen flogen durch die Luft, Büsche brannten. Mitten in dem Feuersturm rannte Viktor um sein Leben. Aussichtslos. Er stand in hellen Flammen, stürzte, raffte sich noch einmal auf, fiel wieder, kroch noch ein Stück, und dann war es vorbei.

Patrick hatte jetzt die Verandatür mit dem Schlagschlüssel geöffnet, stürzte ins Zimmer, überblickte die Situation. Sylvia schrie, Alexander Stubbe stand in der Küche, starrte nach draußen. Patrick schloss die Tür zur Küche, zerrte die am nächsten stehende Puppe heran und klemmte ihren Arm so unter die Klinke, dass man die Tür nicht öffnen konnte. Dann nahm er das Messer und schnitt Sylvia los.

Inzwischen hatte das Feuer auf das Haus übergegriffen. Alexander brüllte. Er war in der Küche eingeschlossen. Fast hätte Patrick ihn freigelassen, aber in dem Moment begann Alexander von der anderen Seite durch die Tür zu schießen. Das half nichts. Das stählerne Gerippe der Puppe bewegte sich keinen Zentimeter. Die Hitze war inzwischen nahezu unerträglich. Es war klar, dass die Flammen demnächst durch die Holzdecke brechen würden. Die Filmrolle, mit der Alexander vorhin Sylvia erschreckt hatte, brannte bereits. Die Flamme reichte bis zur Zimmerdecke, aber es war ja nur ein einzelner kurzer Film, der in Flammen stand, und im nächsten Moment fiel die Flamme wieder in sich zusammen.

Die Sylvia-Puppe begann zu schmelzen. Plastik rann ihr über das Gesicht, sie rollte die Augen wild hin und her und zitierte: »Jung Siegfried war ein stolzer Knab ...« Weiter kam sie nicht. Jetzt stand ihre Perücke in Flammen. »Mein Gott!«, rief Sylvia verzweifelt. »Mein Gott!« Patrick hatte den Eindruck, der Tod der Puppe ginge ihr genauso nahe wie der Tod eines Menschen.

Patrick packte Sylvia am Arm und zerrte sie auf die Veranda. Kaum hatten sie das Puppenzimmer verlassen, brach hinter ihnen mit plötzlicher Gewalt das Feuer durch die Decke. Patrick schloss die Tür. Er deutete auf das Fenster. »Raus!«

Keine Zeit mehr, über das Rosenspalier nach unten zu klettern. Es war klar, dass das Feuer im nächsten Moment auch diese Seite des Hauses erreichen würde. »Spring!«, schrie Patrick gegen den Lärm des Feuers an. Und als Sylvia nicht sofort reagierte, stieß er sie mit Macht durch das Fenster nach draußen. Er registrierte, dass unten in sicherem Abstand inzwischen eine größere Anzahl von schwarz maskierten Männern aufgetaucht war. Das mobile Einsatzkommando war da. Patrick sprang.

Die Veranda war für einen sicheren Sprung zu hoch, aber Patrick hatte Glück. Er kam gut auf, rappelte sich hoch, sah Sylvia noch am Boden liegen, griff sie und zerrte sie hinter sich her. »Mein Bein!«, schrie sie. Vermutlich war es gebrochen. Aber wenn sie hier liegenbliebe, würde sie unweigerlich sterben. Patrick stolperte und stürzte zusammen mit ihr den Abhang hinunter. Sie landeten auf einer der Terrassen, und hier waren dann endlich die Polizisten, die kräftig zupackten und sie in Sicherheit brachten.

»Der Notarzt ist unterwegs«, sagte einer der Männer. »Warten Sie hier!« Und im nächsten Moment waren Patrick und Sylvia allein. Sie lagen im unteren Teil des Gartens auf weichem Sand. Der Sand war kühl, und auch die Luft war hier unten vergleichsweise kühl, und ein kräftiger Wind blies weitere kalte Luft von unten über sie hinweg in Richtung des Feuers.

* * *

Sylvia sah Patrick an. »Ich hab immer noch Angst«, gestand sie. »Bitte halt mich fest, Patrick, halt mich ganz doll fest.«

Er drückte sie an sich.

»Au!«, rief Sylvia.

Patrick ließ sie los.

»Nein, lass mich nicht los.«

Es war wie ein schöner Traum, hier auf dem kalten

Sandboden zu liegen und Sylvia im Arm zu halten. Aber es war klar, dass dieser Traum nur wenige Minuten dauern würde. Im Hintergrund brannte das Haus, und die Feuerwehr bemühte sich, zu verhindern, dass der Brand sich weiter ausbreitete. »Wir gehören zusammen«, sagte Patrick.

»Sieht so aus«, sagte Sylvia. Auch ihre Stimme klang verträumt. Sie zögerte einen Moment. »Da gibt es noch etwas, was ich dir erzählen möchte.«

»Was ist es denn?«

»Ich war in der Apotheke und hab einen Test gekauft.«

»Corona?«

Sylvia schüttelte den Kopf. »Schwangerschaft«, sagte sie.

Patrick richtete sich auf. Er sah sie überrascht an. »Bist du denn schwanger?«

»Vielleicht.« Sylvia lächelte.